Couverture : composition de Thierry Van De Leur.

AMITIE FRANCO - MARIALE

(Le quatrième secret de Fatima)

ET

GEOMETRIES UFOLOGIQUES

Raymond Terrasse

AMITIE FRANCO - MARIALE

(Le quatrième secret de Fatima)

ET

GEOMETRIES UFOLOGIQUES

AMITIE FRANCO - MARIALE
(Le quatrième secret de Fatima)
ET
GEOMETRIES UFOLOGIQUES

Note de Copyright et première édition juin 2012

Contact auteur :

Imprimé en Europe par : www.lulu.com

Dépôts légaux Bibliothèque Nationale de France en juin 2012

Autoédité book and sold on

et www.lulu.com

ISBN : 979-10-91595-00-1

EAN : 9791091595001

SOMMAIRE

AVERTISSEMENT

Que les catholiques fervents et tous ceux qui pourraient être surpris ou choqués par ce titre excipant d'une amitié quelconque de la Sainte Vierge envers la France, se rassurent pleinement.

Tous les théologiens qui connaissent mieux que moi le détail de chaque apparition mariale, vous diront que la Provence fut protégée des épidémies de 1522 ; protection faisant suite à l'apparition de 1519 à Cotignac, et en récompense du zèle mis pour construire rapidement la chapelle réclamée sur le mont Verdaille.

Ces évènements se passaient plus d'un siècle avant que le roi Louis XIII plaçât en février 1638, la France entière sous le patronage de la Sainte Vierge, en remerciement de lui avoir accordé un fils, le futur Louis XIV.

Et ce n'est pas une simple vue de l'esprit du souverain nageant dans le bonheur, **mais il y eut bien intervention de la Noble Dame** pour que ce vœu se réalise. L'une des trois neuvaines de prières demandées devant se dérouler précisément … **à Cotignac**.

Quand on connaît l'éloignement de cette bourgade, située à l'autre bout du pays, à cinquante kilomètres au nord de Toulon, on ne peut être que médusé par l'insolite de la situation.

Et le rapprochement avec l'apparition de 1519 ne peut que s'imposer à l'esprit.

Encore plus d'ailleurs quand on découvre **qu'un tiers du total mondial** des chapelles édifiées à la demande expresse de la Sainte Vierge, avant et après 1519, se regroupe principalement dans le sud de la France, et qu'une bonne partie le fut **sous le règne du roi Soleil.**

Ce qu'aucun exégète n'a jamais relevé, mais qui sera expliqué en détail. Si ce n'est pas de l'amitié à part entière, c'est au moins une protection maternelle de très Haut Niveau.

La sous- titre : *Le quatrième secret de Fatima*, n'est absolument pas un miroir aux alouettes. **Il est bien réel,** et parfaitement dissimulé derrière les trois autres officiels.

De plus, les apparitions mariales de Paris en 1830 sont parties prenantes, montrant encore l'attachement de la Sainte Vierge à la France.

C'est ce que démontrera la seconde partie de ce livre.

Quant aux diverses géométries ufologiques, elles seront dévoilées au fur et à mesure des chapitres, dont plusieurs ont déjà été publiés sous forme d'articles.

Notamment dans la revue SUN du défunt Groupe ufologique Sentinelle de Reims, et dans la revue ATLANTIS.
Elles sont le résultat de 14 ans (1997-2011) de relevés et positionnement sur les cartes des atterrissages d'OVNI et des apparitions mariales, et des tracés des figures.
Ces travaux sont eux-mêmes issus de 43 ans (1954-1997) de lectures passionnées, d'études et de réflexions méditatives concernant le phénomène OVNI.
Donc, si une personne a ce livre entre les mains, qu'elle en commence la lecture en allant le plus loin possible, jusqu'au bout j'espère, elle comprendra alors que le titre n'est ni provocateur ni usurpé, mais simplement l'antichambre **d'une réalité démontrée**, dissimulant elle-même un fantastique mystère.

AVANT – PROPOS

Ce livre est un hommage aux deux grands " égyptologues " que sont Guy Gruais et Guy-Claude Mouny, ce dernier étant malheureusement décédé le 14 juillet 2007. Pour lui, cet hommage sera donc posthume.
Si j'ai écrit "égyptologues" entre guillemets, c'est parce qu'ils ne possèdent pas les sacro-saints diplômes de cette merveilleuse et exigeante discipline.
Toutefois, leurs travaux remarquables et exceptionnels sur la grande pyramide (vous savez, celle faussement dite de Kheops), le Sphinx et l'ensemble du plateau de Guizeh, aussi bien à la surface **que sous les sables**, leur donnent le droit de prendre place parmi ceux qui ont supprimé les guillemets en sortant de leurs études.
Ces deux français entreprenants ont montré, tout en prouvant mathématiquement et géométriquement qu'ils ont raison, comme d'autres avant eux, que ce n'est pas le diplôme qui insuffle les idées.
Les "amateurs" (toujours entre guillemets), se permettent d'en avoir, et de les exprimer avec talent, en dépit d'un blocage certain.
Le problème reste entier encore en 2012 ; **ON** préfère mettre en avant des théories qui n'apportent rien à l'égyptologie, la faisant volontairement stagner, plutôt que de se pencher sur des avancées prodigieuses, dont il serait facile et peu coûteux de vérifier le bien-fondé.
C'est ainsi que dans leur ouvrage le plus conséquent *Le grand secret des pyramides de Guizeh* (éditions du Rocher), outre l'hypothèse révolutionnaire et confortée par les calculs **d'une grande pyramide maquette au cinquième du complexe enterré à 36 mètres de profondeur,** Gruais et Mouny proposent la vérification sur le terrain

de ce qu'ils avancent. Elle consiste à forer un des puits Campbell, ce qui devrait déboucher sur le couloir principal de ce complexe.
Cependant, jusqu'à présent depuis 1992, soit vingt ans, leurs voix s'époumonent inutilement dans le vent de l'indifférence des officiels.
Peut-être pas tout à fait pourtant, car le mur de sept mètres de haut et de douze kilomètres de tour ceinturant le plateau de Guizeh, soi-disant pour protéger les touristes, fut probablement érigé avec l'intention de travailler secrètement suivant les propositions des deux français ; la mise au jour de ce fameux complexe étant jugée **trop bouleversante pour les dogmes en vigueur** pour que le public en soit informé.
En ce qui me concerne, tout a commencé le 13 mai 1997, soit exactement 80 ans après la première apparition mariale de Fatima.
Le lecteur comprendra plus tard pourquoi je fais un tel rapprochement.
Cette date est en réalité celle de la dédicace que les deux auteurs, avec qui j'étais en relation, eurent la gentillesse d'écrire sur leur livre de la consécration de leurs travaux, qu'ils m'envoyèrent généreusement : *Guizeh, au-delà des grands secrets* (Age du Verseau).
Outre leurs recherches sur Cydonia Mensae, le site de la planète Mars avec son visage bien connu et ses gigantesques pyramides en ruines, Gruais et Mouny traitaient du méridien intermédiaire situé à mi-chemin entre ceux de Paris et de Greenwich, et qu'ils avaient découvert.
Aussitôt lu, aussitôt je me lançais dans un rapport éventuel entre le point de départ de ce mythique méridien sur le sol français, et que je baptisai de leurs noms, situé à Belleville sur Mer, près de Dieppe, et les atterrissages d'OVNI. Sans grande illusion, je dois le confesser. Et Pourtant…
Je n'ai terminé ce travail que 14 ans plus tard, en juin 2011. Les découvertes s'enchaînaient, alors que je croyais être arrivé au bout du rouleau à la fin de chaque étude. Celle-ci étant sanctionnée par une carte couverte de tracés en tous sens.
J'ai appris l'existence des OVNI en 1951 par un article de journal relatant (avec trois ans de retard !) le crash de l'avion F 51 du capitaine Thomas Mantell, en janvier 1948.
Mais ce fut seulement en 1954 que je me lançais dans l'étude ufologique (à l'époque les soucoupes volantes) avec le premier livre de Jimmy Guieu *Les soucoupes volantes viennent d'un autre monde* (Fleuve Noir).
Néanmoins, c'est véritablement grâce au déclic du méridien Gruais-Mouny que j'ai pu mettre au point toute cette géométrie-géographique, pour laquelle j'ai inventé le néologisme : Orthogéométrie.
Je l'ai présentée au premier congrès ufologique européen qui s'est tenu en octobre 2005 à Châlons en Champagne.

Le premier chapitre fournira comme il se doit, tous les éclaircissements nécessaires.
Je voudrais également remercier mon excellent ami Thierry Van De Leur, qui a eu raison de me forcer la main en me proposant son aide, et m'a indiqué la marche à suivre pour faire publier ce livre.
Il est également l'auteur de la magnifique composition de la page de couverture, qui reflète parfaitement le contenu de cet ouvrage ; et pour lequel il m'a obligeamment accordé le droit de l'utiliser.
Ce génial découvreur du *Paris-code* (Dualpha et Lulu.com) est lui aussi un chercheur parallèle, un *archéomane* selon le méprisant sobriquet des *diplômés*.
Ce qui ne l'empêche pas de damer le pion aux spécialistes figés dans leur carcan. Ils n'ont pas su, comme lui, décrypter les arcanes dissimulés sous l'innocente apparence des rues de la capitale.
Avant qu'il tourne la page, et qu'il entame le parcours de cette saga, j'aimerais mettre le lecteur en condition, en proposant cette énigme à sa sagacité : **Quelles sont les chances pour qu'un atterrissage d'OVNI soit à l'origine de trois des angles d'un rectangle régulier inscrit dans un cercle, et en rapport direct avec des lieux universellement célèbres ?**
En évitant évidemment la fraude consistant à tracer en premier le rectangle dans le prolongement de l'atterrissage, puis en l'inscrivant dans le cercle.Tâche pas si simple que cela, puisqu'il faudrait énormément tâtonner pour que ce rectangle soit également en adéquation avec les lieux concernés.

PREMIERE PARTIE

GEOMETRIES UFOLOGIQUES

PREAMBULE

Contrairement au titre, nous commencerons par les géométries ufologiques.
C'est la partie principale, celle qui se tourne vers l'avenir tout en acceptant dans ses rangs les apparitions mariales qui elles, viennent du passé dans leur grande majorité.
La seconde raison est que par respect pour la Sainte Vierge, **quelle que soit la réalité de sa personne,** il paraissait logique de la placer en tête sur la couverture.
Lorsque j'écris que les mariophanies viennent du passé, j'entends par là que dans notre société catholique, elles précèdent les manifestations des engins célestes, leurs homologues technologiques.
Ceux-ci se retrouvent dans les gravures pariétales des grottes préhistoriques (Altamira, Pech Merle, Lascaux…), mais n'ayant fait l'objet d'aucun rapport à l'époque, le langage étant peu évolué pour décrire précisément ces appareils et leurs passagers, il ne reste que les déductions.
Or, celles-ci sont évidemment très succinctes pour ne pas dire inexistantes de la part des préhistoriens, qui misent volontairement tout sur le chamanisme ; ce qui évite de s'étendre sur des sujets scabreux.

OVNI et son passager représentés à Pech Merle ? (moins 25000 ans !)

Ce cliché de la grotte de Pech Merle près de Cabreret dans le Lot, évoque pour les ufologues la classique *soucoupe méduse*.

L'entité étrange semblant flotter devant, n'appartient pas au bestiaire habituel des silhouettes humaines des hommes du passé (au Tassili ou en Australie par exemple).
De ce fait, les OVNI sont restés enfouis sous terre sous forme de représentations qui permettent d'offrir différentes interprétations. Les plus audacieuses ou **simplement logiques actuellement** étant soumises aux restrictions drastiques **des maîtres à penser.**
Avec l'arrivée et la main- mise de la dictature chrétienne (pour mémoire : mansuétude et tolérance de l'inquisition, conquistadores charitables et compréhensifs), les anciennes déesses : Athéna, Ishtar, Isis, en particulier, se sont reconverties pour donner naissance à Marie-Myriam, leur avatar.
Ce n'est qu'avec l'ouverture de l'Ere Ufologique Moderne le 24 juin 1947 (bizarre ne trouvez-vous pas **ce 6 / 6-66, chiffre de la bête**, ou plutôt des bêtas que nous sommes ?), que la matérialité pure s'est imposée ; la Sainte Vierge ayant fait le plus gros de sa part de travail.
On peut considérer le phénomène ufologique comme un Janus, dont un visage symbolise la partie immatérielle du passé, et personnifié bien sûr par CELLE, qui sous le couvert **du mimétisme religieux, s'est mêlée A et DE l'Histoire, notamment de la France.**
L'autre visage est celui plus matériel des OVNI tourné vers l'avenir et son progrès technologique, qui nous éloigne de plus en plus de la spiritualité. Mais la faute en est imputable uniquement aux terriens eux-mêmes.

CHAPITRE I

ORTHOTENIE ET ORTHOGEOMETRIE

Dans son livre *Mystérieux objets célestes (MOC*), datant de 1958, le regretté Aimé Michel comptabilisait **pour une même journée** les survols et les atterrissages, et en tire des alignements remarquables.
Il mit en évidence le rôle non négligeable joué par le grand cigare des nuées, ainsi appelé à cause de sa forme d'obus très allongé entouré d'une sorte de brouillard le dissimulant en partie.
L'orthoténie (*au premier degré)* d'Aimé Michel permit d'obtenir des tracés de lignes droites (d'où le mot ortho), en forme de toile d'araignée, dans laquelle le grand cigare tenait le centre. Entre autres au-dessus de Montlevicq, dans l'Indre début octobre 1954.
Néanmoins, le scepticisme est de rigueur, puisque Aimé Michel a mis sa théorie en doute sur la fin de sa vie. D'ailleurs, page 175 de son livre, Pierre Mestre, ami de l'auteur, dit : *Tout de même, 10 kilomètres c'est peu...*
Ils représentent pourtant un centimètre sur la carte à grande échelle, celle au 1/1000.000 éme, et je ne citerai pas les atterrissages situés à cette distance, car cela ne veut plus rien dire, encore moins prouver.
Les atterrissages sont ponctuels ; même si la distance par rapport au lieu-dit n'est pas toujours indiquée avec une précision de carte d'Etat-Major, on est loin de parler en kilomètres.
Sans oublier les posés dont on connaît l'emplacement exact au centimètre près (Quarouble, Valensole, Marliens, Trans-en-Provence, Socorro au Nouveau-Mexique, etc…).

Il est de fait que les survols sont aléatoires dans leur grande majorité.
Il est pratiquement impossible de préciser sur le sol l'emplacement exact au-dessus duquel l'OVNI est passé, selon l'altitude de l'objet et la position des témoins. Et l'écart peut être conséquent.
Ceci étant, Aimé Michel a apporté une contribution majeure à l'ufologie.
Personnellement, je pense qu'il y avait quelque chose à glaner dans son orthoténie, un peu trop négligée par les enquêteurs, car elle était perfectible.
Mais comme toujours, aussi bien en France que dans le reste du monde, on préfère dénigrer, chercher la faille, tirer à boulets rouges, plutôt que d'apporter son soutien, ou du moins aller dans le sens positif.

Quitte à s'apercevoir et reconnaître que l'on s'est fourvoyé. **L'orthogéométrie**, que l'on pourrait appeler *orthoténie au second degré* est à l'opposé de celle d'Aimé Michel, qui travaillait jour par jour.
Je relevai le tout en bloc, sans m'occuper des dates. Cependant, il faut quand même souligner que le plus ancien rapport connu sur le sol français remonte à 1906, à La Celle sous Gouzon, dans la creuse ; il ne s'agit pas de posé, mais notamment de *martien* volant, et de mystérieux visiteurs.
Au total, ce sont huit atterrissages ou assimilés que la France peut placer avant le témoignage de Kenneth Arnold, le 24 juin 1947.
Mon orthogéométrie diffère donc radicalement sur deux points avec l'orthoténie d'Aimé Michel :
1) Ma méthode est globale, et non journalière.
2) Ce sont uniquement des atterrissages, aucun survol.
En plus : **3) J'y ajoute les apparitions mariales.**

A l'époque d'Aimé Michel, il n'était évidemment pas question de ces visites de la Sainte Vierge. Il faut les avoir étudiées à fond, pour se rendre compte de leur implication.
Ce précurseur travaillait naturellement avec le matériel géographique qu'il avait sous la main.
Enfin, contrairement encore à mon prédécesseur, j'ai baptisé mon orthogéométrie, néologisme barbare mais portant bien sa dénomination, **parce que les lignes droites se combinent avec des figures.**
Pour atteindre mon but il me fallut d'abord sélectionner les atterrissages dont la fiabilité était unanimement reconnue, par le récit du ou des témoins, clair et cohérent, sans contradictions, accompagné dans la majorité des cas par des traces au sol résistant à toutes les analyses, ou par d'autres caractéristiques, telles de grosses branches d'arbres brisées de façon à ce qu'on ne puisse incriminer un quelconque farceur.

Pour cela, je disposais de trois livres comportant un répertoire conséquent : *Chroniques des apparitions extra-terrestres*, de Jacques Vallée, (Denoël), comptabilisant 923 survols et atterrissages dans de nombreux pays ; *En quête des humanoïdes*, de Charles Bowen, (J'Ai Lu) présentant un amalgame international de 200 cas pour la seule année 1954 ; et *Les apparitions d'humanoïdes*, d'Eric Zurcher, (Alain Lefeuvre), remarquable synthèse de tous les renseignements obtenus, à la fois sur les témoins, sur la description des différentes formes d'OVNI, et sur la morphologie apparente des ufonautes ; le tout

complété par une liste fleuve de 202 atterrissages, et rencontres du troisième type.
A cette documentation, vinrent se joindre *Face aux extra-terrestres* de Garreau et Lavier (Mame), et *OVNI en Provence* de Henri Julien et Michel Figuet (Ed. de Haute Provence).
Et enfin, j'ajoutai les posés des années postérieures à la sortie de ces livres, et ce, jusqu'au dernier connu de moi du vingtième siècle en France, Gué-D'Hossus du 6 mars 1994.
Ce tri et cette compilation **de 88 années d'atterrissages**, comportant plus de 150 atterrissages sélectionnés pour la précision de leur localisation, ce qui n'est pas toujours possible, et le pointage sur les cartes jaunes au 200.000 ème, puis le report précis sur la carte à grande échelle (1 centimètre = 10 kms) pour avoir une vue d'ensemble, m'amena à rectifier certaines erreurs, reprises telles quelles par une génération d'auteurs.
C'est ainsi qu'il n'existe pas de Fleurs dans le 42 (Loire), pas plus d'ailleurs que dans le reste de la France ; le L est de trop, il s'agit de Feurs, à 30 kilomètres au nord de Saint- Etienne. Varigney, mentionnée dans le livre d'Aimé Michel, à 35 kilomètres à vol d'OVNI au nord-est de Dôle dans la Côte- d'Or, est remplacée par Avrigney.

C'est une inversion typographique des deux premières lettres, que tous les auteurs, confiant dans la renommée justifiée d'Aimé Michel, ont ressortie sans même vérifier sur la carte !
Mais à tout ceci, deux éléments se sont joints et imposés qui vont se révéler d'une grande importance dans cette géométrie des atterrissages d'OVNI ; ils en sont devenus indissociables.
Au point qu'ils m'ont permis de créer un théorème, base de toute l'orthogéométrie (voir chapitre II).
Ce sont : le méridien Gruais-Mouny et sa tête de pont Belleville sur Mer évoqué dans l'avant-propos, et présenté plus avant dans le prochain chapitre ; et **les différents Hauts Lieux.**

Je me dois de préciser, avant la présentation de ce théorème, que par Hauts Lieux, j'entends des sites prestigieux connus pour leur Histoire, ou les mystères qui les entourent, et non pas des communes proches de l'anonymat, même s'il fait bon y vivre.
Asnières par exemple, n'est véritablement célèbre que par le 22 de Fernand Raynaud.
Une mise en garde toutefois à l'intention de ceux qui pourraient chicaner le fait qu'un des points représentant l'agglomération

présumée de l'atterrissage ne soit pas tout à fait sur la droite suivie par l'ensemble.
J'ai précisé plus haut que l'on ne connaît pas forcément l'emplacement exact de la majorité des atterrissages, à part les exceptions citées.
Ceci est également valable pour de nombreuses apparitions mariales. Cette précision métrique recherchée et idéale n'existe pas, il faut s'en faire une raison, les enquêtes ne s'étant point attardées sur ce point capital, mais qui ne le paraissait pas au moment du témoignage.

La rigueur scientifique qui doit présider à toute étude de ce genre, peut et **a dû être mise à mal par les pilotes d'OVNI eux-mêmes.**
Si comme je le crois, et comme ce livre essaie d'en faire la démonstration, les Responsables des OVNI et des apparitions mariales, ont voulu laisser des lignes droites issues de leurs atterrissages, il est évident que le lieu choisi ne se prêtait pas obligatoirement à ce projet.

Si un OVNI peut survoler un stade contenant cent mille spectateurs lors d'une finale de coupe du monde de football, il lui est impossible de se poser sur la pelouse sans déchaîner une émeute, ou pire, une panique monstre, avec bousculades mortelles.
Il lui faudra donc trouver un endroit plus calme, mais pas forcément très près, pour accomplir sa mission. Il en est de même si un plan d'eau s'étale sur le lieu initialement choisi.

L'un des rares cas où l'OVNI a atterri dans une rue du village, est Bompas près de Perpignan. Il s'est aussitôt envolé dès que les témoins l'aperçurent.
Il est également arrivé qu'ils se posent dans la cour d'une ferme, ou le terrain d'une maison particulière.
Ce n'est pas une erreur, car les OVNI ont adopté une curieuse antinomie ; le moins que l'on puisse dire c'est qu'ils ne pratiquent pas la fraternité outrancière.
Cependant il faut qu'ils soient vus, pour que le témoignage puisse prendre forme.
<u>Autrement dit, les atterrissages ont une raison d'être, c'est indéniable.</u>
A moins de se voiler la face et nier purement et simplement lesdits atterrissages, ceux-ci représentent un critère absolu pour les Responsables des OVNI. Et quand on sait que la majorité d'entre eux n'a rien à voir avec un contact quelconque, ni avec une étude de l'environnement (la plupart sont très brefs, mais bien marqués), on est en droit de se poser la question **; alors pourquoi ?**

Je réponds : pour que l'orthogéométrie, c'est à dire la succession linéaire, mais aussi géométrique, soit observée et étudiée.
Dans quel but ? afin de nous montrer que l'Histoire n'est pas tout à fait celle que l'on enseigne à l'école, et la Géographie pas si aléatoire que l'on pourrait croire.

Et peut-être aussi parce que la ligne droite fait partie de leur manière de se comporter, tel le vol des fées (livre d'Henri Durville : *Les Fées*-Ed. H. Durville).
Ce que ne renierait pas Jacques Vallée.
Il est évidemment stupéfiant que l'on professe qu'OVNI, apparitions mariales, préhistoire, Histoire et géographie soient intimement liés. Mais c'est pourtant vers cette finalité que tend ce livre.
Et aussi nous permettre de déterminer l'origine de ceux qui s'adonnent à ce petit jeu.
Sans pour autant affirmer que tous les OVNI qui sillonnent notre globe sont partie prenante dans ce canevas.

CHAPITRE II

UN ATTERRISSAGE POUR UN RECTANGLE

Théorème : **L'orthogéométrie est une branche de l'Ufologie qui relie les atterrissages d'OVNI et les apparitions mariales, à des lieux préhistoriques, mégalithiques, historiques, spirituels et religieux.**
Cette relation est basée sur le nombre d'Or, PI, et leurs dérivés.

Bien que placé en exergue, ce théorème ne se matérialisa que lorsque plusieurs cartes furent couvertes de tracés et de figures aux résultats surprenants, et confirmés par les calculs.
Les O.V.N.I représentent la partie matérielle, les apparitions mariales. L'aspect spirituel.
Cette définition est à prendre dans son sens exact et littéral.

Nota : Les croquis à venir ne sont pas à l'échelle, sauf mention contraire. Ils ne servent qu'à une meilleure compréhension du texte. Par simplification, tous les croquis seront numérotés à partir du n° 1 à chaque carte.

Rappelons qu'un méridien est une ligne imaginaire, qui fait le tour de la Terre en passant par les pôles.
Jusqu'en 1914, les deux grandes nations, la France et l'Angleterre, possédaient chacune leur méridien particulier, celui de Paris et celui de Greenwich.
En 1914, avant les débuts de la première guerre mondiale, une convention internationale adopta définitivement Greenwich comme tête de ligne du méridien zéro.
Elle mettait ainsi fin à une dispute purement politique de suprématie géographique.
Ce qui ne veut pas dire que les deux soient valables pour autant. Le troisième larron a toutes les chances d'être le vrai.
Les méridiens de Paris et de Greenwich sont à deux degrés et vingt minutes l'un de l'autre.
Celui de Gruais-Mouny passe exactement au milieu, c'est à dire qu'il y a un degré et dix minutes de chaque côté.

L'une des particularités de ce méridien intermédiaire, relevée par les deux auteurs, est **que Guizeh s'en trouve à 30 degrés tout ronds**, au lieu de 31 degrés 10 de Greenwich.
Ce qui est assez étonnant, et demande à être médité.
Mais dans l'immédiat, ce qui nous intéresse, c'est son point de départ sur les côtes françaises.
Il se situe à six kilomètres environ au nord-est de Dieppe, en plein sur une petite localité nommée Belleville sur Mer.
Autre point concernant ce méridien ; en descendant vers le sud de la France, il passe à 350 mètres à l'ouest de la **grotte de Lascaux**, près de la ville de Montignac en Dordogne ; autant dire rien.
Cette distance représente à peine deux millimètres sur les cartes jaunes, **et seulement un tiers de millimètre** sur la carte générale ; impossible à matérialiser.
Le plus curieux en la matière, c'est le clone de cette grotte, Lascaux II, qui en est le plus proche, avec seulement 25 mètres d'écart.
La grotte de Lascaux fut découverte le 8 septembre 1940 par un jeune homme, Marcel Ravidat, dont le chien attira son attention sur une petite excavation.
Sans son compagnon, la *chapelle sixtine de la préhistoire* serait encore à découvrir, et avec elle bien des Connaissances.
En décalant la règle à partir de Belleville et de Lascaux, afin de tomber éventuellement sur une correspondance, celle-ci se manifesta en la personne de la ville de **Gisors**, le fief templier du Vexin.
Elle est accompagnée par deux surprises d'une envergure peu commune.
Tout d'abord, Belleville-Gisors se prolonge loin vers le sud-est de la France, pour aboutir à… **Trans en Provence** !
Cet atterrissage à 5 kilomètres au sud de Draguignan, date du 8 janvier 1981, et est un des trois cas considérés comme authentiques dans son livre *OVNIS l'évidence* (Carnot) par Jean-Jacques Vélasco, directeur de l'officiel SEPRA (Service d'Expertise des Phénomènes Rares Atmosphériques) au sein du CNES. C'est une référence on ne peut plus sérieuse.
Sans vouloir extrapoler exagérément cette date, que les Responsables des OVNI ont peut-être volontairement choisie, disons brièvement que les chiffres 8 / 1 et 81 évoquent le Baussant de l'Ordre du Temple avec ses 81 cases alternées noires et blanches sur le plan céleste.
Nous verrons par la suite que ce n'est pas anodin.
Ensuite, de la grotte de Lascaux, la ligne rejoignant Gisors, passe comme par miracle par le… **Château de Chambord**, le joyau du roi François 1er du Loir et Cher (lettre de patente pour sa construction, signée le 6 septembre 1519).

Une première indication d'une implication possible des apparitions mariales se présenta par la proximité, à moins de mille mètres à l'ouest de la trajectoire, du centre de la bourgade de **Pellevoisin**, à 71 kilomètres sous Chambord.
En février 1876, Estelle Faguette mourante, y fut guérie par la Sainte Vierge, qui la visita à une quinzaine de reprises.
Voilà donc deux tracés qui sont comme des boulevards invitant à aller plus avant.
Oui, mais que tirer de ces lieux géographiques, de ces premières lignes, et surtout de cet atterrissage qui survient à la fumée des cierges ?
En effet, alors que 1954 avait été surchargée de posés prestigieux, suivis par d'autres les années et décennies suivantes, comme Valensole en 1965, Riec sur Belon en 1973 et 74, c'est ce retardataire qui se met en avant.
Tel l'acteur principal d'une pièce, qui entre en scène bien après le début, pour bien marquer que sans lui, rien ne peut se dérouler normalement.
En repensant à l'orthoténie d'Aimé Michel, dont les lignes s'égaillent tous azimuts en partant d'un centre commun, l'idée m'est venue de tracer un cercle.
Pourquoi un cercle et lequel ?
On associe plus volontiers le mot : centre à une circonférence, plutôt qu'à un carré, un rectangle, et encore moins à un triangle.
Et peut-être aurait-il fallu **prolonger cette orthoténie en traçant différents cercles à partir de la position du grand cigare des nuées ?**
Suggestion à laquelle je ne m'y suis pas attelée, car je suivais mon propre chemin.
Impossible de choisir Belleville sur mer ; une grande partie de la surface se retrouverait sous les eaux.
Il fallait que le cercle soit entièrement sur le sol français.
J'effectuai plusieurs tentatives qui n'aboutirent pas ; jusqu'au moment où je pris le Château de Chambord pour centre et Gisors comme extrémité du rayon de 184 kilomètres (exactement 184, 4, distance vérifiée sur les cartes jaunes) Croquis n° 1

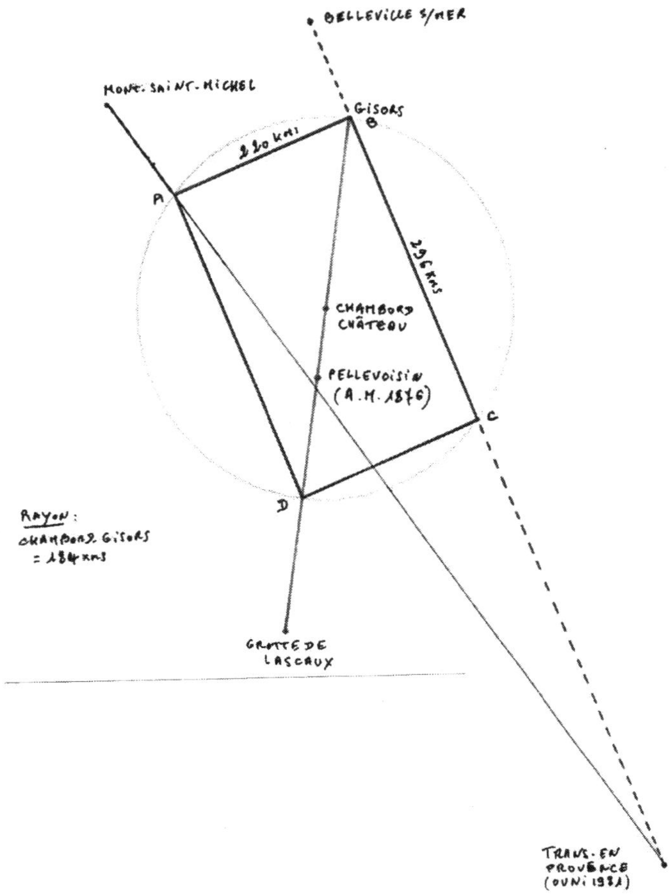

Le tronçon B –C de la droite Belleville-sur Mer / Trans en Provence est contenu dans la circonférence.
Sachant que tout triangle inscrit dont le diamètre du cercle est l'un des côtés, est forcément un triangle rectangle, ce qui était le cas en traçant le petit côté.
Ce diamètre étant également la diagonale d'un rectangle, que j'achevais de dessiner. Allais-je être une nouvelle fois déçu ?
Eh bien doublement non, car j'avais décroché le gros lot. Le deuxième grand côté indiquait la voie à suivre de part et d'autre.
C'est ainsi que naquit la grande transversale de 832 kilomètres allant du **Mont-Saint-Michel** – Haut Lieu spirituel s'il en est, dont la pose de la première pierre date de 706-à Trans en Provence.
Ce qui fait bien de cet atterrissage méridional le géniteur de trois des angles du rectangle.
Ce que je trouve vraiment merveilleux.

Ce serait déjà une heureuse conclusion à cette première partie ; pourtant, celle-ci a décidé d'être encore plus euphorique.
Effectivement, la circonférence coupe la ligne exactement **en son milieu, à 416 kilomètres.**
A l'instar de la question déjà posée pour Trans en Provence, demandons-nous quelles sont les probabilités pour que ce partage moitié-moitié ait lieu ?
Pour mon compte personnel, je dirais qu'elles ne sont pas loin de la nullité, dans le cadre du simple hasard. *Mais si c'est étudié pour…*
Les rapports mathématiques concernant les deux côtés du rectangle sont indirects : 296 / 220 = 1, 345 : le carré du nombre d'Or (1,618 X 1,618 = 2, 618) divisé par 1, 345 = 1, 946. **Ce résultat est très proche de PI sur PHI, soit : 3, 1416 / 1, 618 = 1, 942.**
Pour la remercier d'avoir inauguré toute cette orthogéométrie à base de cercles, j'ai décidé de baptiser la trajectoire : Gisors – Chambord – Pellevoisin –Lascaux : ligne primordiale.
C'est sous cette appellation que nous la verrons indiquée parfois.

CHAPITRE III

CARTE N° 1 : LES ENFANTS DU RECTANGLE

Ce furent les premières notes d'une incroyable symphonie qui se développèrent à partir de ce rectangle. A croire que les trajectoires qui vont être décrites et présentées, n'attendaient que cette naissance pour jaillir. Croquis n° 1.

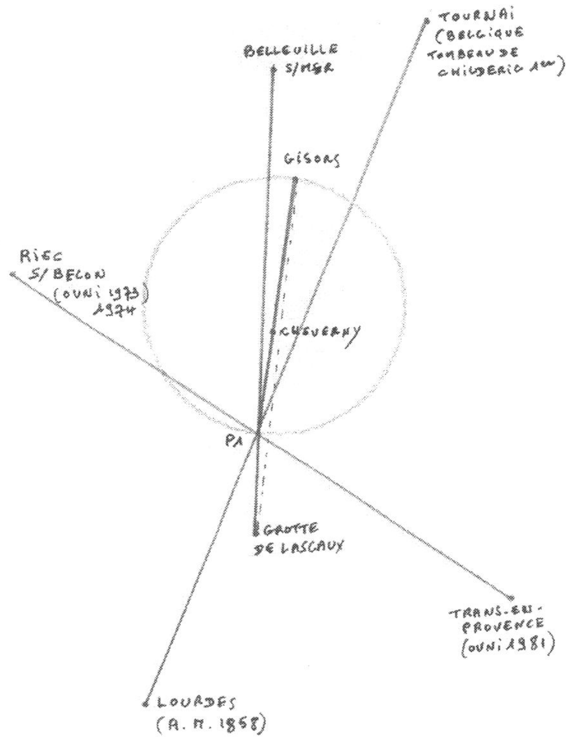

Voici un nouvel atterrissage d'OVNI, ou plutôt deux, en 1973 et 1974 à **Riec-sur-Belon**, près de Pont-Aven en Bretagne. La ligne allant à Trans-en-Provence coupe sur le sud du cercle à la fois **Lourdes-Tournai**, et le méridien GM : Belleville-sur -Mer- **Lascaux**. Carrefour baptisé P1, et sur lequel vient se jeter Gisors-**Cheverny** prolongé.
Les pointillés désignant la ligne primordiale, sont là pour indiquer que P1 est en dehors de Gisors-Lascaux.

Lourdes est la plus prestigieuse, mais pas la plus spectaculaire, des apparitions mariales. Elle est associée à **Tournai** en Belgique, plus discrète dans l'esprit de bien des gens.
Or, elle est réputée chez les historiens, pour son tombeau de Childéric 1er, père de Clovis (le véritable Louis 1er), et fils supposé de Mérovée, géniteur de la dynastie mérovingienne, découvert en 1653 à l'église Saint-Brice.
Lourdes-Tournai est loin d'être anodin ; c'est un axe très important, qui aura l'occasion de se mettre en vedette.
Entre autres, il passe par Loury, petite localité au nord d'Orléans, **mais à l'importance historique considérable**, avec sa plaque rébus vantant les amours des François 1er et de la belle Diane de Poitiers. Nous en reparlerons.Cheverny est l'un des trois célèbres châteaux de la Loire avec Chambord et Chenonceaux.
Ce n'est pas tant pour rafraîchir la mémoire du lecteur, mais parce que ces monuments historiques jouent un rôle non négligeable dans l'orthogéométrie. Croquis n° 2:_

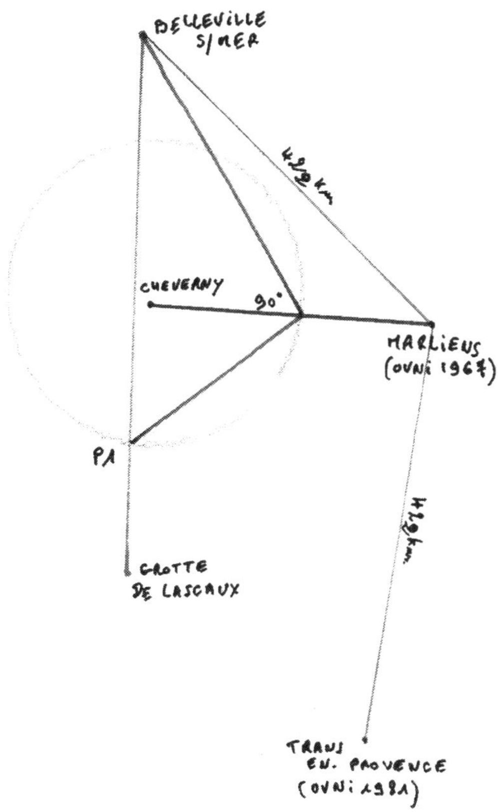

Restons avec P1 qui en rejoignant Marliens- Cheverny sur le cercle, forme un triangle rectangle avec Belleville-sur -Mer. Au passage, on s'aperçoit que la distance Belleville-Marliens **égale celle de Marliens-Trans- en -Provence avec 422 kilomètres.** Croquis n° 3 :

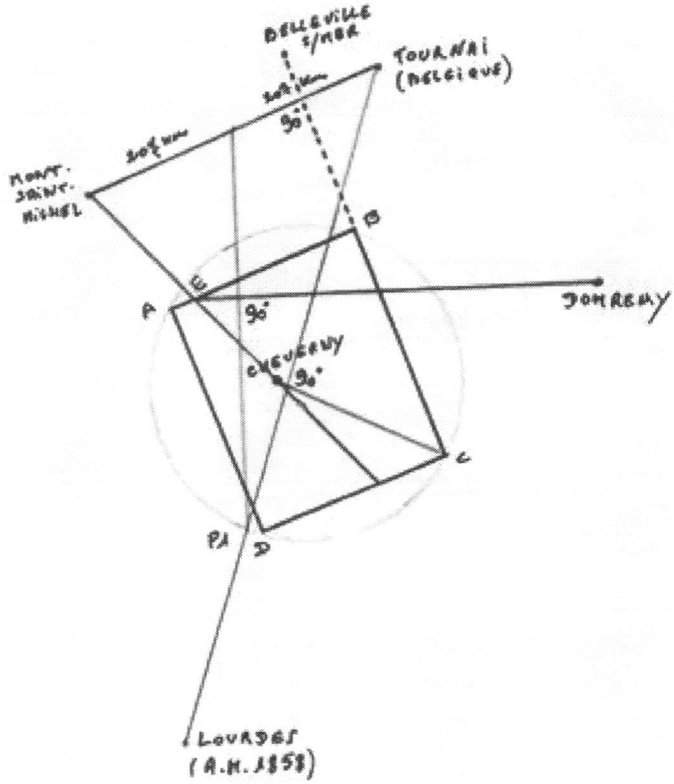

Cette illustration voit intervenir un nouveau figurant très connu du public : **Domrémy**, le village de Jeanne D'Arc (ou dite D'Arc).

E, rencontre du Mont-Saint-Michel- Cheverny, avec le côté A-B du rectangle, lance une perpendiculaire à cette droite P1 - milieu, vers Domrémy.

Tournai rejoint le Mont-Saint-Michel, en coupant à **angle droit** la ligne Belleville-sur- Mer- Gisors.

Qui plus est, le tracé issu de P1, point de rencontre au sud du cercle avec Lourdes-Tournai, rejoint exactement à 207 kilomètres **le milieu** du Mont-Tournai.

Enfin dernier angle droit ; celui obtenu par le croisement de Lourdes-Tournai et du coin C-Cheverny.

Ici, je présente mes excuses pour ces enchevêtrements, **qui sont simples par rapport à ceux à venir**.
Néanmoins, multiplier davantage encore les figures pour les rendre plus digestes, aurait fait de ce livre une encyclopédie monumentale, sans avoir l'assurance d'être plus compréhensible.
Chaque carte représente une géométrie particulière, **dont je ne suis pas le concepteur**, mais que je m'efforce de traduire le plus fidèlement possible, en agrandissant les croquis complexes.
Croquis n° 4 :

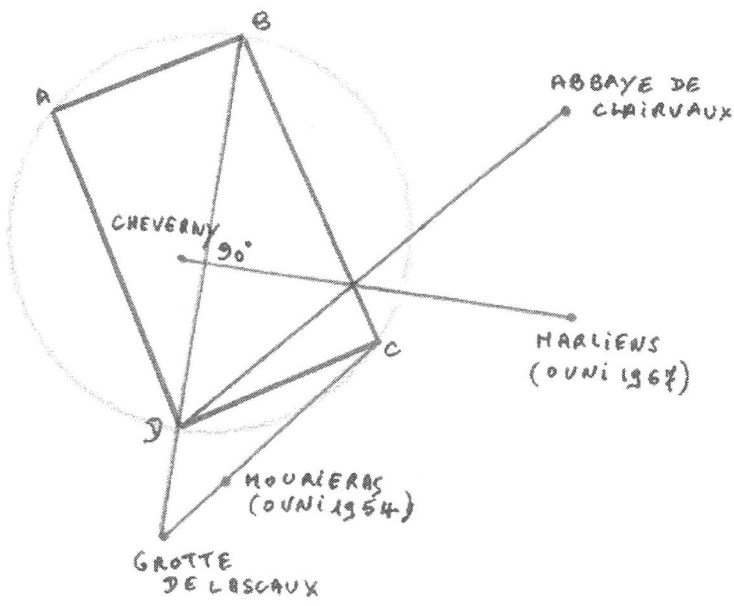

Mouriéras se trouve sur le chemin menant de la grotte de Lascaux à l'angle C du rectangle. **Marliens-**Cheverny, perpendiculaire à Gisors-Lascaux , coupe au même endroit sur le côté B-C, **abbaye de Clairvaux**- angle D.
Deux atterrissages de première grandeur, et un Haut Lieu templier, rien moins que l'abbaye de Clairvaux, le berceau de l'Ordre du Temple. Marliens, sous Dijon, est une vedette ufologique, de même que son aîné de 13 ans, Mouriéras, où en septembre 1954, Antoine Mazaud rencontra l'étrange ufonaute qui lui donna l'accolade, avant de regagner son appareil et s'envoler, mission accomplie.

Il est certain que dans ce coin perdu de la Corrèze, où les piétons ne se bousculent pas à la tombée de la nuit dans les chemins de terre, **ce visiteur fraternisant attendait le brave cultivateur.**
Mais son véritable but restera encore longtemps ignoré. Croquis n° 5 :

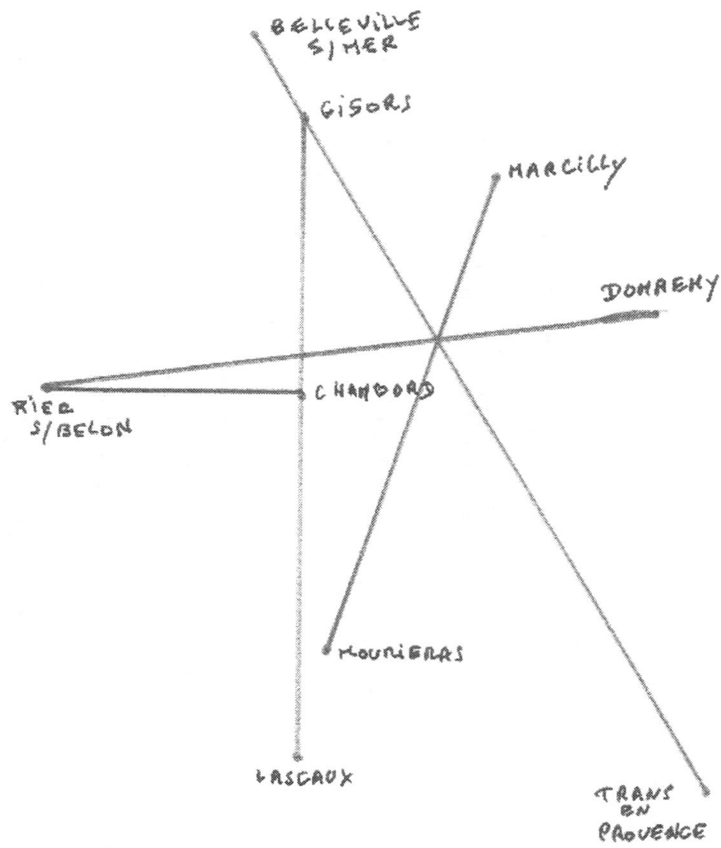

Puisque nous avons fait connaissance avec Riec-sur-Belon, la revoici qui apparaît doublement.
En perpendiculaire avec Chambord à Gisors-Lascaux ; ensuite en accord avec Domrémy pour recouper au même endroit Belleville –sur-Mer -Gisors- Trans-en- Provence, et Marcilly- Mouriéras.

Marcilly, au-dessus de Meaux est un atterrissage de juin 1989 sur lequel l'enquêteur- ufologue **Claude Burkel** a beaucoup travaillé, notamment en utilisant une nouvelle technique par la radiesthésie. Croquis n° 6 :

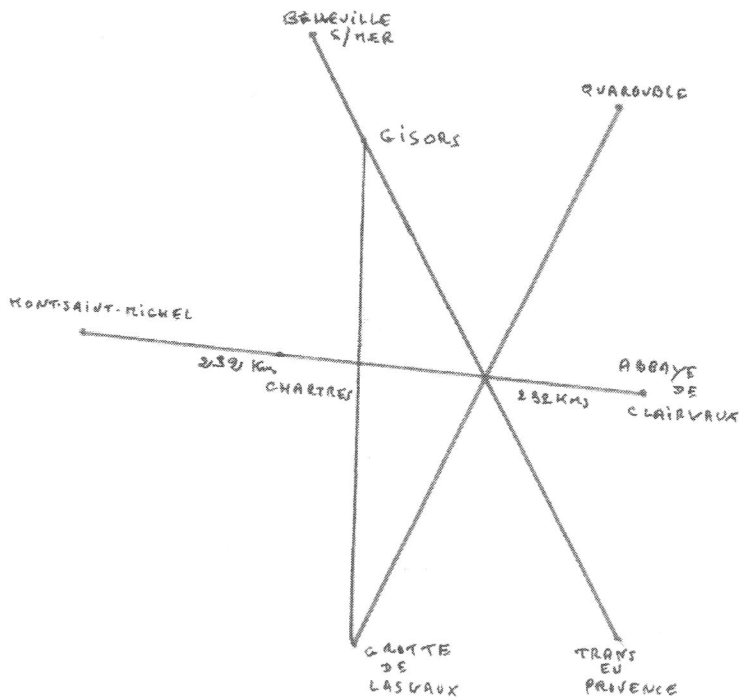

Autre recoupement sur la ligne Belleville-Trans. **Quarouble**- grotte de Lascaux rejoint Mont- Saint- Michel / abbaye de Clairvaux.
Mais cette droite présente **deux plus** ; elle coupe **Chartres**, autre Lieu de Haut Niveau, et est exactement traversée **en son milieu** par la ligne primordiale, soit 232 kilomètres de chaque côté.

Quarouble, près de Valenciennes, est un atterrissage phare qui eut lieu deux heures après celui de Mouriéras… mais avec deux petits *scaphandriers*, alors que le promeneur de Corrèze respirait librement. **Théâtre plein la vue.** Croquis n° 7 :

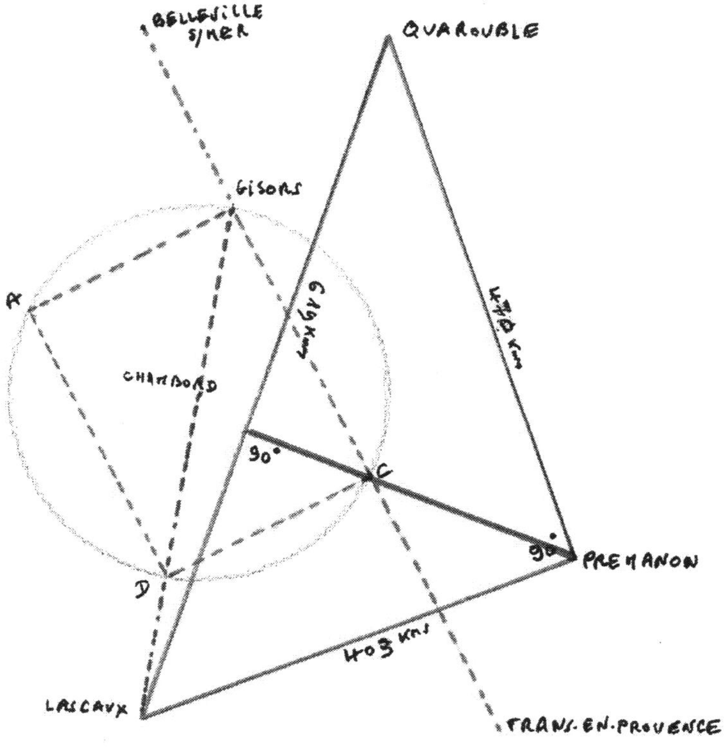

La trajectoire grotte de Lascaux- Quarouble (619 kilomètres) devient l'hypoténuse d'un surprenant triangle rectangle, avec **Prémanon** comme angle droit (470 X 403 kms).

Qui plus est, la hauteur passe par le coin C, sud-est du rectangle initial. C'est un des prodiges de l'orthogéométrie.

Dans mon esprit flotte l'idée que ce triangle, avec le cercle et son rectangle, cautionne la présence de la grotte de Lascaux dans cette super géométrie.

Autrement dit, l'importance de la grotte de Lascaux et de ce qu'elle contient, nettoyé ou pas suite à la campagne de sabotage 1957 / 58, nous est clairement indiquée par les concepteurs de ce canevas.

Quant à Prémanon, près de la frontière suisse, c'est un posé de 1954 avec des enfants pour témoins. Croquis n° 8 :

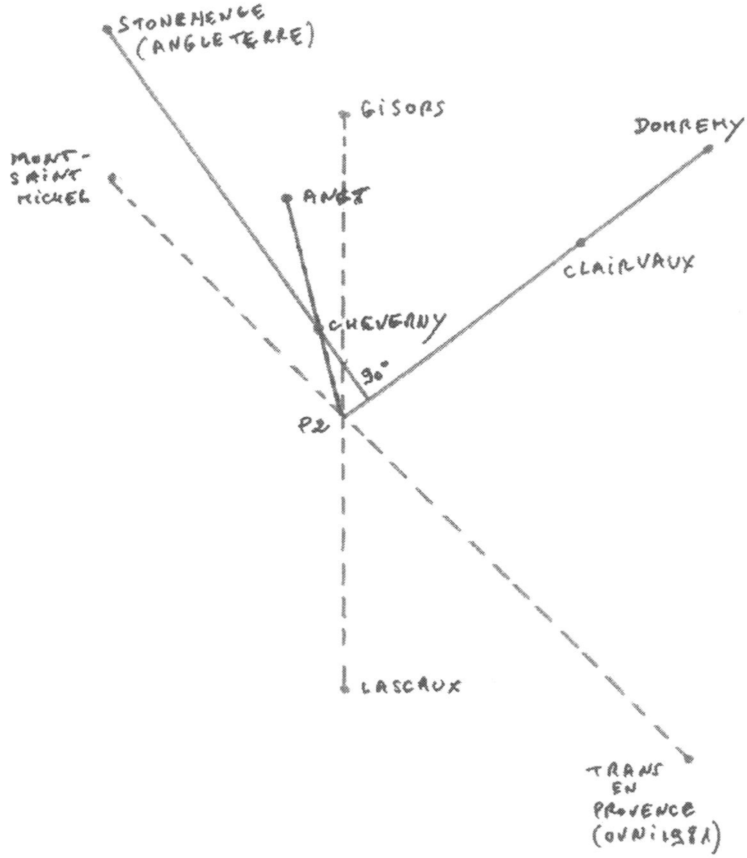

Cette fois, c'est le point P2 qui magnétise les autres lignes. Il matérialise la rencontre entre Mont-Saint-Michel- Trans-en- Provence, et Gisors-Lascaux.
Il attire à lui la trajectoire Domrémy- Clairvaux, sur laquelle vient se greffer à angle droit **Stonehenge**, le fameux cercle de pierres en Angleterre, en liaison avec Cheverny.
Ce château, qui à appartenu pendant trente ans à **Diane de Poitiers**, fait équipe avec **Anet,** dont le château de Louis de Brézé, époux de la belle Diane, fut entièrement repensé selon des principes bien à elle, par sa veuve.
C'est une histoire passionnante et énigmatique, que nous aurons l'occasion de frôler à nouveau. Pour le moment, Anet-Cheverny piquent sur P2.

On pourra objecter, comme pour toutes les figures qui suivront, qu'il n'est pas besoin d'aller chercher un atterrissage d 'OVNI, pour tracer ce rectangle.
C'est indéniable. Il suffit dans le cas le plus simple, de tracer ce rectangle, prendre le milieu, et à l'aide d'un compas, de dessiner le cercle autour.
Si l'on veut garder **le principe du point extérieur**, qui a démontré son importance capitale, avec le reste des tracés, il faudra quand même avoir le rectangle bien en vue, afin de ne pas tâtonner longtemps.
Mais alors on aura des lieux totalement **anonymes qui ne voudront plus rien dire.**
Cette objection négative devient très problématique, pour ne pas dire impossible à soutenir avec l'apparition des lignes de recoupements qui font intervenir justement des atterrissages, en particulier pour le triangle rectangle Lascaux- Prémanon-Quarouble.
La coupe débordant, il faut avoir recours à un ordinateur pour pouvoir intégrer des lieux historiques ou des atterrissages d'OVNI, car il est nécessaire de tenir compte des tracés annexes, telles les perpendiculaires comme Stonehenge-Cheverny, ou celle qui rejoint le milieu du Mont-Saint-Michel-Tournai.
Sans oublier les rapports mathématiques, qui sont le ciment de ces figures.

CHAPITRE IV

CARTE N° 2 : LE LOSANGE

Elle mérite bien son nom cette ligne primordiale, car elle est la totalité du diamètre de ce nouveau cercle ; Gisors et Lascaux sont donc opposés sur sa circonférence.
Je le précise, au risque d'irriter le lecteur trop susceptible ; en traçant ce cercle, j'ignorais si j'aboutirais à quelque résultat exploitable.
Ce n'est d'ailleurs qu'au bout de plusieurs séances, que je pus extirper le maximum de renseignements.
Mais ceux-ci étaient si fantastiques et condensés, qu'il me fallut neuf croquis détaillés pour accompagner de manière compréhensible les explications écrites.
Ce qui démontre une fois encore que les atterrissages d'OVNI ne sont pas aléatoires.
D'autre part, la complexité des figures, et j'espère que le lecteur s'en convaincra, ne peut être le fait du hasard.
Plus sans doute que dans la première carte, **je pense qu'il n'est pas possible d'arriver à un tel résultat sans l'assistance d'un ordinateur** ; surtout quand les rapports mathématiques participent à ce jeu effarant.
Ce sont en effet quatre figures géométriques régulières qui sont générées par l'association de ce cercle avec les atterrissages d'OVNI.
Qui plus est, la superposition de ces figures et le croisement de leurs côtés, permettent de tracer une rampe, **dont chaque spire passe par un lieu bien défini**, et totalement imprévisible à l'avance !
Je le répète ; l'ensemble de cette super-géométrie, et ce terme n'est pas exagéré, ne peut être programmé que par un ordinateur.
Du moins selon nos critères actuels, car il y a quelques dizaines d'années, cette super-géométrie aurait tenu du miracle ; à supposer que l'on pût la décrypter.
Et quand je dis ordinateur, c'est pour employer un terme bien humain.
Les Responsables des OVNI utilisent sûrement un type d'appareil plus performant, et sans commune mesure avec les nôtres.
Il est fort probable que si les OVNI fonctionnent à l'envers, c'est justement pour que les temps des découvertes soient en accord avec le niveau de notre technologie.

Comme le montre le croquis n°1, pilote de la série, tout part du cercle de diamètre Gisors-Lascaux. Croquis n° 1 :

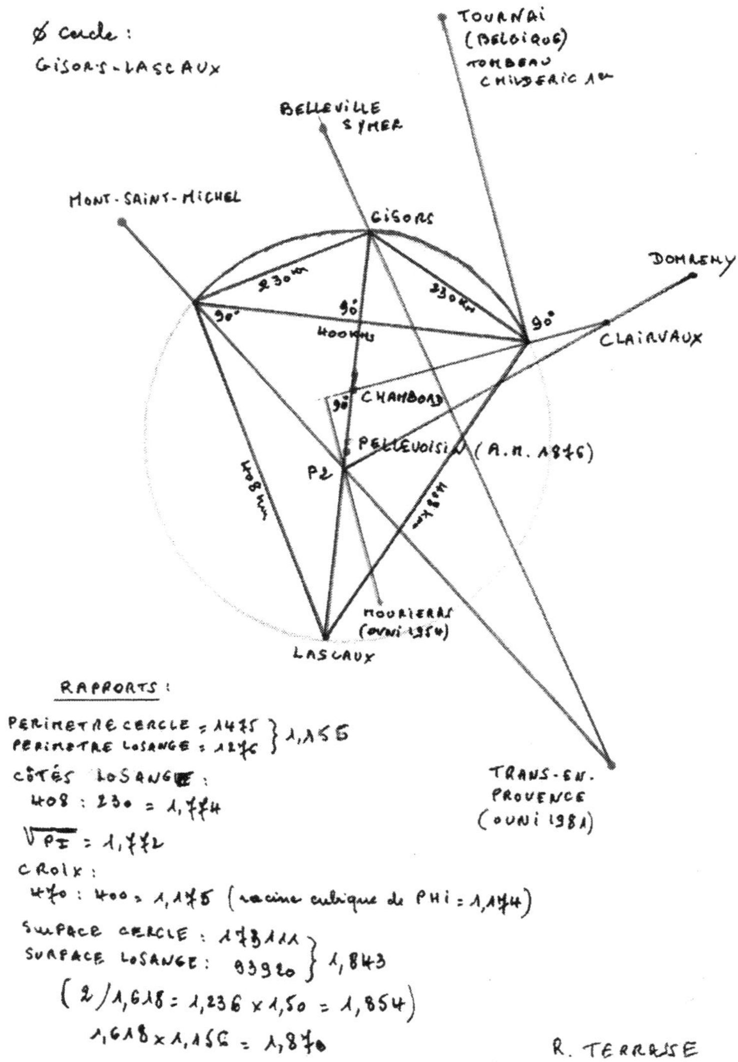

La ligne Mont-Saint- Michel- Trans-en- Provence est toujours présente. L'atterrissage de Trans, en 1981, en dépit de sa date tardive, est la base de tout tracé orthogéométrique.

Là encore, le point sécant avec le cercle près du Mont, donne le départ de la perpendiculaire à la ligne primordiale / diamètre.

Son opposé sur le cercle est le fruit de la conjonction abbaye de Clairvaux-Château de Chambord.

Partant de ce point, qui sera baptisé C, la perpendiculaire élevée aboutit à Tournai, en Belgique.
On obtient ainsi un losange fait de deux triangles rectangles ayant la ligne primordiale pour hypoténuse commune.
Une autre perpendiculaire, à l'opposé de la précédente, et toujours de Clairvaux-Chambord, mais prolongée, démarre de Mourièras.
Nous avons déjà présenté la rencontre d'Antoine Mazaud avec un ufonaute plein de tendresse.
Une autre trajectoire, partant de Domrémy, passe par Clairvaux, et vient buter sur le carrefour P2 de la carte n°1, qui réunit la ligne primordiale, Mont-Saint-Michel - Trans-en -Provence, et la précédente, celle de Mouriéras
A ce stade, nous déduisons une série de rapports mathématiques des plus intéressants :
La circonférence du cercle divisé par le périmètre du losange donne un quotient de 1, 156. (470 kms X 3,14 / [408 + 230] X 2). Nous verrons après les extrapolations de ce résultat.
Les côtés du losange : 408 / 230 = 1,774**. La racine carrée de PI est de 1,772**. Le rapport de la croix (470 / 400) est de 1,175. **C'est la racine cubique de PHI à un millième près (1, 174).**
Voyons les surfaces : cercle 173111 kms ^{2} ; losange 93920 kms ^{2}.
Le quotient de cette division est de 1,843.
Ce qui à première vue n'inspire rien. Cependant, on s'en approche avec le résultat de 2 divisé par 1,618, et multiplié par 1, 50 (1,236 X 1, 50 = 1,854).
Et si on revient à 1,156 calculé plus haut, et qu'on le multiplie avec le nombre d'Or (1,156 X 1,618) le résultat s'éloigne de vingt-sept millièmes, avec 1, 870.
Par ailleurs, 1,156 X 1,50 = 1,734 ; la racine carrée de trois est de 1,732.
Enfin, **1, 156 serre de près la racine huitième de PI, qui est de : 1,154.**
Même si le sceptique s'obstine à parler d'arrangements, de triturations des chiffres, les résultats obtenus sont indéniables.
Les différences sur le terrain se jouent à quelques centaines de mètres.
Même les super-pilotes des OVNI ne peuvent pousser la précision plus loin.

On a beau être en admiration devant leurs prouesses, il ne faudrait pas les prendre pour des fanatiques du dix- millième de millimètre à tout prix. Croquis n° 2 :

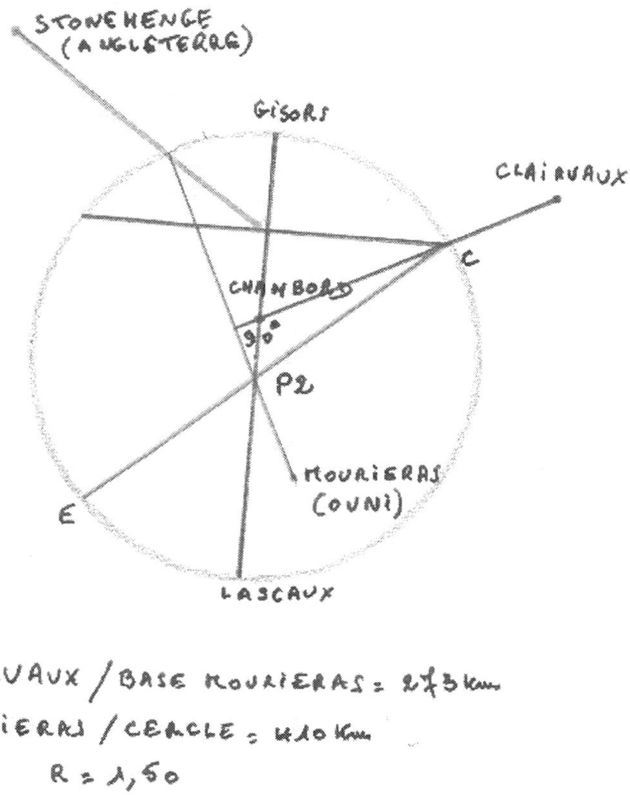

Ce dessin comportant trois nouveautés, est une mise en jambes indispensable d'une suite plus délicate, et surtout plus complexe dans son dernier élément.

La perpendiculaire à Clairvaux-Chambord, passant par P2, se prolonge vers un point du cercle, exactement recoupé par la droite envoyée de **Stonehenge** vers le centre de la croix.

Une autre ligne jaillissant de C, file également sur P2, avant de rencontrer le cercle en E.

Je rappelle que Stonehenge est le célèbre cercle de pierres dressées au nord de la plaine de Salisbury.

La deuxième partie le détaillera davantage.

Le seul rapport mathématique qui ressort ici, c'est celui des deux perpendiculaires, qui mesurent 410 et 273 kilomètres, soit : 1,50. Croquis n° 3 :

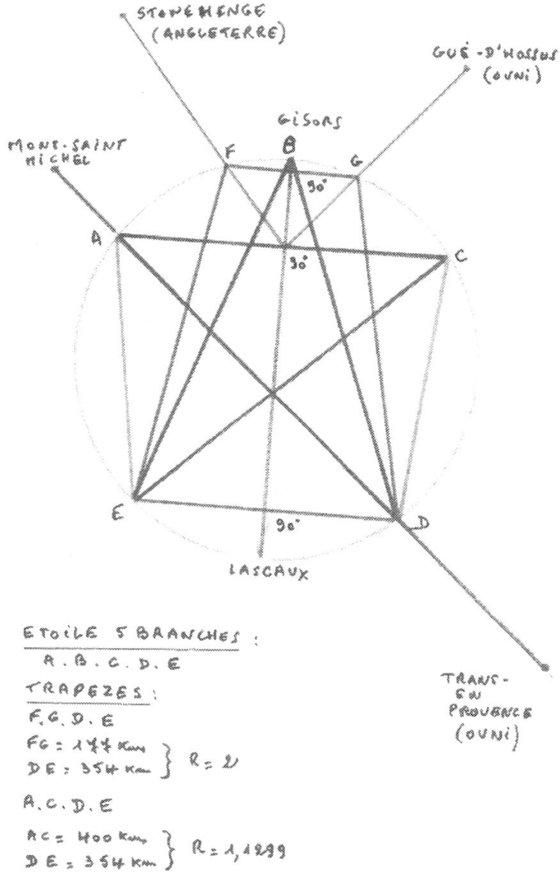

Grâce à l'apport des figures précédentes aidées par une nouvelle venue, **Gué-D'Hossus**- centre de la croix, qui sécante le cercle en G, nous voyons surgir trois formes géométriques régulières.

Ce sont :

une étoile A.B.C.D.E à cinq branches, un trapèze A.C.D.E dont les bases mesurent 400 et 354 kilomètres, avec un rapport de 1, 1299, **qui est la racine carrée de la racine carrée de PHI (1, 128)**, un trapèze D.E .F.G, qui possède une petite base de 177 kilomètres, soit la moitié de D.E.

Le croquis n° 4 ci-dessous montre la simplicité de l'étoile à cinq branches, définie par seulement trois lignes, mais qu'il fallait quand même arriver à déterminer.

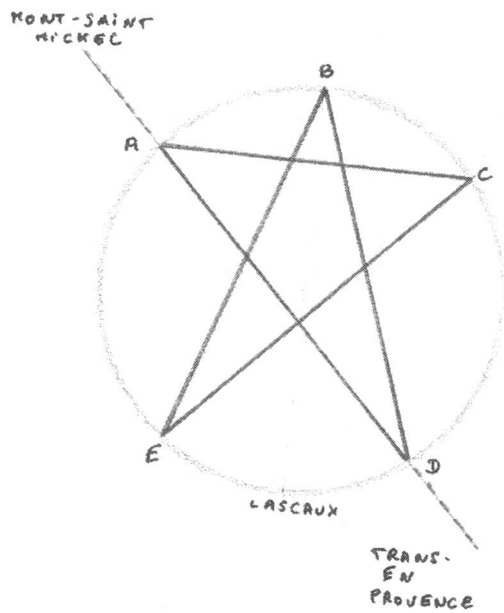
MONT-SAINT
MICHEL
B
A
C
E
D
LASCAUX
TRANS-
EN
PROVENCE

Croquis n° 5 :

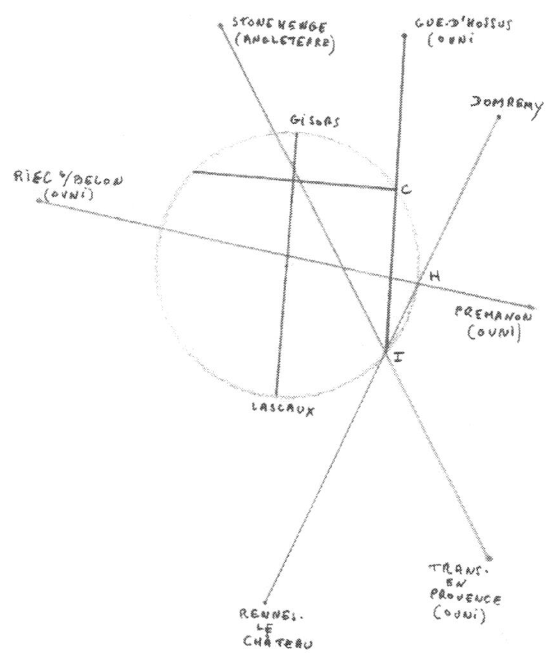
STONEHENGE
(ANGLETERRE)
GUE-D'HOSSUS
(OVNI
DOMREMY
GISORS
RIEC S/BELON
(OVNI)
C
H
PREMANON
(OVNI)
I
LASCAUX
RENNES-
LE
CHÂTEAU
TRANS-
EN
PROVENCE
(OVNI)

Deux atterrissages se conjuguent pour amener de nouveaux tracés à voir le jour. Le point important se trouve en H. Celui-ci, associé à I, qui est l'enfant à la fois du cercle et de Stonehenge- Trans-en-Provence, permet à Domrémy de rallier **Rennes-le- Château**. Tandis que Gué-D'Hossus justifie sa présence du croquis n° 3, avec C et I.

Deux mots sur Gué – D'Hossus, et Rennes le Château ; le premier est le dernier atterrissage par moi connu sur le sol français le 6 mars 1994, et clôturant ma liste.

Il est situé à la limite de la Belgique au nord-ouest de Charleville – Mézières.

Rennes le Château est célèbre pour son trésor-mystère wisigoth – templier- mérovingien, dominé par la personnalité toute aussi énigmatique de l'abbé Saunière.

Comme on le voit, tout paraît d'une limpidité cristalline, mais si toutes les figures étaient superposées, ce serait un embrouillamini indéchiffrable. Croquis n° 6 :

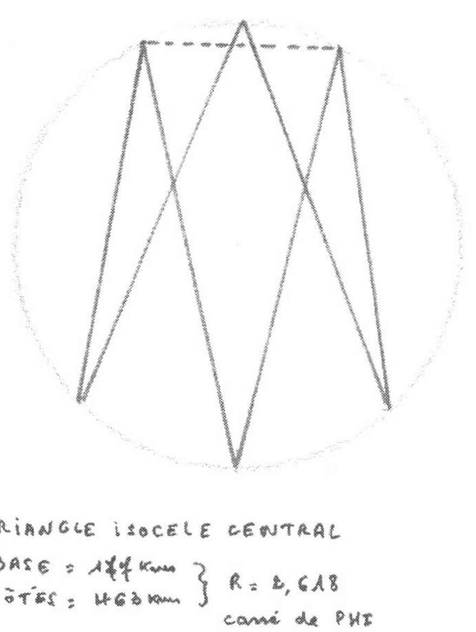

Figure intermédiaire pour montrer le curieux dessin de l'ossature particulière formée par les trois formes géométriques.

Le triangle isocèle central pointe en bas, avec des côtés de 463 kilomètres et la base de 177, **présente un rapport de 2, 618, soit le carré du nombre d'Or.**

Autrement dit, le triangle d'Or, qui aurait un rapport côté-base de 1, 618, serait ici, élevé au carré !

Croquis n° 7 :

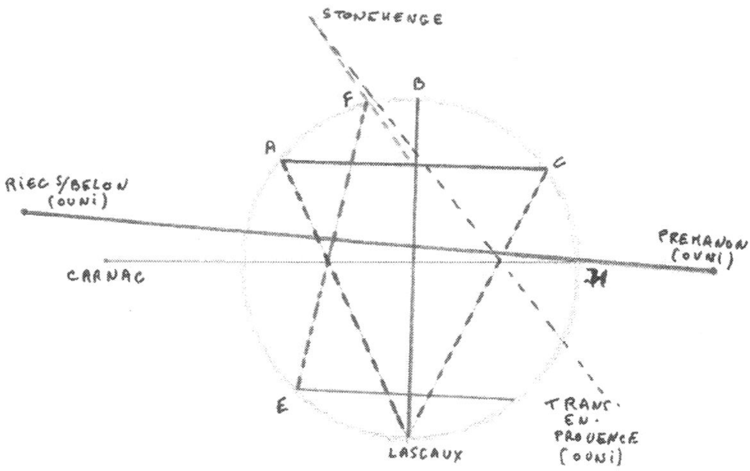

Ce croquis sert de préparation à l'avant-dernier, le plus complexe dans sa présentation.

Ce n° 7 reprend le tracé Riec-Prémanon, en y ajoutant H-**Carnac**, dont on ne présente plus les alignements, qui passe par les croisements de Lascaux-A / F-E, et Lascaux-C / Stonehenge-Trans. Croquis n° 8 :

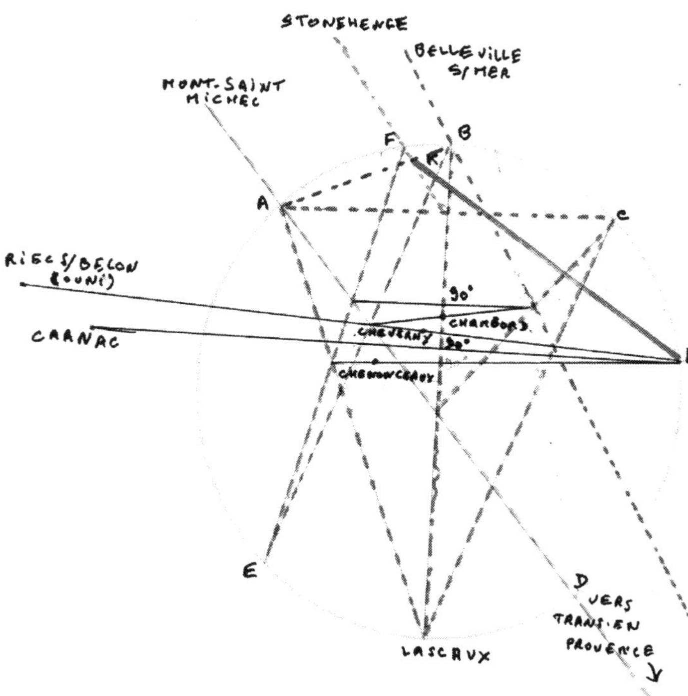

La difficulté de ce dessin tient dans le fait qu'il faut mettre en pointillé plusieurs lignes déjà exploitées, afin qu'elles puissent s'harmoniser avec les tracés pleins, qui sont, disons-le carrément, tout à fait révolutionnaires.
Le carrefour principal se situe en L, lui-même défini par K. Ce dernier est le point de rencontre entre Stonehenge-centre de la croix, et A-B, le petit côté du losange.
Nous abordons les dernières difficultés, la course de côtes, et il faut être bon grimpeur pour suivre.
Auparavant, indiquons que K-L échappe de peu à l'angle droit avec Lascaux-C.
Du croisement Lascaux-A / E-F, nous allons vers **Chenonceaux,** puis continuons vers L. Nous tournons à gauche pour monter la deuxième rampe, coupons **Cheverny**, arrivons au carrefour Mont-Saint-Michel-Trans / B-E.
(La ligne se prolonge jusqu'à Riec-sur-Belon). Quart de tour à droite, pour aborder la dernière côte, qui nous même à **Chambord**, et au nouveau croisement Belleville-sur -Mer- Trans / C- P2.
Enfin de là, c'est la perpendiculaire à Gisors-Lascaux qui touche au but au carrefour Mont-Saint-Michel- Trans / E-F.
Auparavant, entre Chenonceaux et Cheverny, "L" envoi une perpendiculaire à Gisors-Lascaux vers Carnac.
Même si deux lignes vont jusqu'aux alignements de Carnac et à l'atterrissage de Riec, le plus fabuleux reste la rampe qui même successivement à chacun des trois châteaux de la Loire. C'est bien le clou de cette extraordinaire carte n° 2. Croquis n° 9 :

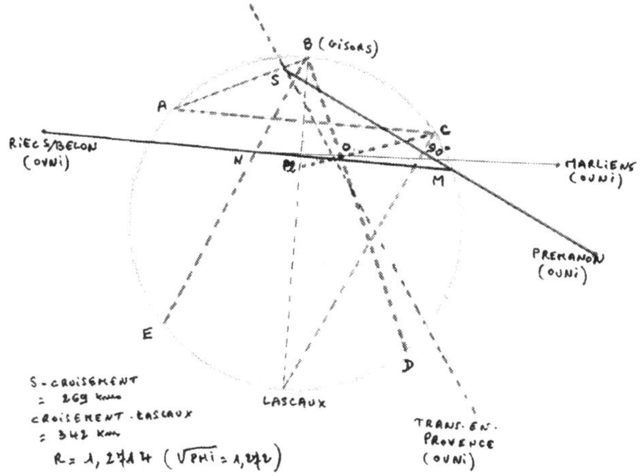

Ce croquis, clôturant la série, apporte non pas un nouvel atterrissage, puisque déjà répertorié, mais un invité de dernière heure ; grâce aux efforts conjugués de Prémanon et de Riec sur Belon, il peut pointer le bout de son cockpit.
C'est bien sûr de Marliens dont il est question.
En effet, et contrairement au croquis précédent, Stonehenge envoie une ligne droite vers Trans -En - Provence, et non plus vers le centre de la croix.
Il en résulte un écart de position, qui coupe le petit côté A-B en un point S. A la suite de quoi, Prémanon-S devient perpendiculaire de Lascaux-C, M étant la sécante du cercle. De M on se dirige vers Riec-sur-Belon.
La trajectoire traverse Gisors-E en N. Le rapport Lascaux-croisement (342 kilomètres) / sur S-croisement (269 kilomètres) est de 1,271, **à un millième de la racine carrée de PHI (1, 272).**
Etant familiarisés avec les lignes pointillées, qui sont anciennes, par rapport aux nouvelles qui sont en trait plein, vous voyez que C-P2, et Gisors-D, se croisaient en un point O, qui jusqu'à présent restait lettre morte, n'étant même pas baptisé.
Je ne l'ai nommé que lorsque je me suis aperçu qu'en partant de N, la ligne qui le rejoignait, se poursuivait en plein sur Marliens !
Ce qui démontre, s'il en était besoin, que la ligne Gisors-Lascaux **n'est pas primordiale pour rien.**
Dans ce cercle où elle sert de diamètre, les figures les plus extraordinaires, les lignes droites et perpendiculaires époustouflantes, surgissent comme par enchantement.
Les atterrissages d'OVNI se multiplient ; pas moins de six, dont cinq apparitions pour Riec-sur-Belon et Prémanon.
Ils s'associent de façon harmonieuse, directe ou indirecte avec les châteaux de la Loire, les lieux mégalithiques, ou historiques.
C'est un véritable plébiscite de mon théorème ufologique.

CHAPITRE V

CARTE N° 3 : LE CARRE

Ceci est donc la troisième figure avec un seul cercle. Celui-ci se dissocie de ses deux frères issus de la ligne primordiale : Gisors-Chambord- Lascaux.

Mais nous allons voir qu'il ne coupe pas pour autant le cordon ombilical avec eux.

C'est une preuve de plus que l'orthogéométrie n'est pas le fait du hasard coïncidenciel.

Ce cercle a pour centre le milieu de la ligne principale n° 1 Mont-Saint-Michel / Trans- en- Provence. Pourquoi ce choix ?

Tout simplement, ainsi que le montre le croquis n° 1, parce que nous avons une droite venant de P1 vers Prémanon, qui recoupe exactement Mont-Saint-Michel / Trans sur la circonférence de rayon Chambord-Gisors.

Et il s'avère que ce croisement passant entre Marcillat et Pionsat (Puy de Dôme), est le fameux centre. Croquis n° 1 :

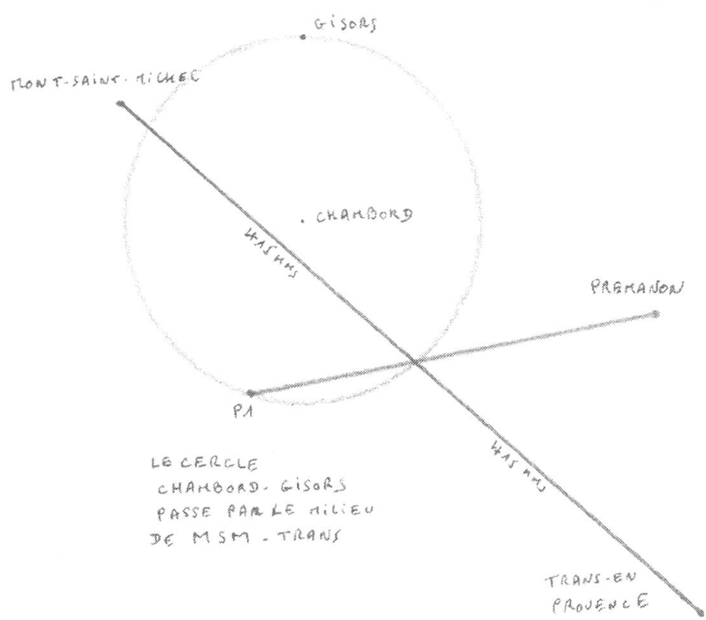

Petit retour en arrière : P1 est le résultat de la rencontre de : Tournai-Lourdes, Belleville sur- mer- Lascaux, et Riec sur Belon / Trans- en-Provence.

Le gotha s'est réuni pour que ce milieu soit officiellement parrainé. (croquis n°2 de la carte n°1, chapitre II).

Quant au croquis n°2, il ne fait que confirmer le choix de Prémanon comme extrémité du rayon de ce troisième cercle.

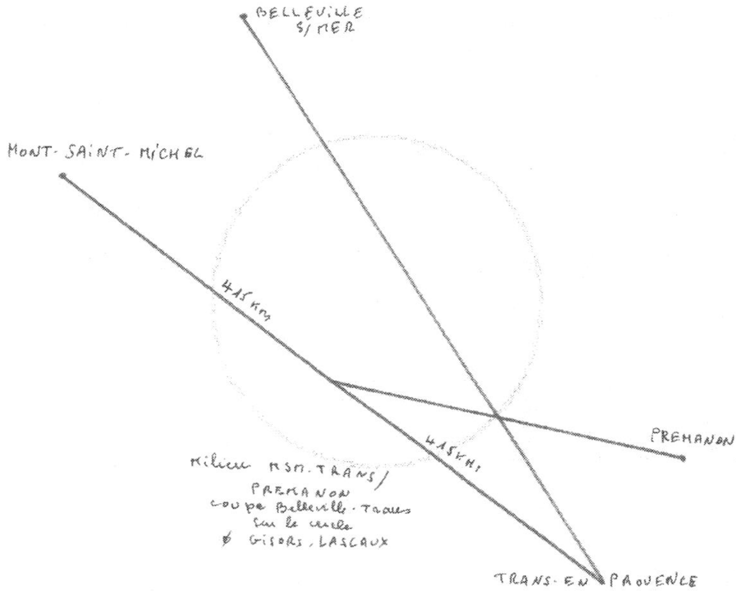

Cette fois, c'est le cercle Gisors-Lascaux qui est recoupé à la fois par le milieu Mont-Saint-Michel/Trans en accord avec Prémanon précisément, et par Belleville- Trans, ligne principale n°2 dans la hiérarchie ; la troisième place revenant à Tournai- Lourdes, qui va apparaître.

Les mêmes lignes orthoténiques s'interpénètrent, mais ne produisent pas les mêmes effets. C'est ce qui est remarquable dans cette hyper-géométrie.

Le résultat de ces combinaisons, ne pouvait donner naissance qu'à un cercle de rayon de 256 kilomètres, milieu Mont-Saint-Michel – Trans / Prémanon.

Nous avons commencé par un rectangle, suivi d'un losange mitigé d'étoile et de troncs de cônes. Ici, qu'allons-nous découvrir ? suivant le titre, ce sera un carré.

Bien sûr, il est facile après coup, de l'annoncer, maintenant que tout est tracé, et complètement résolu, en principe. Mais au départ, c'est l'incertitude de la recherche, pouvant éventuellement, aboutir au fiasco.

Cependant, une fois de plus, les Dieux furent favorables, en nous accordant une figure simple, malgré une abondance de trajectoires.
Les deux lignes principales Mont-Saint-Michel / Trans, et Tournai-Lourdes, se partagent les angles A-C, et D.
Le coin nord-est B, est défini par Valensole -Marliens prolongée, et Prémanon- Clairvaux ; ceci, afin de faire bonne mesure. Croquis n° 3 :

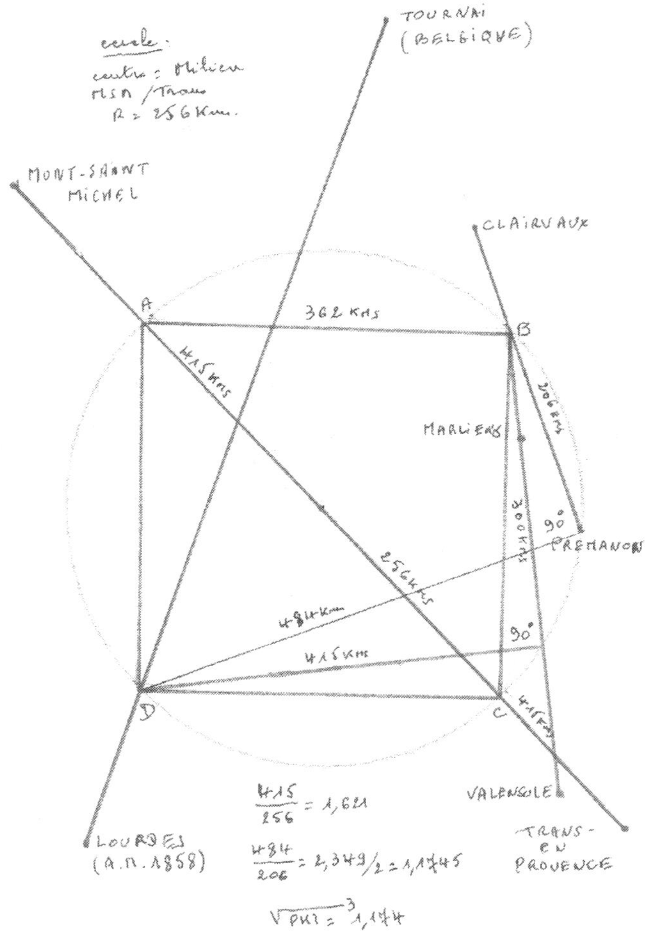

Le carré horizontal de 362 kilomètres de côté est donc tracé. Le reste n'étant qu'une succession de lignes destinées à authentifier la figure.
C'est ainsi que Prémanon-D est perpendiculaire à Prémanon-Clairvaux, avec un rapport des plus intéressants : 484 kilomètres sur 206 = 2, 349, **soit le double de la racine cubique de PHI (1, 174).**
Valensole- Marliens lance également vers D, une perpendiculaire qui part du point sécant avec le cercle.

Le rapport 415 kilomètres sur 300 = 1,383 n'est pas non plus direct ; **c'est sa racine carrée : 1, 176**, qui approche aussi la racine cubique du nombre d'Or.
Par contre, moins évident est le quotient de la moitié de Mont-Saint-Michel / Trans (416 kilomètres) divisée par le rayon 256 kilomètres ; 1,625, à sept millièmes de PHI apporte un écart métrique de 1100 et 1800 mètres pour les deux distances.
Valensole et le champ de lavande de Maurice Masse ont marqué les annales avec le posé de juillet 1965, que nous verrons en détail. Croquis n° 4 :

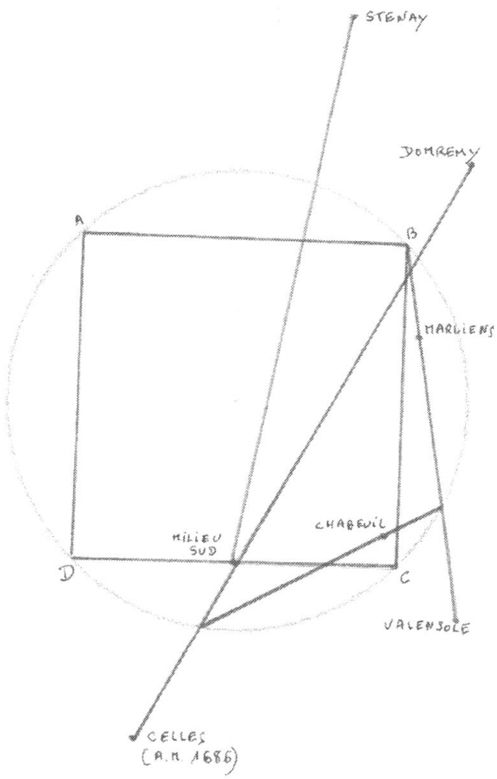

Domrémy- **Celles**, près de Foix dans l'Ariège (A. M. 1686), passe par le milieu du côté sud du carré.
Si on trace une ligne du point sécant : cercle / Valensole- Marliens- B, vers la rencontre de Domrémy- Celles avec le cercle, elle traverse **Chabeuil,** sous Valence, et son ufonaute épouvantail qui terrorisa pacifiquement madame Leboeuf et sa petite chienne. Croquis n° 5 :

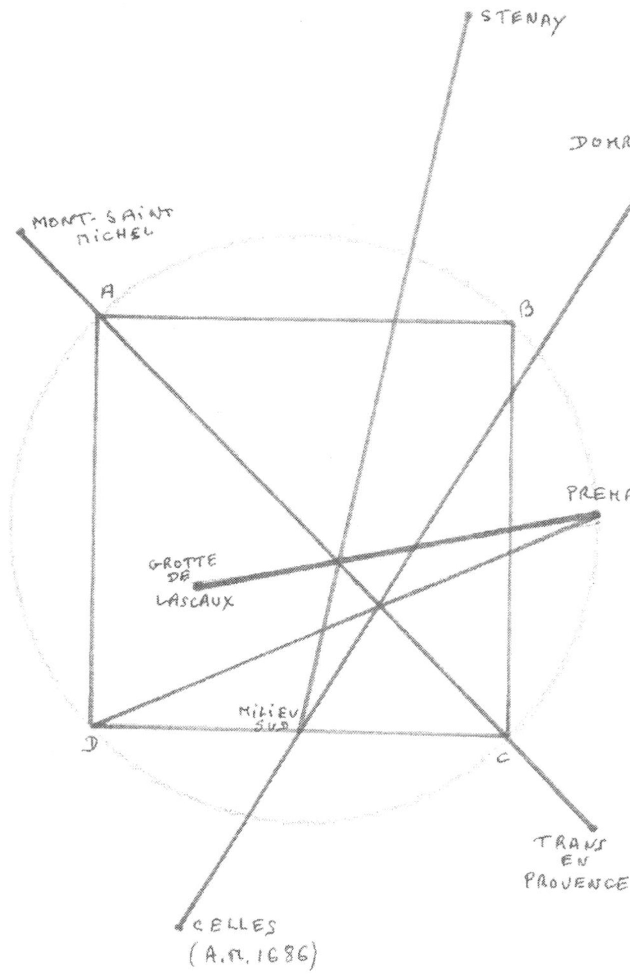

Mont-Saint-Michel/Trans devient le carrefour d'un double croisement. Tout d'abord Domrémy - Celles avec Prémanon-D ; et **Stenay**-milieu du côté sud du carré avec Prémanon - grotte de Lascaux.
Pour la première fois, Stenay capitale mérovingienne de Godefroy de Bouillon apparaît.

Le prochain chapitre lui sera exclusivement réservé, tant sur le plan historique, cette petite cité d'à peine 5.000 habitants joue un rôle immense, et de plus, il convient de rectifier une erreur, qui sans être dramatique, peut influencer négativement les recherches sur le mystère de cette localité. Croquis n° 6 :

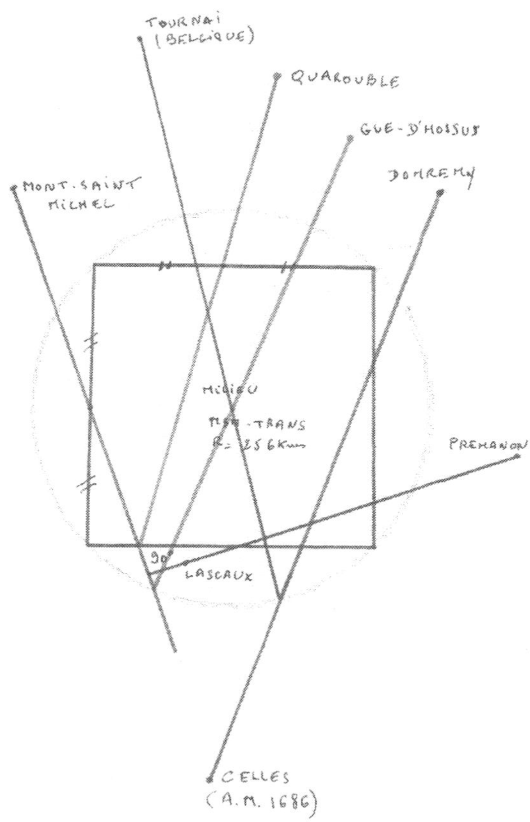

C'est un enchevêtrement de lignes orchestré encore par Domrémy – Celles, bien secondée par le point central.
La trajectoire venue de Tournai, et passant par celui-ci, vient buter sur le cercle au pied des apparitions (Saint-Michel à Domrémy, et la Sainte Vierge à Celles).
Le Mont-Saint-Michel, lui, coupe en plein milieu le côté ouest du carré, et finit sa course sur la circonférence. Ce dont profite **Quarouble, qui lui aussi s'offre un milieu de côté, le nord,** et achève son parcours sur le point de rencontre Mont-Saint-Michel / côté sud. Gué- D'Hossus fait de même en survolant le point central, et rejoint la ligne du Mont, non pas sur le carré, mais sur le cercle.

Enfin, cette droite issue du Mont, génère une perpendiculaire qui file sur Prémanon, via Lascaux. Croquis n° 7 :

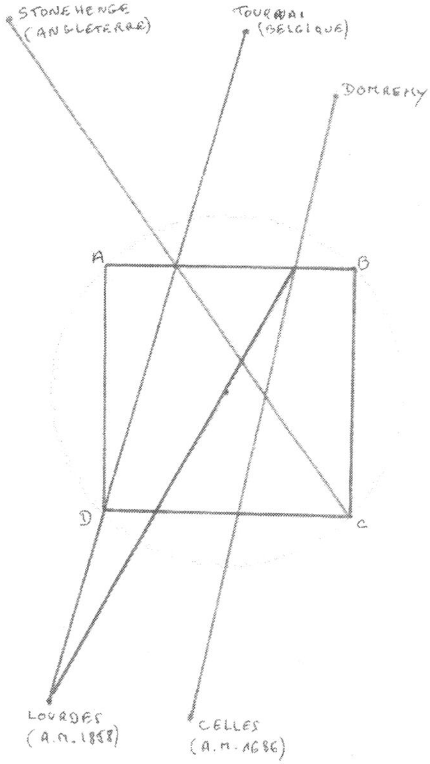

Terminons cet article par plus simple que précédemment, avec toujours Domrémy- Celles en vedette, et Tournai-Lourdes qui refait son entrée.
De l'apparition mariale de 1858 on remonte vers le côté nord du carré, pour y rejoindre Domrémy-Celles, **en passant par le centre du cercle.**
Sur ce même côté, Tournai-Lourdes rencontre un nouveau venu de qualité : **le cromlech de Stonehenge**, en Angleterre, qui pousse une pointe en direction de l'angle C.
Sept atterrissages d'OVNI, deux apparitions mariales sans compter Domrémy, une grotte célèbre, et un cercle de pierres, deux fiefs mérovingiens, trois pays concernés.
Les Responsables des OVNI n'ont pas lésiné sur la qualité des acteurs, et des rapports mathématiques, pour dessiner ce superbe carré.
En prime, le délicat témoignage laissé par la Sainte Vierge à Celles, le 28 mai 1686 : trois feuilles de chêne en forme de croix au sommet d'un manche de bêche. **Plus druidique que catholique,** ***mais cela n'a rien d'étonnant.*** Nous aurons l'occasion d'en reparler.

CHAPITRE VI

STENAY

J'avais prévu de l'inclure dans le chapitre précédent. Pour ne pas alourdir celui-ci, j'ai préféré créer une séparation, le cas de Stenay étant un peu particulier.

Ce n'est pas un lieu d'atterrissage d'OVNI. Le lecteur pourra donc être légitimement surpris que je lui consacre un chapitre exclusif.
La raison en est simple ; elle tient à la notoriété que cette ville de la Meuse a obtenue à la suite de la publication du livre de Gérard de Sède : *La race fabuleuse* (J'ai Lu).
Or cette notoriété, bien réelle, car non usurpée, et le mystère qui l'accompagne, sont basés sur une erreur ; **le blason de la cité surmonté d'une tête de diable !**
Bien des années après avoir lu, relu, dévoré ce livre aussi fabuleux que la race dont il traite, j'ai pris contact avec une personnalité de cette ville.
Je ne la nommerai pas, car je n'ai pas son aval, et je ne voudrais pas la mettre dans l'embarras, le contact étant rompu depuis dix ans.
Mais les rapports épistolaires avec cette personne furent très fructueux.
J'ai appris l'Histoire de Stenay, qui ne doit pas son nom à Satan.
Le véritable blason est totalement différent de celui que l'on peut voir sur le fronton de la mairie.

Une mauvaise recherche des armes de la ville, a fait croire à l'architecte responsable de la construction de l'actuelle mairie, en 1925, qu'une tête de diable surmontait l'écusson.
Gérard de Sède s'est donc laissé abuser par ce blason.
Il ne connaissait pas *: les grandes heures de l'Histoire de Stenay'*, dont je possède un exemplaire par la grâce de mon correspondant, écrit par l'abbé Vigneron, curé doyen de Stenay de 1941 à 1966.
Ce dernier conclut que Stenay signifierait : villa de Setinius, fonctionnaire romain, responsable de la région, où il érigea de nombreuses constructions.

Véritable blason de Stenay sans aucune tête de diable

Le plus beau, c'est que la municipalité, profitant de la notoriété de Gérard de Sède et de son livre, s'est lancée à fond dans cette publicité *satanique* touristique.
Ainsi que je l'ai constaté lors de mon passage en octobre 2005, après le congrès ufologique européen de Châlons en Champagne.
En plus des trois têtes de diable figurant en différents endroits, l'office du tourisme en a créé une quatrième, trônant dans son local.
Peu importe l'Histoire officielle, les affaires avant tout.
Quoi qu'il en soit, Stenay recèle un mystère, car elle est la ville mérovingienne par excellence.
C'est la capitale de Godefroy de Bouillon, qu'il vendra pour financer la première croisade, et pouvoir entrer à Jérusalem le 14 juillet 1099 (oui, oui, le 14 juillet).
Cette date vous rappelle quelque chose ? Il y tenait tellement, qu'il la rachètera par la suite.
C'est là que se situe le tombeau de Dagobert II, fêté tous les ans au mois d'août.
Henri IV confia au vicomte de Turenne le soin de prendre Stenay, en décembre 1591.
Ce que celui-ci, sans différer aux ordres, accomplit aussitôt après son mariage avec **une descendante mérovingienne**. Détail des plus révélateurs de l'importance qu'il accordait à sa mission.
Le siège et la reprise de la ville de Stenay sera la première campagne militaire de Louis XIV.
On peut donc légitimement s'étonner que deux des plus grands rois de France (le grand-père et le petit-fils) fassent de Stenay, simple bourgade de la Meuse, **une priorité absolue**.

Et surtout, au cours de nos échanges, mon correspondant m'a signalé que :
1) Le dossier sur les armoiries, conservées aux archives municipales, avaient été emporté par les allemands en 1918.
2) Le fameux carré magique (Sator-Arepo), conservé au presbytère, avait été détruit par le Kronprinz entre 1916 et 1918. (lettre du 22 avril 1999).
3) *Tous les gouvernants de France, au moins depuis Dagobert II*, **jusqu'au président actuel**, *sont venus ou ont essayé de venir à Stenay. Je ne citerai que Louis XIV, au lendemain de son sacre à Reims, ou Napoléon 1er, quelques jours avant son sacre* (lettre du 15 mai 1998 pour ce paragraphe 3).
Je ne citerai pas le nom du président en exercice à cette date).
Quels sont les raisons de ces visites ?
Louis XIV se targuait de descendre des mérovingiens, ainsi que le montrent différents bassins des jardins de Versailles, et mon article : *l'Opération Louis XIV* (revue Atlantis n° 431) ; mais Napoléon ? Mais les présidents de la République ?
Surtout quand on sait que les rois mérovingiens **ont été réduits à rien, faits néant**, en deux mots, par les maires du palais, usurpateurs s'il en est.
Cette recherche de l'ascendance à tout prix **des rois de droit divin**, frôle le risible après tout ce qui a été fait pour les oublier.
Car ce sont eux les véritables détenteurs du Sang Bleu de la noblesse. Henri IV, et Louis XIV principalement ne s'y sont pas trompés.
Même Michel de Notre- dame, le fameux Nostradamus, au début de son parcours européen en 1542, après la perte de son épouse et de ses enfants, a commencé **par un arrêt à Stenay**, avant de séjourner à l'abbaye d'Orval pour y consulter des manuscrits rares et anciens.
Donc Stenay recèle ou constitue un mystère en elle-même, et fait donc bien partie des Hauts-Lieux Historiques.
Il n'y a donc rien d'étonnant à ce qu'elle participe à l'orthogéométrie des atterrissages d'OVNI.

Le prochain chapitre est un intermède entre les cartes à un cercle, et celles qui vont suivre à deux cercles. On verra qu'il en est le passage obligé.

CHAPITRE VII

LE TRIANGLE CREUSOIS

Ce triangle est celui formé par les trois petits villages : La Celle-sous-Gouzon, Toulx- Sainte-Croix, et Trois-Fonds. Le tout évidemment dans le département de la Creuse. Photo n° 1 ci-dessous :

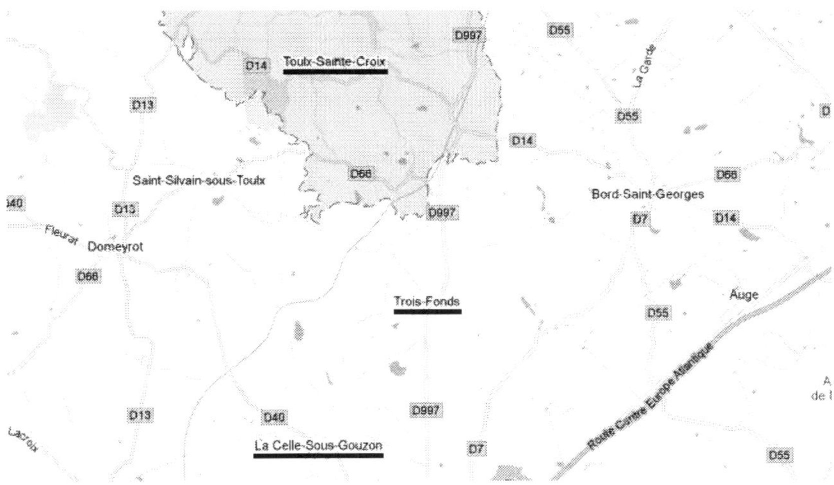

Il est inscrit entre Boussac au nord, et Gouzon au sud, deux grosses bourgades tous commerces. Gueret, sur la R N 145, se situe à 26 kilomètres à l'ouest.

Ce qui est étonnant, c'est la constance des OVNI à venir se poser tous les 24 ans à trois reprises, dans ce mouchoir de poche.

Mesuré sur la carte au 25.000 ème, on ne compte que 7750 mètres, la distance la plus grande, entre La Celle- sous- Gouzon et Toulx -Sainte-Croix, 5250 entre Toulx et Trois-Fonds, et seulement 3625 entre ce dernier et La Celle.

C'est précisément dans cette localité que le plus ancien atterrissage connu sur le sol français s'est produit en 1906.

Puis, 24 ans plus tard, ce fut Toulx- Sainte-Croix, qui reçut le second visiteur.

Et enfin, au cours de l'été 1954, avant donc la grande vague de l'automne, Trois-Fonds, minuscule hameau en bordure de la D 997, fut le dernier à accueillir le troisième pèlerin.

Depuis, plus rien. On peut effectivement parler de pèlerinage, quand on connaît la région.
Toulx- Sainte-Croix est le plus élevé avec 600 mètres, et on descend régulièrement vers l'altitude de 300 mètres pour Trois-Fonds et la Celle- sous -Gouzon.
Pourtant, il y a un point de vue magnifique, grâce aux vallonnements plus ou moins boisés qui se succèdent.
En fait, et grâce au livre du collectif d'auteurs : G.A.B.R.I.E.L *Les soucoupes volantes : le grand refus ?* (Michel Moutet édit.), j'ai pu apprendre qu'il ne s'agissait pas d'un atterrissage d'engin en 1906 et en 1930.
A La Celle-sous-Gouzon, le témoin, âgé de 18 ans a croisé une dizaine d'étranges personnages assis en rond à même le sol, à la tombée de la nuit.
Ils ne parlaient pas, et un peu plus loin, le jeune homme vit un être volant, qui lui sembla aller rejoindre le groupe qu'il venait de dépasser.
Cet être volant a souvent été revu depuis.
Cette rencontre n'est pas sans rappeler celle faite au **Banel**, dans les Ardennes, le 2 mai 1976.
Le témoin, traversant un bois, passa au milieu d'une cinquantaine de *petits batraciens* verts avec mains et pieds palmés, qui le regardèrent sans bouger et en silence.
A de nombreuses reprises, l'apparition et la disparition d'entités différentes des hommes, furent signalées, sans qu'un appareil quelconque soit visible à proximité.
Et c'est bien ce qui s'est passé en 1930 à Toul-Sainte-Croix, où le témoin vit sur la route une créature avançant de manière raide, les jambes restant droites, et qui disparut brusquement.
Par contre, en 1954, aux Trois-Fonds, c'est bien un engin avec un '' homme'' de taille normale qui fut aperçu.
La Creuse est une région pauvre, dont les paysans ont gardé, on pourrait dire farouchement, le caractère ancestral.
Il y a toujours les foires aux bestiaux, comme dans le temps, avec le même cérémonial chaque semaine.
Dans certains endroits, c'est la France profonde, avec un calme impressionnant. Il n'y passe pas une voiture à l'heure.
Dans les trois sommets de ce triangle ufologique, quelques maisons ont été construites, d'autres laissées à l'abandon, depuis ces époques héroïques, mais rien qui puisse modifier l'aspect typique d'origine.
De plus, si la Creuse compte quelques dolmens éparpillés, pour justifier un passé soi-disant préhistorique, il n'y a aucune grotte dans la région de Toulx -Sainte-Croix, ainsi que me l'a affirmé le maire ; et ce,

malgré les rochers affleurant du sol tourmenté, le long des étroites, sinueuses, et désertes routes de l'intérieur.
Je me suis rendu dans cette partie mystérieuse de la Creuse en mai 2004, pour essayer d'y retrouver les traces écrites de ces atterrissages, sans beaucoup d'espoir de réussir.
J'avais en tête de dénicher les dates précises de ces posés, afin de vérifier si les 24 ans d'intervalle étaient parfaitement respectés.
Mais je dus vite déchanter, bien que sans trop d'illusions au départ.
J'avais l'espoir que lors des délibérations du conseil municipal, il serait fait une quelconque allusion à l'atterrissage de Toulx.
Mais le registre de 1930, obligeamment sorti par le maire, ne contenait que des aides financières aux femmes en couches, et aux plus démunis.
Ce qui est très louable, la liste des personnes dans la gêne étant fort longue.
Dans la paysannerie, les nouvelles se transmettent très vite, et la Creuse ne fait pas exception.
Mais pas de catastrophes naturelles évoquées, pas plus que d'atterrissages d'OVNI.
On peut donc penser que le conseil municipal ne jugeait pas opportun de parler de cet incident, sortant pourtant de l'ordinaire, mais qui n'entravait en rien la bonne et paisible marche des affaires communales.
Ayant fait chou blanc à Toulx- Sainte-Croix, il me restait La Celle-sous-Gouzon et Trois-Fonds.
Mais après réflexion, j'ai renoncé à poursuivre. Les registres de Toulx allaient de 1909, le plus ancien, à 1952. Je risquais fort de buter sur la date de 1906.
Et préciser le mois et le quantième pour l'atterrissage des Trois-fonds, n'aurait pas résolu mon problème.
Par contre, je n'avais pas tout perdu en me rendant sur place.
A ma connaissance, la Creuse comptabilise cinq atterrissages ; les trois de ce chapitre, plus celui de Crocq, et de Moutier- Roseille, à cinq jours d'intervalle, les 13 et 18 octobre 1954.
Or à un kilomètre de Moutier -Rozeille se place un minuscule hameau appelé : **Lascaux !** Et Saint-Agnant près de Crocq, s'enorgueillit de posséder son **Mont-Saint-Michel** ; culminant à 830 mètres, son sommet est surmonté d'une statue de Saint-Michel terrassant le dragon, **identique à celle du Haut-Lieu breton** (ou normand, suivant les caprices du Couesnon, frontière liquide entre les deux régions).
Je trouve pour le moins surprenant ces *coïncidences*, ces lieu et monument au goût de déjà vu dans un cercle de quinze kilomètres. et l'insistance des OVNI pour le chiffre 24.

A noter que si 1906 et 1930 sont biens antérieures à **l'Ere Ufologique Moderne**, qui comme on le sait, démarra le 24 juin 1947, le troisième posé de l'été 1954, anticipe également sur la grande vague française, dont les mois de septembre et octobre firent les frais.
A présent, abordons la partie purement orthogéométrique, dont la vedette est justement et incontestablement La Celle-sous -Gouzon.
Le croquis n° 2 montre deux triangles isocèles dont les distances ont été vérifiées sur les cartes jaunes. Si Marliens est à 251 kilomètres de **Stenay** et de La Celle-sous -Gouzon, il est plus étonnant de constater que le posé de 1906 est à égale distance de la grotte de Lascaux, et du château de Chenonceaux, avec 152 kilomètres.

Les petits personnages de la Celle sous Gouzon, étaient-ils réunis pour jeter les bases de la future orthogéométre par hasard ?

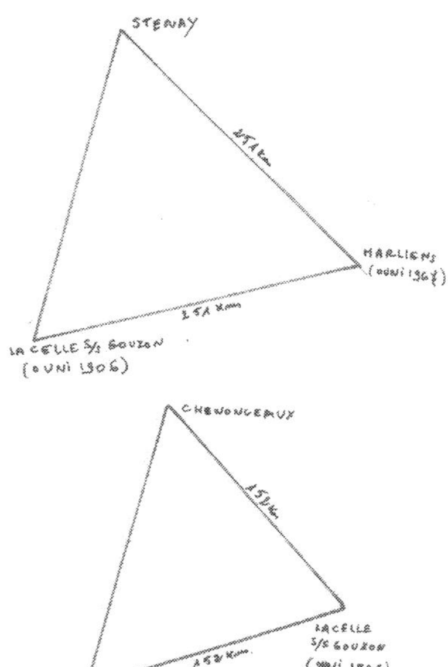

Croquis n° 2

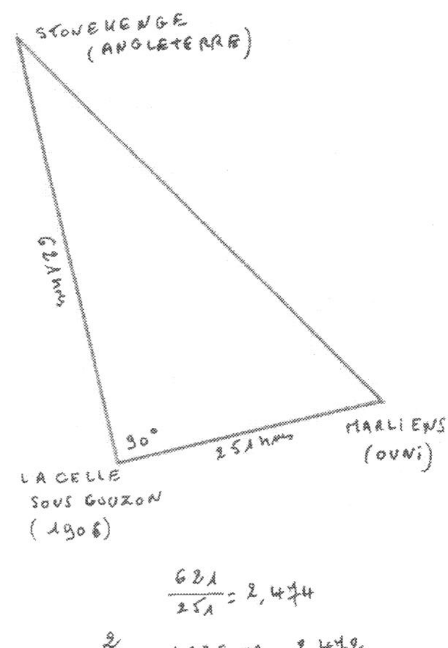

Croquis n° 3

La Celle faisant toujours équipe avec Marliens, mais cette fois en triangle rectangle, le troisième partenaire étant Stonehenge.

Les 621 kilomètres jusqu'au cromlech anglais, divisés par 251, fournissent un rapport de 2, 474 ; **c'est le double du quotient de 2 sur 1, 618 (1, 236), à 2 millièmes**. Croquis n° 4 :

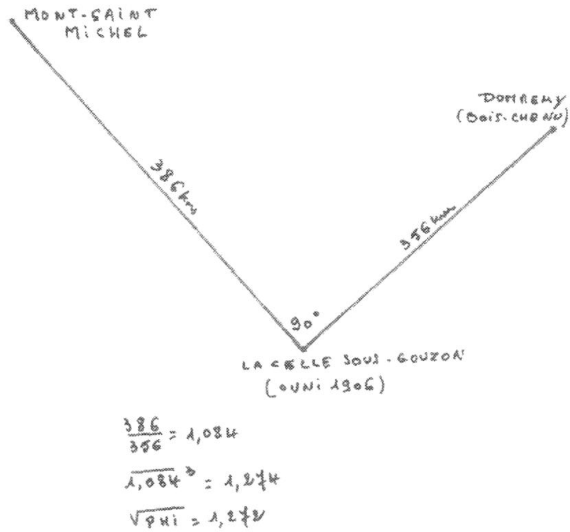

Encore un triangle rectangle, mais où le vrai Mont-Saint-Michel, s'associe avec Domrémy ; et plus précisément le bois chenu, où Jeanne dite d'Arc reçut la visite de ses guides, notamment Saint-Michel.

Le rapport 386 sur 356 est assez édifiant : 1, 084. **C'est la racine cubique de la racine carrée de PHI (1, 272)**. Cette troisième puissance est-elle un clin d'œil aux trois visiteurs de Jeanne ? plaisanterie bien sûr. Croquis n° 5 :

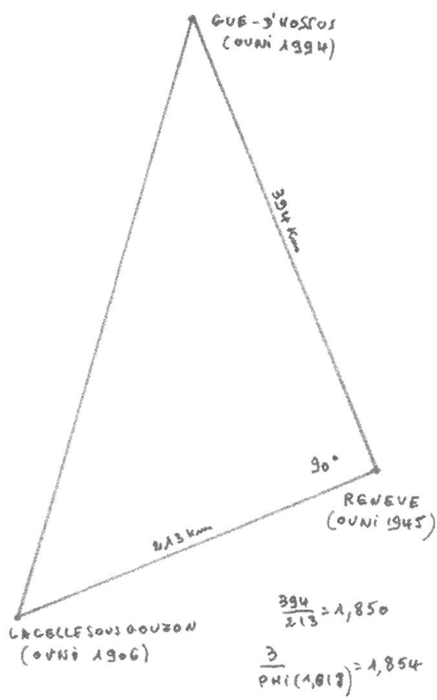

Dans cet autre triangle rectangle, nous avons les deux extrêmes des atterrissages du vingtième siècle en France ; Gué- D'Hossus étant le dernier répertorié en date du 6 mars 1994, d'où les 88 ans couverts par l'orthogéométrie.

Renève, en Côte-d'Or, posé de 1945, devance lui aussi l'Ere Ufologique Moderne. Il tient l'angle droit, 1, 850, qui est le résultat de 394 kilomètres divisés par 213, approche à 4 millièmes **le quotient de 3 sur 1, 618 (1, 854).**Voyons enfin le croquis n° 6 :

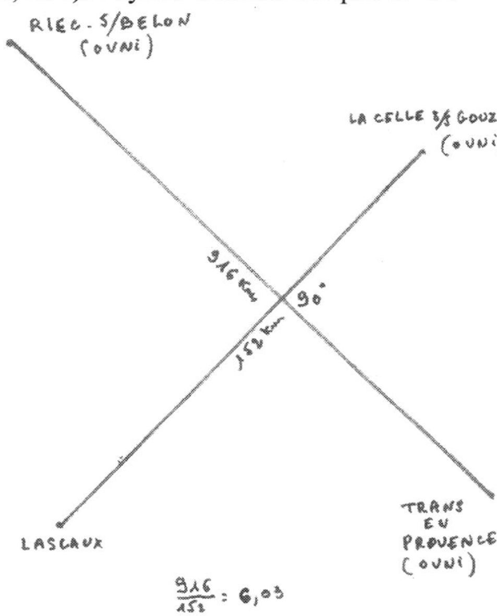

Il s'agit de deux perpendiculaires, dont trois atterrissages rendent les honneurs à la grotte de Lascaux ; la ligne Riec-sur-Belon / Trans-en-Provence, avec ses 916 kilomètres croise à angle droit les 152 kilomètres de Lascaux-La Celle-sous- Gouzon.

A quatre kilomètres près, c'est un coefficient 6 qui est légèrement dépassé (6, 026).

Terminons ce chapitre régional par une curieuse histoire, dont la vedette fut la ville de Crocq, un des cinq atterrissages présentés.

Son église abrite un triptyque classé de la vie de **Saint-Eloi** (conseiller d'un roi **mérovingien**).

Elle est extraite de *Légendes et diableries creusoises* de Gilbert Laconche (Verso).

C'est un superbe recueil des veillées d'autrefois.

Il est question de la dame de Mont- Laur, épouse du seigneur de Crocq.

Malheureusement, le siècle, à défaut de l'année, n'est pas mentionné.

Alors que le seigneur était un homme dur et avare, son épouse était charitable.

Elle ne perdait pas une occasion de faire le bien, en cachette de son mari.
Un jour, profitant de son absence, elle mit plusieurs pains dans son tablier, pour les porter aux pauvres.
Seulement, le seigneur rentra plus tôt, et la rencontra. Se doutant de la chose, il l'interpella brutalement, et la pauvre femme se troubla.
Espérant adoucir le terrible homme, elle lui répondit *Ce sont des fleurs pour la Sainte Vierge*. Mais il ne la crut pas, et l'obligea à baisser son tablier…
Et des fleurs en tombèrent. **La Vierge était intervenue.**
Cette anecdote est à rapprocher de l'apparition mariale de N-D de Guadalupe, en décembre 1531.
Pour convaincre l'évêque Zumarraga, la Sainte Vierge déposa des fleurs dans la tilma de Juan Diego. Et c'est arrivé devant le prélat, que le voyant baissa son tablier, laissant tomber les fleurs et faisant apparaître le portrait mondialement connu à présent.
Une telle similitude entre un bourg de la Creuse, où un OVNI vint se poser, et Mexico, me laisse rêveur.
Le rapprochement des dates, eût été intéressant à connaître.
Entre le Mont-Saint-Michel, Lascaux, Mexico, et le clin d'œil aux mérovingiens, la Creuse n'a rien à envier aux autres départements plus riches en atterrissages, ou en apparitions mariales, et mérite bien cette participation à l'orthogéométrie.

CHAPITRE VIII

CARTE N°4 : LE TRAPEZE (DEUX CERCLES)

Ceci est la suite du triangle creusois, car j'ai préféré dissocier les tracés et figures issus des deux cercles ci-dessous, dont La Celle sous Gouzon est l'un des centres, du triangle creusois proprement dit.
En effet, ayant présenté les trajectoires orthogéométriques séparément à partir d'un cercle ayant pour base la ligne primordiale, il valait mieux continuer dans le même sens.
A la différence, c'est qu'à partir de maintenant, ce sont deux circonférences se recoupant, qui vont servir de base de travail.
Dans le présent, La Celle- sous- Gouzon est le centre d'un cercle de 196 kilomètres de rayon, dont la limite est Loury, dans le Loiret, au Nord d'Orléans.
J'ai déjà évoqué Loury, en précisant que cette localité était en plein sur le trajet Tournai-Lourdes.
Et que d'autre part, sa plaque rébus datée de 1527 placée au-dessus de la porte du donjon du château (dont une annexe est la mairie), vantant les amours de François 1er et de la Belle Diane de Poitiers était une épine dans le pied des historiens, **qui évitent soigneusement d'en parler**.
Par exemple, dans *Diane de Poitiers* (Fayard), Ivan Cloulas, passe Loury totalement sous silence, ce qui n'est certainement pas involontaire.
En dire ici davantage m'entraînerait trop loin de l'orthogéométrie. Pour plus de détails, prière de lire le passionnant livre de Didier Coilhac *Les mystères cachés des châteaux* (Axiome).
Je peux simplement préciser, que comme Didier ou moi, tout un chacun peut se rendre à Loury, voir et photographier cette plaque.
Elle est probablement **un rébus ésotérique** ; en 1527, Diane était l'épouse de Louis de Brézé, et le couple n'aurait pas apprécié **cette publicité mensongère** (déjà à l'époque !).
Le texte mettant en cause la duchesse du Valentinois comporte trop de majuscules placées anarchiquement, alors que la langue française était ce qu'elle n'est plus de nos jours… la langue française.

Château de Loury (photo R. Terrasse)

La plaque-rébus de 1527 (photo R. Terrasse)

Sur le plan mathématique, Loury est à 303 kilomètres de Tournai, et à 562 de Lourdes.
Le rapport est de 1, 854.
Ce sont les trois demi du résultat de deux divisé par PHI (1,236).
Ou si l'on préfère, 1,236 X 1, 50 = 1,854 !
Ou encore : 2 / 1,618 + 1 / 1,618 ; c'est à dire directement : 3 / 1,618.

Une preuve de plus que l'implantation des lieux est bien ordonnée. Croquis n° 2 :

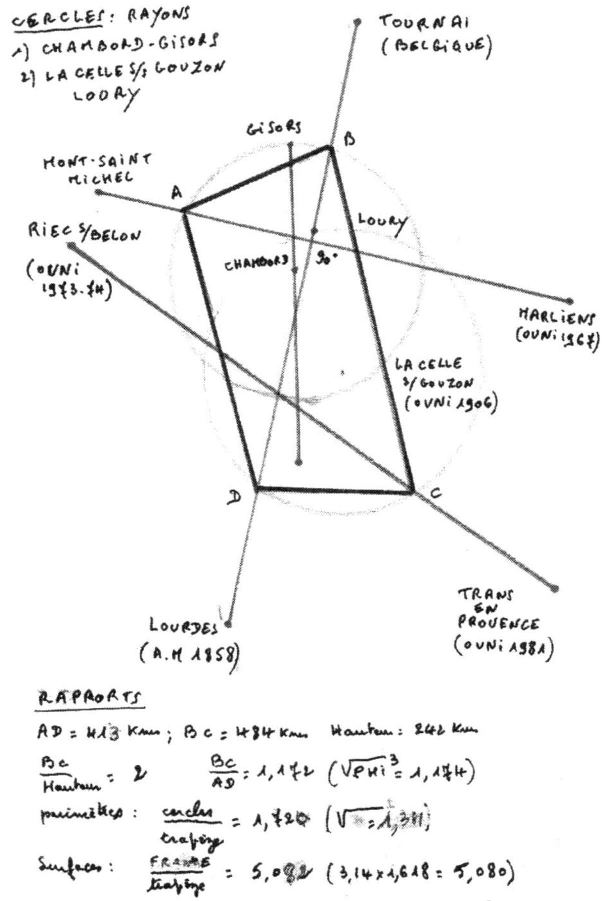

Le cercle La Celle- sous- Gouzon / Loury ayant été explicité, il accompagne le cercle devenu traditionnel : Château de Chambord-Gisors.
Lourdes-Loury-Tournai détermine en B et D deux des angles du trapèze. A, le coin ouest, est le point sécant de Mont-Saint-Michel / Marliens avec le petit cercle.
A noter que cette ligne est rigoureusement perpendiculaire à Lourdes-Tournai.
Enfin C, l'angle inférieur sud-est, est donné sur le grand cercle, par le recoupement de Riec-sur-Belon / Trans en- Provence., qui coupe aussi Lourdes-Tournai sur le petit cercle.

L'extraordinaire de cette figure, c'est que ce trapèze régulier est entièrement, et équitablement contenu dans les deux cercles.
Plus remarquable encore sont les rapports généraux, à commencer par ceux des bases et de la hauteur ; B-C = 484 kilomètres ; A-D = 413 kilomètres ; et la hauteur de 242 kilomètres.
D'entrée, on voit que la grande base est exactement le double de la hauteur.
Le coefficient entre les deux parallèles est de 1,172, **qui est tout proche de la racine cubique du nombre d'Or (1, 174)**.
La division de la petite base par la hauteur, donne 1,307 ; ce qui **approche la moitié du carré de PHI (1, 309).**
Les périmètres cercles sur trapèze soit : 2390 / 1389 = 1, 720, **qui a pour racine : 1, 311.**
La surface du trapèze est de : 108.537 km2 : **par rapport à la France métropolitaine,** oui vous avez bien lu (les 551.500 kilomètres carrés de mon enfance devenus 551.602 en 2010), la France occupe une superficie 5, 082 fois plus étendue ; **soit la multiplication de PI par PHI** (3, 1416 X 1, 618 = 5, 083) ; fabuleux. Croquis n° 3 :

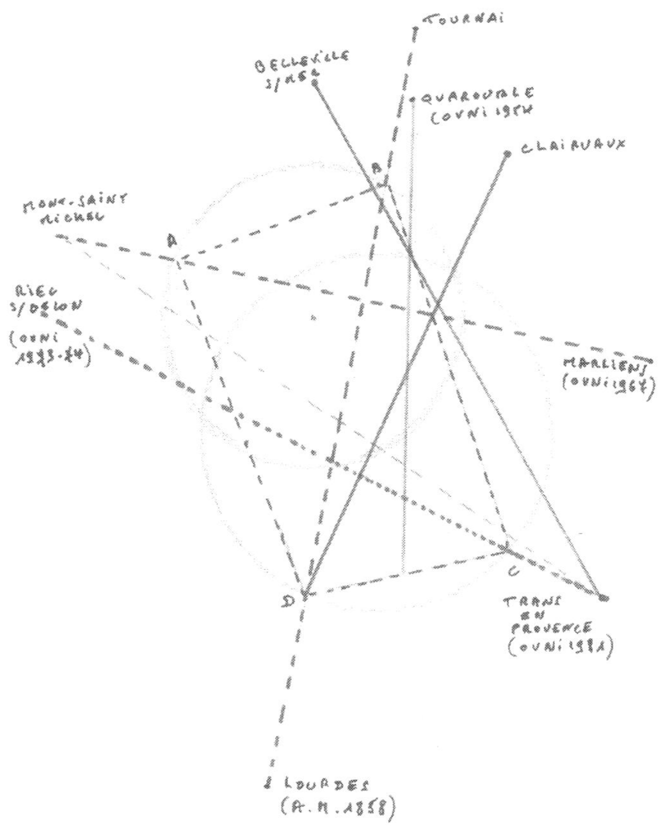

Les traits pleins matérialisent les nouveautés. Nous avons donc : Clairvaux-angle D qui rencontre au même carrefour la grande base B-C et Mont-Saint-Michel / Marliens.
Cette même base B-C sécante le cercle de centre La Celle- sous-Gouzon, à l'endroit où passe non seulement Belleville- sur-Mer / Trans- en- Provence, mais également Quarouble- milieu du côté D-C.
Croquis n° 4 :
Domrémy- Chambord est la quatrième trajectoire qui coupe le cercle au même endroit . Domrémy encore lance une droite vers R, point sécant Gisors-Lascaux avec le cercle, en passant par le croisement des deux cercles.

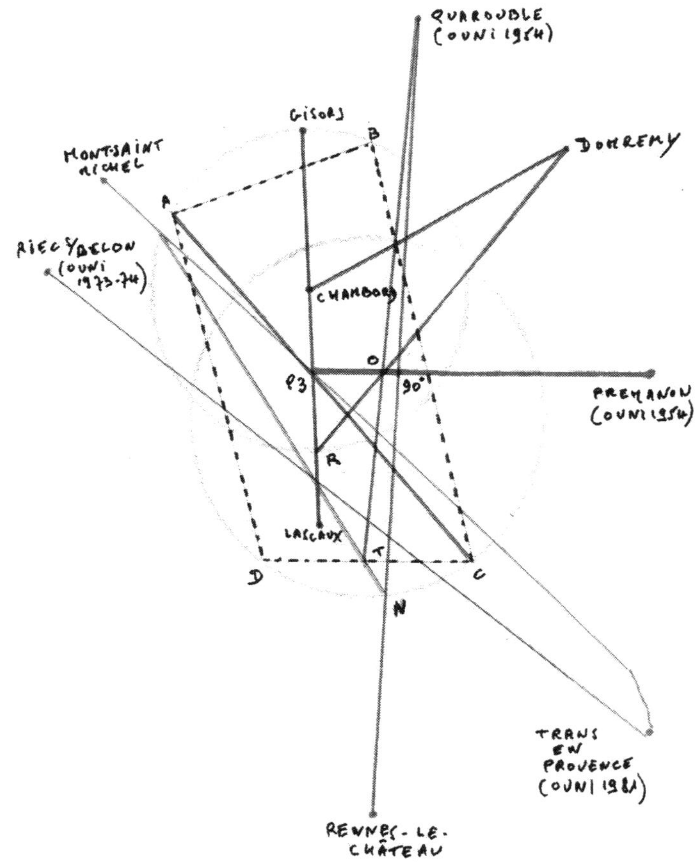

Croquis n° 4

Elle coupe Quarouble- milieu de D-C en un endroit nommé O, qui nous sera utile quand j'aurai dit que la diagonale A-C traverse Gisors-Lascaux, mais pas au niveau de P2.
Pour éviter toute confusion, je le baptise P3. Si on relie O et P3, le prolongement file sur Prémanon.
Je viens de citer P2 qui est le carrefour de Gisors-Lascaux et de Mont-Saint-Michel / Trans- en- Provence. Mais ce qui nous concerne c'est l'endroit du cercle où passe cette dernière trajectoire.
En traçant une droite qui rejoint le carrefour Riec- Trans et Gisors-Lascaux, elle arrive aussi au milieu de D-C. Mieux ; en continuant, elle sécante le grand cercle en N, permettant ainsi à Quarouble de profiter de l'aubaine pour aller sur Rennes- le-Château, créant ainsi une perpendiculaire à Prémanon-O-P3.
J'ai essayé au maximum d'être clair, en marquant les points importants, mais je conçois que pour les lecteurs, ce n'est pas évident de suivre. C'est pourquoi les dessins sont nécessaires, tout en n'étant pas à l'échelle. Croquis n° 5 :

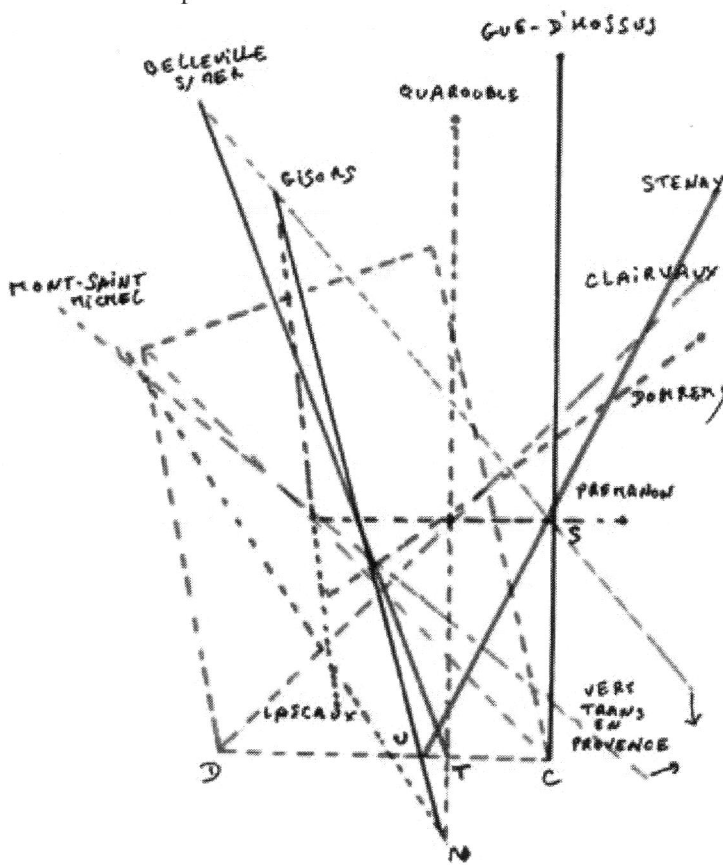

Dernier croquis de ce double cercle ; il ne comporte que quatre traits pleins.
Belleville- sur-Mer / Trans- en -Provence coupe Prémanon-O-P3 en S. En remontant de l'angle C du trapèze vers ce croisement, on continue jusqu'à Gué- D'Hossus.
Voyons maintenant la conjonction de deux paires de lignes ; Mont-Saint-Michel / Trans- en- Provence avec Domrémy- R (sécant du cercle avec Gisors-Lascaux), d'une part ; et d'autre part : Quarouble-N- Rennes- le-Château, qui coupe le côté D-C en T. En traçant la droite Belleville-T, nous passons par le carrefour précédent.
Autre paire de lignes ; La diagonale A-C du trapèze avec Clairvaux-D. Une droite partant de ce recoupement, va vers Gisors d'un côté, et vers N à l'opposé.
Je rappelle que N est le point sécant intermédiaire sur le grand cercle entre Quarouble et Rennes- le-Château.
Au passage, le trait coupe en U le côté D-C. A noter que Belleville-T et la diagonale A-C se croisent toutes deux sur La Celle –sous -Gouzon.
Ce qui confirme, et ce n'est pas fini, que la petite localité creusoise, n'a pas été choisie au hasard par les Responsables des OVNI, pour ouvrir le bal des atterrissages au début du vingtième siècle.
Ce qui paraît anodin est au contraire très important, car ce croisement marqué U, **permet de rejoindre Stenay** en passant par le recoupement des deux cercles, que je n'ai pas fait apparaître sur le croquis, déjà bien chargé.

CHAPITRE IX

CARTE N° 5 : CONES ET PARALLELOGRAMME

Au départ, il ne s'agissait que d'un seul cercle, basé sur un nouveau centre et deux constatations.
Le centre officiel de la France sans la Corse, c'est à dire uniquement la métropole, se place, selon l'IGN, au hameau de la Coucière, faisant partie de la commune de Vesdun, dans le cher.
Les Responsables des OVNI ne semblent pas d'accord sur ce choix, comme mes travaux le laissent à penser. Cependant, j'ai été frappé par le fait que Prémanon et Chabeuil, deux des atterrissages phares de 1954, en sont situés à égale distance, soit 270 kilomètres.
J'ai donc décidé de tracer ce cercle, et aussitôt après, diriger la règle sur Mont-Saint-Michel / Trans-en- Provence ; Eh bien non, cette ligne fétiche ne donne rien.
Par contre, Mont-Saint-Michel / Chabeuil- **Théopolis**, la Dardanus-Dromon **de Roger Corréard**, apparition mariale de 1656 et enfant gâté par les OVNI, est un premier indice. Quarouble- **Nouilhan**, apparition mariale de 1848, à 30 kilomètres au nord de Lourdes, mais éclipsée par sa sœur cadette, en est un deuxième. Croquis n° 1 :

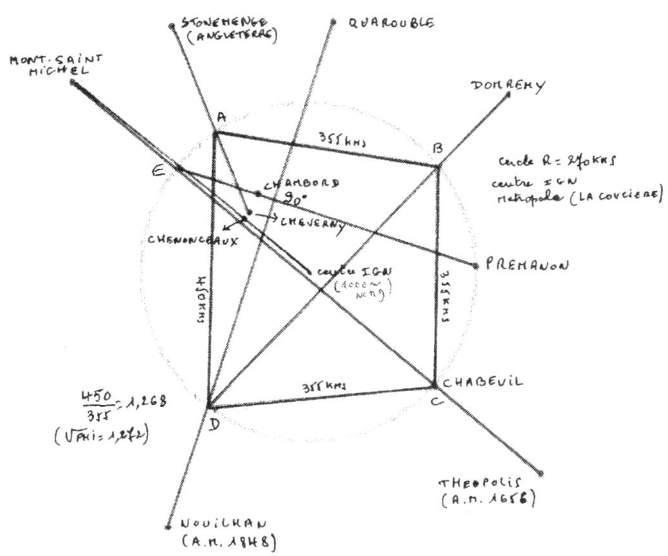

Au bout de quelques coups de règle, Domrémy rejoint Quarouble-Nouilhan au sud-ouest, sur le cercle.
Une similitude de distances paraît se dégager ; oui, du point baptisé B à Chabeuil (C), nous mesurons 355 kilomètres, que l'on retrouve entre C et D.
C'est un triangle isocèle, mais pas rectangle ; l'angle sur Chabeuil dépassant les 90 degrés. Puis Stonehenge-Cheverny coupe le cercle en A, qui pour une fois arrive bon dernier ; et miracle, entre A et B il y a aussi 355 kilomètres.
Nous dessinons donc un cône dont trois côtés sont égaux. Le quatrième, la plus grande base, atteint 450 kilomètres. Le rapport entre les deux est de 1, 268, **à quatre millièmes de la racine carrée de PHI**. Celui avec la hauteur (352 kilomètres), la dépasse de six millièmes, avec 1, 278.
Cheverny sert pour la création de l'angle A ; le Mont-Saint-Michel / Chenonceaux frôle le centre IGN à 1000 mètres au sud. Et Chambord alors ?
Bonne nouvelle, le troisième château est le passage obligé entre Prémanon et le point sécant E du cercle avec Mont-Saint-Michel / Chabeuil.Croquis n° 2 :

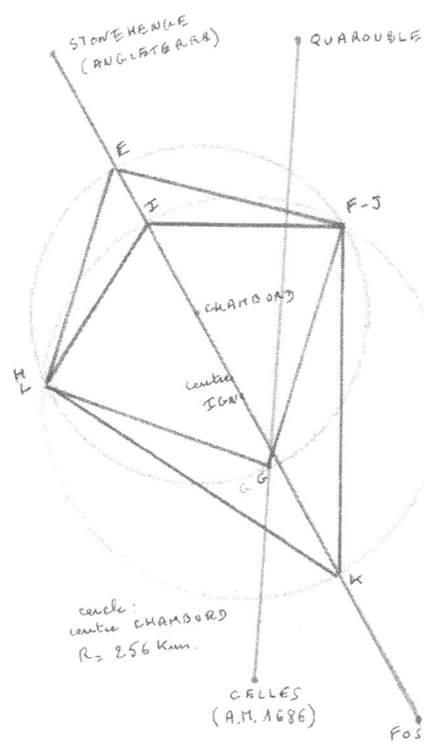

En reprenant **Chambord** comme centre d'un deuxième cercle, je cherchais à éviter le sempiternel Gisors.
En cherchant des repères sur la carte générale, je m'aperçus que trois villes aux cathédrales gothiques, étaient équidistantes du château : **Reims** surtout, **Amiens**, et **Châlons-en- Champagne.**
Le rayon de 256 kilomètres me convenait parfaitement. Ces mêmes 256 kilomètres sont également le rayon du cercle Milieu M S M / Trans / Prémanon du chapitre V : le carré.
Très vite, je trouvais une trajectoire de 1000 kilomètres, partant de Stonehenge, pour terminer au posé d'OVNI de **Fos-sur-mer**.
Elle avait la particularité de couper les deux centres, et donc de partager les cercles **en deux parties égales.**
Si j'avais cherché volontairement une pareille aubaine, de deux choses l'une ; ou bien j'aurais tâtonné longtemps, ou en joignant Chambord au centre IGN, me rendre compte que les deux points extérieurs en alignement entraient dans le cadre de l'orthogéométrie.
Ce qui n'était pas forcément vrai.
Mais cette droite étant bel et bien là, hasard ou pas, autant en profiter.
Cependant, je me retrouve avec un double losange, obtenu trop facilement, et qui ne fait pas mon affaire, à première vue…

…à première vue seulement, car si E F K H délimitent le grand losange réparti sur les deux cercles, les côtés E-H et E – F de 388 kilomètres chacun, (F et H étant les croisements des deux cercles), allaient m'aider à construire un cône, grâce à l'apport de Quarouble – Celles, l'apparition mariale de 1686, déjà connue.
Cette ligne coupe le petit cercle en G, et tout s'éclaire ; F- G mesure également 388 kilomètres.
La petite base du cône E F G H ainsi formé restant à 268 kilomètres.
Cette figure est entièrement inscrite dans le second cercle, mais se sont les deux croisements qui font la différence.
Le duo est donc indispensable.
Le croquis n° 3 va d'ailleurs démontrer que cette association n'est pas un vain mot.

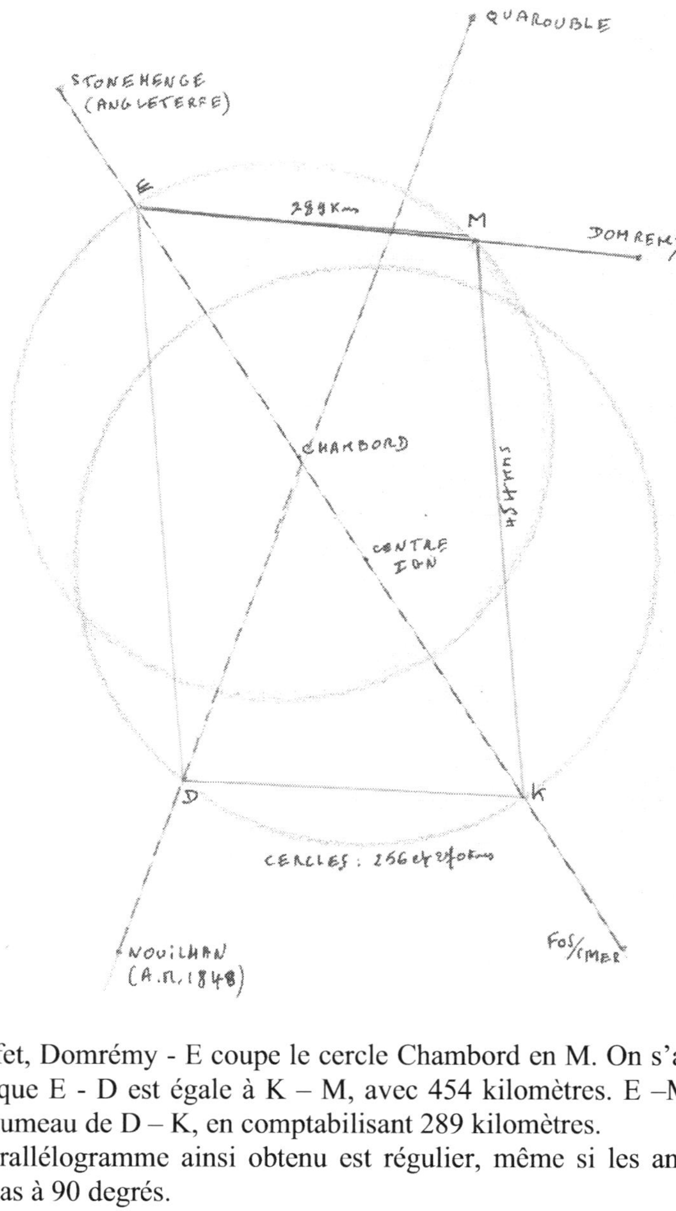

En effet, Domrémy - E coupe le cercle Chambord en M. On s'aperçoit alors que E - D est égale à K – M, avec 454 kilomètres. E –M est le frère jumeau de D – K, en comptabilisant 289 kilomètres.
Le parallélogramme ainsi obtenu est régulier, même si les angles ne sont pas à 90 degrés.
Le rapport des côtés n'a donc pas la valeur de celui d'un rectangle. Néanmoins je le signale par curiosité, car il est plus qu'intéressant ; 1, 5709.

C'est la moitié de PI (3, 1416). Il faudrait être très mauvais joueur pour chipoter sur **deux dix-millièmes**. Croquis n° 4 :

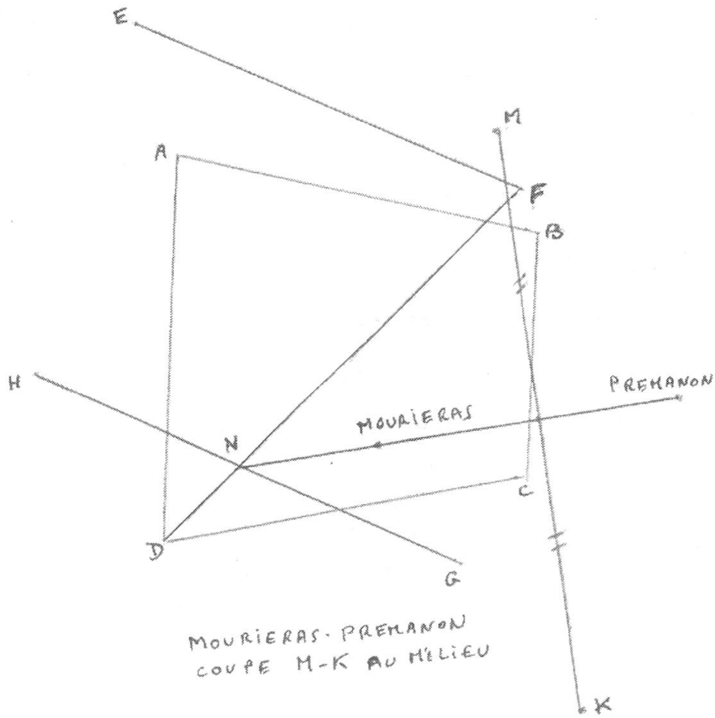

J'ai supprimé les cercles, qui dans le cas présent, et le suivant, ne sont d'aucune utilité pratique.
Les lettres suffiront à la compréhension, aidées en principe par mes explications.
Nous avons le cône A B C D inscrit dans le cercle IGN, ainsi que les bases G H et E F de celui du cercle Chambord.
La diagonale F D coupe la petite base G H en un point N. De ce croisement, une ligne se dirige vers Mouriéras, qui en se prolongeant, atteint Prémanon.

Mais le fin du fin, c'est que cette droite partage exactement **en deux parties égales** le côté K M du parallélogramme que nous venons de quitter. Croquis n° 5 :

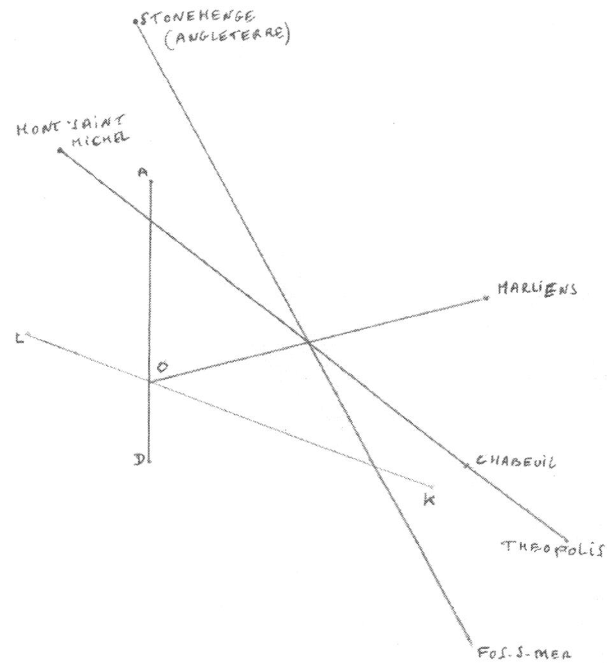

Enfin, dernière particularité de ce groupe de deux cercles : l'introduction de Marliens.
Le décors est constitué par la grande base A D du cône IGN, recoupé en O par le grand côté K L du losange que je trouvais trop facile à créer, alors qu'il démontre ici son utilité.
De O lançons une droite vers le croisement de Mont-Saint-Michel / Chabeuil-Théopolis et Stonehenge-Fos-sur-Mer.
Comme précédemment, nous prolongeons, et nous atteignons Marliens.
Ce sont six atterrissages d'OVNI, et trois apparitions mariales, qui auront servi à créer cet ensemble de figures, dans cet avant-dernier groupe de deux cercles.

CHAPITRE X

CARTE n° 6 : LES FIGURES EXOTIQUES

Clôturons la série des deux cercles par des figures exotiques. Par cette définition, lisez des quadrilatères, réguliers ou non, qui présentent des caractéristiques particulières.
Tout d'abord, simplicité de présentation, puisqu'un seul croquis suffit pour chaque groupe de cercles. Ensuite tous les trois sont des rectangles.
Toutefois, si l'un est normal, mais quelconque, le deuxième est harmonieusement déformé, ses angles diagonalement opposés étant égaux.
Le dernier est un carré long, c'est à dire que sa longueur est double de sa largeur. C'est le fameux rectangle de base servant au calcul du nombre d'Or. De plus, il est le seul dans son genre, dont deux de ses angles **ne prennent pas appui sur les cercles.**
A croire que les Responsables des OVNI l'ont destiné à être le prototype de l'orthogéométrie. Croquis n°1 :

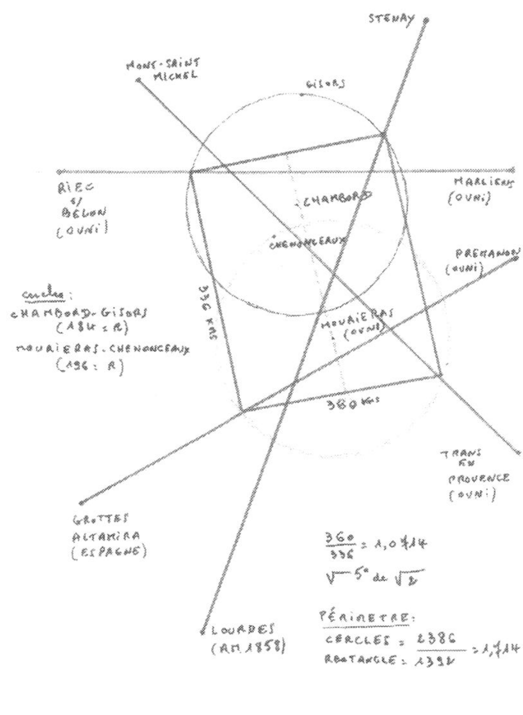

Commençons par le plus régulier, dont les cercles paternels sont le classique Chambord-Gisors, et un plus inattendu : Mouriéras-Chenonceaux.
Mouriéras est ce hameau de Corrèze, à proximité duquel un brave paysan rentrait de son travail dans les champs à la tombée de la nuit du 10 septembre 1954 ; deux heures avant l'atterrissage sur la voie ferrée de Quarouble.
Monsieur Antoine Mazaud donc rencontra un ufonaute, qui l'attira vers lui pour lui donner un semblant d'accolade.
C'est le premier, et l'un des rares cas de ce genre dans toute l'histoire de l'ufologie.
Il était tout à fait normal que Mouriéras figurât comme centre d'un cercle.
Notez en passant, que les initiales de notre témoin évoquent celles des Apparitions Mariales ; fantaisie de nos chers farceurs d'outre-dimension ?
Mouriéras, logique direz-vous, mais pourquoi Chenonceaux ? Bah, lubie d'un chercheur. Les Châteaux de la Loire étant concernés par l'orthogéométrie, j'ai voulu inscrire celui-ci, comme limite de rayon de 196 kilomètres.
Dans le chapitre VIII : le trapèze, nous avons déjà eu un cercle de rayon identique : La Celle sous Gouzon / Loury.
Chenonceaux a été offert par Henri II à sa maîtresse, Diane de Poitiers. Cheverny ayant aussi appartenu à cette dernière, en l'achetant avec son mari Louis de Brezé, aurait pu être le second partenaire.
Mais je l'ai écarté, car trop près de Chambord.
Les cercles sont dessinés, et l'inévitable Mont-Saint-Michel / Trans-en- Provence est tracée.
Elle donne l'angle sud-est C du rectangle.
Ensuite, c'est le tâtonnement habituel – la pêche à la ligne – (trop facile, je n'ai pu m'empêcher de l'écrire).
En définitive, elles sont quatre, après de nombreux coups de règle, à se partager les angles.
Riec-sur-Belon / Marliens pour le coin nord-ouest.
Lourdes- Stenay, qui en l'occurrence remplace Tournai, pour le nord-est.
Enfin, il fallut aller chercher les **grottes d'Altamira** en Espagne, pour qu'avec l'aide de Prémanon, l'angle sud-ouest termine ce rectangle, de 360 par 336 kilomètres.
Ce qui en terme de rapport nous donne : 1,0714, qui est la racine septième de PHI.

Quant aux périmètres des cercles et du rectangle, nous avons 2386 et 1392 kilomètres. Le quotient est de 1, 714, dont la racine carrée de 1, 309, **est tout simplement la moitié de PHI carré (2, 618).**
Comme quoi, le châteaux de Chenonceaux, et surtout la belle Diane, participent agréablement à l'orthogéométrie.

Deuxième groupe de cercles :

Pellevoisin Lascaux de 213 kilomètres de rayon, et La Celle- sous-Gouzon / Marliens (251 kms), forment le duo de cette nouvelle figure très particulière.
Ne parlons pas de Lascaux. Pellevoisin est le quatrième partenaire de la ligne primordiale. Bourgade située à 71 kilomètres au sud de Chambord, son centre-ville est à 1000 mètres à l'ouest de Gisors-Lascaux.
Remarquable apparition mariale de février1876, et la suite, car il y en eut quinze en tout.
Une mourante au dernier degré, fut entièrement guérie au bout du cinquième jour.
Là aussi, il me semblait normal de l'associer à la célèbre grotte, afin de rester sur cette ligne primordiale.
De même, La Celle- sous -gouzon, premier atterrissage, ou assimilé, sur le sol français en 1906, méritait d'être le centre une fois encore d'un cercle ; d'autant que Marliens en est située à 251 kilomètres.
Les 251 kilomètres sont légion en Orthogéométrie. Citons Marliens justement – Stenay ; Chambord / Mont-Saint-Michel ; Belleville- sur-Mer / Stonehenge ; et comme nous le verrons avec le dernier groupe, Lascaiux -Rennes- le-Château, ou peu s'en faut (250, 6).
C'est une des constantes kilométriques, qui fait dire à **Guy Tarade**, m'écrivant à ce sujet, que c'était en rapport avec le rythme de la Terre.

Croquis n° 2 :

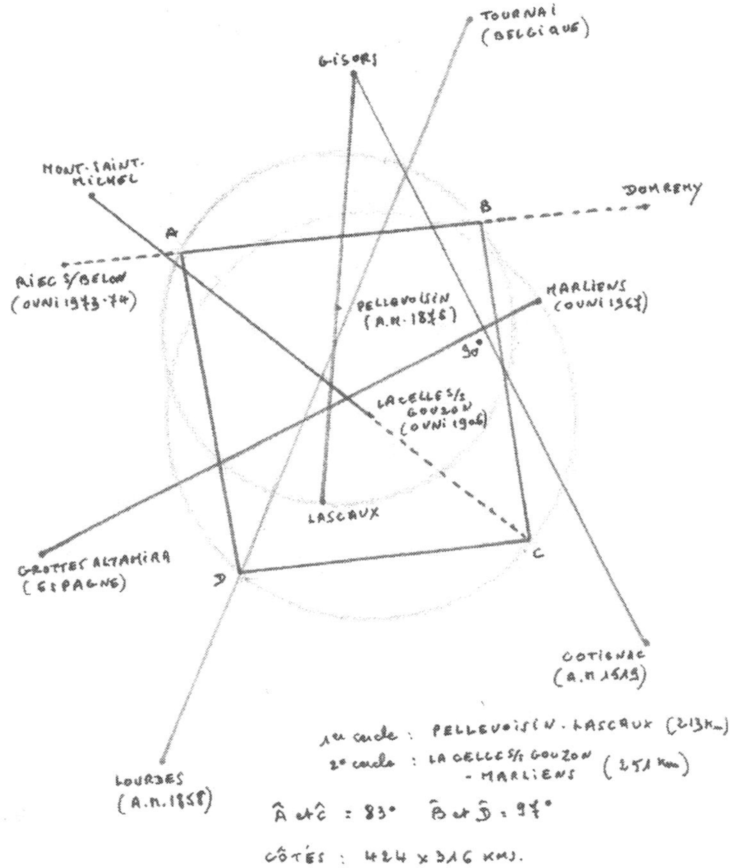

Exceptionnellement, le Mont-Saint-Michel se trouve privé de son équipier habituel (Trans en Provence), remplacé par La Celle- sous-Gouzon. La ligne prolongée contribue à former l'angle sud-est C du parallélogramme.

Pae contre, le couple Tournai-Lourdes reste soudé, et donne naissance à D. Curieusement, et de façon inattendue, c'est une nouvelle association qui obtient la palme, par la création des angles nord-ouest et est (A et B) : Riec-sur-Belon / Domrémy.

Etrange rectangle, déformé régulièrement, puisque les angles diagonalement opposés sont égaux ; A et C mesurent 83 degrés, tandis

que B et D, par voie de conséquence, atteignent 97 degrés. Donc pas de rapports des côtés droits inexistants.
En compensation, Gisors-Cotignac, l'apparition mariale de 1519, est perpendiculaire aux **grottes d'Altamira**- Marliens.
Les rapports obtenus dans les différentes configurations, frôlent l'extraordinaire : surface des cercles : 142.459 + 197.823 = 340.282 kilomètres carrés. Surface du parallélogramme : 133.984.
Le quotient des deux s'élève à ; 2, 540 ; c'est **exactement la moitié de :** PI X PHI (3.1416 X 1, 618 = 5 ,083).
De même, si on compare ces superficies à celle de la France, les résultats sont aussi positifs, ainsi que nous l'avons déjà constaté au chapitre VIII, dont je reprends le chiffre pour la France :
551.602 divisé par 340.282 = 1,621 ; sans commentaire..
551.602 divisé par 133.984 = 4,117 ; **c'est pile** (à un millième): PHI X racine carrée de PHI X2 (1,618 X 1,272) X2 (4, 116) Mais aussi : (PI X PHI carré) divisé par 2. On est à 4 millièmes d'écart avec : 4, 112.

Troisième groupe de cercles :

Le dernier rectangle va apporter à son tour une moisson de surprises. Déjà par le peu de lignes mises en œuvre pour le créer ; ensuite, par le fait que deux de ses angles ne sont pas circonscrits sur le cercle.
C'est l'unique fois que cela se produira dans mon orthogéométrie.
J'ai déjà fait allusion à la distance qui sépare Lascaux de Rennes -le-Château, approchant les 251 kilomètres.
Le second cercle paraissait donc tout trouvé. Quant au premier, et nul ne s'en étonnera, c'est bien sûr Chambord-Gisors.
La première ligne à tracer, c'est celle qui passant par le croisement est des deux cercles.
Elle nous mène de Tournai, en coupant le cercle en B, à la spectaculaire – par la technologie mise en œuvre- apparition mariale de 1873, à **Saint- Bauzille- de -la-Sylve**. Elle se prolonge jusqu'à la circonférence en C.
La deuxième partira de Stonehenge, pour rejoindre Lascaux. Auparavant, elle coupe le cercle en E.
La troisième, dont le départ se situe encore à Stonehenge, aboutira à Rennes-le-Château.

Croquis n° 3 :

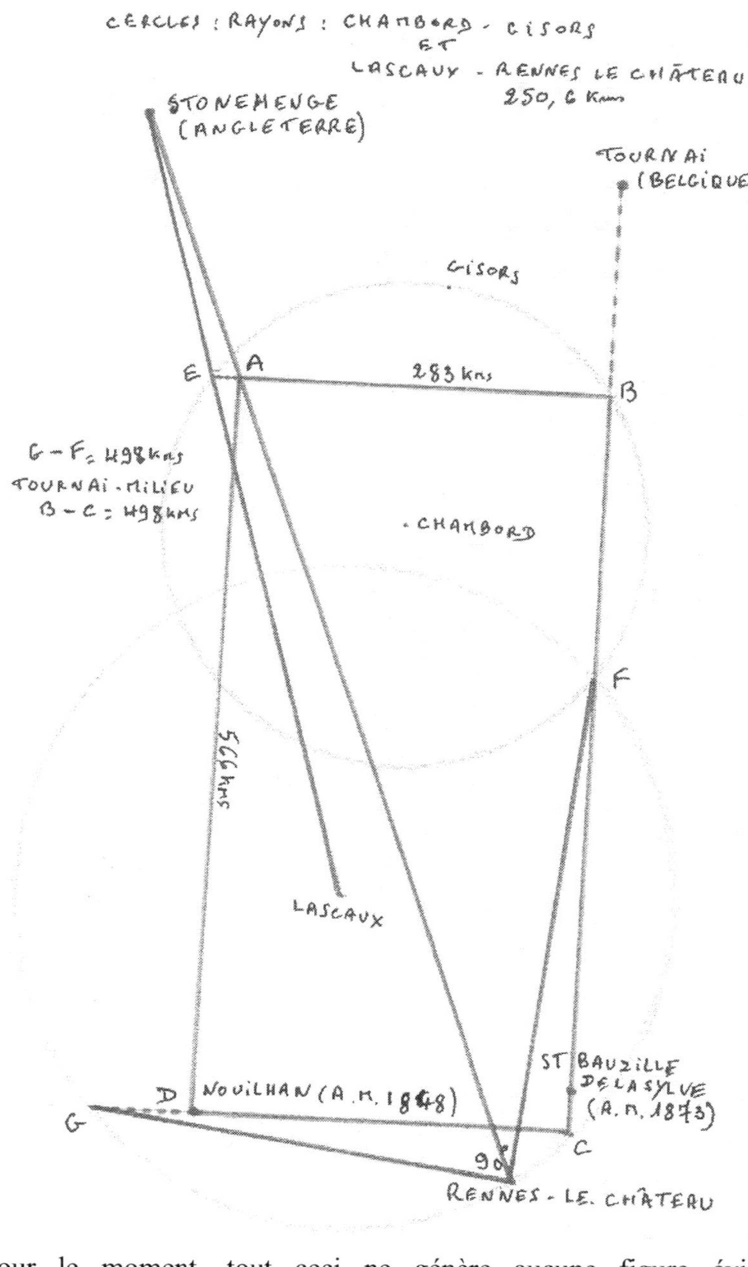

Pour le moment, tout ceci ne génère aucune figure évidente, indubitable. Sans doute parce que nous cherchons des points d'appui sur les circonférences, comme d'habitude.

Mais si du croisement F, nous nous dirigeons vers Rennes, une perpendiculaire va recouper le grand cercle en G.
Une vérification à la règle entre C et G, fait ressortir un lieu précis : Nouilhan, à 30 kilomètres au nord de Lourdes.
Apparition mariale de 1848, la précédant de dix ans, mais éclipsée par sa sœur cadette.
Mesure effectuée, on s'aperçoit que de B à C il y a 566 kilomètres, contre 283 entre C et Nouilhan ; qui plus est, ce petit côté est perpendiculaire.
C'est déjà un triangle rectangle-demi carré long.
Que va donner la règle à partir de B vers l'ouest ?
La perpendiculaire mène à E sur le cercle.
Mais l'immense cadeau vient du recoupement en A, rencontre avec Stonehenge-Rennes, situé précisément à 283 kilomètres.
Le double carré ou rectangle long est désormais formé.
Accessoirement, la distance de G à F est de 498 kilomètres. Elle est égale à celle de Tournai au milieu du côté B-C.
La diagonale du rectangle est de 633 kilomètres ; c'est 498 X par 1, 272, racine carrée de PHI, à 450 mètres près.
Et si les surfaces ne donnent rien de probant, les périmètres approchent le nombre d'Or (1156 + 1574 / 1698 = 1,608).
Ce sont 17 kilomètres carrés d'écart, soit 0, 64 %.

CHAPITRE XI

CARTES N° 7 et 8 : DEUX FOIS TROIS CERCLES

TRIANGLES EQUILATERAL ET RECTANGLES

Dans ces deux séries, nous allons terminer par un retour aux sources ; à savoir la ligne primordiale et la ligne principale n°1.
Nous savons depuis le début de ces études, qu'elles se coupent en un point baptisé P2.
D''autre part, nous avons appris que le milieu de Mont-Saint-Michel/Trans- en- Provence, se plaçait sur la circonférence de Chambord-Gisors.
Toutes ces données vont donc fournir la base de nos trois cercles : l'éternel Chambord-Gisors (184 kilomètres), P2-Lascaux (207 kilomètres), pour ne pas quitter la ligne primordiale, et le milieu de M-S-M / Trans / Chambord (184 kilomètres également). Croquis n° 1 :

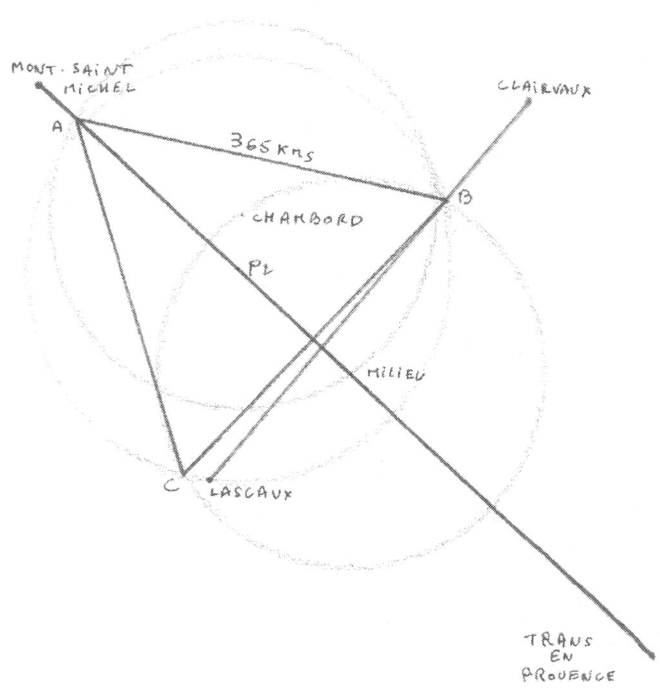

La ligne principale n°1, passant par deux centres, devient l'axe d'un triangle équilatéral, dont elle devient la hauteur à partir du sommet A.
Cette figure est délimitée le plus simplement du monde par le croisement nord-est (B), et sud-ouest (C) des cercles P2 et M-S-M / Trans ; les côtés mesurant 366 kilomètres.
Pour être complet, l'angle B sert de guide pour la droite qui relie Clairvaux à Lascaux. Croquis n° 2 :

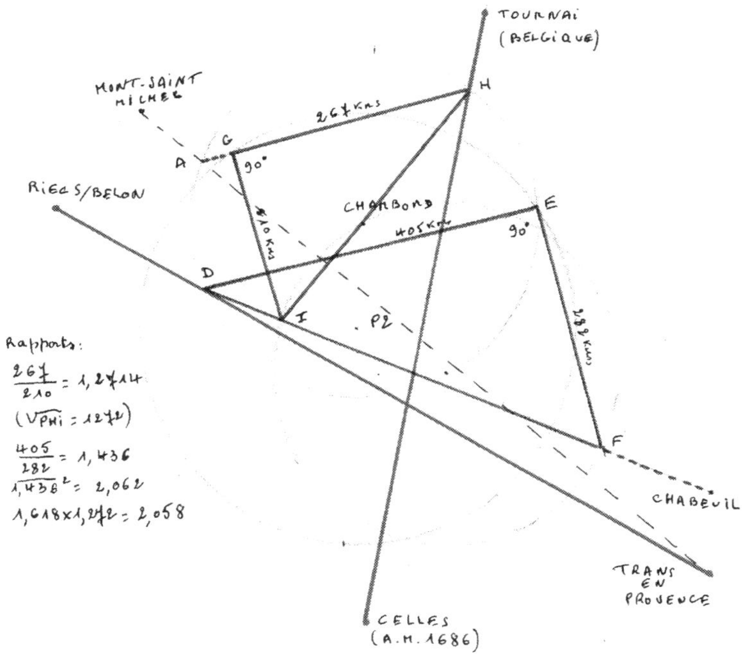

Ce sont deux autres lignes principales qui interviennent, pour permettre la création de triangles rectangles.
-Tournai -Celles (A.M. 1686) coupe le cercle Chambord-Gisors en H.
-Riec-sur-Belon / Trans sécante en D le cercle P2.
Ce cadrage permet ainsi à Chabeuil d'envoyer une ligne vers D, qui coupant le cercle milieu MSM –Trans en F, devient l'hypoténuse d'un triangle rectangle F D E. dont les côtés mesurent 405 X 282 kilomètres.
L'angle droit E est le croisement des deux autres cercles.
Maintenant, de H on trace une droite jusqu' à A (sommet du triangle équilatéral).
Le cercle Chambord est coupé en G après 267 kilomètres. La perpendiculaire partant de G rejoint l'hypoténuse D F en I, sur la circonférence de milieu MSM-Trans (210 kilomètres).

Cette deuxième hypoténuse H -I, est confirmée par le fait qu'elle passe par Chambord.
Les rapports des côtés sont indirect pour l'un, et très précis pour le second : 405 divisé par 282 = 1,436. Porté au carré, ce nombre devient 2, 062. Or, **le nombre d'Or multiplié par sa racine carrée donne 2, 058**. Quatre millièmes seulement d'écart. Et le quotient de 267 sur 210 est de 1,271. On retrouve la racine carrée de PHI.
Pour clore ce premier groupe, signalons que D-F-Chabeuil coupe le côté B C du triangle équilatéral, sur le cercle Chambord-Gisors. Apparemment, les Responsables des OVNI n'ont rien laissé au hasard.

II) TROIS RECTANGLES

Nous avons inauguré cette série de cartes par un rectangle (carte n° 1). Nous allons le retrouver ici symboliquement, mais accompagné de deux congénères, dont il sera en partie le géniteur. Croquis n° 3 :
En effet, c'est à nouveau Chambord-Gisors qui donne le ton, associé à Chambord-Clairvaux (246 kilomètres), et Gisors-Lascaux (471 kilomètres). Il y a donc deux cercles concentriques, tangentés ou recoupés par le troisième.
Vous vous insurgez peut-être en constatant que c'est un retour en arrière. Nous savons déjà, direz-vous, et c'est du réchauffé, que Chambord-Gisors contient un rectangle, tel que ci-dessus, et que Gisors-Lascaux fournit un losange, des cônes, et une étoile. A quoi bon y revenir ?

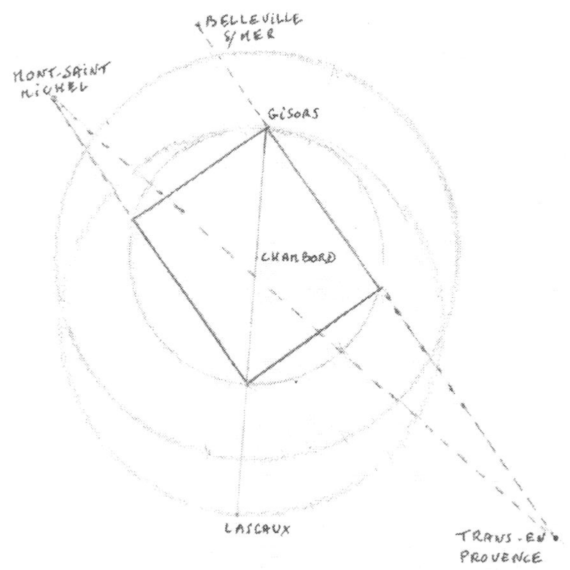

Eh bien justement, nous n'y revenons pas. Si le croquis n°1 est la réplique de la première carte, c'est uniquement pour servir de base de travail, car nous en aurons besoin. Croquis n°4 :

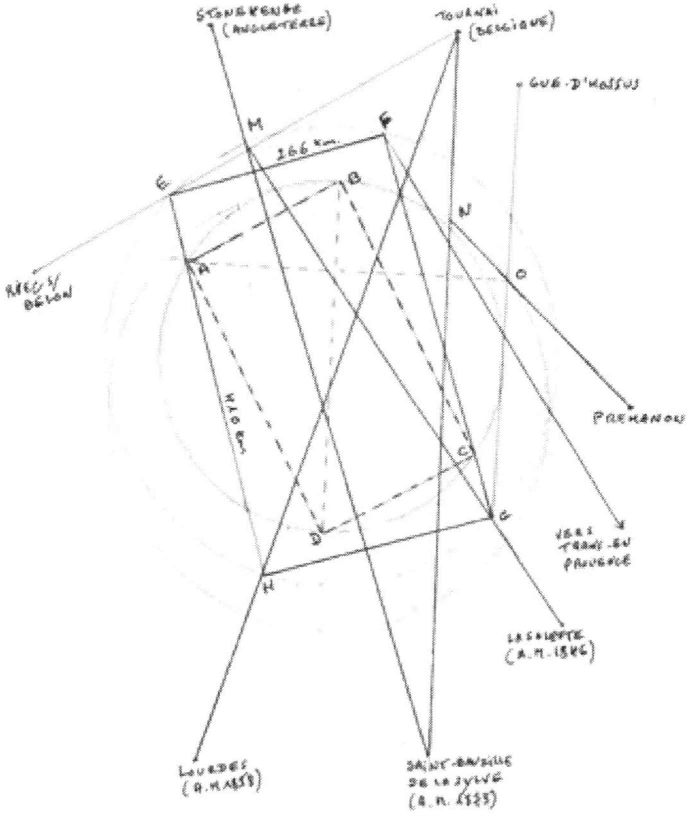

Tournai-Lourdes font leur dernière apparition, pour créer l'angle H du futur rectangle sur le cercle Chambord-Clairvaux.
Encore Tournai, mais associée à Riec, coupe le même cercle en E. En reliant H à E, on s'aperçoit que l'angle A du rectangle de base est tangenté.
Mais est-ce vraiment une surprise ?
Toutefois, la seconde figure n'est pas formée pour autant, et la complexité prend le relais, pour la concrétiser.
C'est tout d'abord Stonehenge / Saint Bauzille- de -la-Sylve (A.M. 1873) qui coupe le cercle concentrique extérieur en M. De ce point nous partons vers La Salette (A.M. 1846). Et toujours sur ce même cercle, c'est la naissance de l'angle sud-est G.

Si entre E et H, nous mesurons 410 kilomètres, de H à G, il y en a 266. qui plus est formant un angle droit. De E, la perpendiculaire de longueur identique, tombe sur le cercle en F.
C'est bien, mais peut-on justifier cet angle ? Oui, doublement.
En remontant de Trans- en- Provence vers F, on passe obligatoirement par le croisement des deux grands cercles.
Comme E- H tangente l'angle A du rectangle initial, on rencontre la même équivalence avec F- G, qui passe par l'angle C.
On voit donc bien que ce premier rectangle n'est pas une redite inutile, mais qu'il a son importance dans ce triptyque circulaire.
A noter que chaque cercle a son propre rectangle. En sera-t-il de même avec le troisième ? Oui, mais n'anticipons pas.
Tournai / Saint- Bauzille traverse le cercle intérieur en N. Prémanon -N coupe Gisors-Lascaux en O, qui devient le carrefour de Gué-D'Hossus / G . Croquis n° 5 :

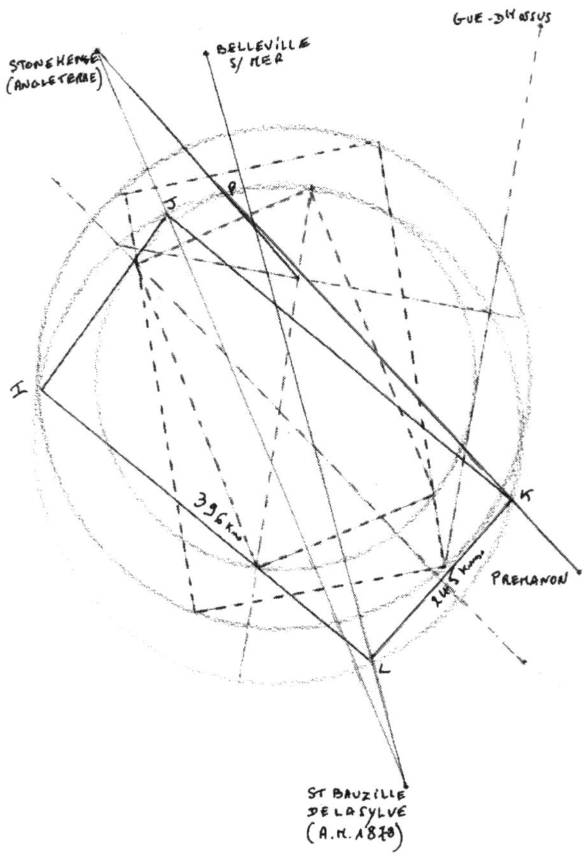

Station de départ : Stonehenge, direction Saint- Bauzille, décidément omniprésente en cette fin d'étude. C'est l'origine de l'angle nord J du troisième rectangle.
Le croisement des deux grands cercles, nous donne obligeamment l'angle J nord-ouest.
A nouveau Saint- Bauzille, qui récidive avec Belleville- sur-mer cette fois pour offrir l'angle sud L
Confirmation des figures précédentes, le côté I- J (245 kilomètres) tangente lui aussi l'angle A du rectangle de base ; **il aura donc accompli trois fois son rôle de parrain en quelque sorte**.
Quant au grand côté I – L (396 kilomètres), c'est l'angle D qui est concerné.

Le rectangle inscrit dans le cercle Chambord-Gisors, aura vu trois de ses angles jouer les intermédiaires de qualité.
L'angle K, quatrième du rectangle final, est conçu en deux temps. Stonehenge- centre de la croix du cercle Gisors-Lascaux (carte n°2), coupe le petit cercle en P.
Et c'est en définitive, la ligne joignant Prémanon à P qui détermine l'angle K.
Les trois rectangles sont bien inscrits dans chacun des cercles, mais avec obligatoirement l'aide des deux autres circonférences.
C'est la magie de l'orthogéométrie, **la synergie ufologique**, qui apporte son lot de surprises, et met aussi en valeur la fabuleuse conception des Responsables des OVNI et des apparitions mariales.

S'ils n'ont pas eu la migraine en créant cette hyper géométrie sur plusieurs niveaux, c'est qu'ils possèdent un cerveau à toute épreuve.
Mon orthogéométrie s'arrête là, semble-t-il, avec trois cercles.
Une tentative avec quatre cercles, s'est soldée par des trajectoires bien sûr, mais sans obtenir de figures géométriques.
Mais peut-être ne suis-je pas capable de décrypter plus avant **les dessins** des Dieux ?
Ce sera donc la Loi du Milieu qui prendra la suite.

Pour terminer sur une fin heureuse, c'est le rapport des côtés de cet ultime rectangle qui va baisser le rideau, sur cette carte avec le croquis n° 6.

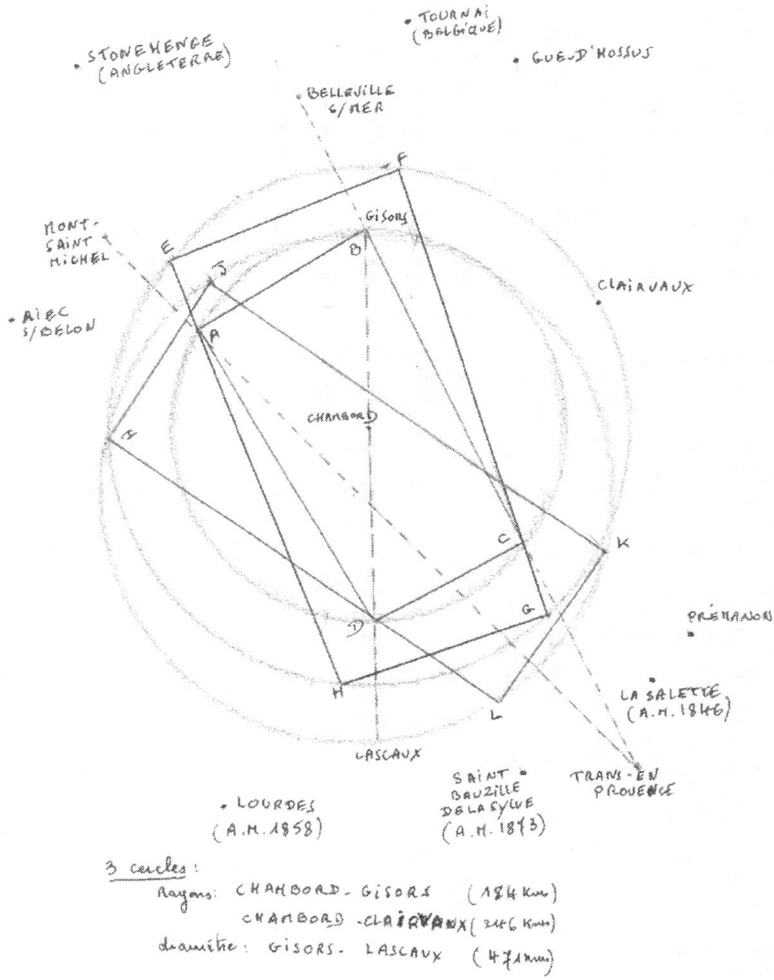

396 kilomètres divisés par 245 = 1, 616 (écart sur le terrain : 250 et 400 mètres).
Quelle plus belle conclusion que celle du Nombre d'Or ?

CHAPITRE XII

LA LOI DU MILIEU

Je dois à **Robert Maestracci** de pouvoir aller plus loin, après la série des cartes, qui s'arrêtait à trois cercles.
J'ai eu le privilège et le grand plaisir, de rencontrer cet homme toujours vaillant de corps et d'esprit, malgré son âge, encore considéré comme vénérable il y a quelques décennies, chez un ami commun, à Cotignac, François Ferval-Chanut.
Robert Maestracci est l'auteur de *Géographie secrète de la Provence* (édit. Cheminements), ouvrage monumental fruit de vingt-cinq ans de recherches.
Je ne peux mieux le qualifier, en disant que c'est une extraordinaire orthogéométrie multi- millénaire de cette région Provence- Côte-d'Azur. Bien qu'il n'y soit pas question d'OVNI, on y retrouve des lieux d'atterrissages directement concernés.
Et par extension de cette géographie, ce sont des sites familiers qui surgissent : Stenay, Gisors, le Mont-Saint-Michel, Stonehenge.
Bref, cet ouvrage confirme bien que rien n'est dû au hasard, que ce soit à grande ou petite échelle.
Et le livre récent de Sylvain Tristan *les lignes d'Or'* (Alphée), ne fait que renforcer cette certitude.
On me trouvera sans doute péremptoire, mais je ne puis exprimer autrement ce que je pense être une réalité.
Au cours des échanges d'idées qui suivirent les mini-conférences que nous présentâmes, Robert Maestracci me suggéra de vérifier si le milieu de mes lignes ne tombait pas sur un saint-Martin.
Proposition séduisante que je mis en pratique.
Effectivement, il paraissait logique que ce légionnaire ayant partagé, au sortir de son baptême selon la légende, son manteau avec un miséreux, matérialisa en quelque sorte le milieu de deux points. Surtout quand ces extrêmes sont des hauts lieux géographiques, des apparitions mariales, ou des posés d'OVNI.
En fait, sur la totalité les milieux directement concernés par saint-Martin ou Dammartin, ne sont que cinq ; ce qui pourrait passer pour des coïncidences, ou être l'objet du hasard. J'en suis parfaitement conscient. Croquis n° 1 :

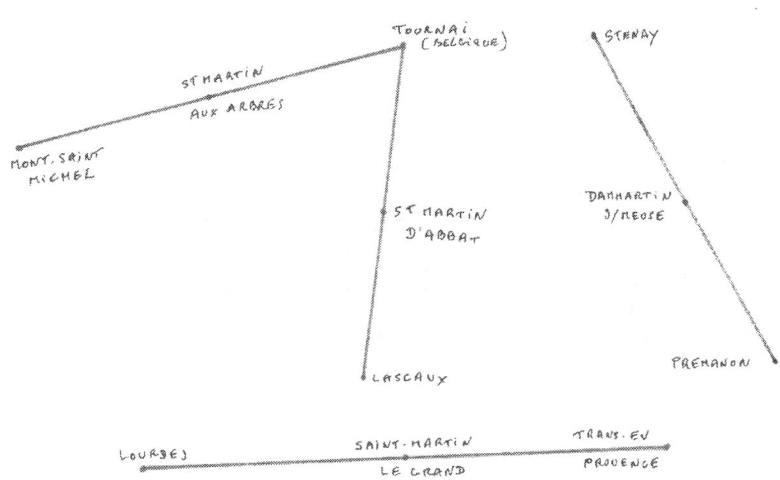

Tournai est le seul carrefour de deux routes comportant un Saint-Martin en leur milieu : Mont-Saint-Michel avec Saint-Martin aux arbres, et Lascaux pour Saint-Martin d'Abbat.
Lourdes- Trans –en -Provence est partagée par Saint-Martin le Grand.
Quant à Stenay- Prémanon, c'est Dammartin sur Meuse qui est le fléau de la balance. Croquis n°2 :

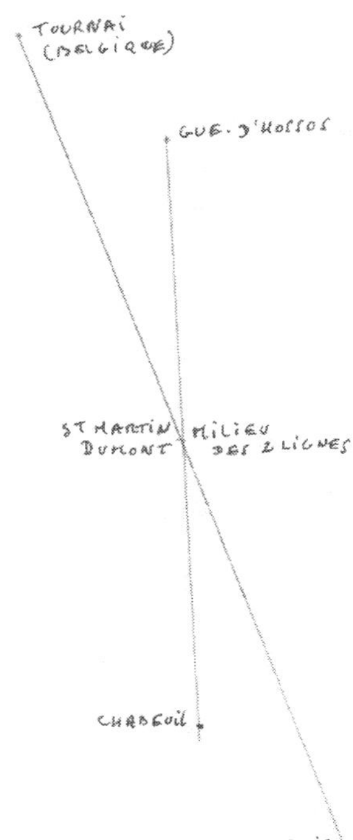

Quand je parlais de carrefour pour Tournai, ce n'était pas en vain. Associée à la Théopolis de Roger Corréard, son milieu tombe pile sur Saint-Martin du Mont.
Cette agglomération est aussi le centre de Gué -D'Hossus / Chabeuil.
C'est peu bien sûr, mais une kyrielle de bizarreries, situées à certaine distance du milieu, vient égayer ce tableau un peu gris.
Tournai se payant le luxe d'être omniprésente, nous commencerons donc par cette ville belge, fief mérovingien de Childéric 1 er.
Tournai -Marliens : Saint-Martin à 6 kilomètres au nord
Tournai- Prémanon, et Gué D'Hossus/Marliens ont un milieu commun, proche de Sainte-Marie du lac.
Tournai- Chabeuill : Saint-Martin d'Armençon à 20 kilomètres nord-ouest.
Tournai-La Salette et Chabeuil- Gisors, milieu également commun, près d'un petit hameau nommé : **Voulaine-les Templiers** à 8 kilomètres.(il aura son chapitre.)
Tournai- Valensole : Sainte-Marie sur Ouche à 5 kilomètres.
Tournai- Saint- Bauzille- de -la-Sylve Saint-Martin, et un autre au-dessus : Sainte-Marie.
Tournai- Altamira : à 3 kilomètres sud de la Chapelle Gaudin.
Tournai- Stenay : quasiment sur Saint-Rémy.
Tournai-Celles (A.M. 1686) : à 4 kilomètres nord-ouest du bois Grailly, et 5 kilomètres du village de **La Celle.(** curieux, non ?)
Quarouble- Marliens : 10 kilomètres sud-est : Saint-Martin aux Champs, et Dammartin Lettré.
Quarouble- Prémanon : quasiment sur le posé de Mertrud. A proximité de Dammartin le Saint-Père, et de Dammartin-le-franc.
Quarouble- Cotignac : à 5 kilomètres de part et d'autre de : Sainte-Marie la Blanche et Saint-Martin en Gâtinois.
Stenay- Marliens : 2 kilomètres est de Domrémy- en- Ornois.
Stenay-Lascaux : à 10 kilomètres sud-est : Saint- Martin- Nohain.
Stenay-Stonehenge : à 2 kilomètres nord de Nampont- Saint-Martin, et 3 kilomètres est de Conchil- le-Temple.
Stenay-Cotignac : à 8 kilomètres sud-ouest de clairvaux-les-lacs.
Stenay- Trans -en- Provence : 5 kilomètres nord-est du posé de Longchaumois.
Stenay-Celles (A.M. 1686) : à 6 kilomètres nord de Saint-Rémy en Rollat.
Stonehenge- Trans- en- Provence : à 5 kilomètres du bois de Beaujeu.
Stonehenge / Saint- Bauzille- de -la-Sylve : à 10 kilomètres nord-est de Saint-Martin-le Beau.
Stonehenge / Rennes- le-Château : à 5 kilomètres de l'Ile Bouchard (A.M. 1947), et à 10 de l'atterrissage de Marcilly- sur Vienne.

Gué- D'Hossus / Mouriéras : proximité Villiers- Saint-Benoît.
Gué- D'Hossus / Altamira : 3 kilomètres sud de N-D d'Or.
Chabeuil / Riec-sur-Belon : à 2 kilomètres de Chapelle Vivier.
Chabeuil-Altamira : à 5 kilomètres nord-ouest de Port-Sainte-Marie.
Chabeuil- Marliens : à 2 kilomètres de l'abbaye de N-D des Dombes.
Chabeuil- Prémanon : à 2 kilomètres ouest de Saint-Benoît.
Prémanon- Lourdes : sur Sainte-Marie, et à 5 kilomètres sud-est de Saint-Martin de Vigouroux.
Saint -Bauzille / Mouriéras : à 2 kilomètres de Saint-Rémy de Montpeyroux.
Rennes- le-Château / Marliens : à 4 kilomètres nord-ouest de Sainte-Marie des Chazes.
Cette liste assez étoffée, s'inscrit dans une certaine partie de l'Histoire, tout en insistant sur Saint-Martin et Sainte-Marie.
Si l'on excepte Saint-Martin d'Armençon, un peu loin du centre de Tournai- Chabeuil, ce sont onze Saint-Martin ou assimilés, qui sont très proches. Les Sainte-Marie ou Notre-Dame se comptent au nombre de neuf.
Si ce n'est pas probant d'une volonté délibérée de la part des Responsables d'OVNI, ceci donne matière à réflexion. D'autant que par ailleurs nous avons des ‘’ coïncidences ‘’ troublantes avec l'Histoire mérovingienne et templière.
Trois Saint-Rémy et un Domrémy, pour rappeler la dynastie mérovingienne.
Voulaine-les Templiers, La chapelle Gaudin, Conchil-le Temple, Clairvaux-les lacs, Bois de Beaujeu, parlent par eux-mêmes. Guillaume de Beaujeu, et Thibaud Gaudin étant deux des Grands-Maîtres de l'Ordre. Quand à Villiers Saint -Benoît, il évoque le Grand-Maître des Hospitaliers : Jean de Villiers.
Une autre curiosité-clin d'œil : le village de La Celle, à peu de distance du milieu de Tournai-Celles.
On peut se demander si le posé ou assimilé de 1906 à La Celle- sous-Gouzon, apparemment sans motif apparent, n'est pas en rapport avec l'apparition mariale antérieure de 220 ans.
On retrouve donc ces mêmes références, directes ou indirectes, que dans l'ensemble de l'orthogéométrie.
Et bien évidemment, cette loi du Milieu va générer une quantité impressionnante de croquis, dont la complexité laisse rêveur une fois encore.
Il est incroyable qu'une telle débauche de géométrie-géographique puisse naître, même en ayant recours à un super-ordinateur.
D'autant que les buts, la finalité de ce jeu de pistes, restent inconnus à ce jour.

Les tracés présentés ci-après n'ont pas d'ordre particulier, et j'ignore, si dans l'esprit des concepteurs, il en était de même. Croquis n° 3 :

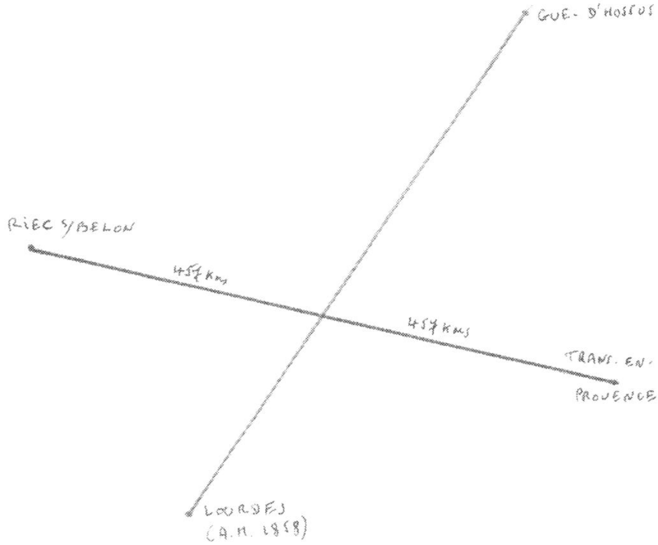

Mise en route par un ensemble simple : Gué-D'Hossus / Lourdes traverse au milieu : Riec-sur-Belon / Trans- en- Provence. Croquis n° 4 :

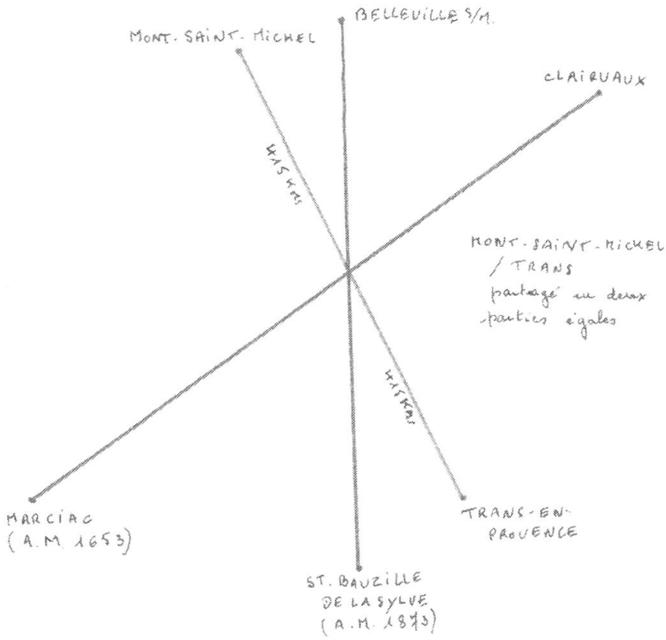

Revenons un instant sur le milieu de Mont-Saint-Michel / Trans- en - Provence. Deux lignes confirment son importance : Belleville- sur-Mer / Saint- Bauzille de la Sylve (A.M. 1873). Je rappelle que Belleville est l'origine sur la côte française, du méridien intermédiaire Gruais-Mouny. La deuxième ligne va de Clairvaux à l'apparition mariale de Marciac (1653). Croquis n° 5 :

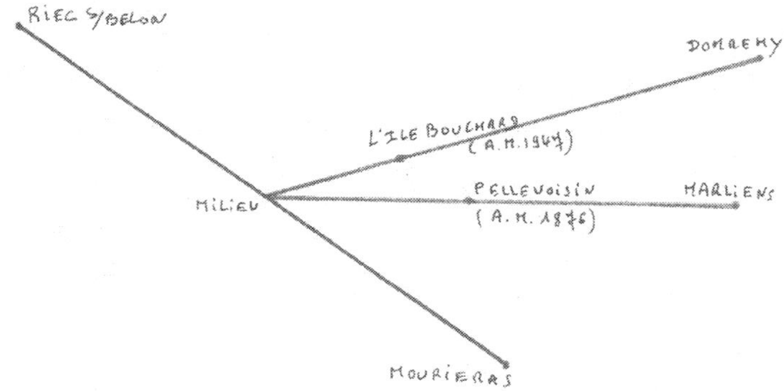

Le milieu de Riec-sur-Belon / Mouriéras est rejoint par : Domrémy-L'Ile Bouchard (A.M. 1947), et Marliens-Pellevoisin (A.M. 1876). Croquis n° 6 :

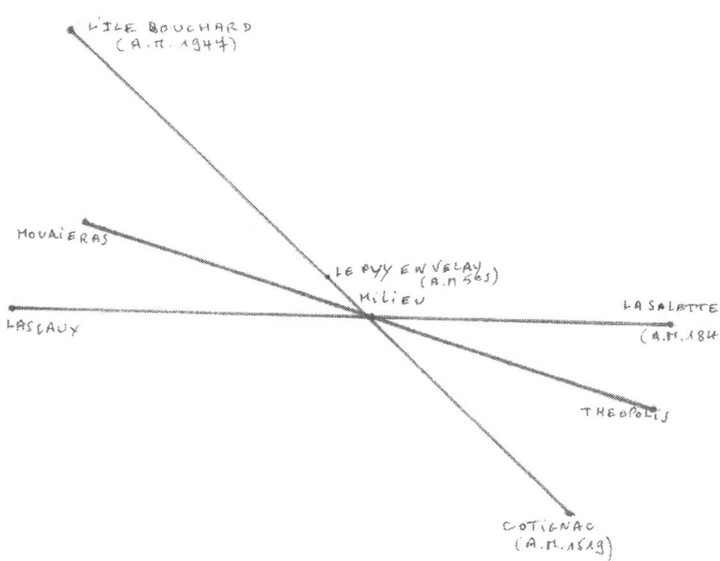

Le point central de L'Ile-Bouchard / Cotignac (A.M. 1519), se situe au-dessous du Puy-en Velay (A.M. V è s.). Deux trajectoires se croisent à ce carrefour : Mouriéras-Théopolis, et La Salette -Lascaux. Croquis n° 7 :

Dernière figure simple ; Quarouble-Prémanon voit son milieu traversé par Stenay-Clairvaux. Il sert de terminus à Valensole- Marliens prolongée. Croquis n° 8 :

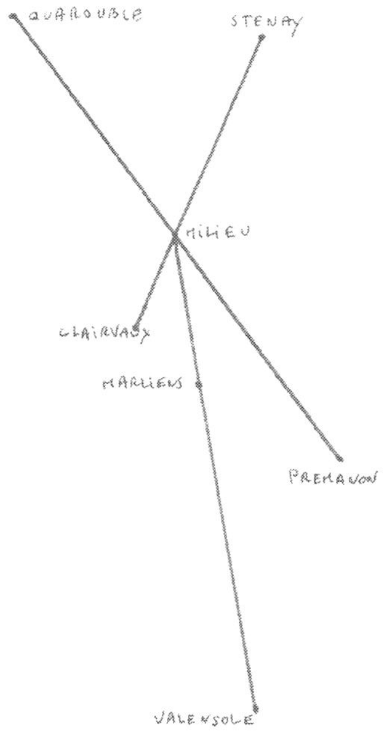

Croquis n° 7

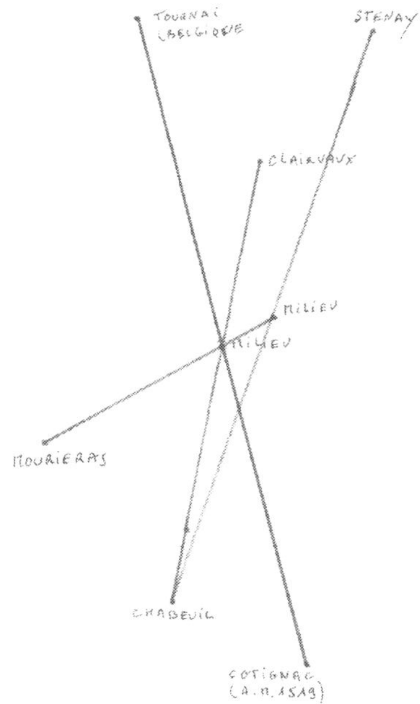

Croquis n° 8

Pas encore trop compliqué ; Clairvaux- Chabeuil passe par le milieu de Tournai-Cotignac. De Mouriéras, une droite se dirige vers ce même milieu, et sur sa lancée, rejoint le centre de Stenay-Chabeuil. Croquis n° 9 :

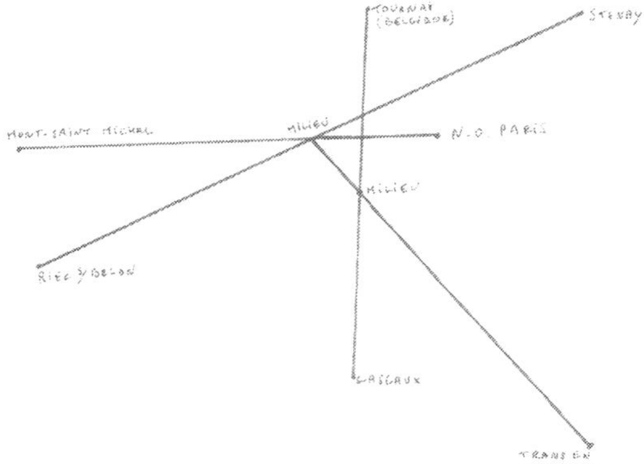

On voit intervenir ici le nord-ouest de Paris, qui reviendra à plusieurs reprises, et que je présenterai aussitôt après, afin que l'on en saisisse mieux ce qu'il représente, et les implications qui en découlent.
Donc N-O Paris / Mont-Saint-Michel coupe le milieu de Stenay-Riec-sur-Belon. Ce même milieu devient aussi le point de chute de Trans-en- Provence / milieu de Tournai -Lascaux. Croquis n° 10 :

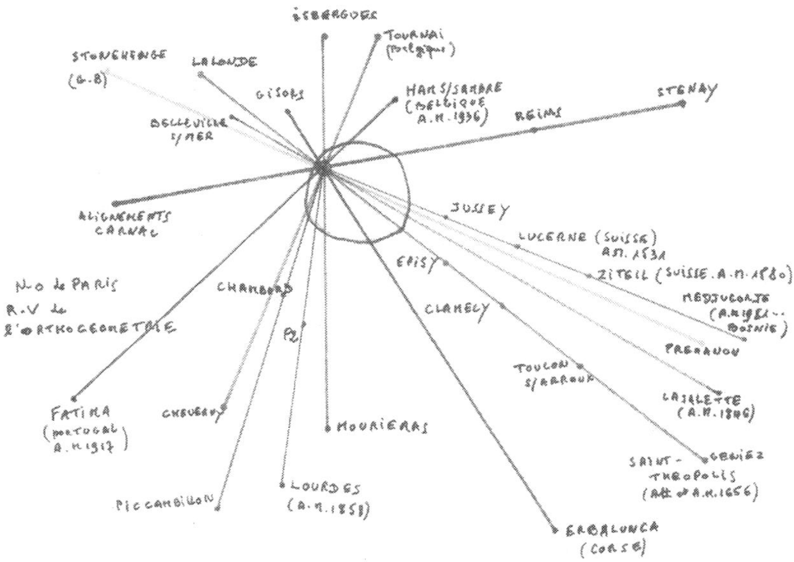

Ce nord-ouest de Paris est le Symbole même, avec un Grand S, de l'orthogéométrie.
Par la diversité de tout ce qu'il capte dans son champ d'influence, il est **le révélateur de cette histogéométrie** que nous avons côtoyée sans cesse ; faisons le compte, à la manière d'un raton laveur .
Dix atterrissages d'OVNI, huit apparitions mariales, deux châteaux de la Loire, deux lieux mégalithiques, trois villes mérovingiennes, en incluant Reims, où fut baptisé Clovis, un fief templier, un pic mystérieux, pyramide artificielle. Et encore, **P2 avec ses huit alignements, n'est-il pas détaillé.**
En parlant de P2 justement, l'une des vedettes de la carte N° 2, il est l'un des trois tracés qui ont choisi de s'arrêter à cet étrange carrefour.
Nous avons : Lourdes-P2, Pic Cambillon- Chambord, et la ligne qui part de Medjugorje, en Bosnie, vers Ziteil (A.M. 1580) et Lucerne (A.M. 1531) en Suisse, et le posé de Jussey, en passant par le centre de la capitale.
Le pic Cambillon est situé à 4 kilomètres sud-ouest de la commune d'Esquiule dans les Pyrénées Atlantiques, et à 10 kilomètres d'Oloron Sainte-Marie (tiens-tiens !).

Avec ses 660 mètres de haut et ses quatre faces, il est considéré comme étant d'origine artificielle, création des Maures venus d'Espagne en 711, pour y cacher leur trésor.
Cependant, dans la région, bizarrement, il est tabou d'en parler.
Alors, Histoire ou véritable légende. ?
Claude Burkel, qui me l'a fait connaître, y a vécu d'étranges aventures, qui n'ont pas dissipé le mystère.
Pages 264-265 de son livre *Les chroniques des mondes parallèles* (R. Laffont),Guy Tarade détaille les recherches de Claude.
La ligne la plus fournie avec cinq atterrissages, dont un doublé d'une apparition mariale, en 1656 à Théopolis, est celle qui survole : La Londe, Episy, Clamecy, Toulon sur Arroux.
Ensuite nous avons : Alignements de Carnac- Reims-Stenay ; Gisors-Erbalunga en Corse ; Mouriéras- Isbergues dans le nord ; Cheverny-Tournai ; Stonehenge -Prémanon ; et Belleville-sur -Mer / La Salette. Et fermant la marche, c'est Fatima qui rejoint Ham sur Sambre en Belgique ; apparition mariale de 1936. Croquis n° 11 :

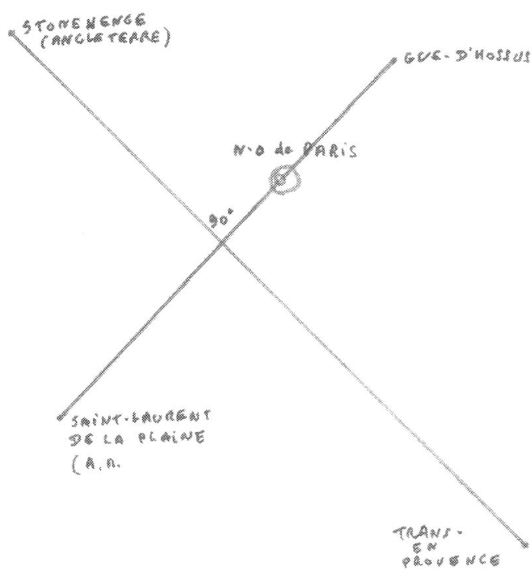

C'est le douzième alignement de la série allant de Gué-D'Hossus à l'apparition mariale de 1768 de Saint- Laurent- de -la-Plaine.
La prime étant offerte par la perpendiculaire Stonehenge- Trans- en-Provence.
Ce qui porte le total à douze atterrissages, et neuf apparitions mariales.
Quel est donc cet aimant géant qui attire à lui les OVNI, la Sainte-Vierge, et tous les principaux acteurs historico- géographiques ?
Ce point commun semble situé approximativement sur le boulevard périphérique, à la hauteur de la porte Champerret. Je

dirais sans engagement bien sûr, à deux cents mètres au-dessus. Je plaisante, car il ne s'agit pas d'un point de la grosseur d'une noisette, mais l'emplacement ainsi délimité, est plus que suffisant.

C'est peut-être une illusion de ma part, mais je crois que ce lieu indique quelque chose d'important à la verticale dans le sous-sol.

Pas à cinquante voire cinq cents mètres, **mais à un ou plusieurs kilomètres**.

Centrale d'énergie placée là il y a quelques millénaires, pour organiser l'orthogéométrie humaine ? Et pourquoi pas inspirer le futur Paris Code découvert par Thierry Van De Leur ? Centre urbain souterrain, capitale d'un vaste complexe couvrant l'intérieur du globe ?

Evidemment, je parle en tant que français ; une telle possibilité flatterait ma fibre patriotique.

Il m'a semblé logique d'inclure ici ce nord-ouest de Paris en détail, puisque nous allons le retrouver à diverses reprises dans cette loi du milieu, où il s'intègre parfaitement. Croquis n° 12 :

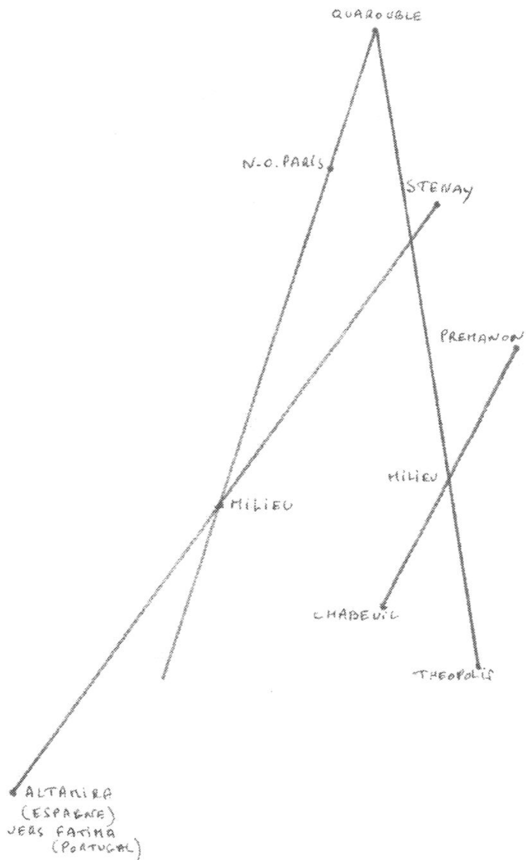

Associé à Quarouble, ce nord-ouest parisien rejoint le milieu de Stenay- grottes espagnoles d'Altamira. Puis, Quarouble change de partenaire, pour aller vers Théopolis, en passant par le centre de Prémanon- Chabeuil. Croquis n° 14 ci-dessous:
Ces tracés ci-dessous deviennent plus complexes, sans être pour autant un casse-tête.
Tournai- N-O Paris prolongée aboutit au milieu de Prémanon- Riec - sur- Belon. Celui-ci à son tour lance une ligne vers Cotignac, et coupe le centre de Mont-Saint-Michel/Chabeuil. Nous repartons de Cotignac, pour nous rendre à Mouriéras. En poursuivant notre route, nous rejoignons le milieu de Riec-sur-Belon / Trans-en- Provence.

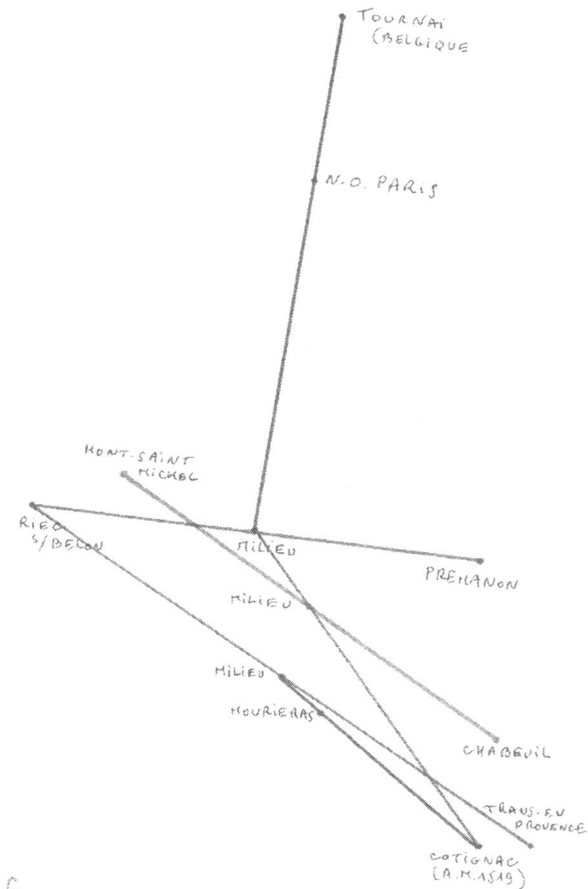

Croquis n° 15 ci-dessous :
Nous partons de N-O de Paris, pour nous diriger vers deux milieux ; ceux de Mouriéras -Chabeuil, et de Celles- Trans- en Provence. C'est on ne peut plus simple.

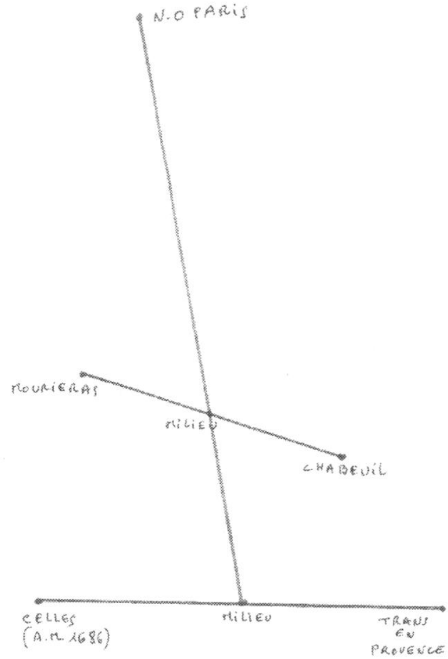
N.O PARIS
MOURIERAS
MILIEU
CHABEUIL
CELLES
(A.M. 1686)
MILIEU
TRANS
EN
PROVENCE

Croquis n° 16 :

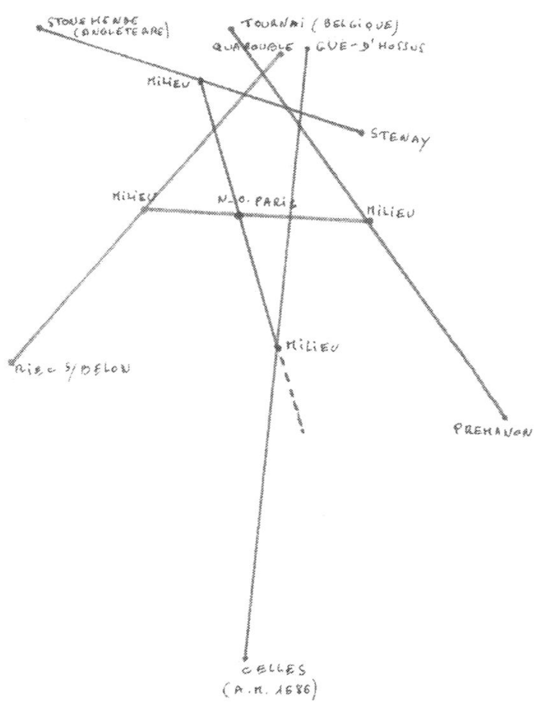
STONEHENGE
(ANGLETERRE)
TOURNAI (BELGIQUE)
QUAROUBLE
GUÉ-D'HOSSUS
MILIEU
STENAY
MILIEU
N.O. PARIS
MILIEU
MILIEU
RIEC S/BELON
PREMANON
CELLES
(A.M. 1686)

Le N-O de Paris est le chef d'orchestre, le dispatcher, car il distribue ses rayons vers quatre milieux : Gué- D'Hossus / Celles, Tournai-Prémanon, Stenay-Stonehenge, et Quarouble- Riec- sur-Belon.
Croquis n° 17 :

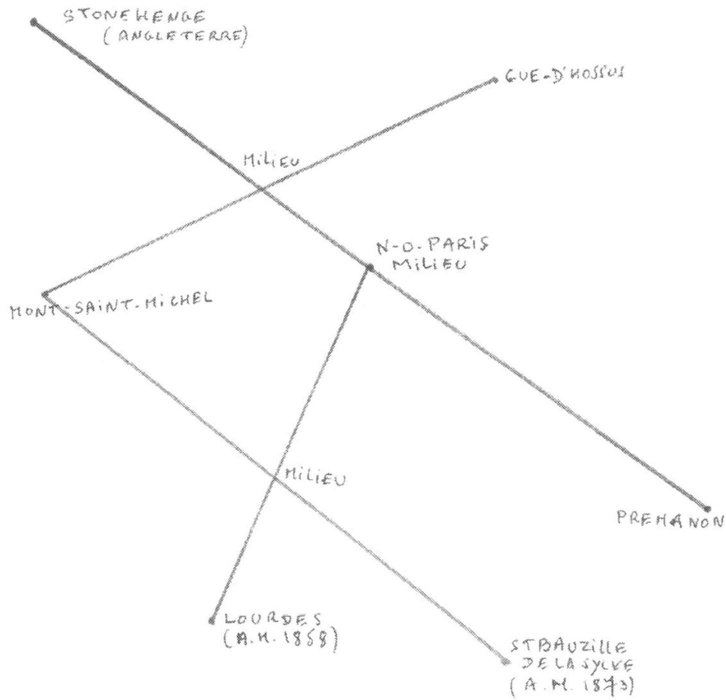

La ligne principale de ce croquis est Stonehenge – milieu de Gué-D-Hossus / Mont-Saint-Michel / N-O de Paris / Prémanon. De plus, le N-O de Paris est aussi le milieu de cette ligne.
Ensuite, N-O de Paris-Lourdes, via le centre de Mont-Saint-Michel / Saint- Bauzille de -la-Sylve.
Croquis n° 18 ci-dessous:
Stonehenge- Chabeuil-Valensole passe par les milieux de Mont-Saint-Michel/ Prémanon, et de Stenay / Rennes -le-Château.
Clairvaux-milieu de Mont-Saint-Michel / Prémanon, coupe le centre de Gué- D'Hossus / Mouriéras.

STONEHENGE
(ANGLETERRE)
GUE-D'HOSSUS
STENAY
MONT-SAINT-MICHEL
MILIEU
CLAIRVAUX
MILIEU
PREMANON
MILIEU
MOURIERAS
CHABEUIL
VALENSOLE
RENNES-LE-CHÂTEAU

Croquis n° 19 :

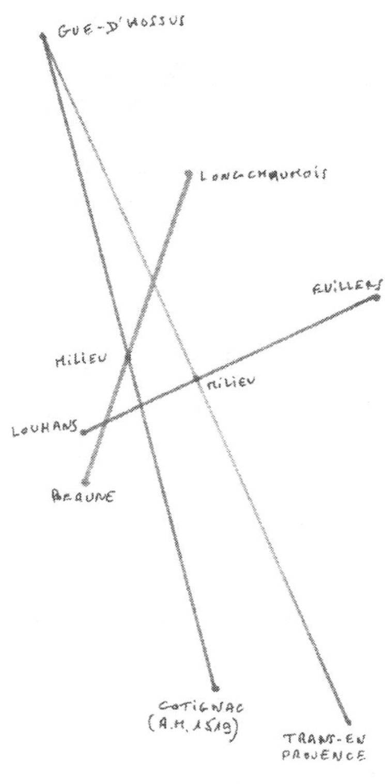
GUE-D'HOSSUS
LONGCHAUMOIS
EUILLERS
MILIEU
MILIEU
LOUHANS
BEAUNE
COTIGNAC
(A.M. 1519)
TRANS-EN
PROVENCE

C'est Gué- D'Hossus qui est la vedette de ce tracé.
Il envoie deux lignes ; vers Cotignac d'abord. Le milieu de celle-ci est traversé les atterrissages de Longchaumois et Beaune.
Le deuxième trajet vers Trans- en- Provence, a son milieu coupé par deux autres posés : Evillers et louhans, tous les deux dans le Doubs.
Croquis n° 20 :

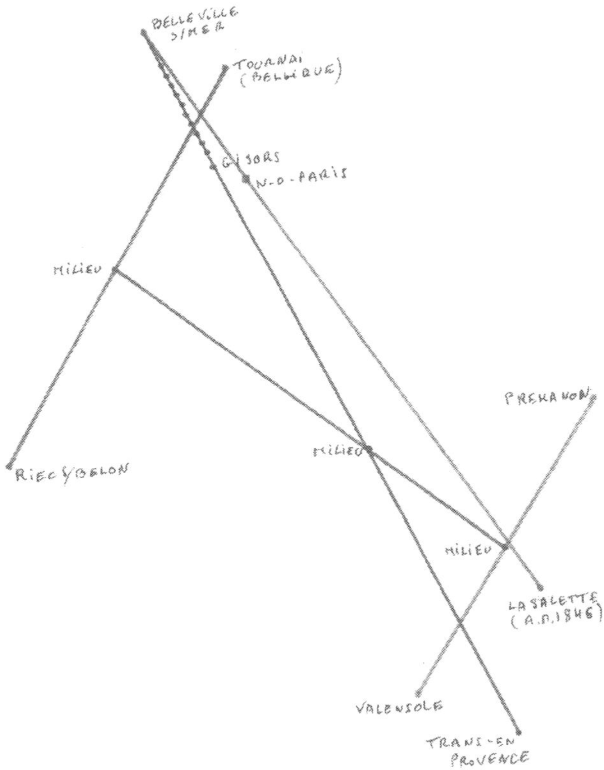

De Belleville- sur-mer, une ligne passant par le N-O de Paris, file sur La Salette (A.M. 1846), en coupant le milieu de Valensole- Prémanon.
Ensuite ce sont trois milieux qui défilent sur un seul rang : celui de Tournai- Riec-sur-Belon traverse celui de Gisors- Trans- en- Provence, pour rejoindre celui de Valensole- Prémanon. Croquis n° 21 ci-après :
N-O de Paris / Trans -en- Provence, traverse successivement les milieux de Gué- D'Hossus / Mouriéras, et de Gué- D'Hossus / Saint - Bauzille- de -la-Sylve.
En outre, le premier de ces centres est à l'origine d'une trajectoire qui, allant vers Prémanon, coupe le milieu de Quarouble- Cotignac (A.M. 1519).

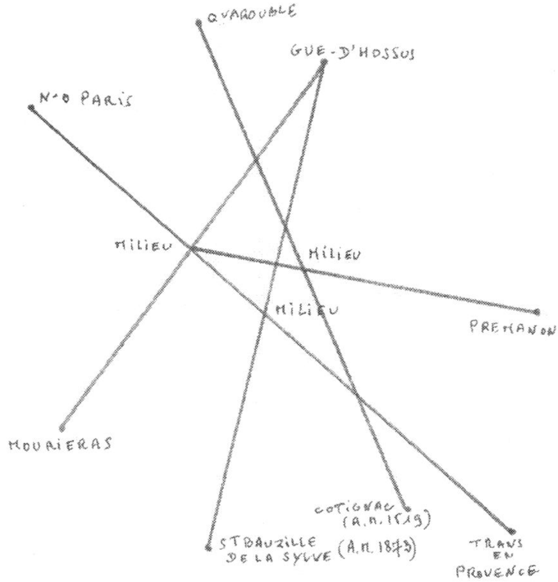

Croquis n° 22 :

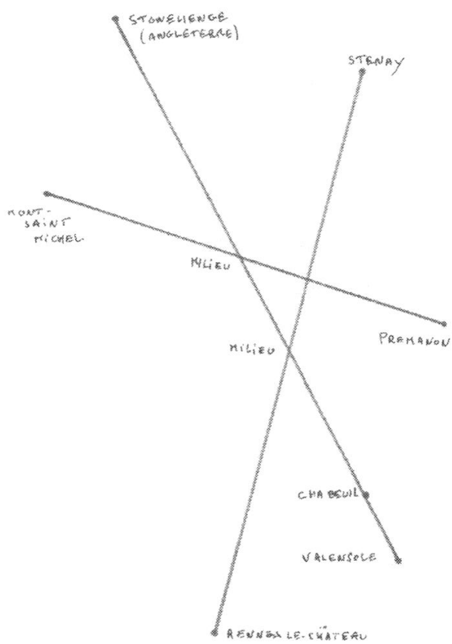

Retour sur quelque chose de simple : Stonehenge- Chabeuil-Valensole passe par les milieux de Mont-Saint-Michel / Prémanon, et de Stenay-Rennes- le- Château. Croquis n° 23 :

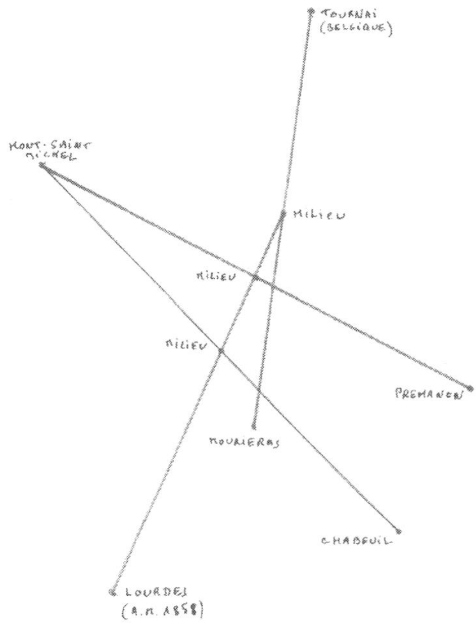

A peine plus compliqué : Lourdes-milieu de Tournai- Mouriéras, traverse les deux axes des lignes partant du Mont-Saint-Michel, et se dirigeant vers : Chabeuil et Prémanon. Croquis n° 24 :

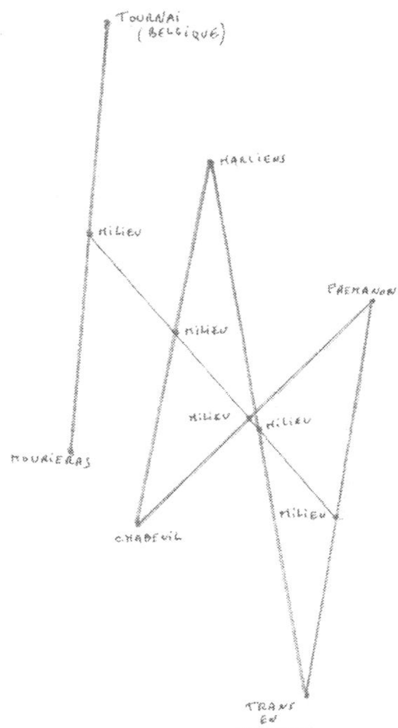

Cette figure est le résultat de cinq centres alignés. On démarre du milieu de Tournai- Mouriéras, pour couper Marliens -Chabeuil, Chabeuil- Prémanon, Marliens / Trans- en -Provence, et enfin Trans-en- Provence / Prémanon. C'est un chassé-croisé en dents de scie.

Croquis n° 25 :

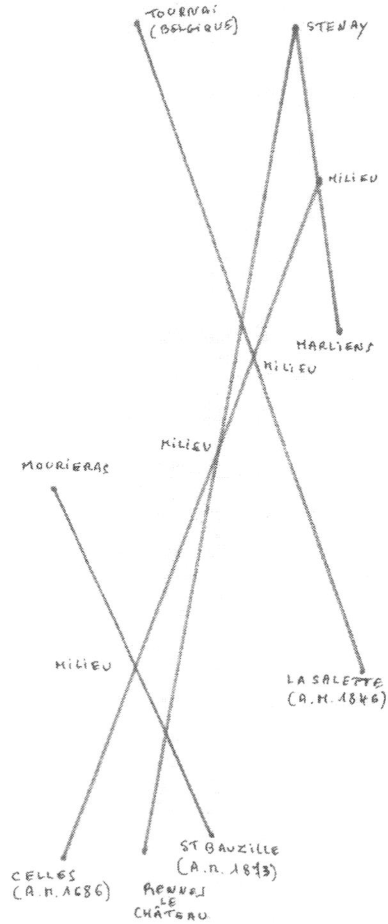

Ici, il n'y a que quatre milieux en file indienne, mais avec une gare de départ mariale : Celles (1686). On traverse successivement : Mouriéras / Saint Bauzille –de -la-Sylve, Stenay / Rennes -le-Château, Tournai-La Salette, et Stenay- Marliens.

Enfin le dernier croquis de cette étude : il présente l'alignement record de six centres, ce qui lui procure un bel aspect d'enchevêtrement.

C'est le milieu de Riec -sur Belon / Quarouble qui tient la tête, suivi de Stonehenge-Chabeuil (Valensole), puis de Stenay-Lascaux, à nouveau Quarouble vers Saint-Bauzille, Belleville-sur-Mer/Trans-en- Provence, pour se reposer après cette longue course à Marliens Chabeuil.

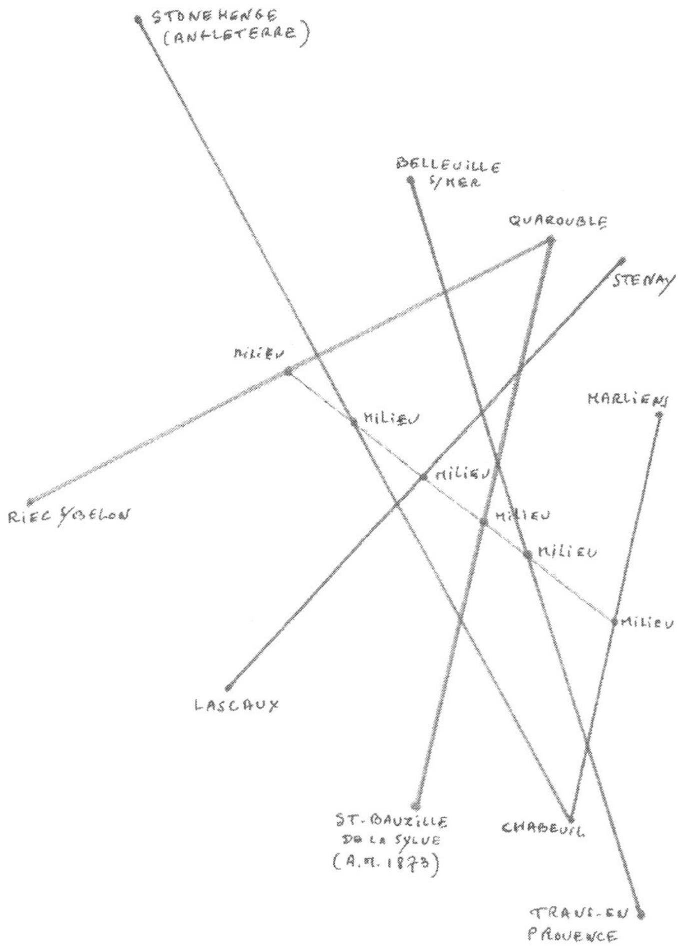

C’est la fin du voyage au pays des milieux, qui règnent en maîtres sur cette curieuse géométrie.
Il y en a peut-être d’autres, mais je pense que ces 26 croquis sont plus que représentatifs de ce nouvel ordonnancement orchestré par les Responsables des OVNI.
En fait, pour mon compte personnel, j’aimerais surtout pouvoir résoudre le mystère du carrefour situé au Nord-Ouest de Paris.
Mais pour cela, il faudrait que la mairie de Paris ait la volonté de dévier la circulation sur le périphérique à cet endroit, tout en accordant à un généreux mécène le permis de creuser à très grande profondeur. Ce qui entraînerait d’énormes perturbations dans le trafic métropolitain. Rêve irréalisable ?

CHAPITRE XIII

VOULAINE – LES – TEMPLIERS , F G O , ET AUTRES CURIOSITES DE L'ORTHOGEOMETRIE

Voulaine- les-Templiers ! Dans le chapitre précédent : '' *la loi du milieu* '', elle apparaissait à 8 kilomètres du centre de Tournai – La Salette. Malgré la particularité du nom, je ne m'y étais pas attaché outre mesure.

Mais voilà qu'Alain Poret, cet érudit ésotérique, féru des mystères provençaux, attire mon attention sur ce lieu particulier. Alain, dont j'avais fait également la connaissance à Cotignac, me signale parfois des publications, dont je pourrais tirer profit.

Puis récemment, Alain récidiva, sans se douter des suites, en m'envoyant gracieusement son dernier livre *La quête du sens et de l'éternité spirituelle* (Presses de Valmy).

C'est un ouvrage fourmillant de pensées profondes de haute qualité, et qui incitent à la méditation.

On ne le referme pas pour simplement passer à autre chose.

A la page 46, je suis tombé en arrêt devant une phrase qui déclencha une association d'idées, et que je ne peux que citer avec plaisir : '' *Enfin saint Bernard paraît avoir implanté sur le sol certaines églises romanes cisterciennes représentant la constellation de la Vierge chevauchant avec la Grande Ourse et tournant l'une et l'autre autour de Voulaine- les-Templiers en Champagne qui lui sert de pivot.''*

Sur le plan astronomique, on peut émettre quelques doutes quant à cette association, la constellation de la Vierge et la Grande Ourse n'étant pas à proximité l'une de l'autre.

Cependant, la Grande Casserole stellaire, dont la légende en fait le berceau des géniteurs de la dynastie mérovingienne, ne peut que se réjouir de ce rapprochement.

En ce qui me concerne, le fait que Voulaine- les-Templiers sert de pivot à cette implantation d'églises, a relancé mon intérêt, et ce, juste au moment où je portais sur la carte les atterrissages d'OVNI, et les apparitions mariales.

Il était donc tentant de voir si ce lieu-dit pouvait apporter quelque chose de plus, en étoffant un futur chapitre encore squelettique.

Je ne fus pas déçu !

Après avoir soigneusement reporté l'emplacement de Voulaine-les-Templiers sur la carte générale au millionième, où un

millimètre vaut un kilomètre, je me rendis rapidement compte de l'importance de cette localité, située à 35 kilomètres quasiment au sud de l'abbaye de Clairvaux.
Je ne sais si son implication dans l'implantation des églises romanes cisterciennes pourrait se conjuguer avec les apparitions mariales et les atterrissages d'OVNI, car il faudrait reprendre l'étude avec un matériel dont je ne dispose pas.
Par contre, sur le plan purement orthogéométrique, Voulaine -les-Templiers joue un rôle de première importance, comme la suite va le démontrer. Et c'est grâce à elle si ce chapitre voit le jour.
Avant de commencer la présentation, il est bon d'éclairer le lecteur sur le sigle F G O du titre, car cette vedette invitée aura aussi son mot à dire.
Il s'agit de la **Forêt du Grand Orient,** près de Troyes.
Si on peut s'y promener le jour, il vaut mieux l'éviter la nuit. Ses deux lacs aux noms évocateurs et son sous-sol recèlent des secrets que l'innocent promeneur ne doit pas chercher à percer.
Rien que la chaleur anormale dégagée par certains arbres, curieuse anomalie découverte par Claude Burkel incite à penser que **les propriétaires occultes se terrant dans le sous-sol**, ne tiennent pas à participer à l'opération annuelle *portes ouvertes*. Croquis n° 1 :

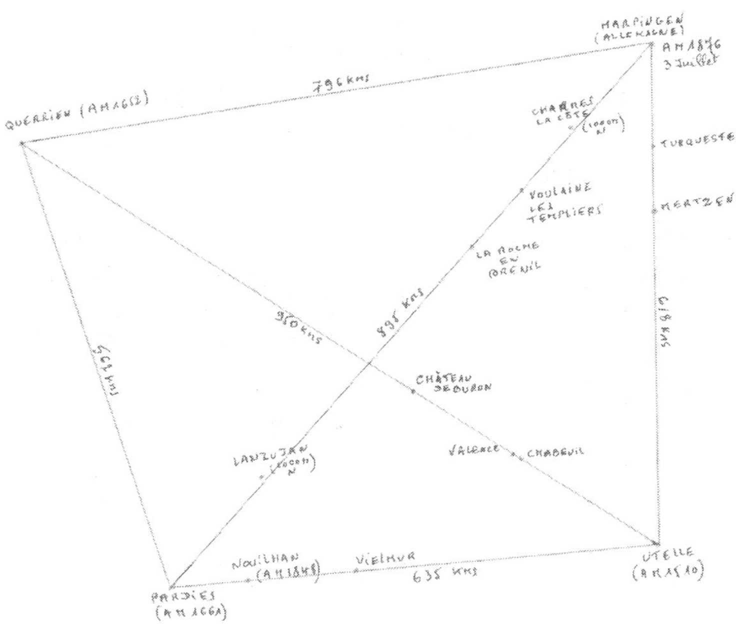

C'est le premier des documents où Voulaine-les- Templiers imprime son empreinte.
Ce quadrilatère irrégulier, pour aussi vaste qu'il soit, est à mes yeux moins spectaculaire que le suivant. Outre Voulaine, leur second point commun, est d'avoir leurs angles occupés uniquement par des apparitions mariales.
De Querrien en Bretagne (A.M. 1652) à Pardies (A.M. 1661 , avec floraison d'une aubépine en plein hiver), près de Pau, soit 562 kilomètres, il n'y à rien d'autre.
De même sur les 796 kilomètres jusqu'à Marpingen en Allemagne. Une anecdote : l'apparition mariale allemande se déroula le même jour qu'une de celles de Pellevoisin, pour Estelle Faguette, le 3 juillet 1876.

Le rôle de Mère du Christ n'est pas de tout repos, quand il s'agit de se dédoubler dans la journée, ou d'apparaître quatre fois en une nuit, comme ce fut le cas pour frère Fiacre, **le 3 novembre 1637, et montrer le futur Dauphin qui deviendra Louis XIV.**

De Marpingen à Utelle près de la frontière italienne (A.M. 1510), il y a 618 kilomètres et deux atterrissages d'OVNI : Turquestein et Mertzen.
La ligne de 635 kilomètres reliant Utelle à Pardies coupe le posé de Vielmur, et plus surprenant, l'apparition mariale de Nouilhan (1848), précédant Lourdes sa cadette de dix ans, mais éclipsée par elle.

Pourtant Nouilhan n'est pas une mariophanie de second ordre, puisqu'elle apparaît comme angle du rectangle long des figures exotiques, tout en n'étant pas sur le cercle (chapitre XI).
Les diagonales sont plus que des faire-valoir ; celle allant de Pardies à Marpingen, et bien que de longueur inférieure à sa compagne (895 kilomètres contre 950), se targue de passer par Voulaine, et l'atterrissage de La Roche en Brenil, tandis que deux posés sont frôlés à 1000 mètres au nord : Charmes-la Côte, et Lanzujan dans les Landes.

La seconde qui va de Querrien à Utelle coupe carrément trois atterrissages : Château de Buron en dessous de Clermont-Ferrand, Valence (un vieux posé de1930), et sa voisine Chabeuil et son épouvantail transparent.
La superficie de ce quadrilatère atteint près de 414.000 kilomètres carrés. Croquis n° 2 :

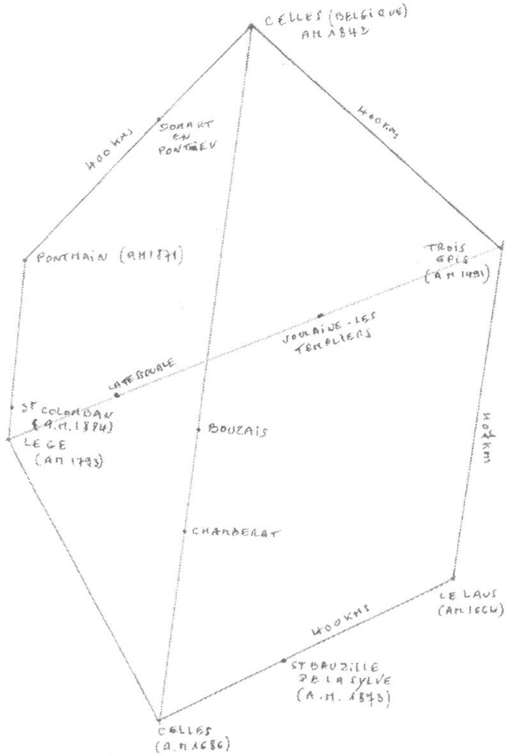

Je ne crois pas me tromper quand j'affirmais cette figure plus spectaculaire que la première. **Elle l'est d'autant plus que trois de ses côtés mesurent 400 kilomètres** ! Ce sont : Celles en Belgique (A.M. 1842) / Trois Epis (A.M. 1491) près de Colmar ; Le Laus (A.M. 1664) / Saint -Bauzille- de -la-Sylve, vieille connaissance de 1873 / Celles en Ariège (A.M. 1686) avec ses trois feuilles de Chêne sur le manche d'une bêche).

Et à nouveau Celles la belge Pontmain (A.M. 1871), via l'atterrissage de Domart en Ponthieu.. Cela fait beaucoup de coïncidences, surtout si l'on ajoute que Trois Epis / Le Laus ne dépasse les 400 kilomètres que de 7000 mètres !

Autrement dit, si trois côtés sur six étant égaux relèvent du hasard, il faut abandonner toute recherche dans tous les domaines **où le hasard est présent à 50 pour cent,** car plus aucune déduction ne sera valable.

De Pontmain à Légé (A.M. 1791 ou 1793), en passant par Saint Colomban (A.M. 1884), et de Légé à Celles, les distances sont différentes. Bien que cela soit entièrement subjectif, j'en attribue la cause à la proximité de l'océan.

La diagonale allant de Légé à Trois Epis passe par l'inévitable Voulaine- les-Templiers, et le posé de La Tessouale, tandis que celle joignant les deux Celles (ce qui fait trois, avec mes excuses), coupe les atterrissages de Bouzais et Chambérat.
Curieusement, la superficie de cet hexagone n'est inférieure que de 6800 kilomètres carrés à celle du quadrilatère (différence = 1, 64 %).
Croquis N° 3 :

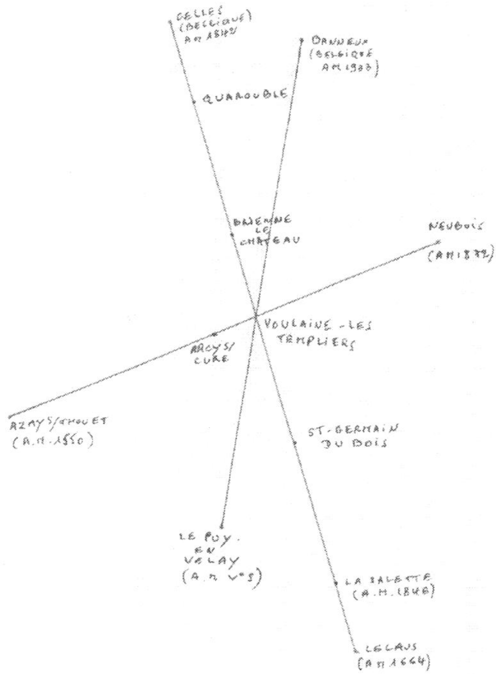

Abandonnons provisoirement les figures, pour l'orthéténie pure, avec toujours Voulaine- les-Templiers en vedette.
Dans le cas présent, elle est le croisement de trois lignes dont les apparitions mariales tiennent les extrémités. La plus simple est Le Puy en Velay (A.M. du Vè siècle) / Banneux en Belgique (A.M. 1933). Ensuite Neubois (A.M. 1872) / Azay sur Thouet (A.M. 1550), avec le posé d'Arcy sur Cure.
Enfin la plus importante, comprenant trois mariophanies et trois atterrissages : Le Laus (A.M. 1664) / La Salette (A.M. 1846) / Saint-Germain du Bois, Brienne le Château, Quarouble, et Celles la belge (A.M. 1842). Croquis n° 4 (ci-dessous)
Nouveau carrefour de trois trajectoires dont Voulaine n'est qu'une extrémité. Elle fait équipe avec Mariastein en Suisse (A.M. XIII è siècle). Tandis que Neubois (A.M. 1872) / Saint- Bauzille (A.M. 1873), la recoupe.

Le troisième partenaire prend le départ également en Suisse, à Lucerne (A.M. 1531), passe par l'atterrissage de Jussey, traverse la Forêt du Grand Orient, pour aboutir à Paris, rue du Bac (A.M. 1830).

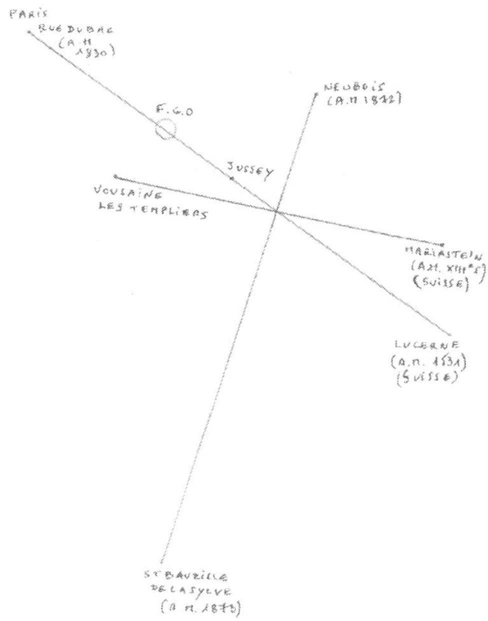

Croquis n° 5 :

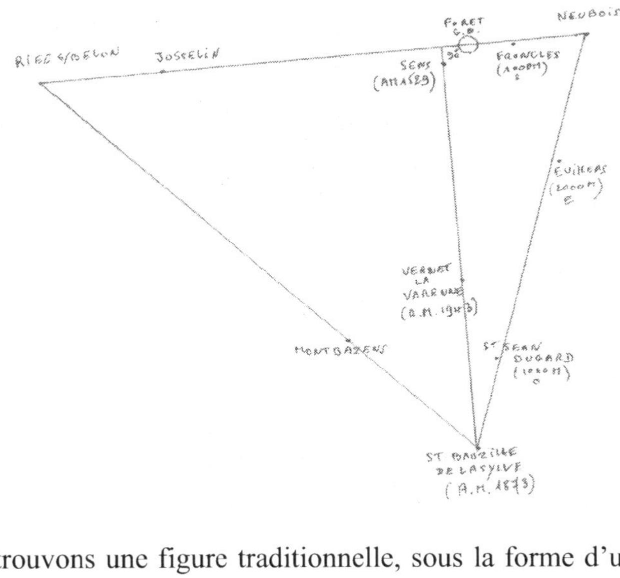

Nous retrouvons une figure traditionnelle, sous la forme d'un triangle scalène, mais pas du tout quelconque, puisque ses trois côtés vont être à l'origine de trois tracés orthoténiques, perpendiculaires ou non.

Neubois (A.M. 1872) / Riec sur Belon et ses deux atterrissages en 73-74 , frôle le posé de Froncles à 1000 mètres au sud, avant de couper en deux la forêt d'Orient, et de passer par Josselin (N-D du Roncier, statue retrouvée au IX è siècle).
Riec / Saint- Bauzille se contente de l'atterrissage de Montbazens. Et Neubois / Saint- Bauzille se faufile entre deux posés : Evillers 2000 mètres à l'est, et Saint-Jean du Gard, 1000 mètres à l'ouest.
La hauteur présente aussi de l'intérêt, car nous la retrouverons plus tard. Issue de Saint- Bauzille, elle passe par Vernet-la Varenne (A.M. 1943), et Sens (A.M. 1529). Croquis n° 6 :

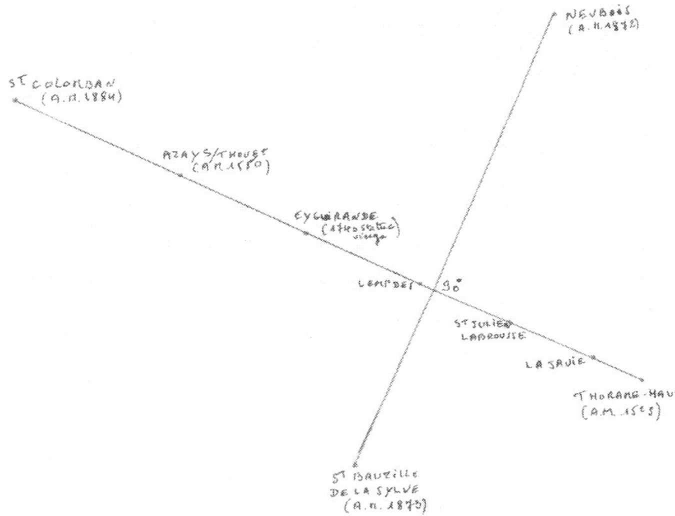

Le premier côté du triangle à être traversé perpendiculairement est Neubois / Saint- Bauzille.
Saint- Colomban, l'apparition mariale de 1884, faisant partie de l'hexagone, s'octroie la tête de ligne. Ensuite viennent Azay- sur-Thouet (A.M. 1550), Eygurande, nouvelle venue (statue de la Vierge retrouvée en 1740 sur indications de Marie).
Les atterrissages d'OVNI prennent la relève, avec Lempdes, Saint-Julien Labrousse, et La Javie. Le terminus est Thorame Haute (A.M. 15 è siècle avec floraison d'une rose hors saison).
C'est un beau record avec quatre mariophanies et trois posés. Croquis n° 7 : ci-dessous :
Deuxième côté à être traversé par une perpendiculaire ; Neubois (A.M. 1872) devenu un habitué / Montaigut- N-D'Alet (A.M . 11 è siècle).
Entre ces deux extrêmes : un atterrissage à Villefranche de Rouergue, et deux apparitions mariales : Lescure (1717) et Vernet La Varenne (

1943). Une constatation évidente : les apparitions mariales sont en majorité dans tous les tracés. C'est d'autant plus curieux, bien qu'ayant servi**, à travers les siècles, à préparer les atterrissages d'OVNI du vingtième siècle**, qu'en nombre total, elles sont surclassées par ces mêmes atterrissages.

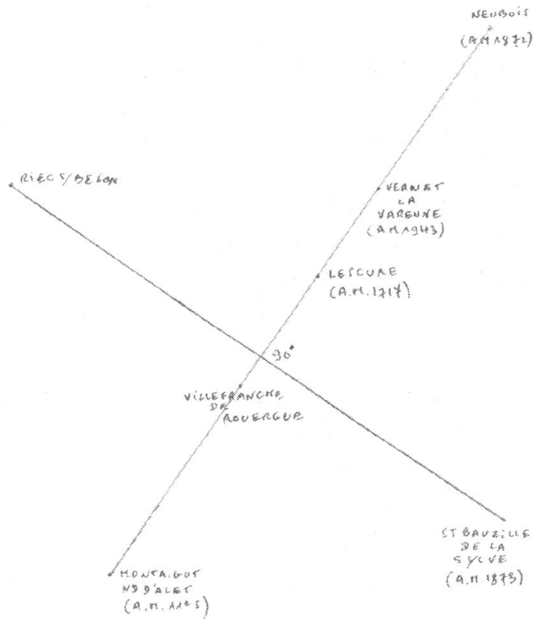

Croquis n° 8 :

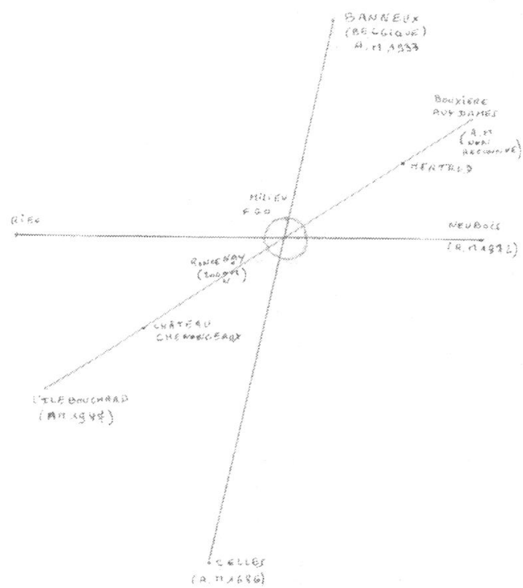

Troisième côté du triangle à être impliqué dans un carrefour. Riec sur Belon / Neubois (A.M. 1872) passe quasiment par le milieu de la forêt d'Orient, entre les deux lacs.
Elle est rejointe par Banneux en Belgique (A.M. 1933) / Celles (A.M. 1686) l'ariégeoise.
La troisième complice part de l'Ile Bouchard (A.M. 1947), passe par le château de Chenonceaux (agréable surprise), longe le posé de Roncenay, à 2000 mètres au nord, coupe l'atterrissage de Mertrud, et termine sa course à Bouxière aux Dames.
Il est curieux de constater que cette apparition mariale non reconnue par le Vatican, soit placée sur cette trajectoire. Une coïncidence de plus… Croquis n° 9 :

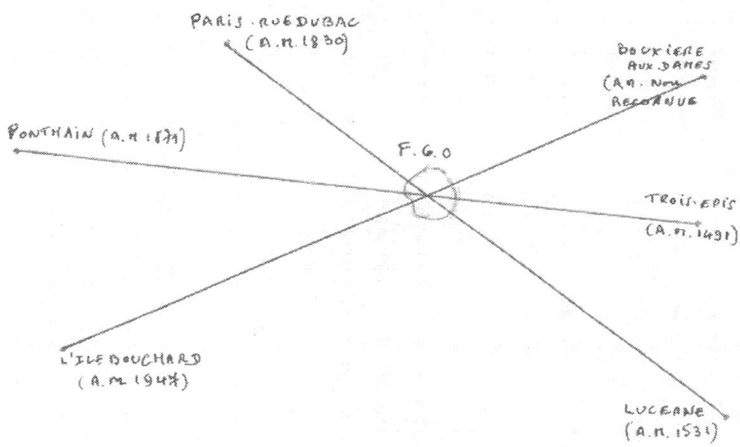

Coïncidence qui se retrouve dans cette nouvelle association. La même trajectoire est confrontée à : Pontmain (A.M. 1871) / Trois- Epis (A.M. 1491), et Lucerne en Suisse (A.M. 1531) / Paris rue du Bac (A.M. 1830).
La ligne L'Ile Bouchard / Bouxière aux Dames étant commune aux deux croquis, montre que l'écart entre les carrefours à l'intérieur de la forêt d'Orient, n'atteint pas le kilomètre. Croquis N° 10 :

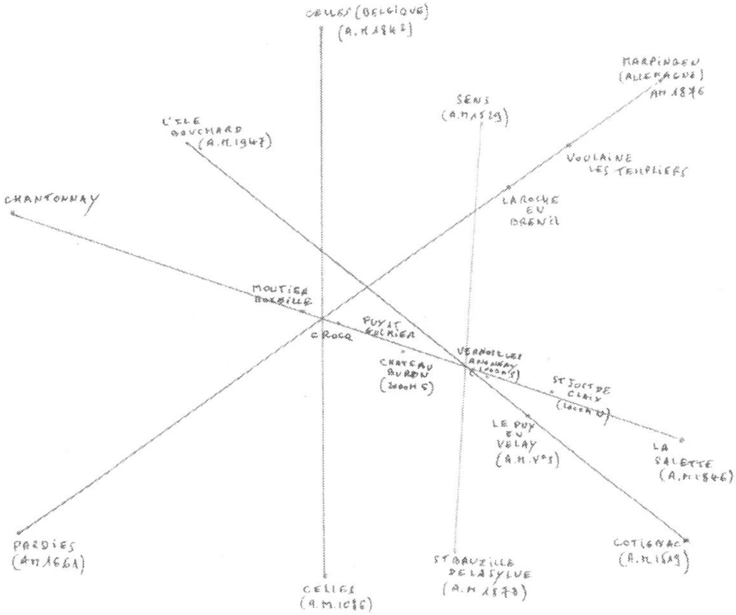

J'ai averti le lecteur que la hauteur Saint -Bauzille / Sens du triangle scalène était importante, et que la reverrions. C'est chose faite ici, où elle est l'un des participants à la création d'un carrefour.

La combinaison des deux Celles, française et belge, est également une autre figurante de premier ordre dans le deuxième croisement.

Ces deux ronds-points ont une trajectoire qui leur est commune. Elle démarre à La Salette (A.M. 1846), pour aboutir à l'atterrissage de Chantonnay. Entre ces deux extrêmes, il y a six posés d'OVNI ; trois en plein : Puy Saint-Gulmier, Crocq et Moutier-Roseille, tous deux dans la Creuse.

Rappelons qu'à proximité de cette dernière localité, se place un hameau nommé **: Lascaux** ! et que près de Crocq, à Saint-Aignant, il y a une statue de Saint-Michel, au sommet d'un **Mont-Saint-Michel** haut de 830 mètres. Tout commentaire à propos du **dieu hasard** est superflu, ce me semble (ici rires bêtes, comme dans les séries télévisées américaines).

Trois autres atterrissages encadrent cette ligne ; nous avons Château-Buron 2000 mètres au sud, Vernosc les Annonay 1000 mètres au sud, et Saint-Just de Clay, 1000 mètres au nord.

La dernière composante du carrefour où se trouve impliquée la hauteur du triangle, est L'Ile Bouchard, encore elle / Le Puy en Velay (A.M. V è siècle) / Cotignac (A.M. 1519).

Celui par lequel transitent les deux Celles, est sur la diagonale Pardies / Marpingen du quadrilatère- croquis numéro 1, et comportant le posé de La Roche en Brenil.
Et bien entendu, retour aux sources **avec Voulaine-les Templiers** !
Les autres curiosités promises dans le titre, sont déduites de l'implantation des apparitions mariales et des atterrissages d'OVNI, reportés sur la carte générale au millionième.
On constate qu'il y a un déséquilibre entre ces deux faces d'un même phénomène.
Et presque toujours en faveur du même partenaire.
De manière arbitraire, c'est à dire après une âpre discussion avec moi-même, j'ai convenu de cerner par région une zone d'environ 200 kilomètres au carré.
Sur la région Provence-Côte d'Azur, j'ai relevé 9 mariophanies pour 25 atterrissages.
Dans l'est, grosso modo entre Mâcon et Colmar, et en largeur jusqu'à Bâle, ce sont seulement trois apparitions pour 33 posés.
Dans le carré qui va de Boulogne-sur-Mer à Paris, et de la capitale à Châlons-en-Champagne, pour également 33 atterrissages, je comptabilise 10 visites de la Noble Dame.
Au tour de l'extrême sud-ouest ; de Celles à Pardies, et en remontant jusqu'à Bordeaux, la Sainte Vierge se rattrape en faisant match nul : 12 partout. Mieux encore ; dans un rectangle de 100 kilomètres par 60 autour de Lourdes, il y a sept apparitions mariales contre aucun atterrissage.
Comme si la Noble Dame s'était exclusivement réservée ce coin de France !
De Bordeaux à Parthenay, toujours dans un carré approximatif de 200 kilomètres, la pauvreté commence à apparaître, avec seulement 3 mariophanies et 11 atterrissages.
Qui plus est, entre Rochefort et Niort, sur une surface de 12000 kilomètres carrés (200 X 60), c'est le vide total et absolu.
Une bonne partie du carré de la Bretagne est occupée par l'océan. Aussi, l'ai-je étendue jusqu'aux pays de Loire, afin de prendre la suite du Poitou-Charente.
Sur une superficie supérieure à 40.000 kilomètres carrés, qui comprend et compense le vide maritime, nous obtenons ainsi la parité parfaite avec 13 apparitions mariales et 13 atterrissages d'OVNI.
En ce qui concerne le centre, de Poitiers à Moulin, et d'Alençon à Fontainebleau, nous dénombrons 15 atterrissages pour 3 mariophanies.
Comme en Poitou-Charente, une zone qui va de Châtellerault à Nevers, et en remontant jusqu'à la Ferté- Bernard, c'est un rectangle de 200

kilomètres par 150 qui n'enregistre qu'une apparition mariale, de classe il est vrai, puisqu'il s'agit de Pellevoisin, et deux atterrissages.
Toute la région orléanaise est entièrement vierge, à croire que les Responsables des OVNI ne tiennent pas à attirer l'attention sur les châteaux de la Loire, et pourquoi pas **sur Loury et sa plaque-rébus ?**
Cette remarque vaut également pour la région de Lourdes, où les OVNI ont évité de se poser. Nous verrons que les chapelles mariales sont justement très discrètes.
Cahors d'un côté et Le Puy en Velay de l'autre, la limite verticale étant au niveau de Montluçon, l'Auvergne- Limousin recense 3 visites de la Vierge et 18 posés.
Pourtant montagneuse et accidentée, cette partie de la France connaît un vif succès pour les atterrissages, alors qu'il serait plus logique d'obtenir davantage de témoignages dans des régions moins sauvages comme le Poitou ou le Centre.
Ce sont des endroits où il est plus facile de se montrer tout en restant à distance pour refuser le contact.
A part les deux parités, la proportion en faveur des atterrissages par rapport aux mariophanies, varie de trois à dix.
Disparité énorme qui s'explique par le fait qu'il est plus facile de faire atterrir un engin, que de multiplier les apparitions mariales.
Elles ne voudraient plus rien dire, et finiraient par perdre leur crédit en se banalisant. Ce qui fausserait probablement le jeu des Responsables.
Les quelques exemples présentés me paraissaient suffisamment éloquents, pour une comparaison que je sais peu approfondie, bien que présentant tout de même 160 atterrissages au bas mot, ainsi que 43 visites de la Noble Dame.
Il faudrait cependant la reprendre plus en détail pour pouvoir en tirer des statistiques précises.
Indéniablement, l'ensemble du Poitou-Charente est défavorisé, à part une petite concentration de posés en Charente-Maritime.
C'est peut-être ce qui explique pourquoi la figure hexagonale n'est pas aussi régulière dans cette partie de notre beau pays.
Ce manque d'atterrissages est-il dû à l'absence de témoignages ?
A mon avis cette explication ne tient pas, car pourquoi les témoins se tairaient-ils davantage là où dans l'Orléanais, que par exemple à Valensole, où l'on sait que les tracas subis par Maurice Masse, **ont servi de leçon à bien des témoins silencieux ?**
Il faut simplement espérer que le programme atterrissages d'OVNI – apparitions mariales, prévoit dans un avenir proche une compensation appréciable dans le Poitou, et en particulier dans la Charente-Maritime où, somme toute, la vie n'est pas désagréable.

CHAPITRE XIV

EVILLERS : PAYS DES FEES

Claude Burkel, cet ancien enquêteur, homme de terrain plus que de bureau, comme il le reconnaît volontiers, m'a transmis des coupures de presse de ses archives, concernant l'engouement des OVNI pour la petite commune d'Evillers, et la région du Doubs en général.
Pendant plus de vingt ans, grosso modo 1951-71, ils y sont venus folâtrer, excursionner, bref jouer les touristes.
Auparavant, en 1803, une statue de la Vierge avait été retrouvée entre les branches d'un arbre près de Scey-en-Varais. (N-D du Chêne), lieu de pèlerinage.
Sans doute pour poser les jalons, et tracer le canevas.
Au reçu de ce courrier, j'ai déplié la carte jaune n° 243, sur laquelle j'avais déjà travaillé.
Mais cette fois, je m'y suis penché encore plus attentivement. Et j'y ai dégagé plein d'enseignements.

C'est la région de Franois, et de la fameuse photographie de monsieur Froidevaux ; d'Arc-sous-Cicon et de son petit homme noir qui courait plus vite que son ombre. Evidemment, il y a Evillers.
Voici ce que j'ai pu dégager de cette carte au 200.000 ème.
Les distances ne sont pas étendues, ce qui permet une meilleure lisibilité des tracés.
La densité des atterrissages, stupéfiante, indique clairement l'intérêt des gentilshommes pour cette région de France, qui fut et reste, pour eux, un lieu privilégié.

Croquis n° 1 :

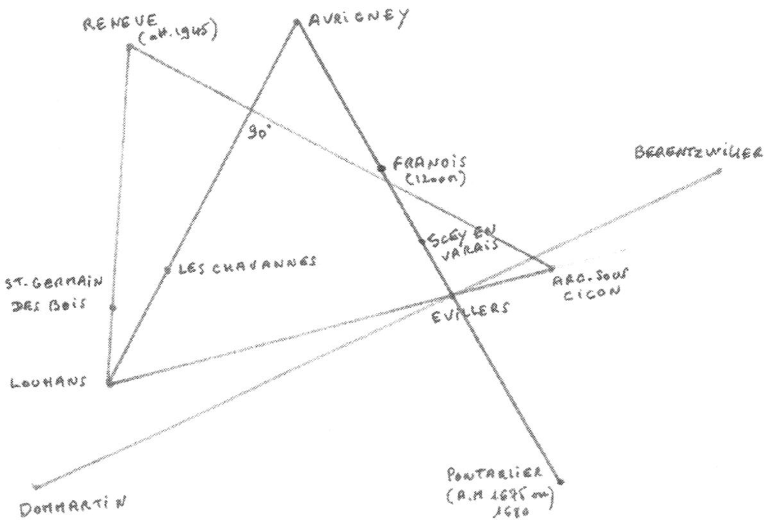

Nous commençons par un triangle scalène, avec Renève en Côte d'Or, atterrissage pilote de 1945, vers Arc- sous- Cicon, et dont la ligne passe à 1200 mètres de Franois.

Ce triangle tourne vers Evillers, puis Louhans, pour remonter par Saint-Germain des Bois, et se refermer sur Renève.

La hauteur partant de Louhans, confirme sa validité, en coupant Les Chavannes, et aboutissant hors triangle à **Avrigney**.

C'est la fameuse inversion typographique de Varigney du livre d'Aimé Michel, que les plus réputés ufologues ont laissé passer telle quelle.

D'Avrigney donc, on redescend sur Franois, Scey en Varais, Evillers logiquement, pour terminer à Pontarlier.

Son apparition mariale de 1675 ou 1680, préparait peut-être cette orthogéométrie.

Un dernier trio figure sur ce croquis : Dommartin, Evillers encore, et Berentzwiller dans le Haut-Rhin.

Croquis n° 2 :

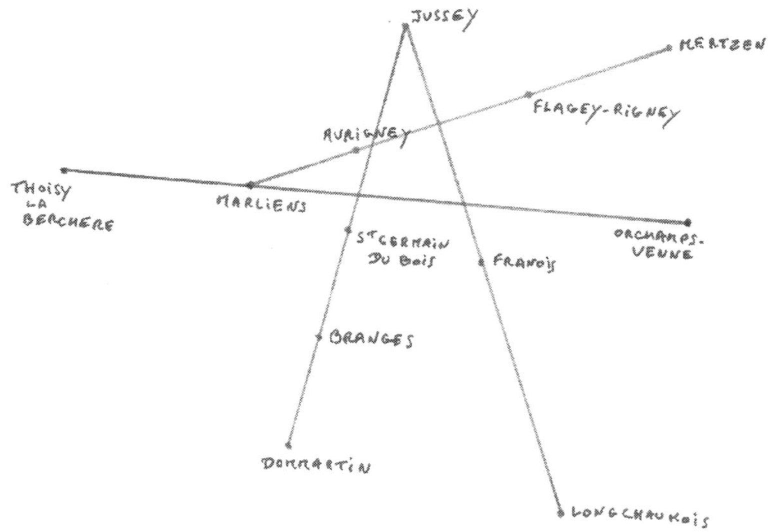

Jussey, dans la Haute- Saône, est le sommet de deux droites à 3 et 4 participants : Saint-Germain du Bois, Branges et dommartin, d'un côté ; Franois et Longchaumois à sept kilomètres ouest de Prémanon, de l'autre.

Thoisy-la Berchère (Côte d'Or), Marliens, Orchamps-Venne, et Marliens, Avrigney, Flagey-Rigney, et Mertzen (Haut-Rhin), complètent harmonieusement ce tableau ; le nombre de participants étant équilibré.

L'ensemble des deux croquis totalise 18 atterrissages et deux apparitions mariales. Certains posés doublant ou triplant leur figuration.

Il est d'autant plus avéré que les Responsables des OVNI ont une prédilection marquée pour cette région, qu'à Arc-sous Cicon par exemple, le petit être en noir qui s'enfuit en courant avec légèreté, ne put être rattrapé ni retrouvé.

Il fallait bien qu'il puisse regagner son *chez lui*.

Or il existait dans une bourgade pas très loin d'Evillers, une superbe maison, pourtant mystérieusement abandonnée.

Les enfants en avait fait leur terrain de jeux.

Jusqu'au jour où ils assistèrent à une scène mettant en cause une troupe de ce qu'il faut bien appeler des lutins, des farfadets ; bref des habitants de la **Faërie** ou de la **Magonie** selon J. Vallée.

Ils sortirent de la maison en venant de nulle part.

La conclusion évidente est que cette maison était un lieu de passage entre les deux mondes. Ce qui expliquerait son abandon par son propriétaire.
Je dis bien était, **car le 10 juin 1970**, un incendie la détruisit de fond en comble.
Depuis ce temps, les OVNI ont pratiquement cessé leur activité dans la région, à part de rares survols, peut-être de nostalgiques inconsolables.
Une chose peut-être importante est à signaler ; en tout cas elle mérite réflexion.
Dans le triangle initial, il y a une bourgade appelée Rennes sur Loue. Tout au plus avec un kilomètre d'écart, elle est à égale distance, soit 54 kilomètres de : Marliens, Renève, Saint-Germain des Bois, Orchamps-Venne, et Flagey-Rigney.

Aurait-elle un rapport quelconque avec Rennes- le-Château ?

CHAPITRE XV

SOCORRO , CLOVIS , ET LE POLICIER

Provisoirement, nous quittons la France, pour aller chercher aux Etats-Unis, ce que nous ne trouvons pas dans notre beau pays.
Bien que l'affaire de Socorro soit aussi connue des ufologues que les atterrissages français, ou sud-américains tel Trancas, il est bon de la détailler et d'insister sur des particularités, dont certaines ne se sont dévoilées que tout récemment, et présentées ici pour la première fois (hormis l'article paru dans la défunte revue *Sentinel News n° 10*, et dans Ufomania n° 53, fin 2007.
Commençons donc par situer cette localité du Nouveau-Mexique, avec la photo n° 1 :

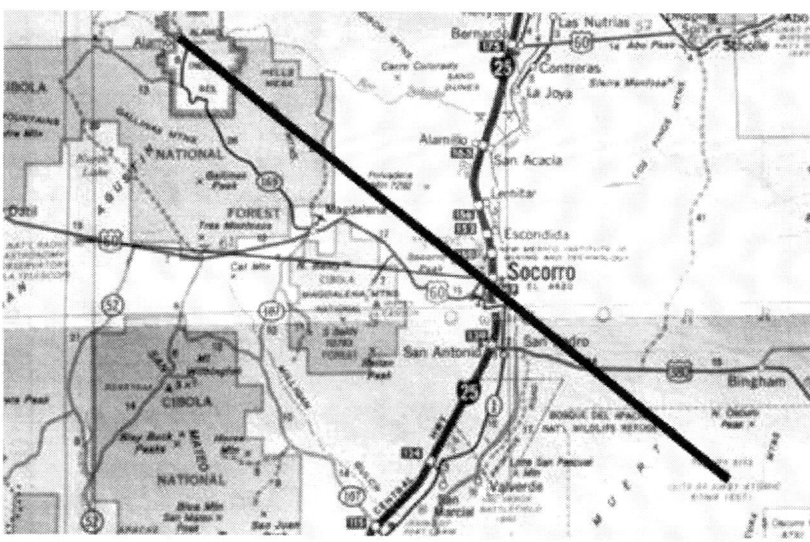

Socorro se trouve être le centre approximatif de convergence de trois sites célèbres aux Etats-Unis, et un peu moins dans le reste du monde, même si leur renommée s'est répandue : Alamo, dont la bataille de 1836, immortalisée de nos jours par le film de John Wayne, devait influencer fortement l'avenir du futur Etat américain ; le V.L.A (Very Large Array), observatoire de radio-astronomie, également un des héros du film *Contact,* complètement opérationnel depuis 1980.
Tous les deux sont situés à moins de 75 kilomètres de Socorro.

Enfin, le Trinity Site, emplacement de l'explosion de la première bombe atomique expérimentale en juillet 1945, distant de 55 kilomètres.
L'objection principale, et en fait unique, que l'on peut opposer au rapport de Lonnie Zamora, est qu'il fut le seul témoin, et son statut de policier ne change rien à la méfiance que son récit suscite.
Je suis d'accord : si un témoignage n'est pas confirmé par d'autres personnes (qui pourtant peuvent très bien s'être entendues entre elles), il est logique de suspecter son authenticité, et la bonne foi du témoin, assermenté ou non.
Seulement voilà ; ce rapport comporte un élément irrécusable, car technique : les traces relevées et étudiées sur place à l'emplacement de l'atterrissage.
Encore plus flagrant qu'à Trans-en-Provence, où il s'agissait d'un cercle. Ici, c'est un quadrilatère curieusement déformé, mais que le policier aurait été techniquement incapable de concevoir, **car faisant appel à des connaissances géométriques de haut niveau.**
Ensuite, ce que j'ai personnellement découvert, et rentrant dans la logique mathématique qui préside au présent ouvrage ; ce n'est pas une simple confirmation du témoignage, un peu tardive au bout de quarante ans.
C'est une avancée à un degré supérieur, qui ne pouvait être mise en lumière qu'en mêlant intimement Histoire et atterrissages. Sans compter deux curiosités annexes ; une géométrique indirecte, la deuxième calendaire.
Mais tout d'abord, je vais reprendre les principaux points du rapport, tel qu'i l a été publié par W. T. Powers dans le livre de Charles Bowen, intitulé : *En quête des Humanoïdes*. (J'Ai Lu).
Le 24 avril 1964 donc, l'officier de police Lonnie Zamora poursuivait une voiture qui roulait à grande vitesse dans les rues de Socorro, vers 17 h 45.
Soudain, il entendit un grondement, et vit une flamme dans le ciel au sud-ouest, à une distance qu'il estima entre 800 et 1500 mètres.
Pensant qu'un dépôt de dynamite, dont il connaissait l'emplacement, avait dû sauter, il changea de direction pour se rendre compte du sinistre.
Puis il réalisa que la flamme descendait du ciel, et tout en conduisant, il la suivit des yeux, par à-coups ; le bruit entendu correspondait plus à un grondement continu qu'à une explosion.
Selon son estimation, il a duré une dizaine de secondes, en descendant de l'aigu au grave, **pour finalement s'éteindre.**
Comme la flamme descendait vers une colline où précisément s'élevait la cabane contenant la dynamite, le policier s'acharna à gravir la pente

très accidentée et caillouteuse ; il dut s'y prendre à deux reprises pour grimper jusqu'en haut, **pendant que le grondement continuait**. Ensuite, il dut recommencer une troisième fois, pour gravir la colline, **sans remarquer ni le bruit ni la flamme.**
Arrivé au sommet, il roula lentement, cherchant surtout le dépôt de dynamite, étant toujours persuadé de son explosion.
Et brusquement, il remarqua un objet brillant à 150 ou 200 mètres, qui lui sembla être une voiture renversée, avec deux personnes à proximité. L'une d'elles, apercevant Zamora, parut sursauter, comme surprise.
Le policier roula rapidement vers l'objet, dans le but d'aider ceux qu'il prenait pour des passagers accidentés.
Cependant, il détailla l'objet, décrit comme blanchâtre, faisant penser à de l'aluminium, de forme ovale.
Quant aux deux êtres, ils paraissaient de petite taille (*comme deux grands enfants*, dira le témoin).
Après avoir alerté le bureau de police par radio, il stoppa son véhicule, et descendit en le contournant.
A ce moment, il entendit le grondement, et vit la flamme sous l'objet. Pensant que celui-ci explosait, tant le grondement était infernal, Zamora tourna les talons, et fonça vers sa voiture, tout en regardant vers l'engin.
L'objet était de forme ovale, le grand axe horizontal. Il était lisse...pas de fenêtres, pas de portes. Lorsque le grondement commença, il était immobile sur le sol ou presque.
J'ai remarqué des lettres rouges. L'emblème avait environ 75 cm de haut sur 60 cm de large, à l'estime. C'était au milieu de l'objet...
... Puis il y eut un silence complet du côté de l'objet.
C'est alors que j'ai relevé la tête, et vu l'objet qui s'éloignait de moi. Il n'est jamais venu plus près de moi.
Il paraissait aller en ligne droite et à la même hauteur...peut-être 3 ou 4 mètres du sol, et il frôla le dépôt de dynamite d'environ 1 mètre...
L'objet se déplaçait très vite. Il sembla s'élever et s'élancer aussitôt à travers la région...
Le rapport continue avec l'arrivée d'un collègue, et les premières constatations au sol ; empreintes de petits pas, brûlures à l'endroit où l'engin s'est posé.
Il semblerait que le policier ait été le seul à entendre le grondement, et à voir la flamme. Tout au moins, il fut le seul à s'en inquiéter.
Malgré l'heure avancée de l'après-midi, il n'y avait pas beaucoup d'animation dans les rues (*pas remarqué d'autres spectateurs, pas de trafic*).
Je relève au passage un curieux point resté dans l'ombre ; Lonnie Zamora dit que le grondement qui l'a alerté en même temps que la

flamme, a duré à son estime une dizaine de secondes, avant de diminuer et de s'éteindre.
Or il en était à 1200 mètres environ. De plus, il s'y est repris à deux fois pour escalader la pente abrupte de la colline (*je suis arrivé à mi-chemin la première fois, les roues ont commencé à patiner.*), pendant que le grondement continuait. A la troisième tentative pour arriver en haut, il n'a plus entendu le grondement.
Même si l'estimation du temps de durée du grondement est sous-évaluée, l'erreur ne peut être telle que le policier ait eu le temps d'arriver au sommet de la colline, avant son extinction.
Il y a donc bien eu arrêt du grondement dans le ciel, puis reprise pendant l'escalade de la colline par la voiture du policier, **comme pour inciter celui-ci à aller de l'avant malgré les difficultés, à ne pas abandonner**. Une fois cette certitude acquise, le grondement a cessé jusqu'au départ.
Comme dans la majorité des cas depuis le recensement officiel des témoignages, c'est à dire depuis 1947, il y a toujours deux ou plusieurs ufonautes qui semblent tout surpris de voir arriver le témoin **qu'ils avaient eux-même convoqués.**
Cela n'a l'air de rien, mais ça trompe bien son monde. Quel talent !
Bon maintenant que le décor est planté, et que tout le monde est à sa place, il faut songer à partir, en même temps que le comédien surprise joue son rôle ; c'est à dire relève le symbole, et note tous les détails. Pour l'aider à affiner encore son rapport, l'engin va glisser en ligne droite à 3 ou 4 mètres d'altitude, sur une certaine distance (drôle de décollage !).
Pour corser le tout, on va même jusqu'à survoler le dépôt de dynamite à 1 mètre de haut ; et le dépôt ne saute pas. Dans son rapport, Lonnie Zamora ne précise pas si la flamme existe toujours lors du survol de la cabane, alors que le grondement lui, a cessé.
Si c'est le cas, **alors il s'agissait d'une flamme froide**, qui ne risquait pas de mettre le feu aux poudres…D'où amusement supplémentaire des occupants du vaisseau. **On est loin ici du très sérieux X-files.**
L'hypothèse de la flamme froide, contraire à nos propres moteurs thermiques, qui dégagent une énergie calorique en rapport avec leur puissance, n'est pas à dédaigner.
Malgré la proximité relative de l'engin, le policier ne parle à aucun moment **de sensation de chaleur**. En outre, l'OVNI n'a pas tenté de s'éloigner rapidement du témoin, preuve à mon sens que ce dernier ne risquait pas d'être mis en danger par le système de propulsion.
Pourtant, cette flamme de faible amplitude, selon Zamora, contrairement à nos fusées, était capable de propulser une masse de plusieurs tonnes (selon les calculs des experts) dans les airs.

Le fait que les broussailles brûlaient lors du départ de l'engin, n'infirme pas cette hypothèse ; c'est peut-être inhérent à la mise à feu, **l'énergie devenant froide aussitôt le moteur lancé.**
Enfin, si l'engin a atterri, c'est pour une mission précise, ou parce qu'il était en difficulté.
Cette théorie ne tient pas la route, car si l'endroit choisi pour réparer était difficile d'accès, il se trouvait près de la localité. Le désert, voire les canyons de la région, que l'OVNI a survolé après son départ, auraient mieux convenu à un atterrissage discret.
D'autre part, vu le peu de temps écoulé entre son arrivée, *la découverte* du témoin par les ufonautes, et le *départ précipité*, la panne ne devait pas être dramatique, l'appareil étant reparti, semble-t-il, dans les mêmes conditions de bon fonctionnement qu'à son atterrissage.
Par contre, tout converge **vers une mission à accomplir**, donc avec témoin à la clé. Le premier aspect de cette mission consistait à montrer l'emblème inscrit en rouge sur le flanc de l'appareil ; sinon, comment expliquer la curieuse manœuvre consistant à décoller verticalement, puis à voler horizontalement à 3 ou 4 mètres d'altitude, avant de s'élever, et partir à grande vitesse ?
Jamais une inscription ou un dessin quelconque, ne fut jusqu'à présent, aussi clairement montré. Contrairement à nos avions de ligne, de chasse, ou privés, les OVNI sont neutres.
Aucune inscription, aucun sigle désignant la provenance ; aucun symbole indiquant une origine, aucun nom de baptême en langage terrestre ou non, ne viennent égayer leurs flancs.
Il y a bien eu la lettre H ou assimilée sur un OV NI, mais comme il était associé à l'affaire UMMO, qui s'est révélée plus tard être un canular bien monté, je maintiens mon assertion.
La race humaine, quelle que soit la nationalité et la couleur de la peau, obéit à un sentiment fétichiste et possessif, et fait vivre par un baptême officiel, ou beaucoup plus intime et personnalisé, un paquebot, un avion, une locomotive, voire son camion pour un routier.
Cette façon d'agir est symptomatique d'une cohabitation amicale, ou sentimentale, entre l'utilisateur habituel et son appareil.
Mais elle montre aussi la profondeur du fossé psychologique qui nous sépare des OVNI.
On peut éventuellement arguer que les Responsables de ces engins ne veulent pas nous fournir des renseignements sur eux, en évitant toute publicité.
C'est pourquoi l'objet de Socorro présente un intérêt tout particulier, en contradiction avec ce qui précède ; **il nous lègue un dessin symbolique, comme pour nous inviter à le décrypter.**

Depuis Socorro, cet engin ou son semblable ne s'est jamais plus manifesté. Si 48 années ne sont rien pour les Responsables des OVNI, elles comptent plus qu'énormément dans une durée humaine.
J'avais connaissance d'un symbole appartenant à un groupement de Sociétés Initiatiques fondé en 1934, et dissout en 1951.
De couleur rouge comme celui de Socorro, il possédait de nombreux points communs avec son collègue du Nouveau-Mexique.
Seulement, il y a peu de temps, j'ai appris que l'emblème reproduit par Zamora, et paru dans le livre de Bowen, et que l'on retrouve également dans les **géniales bandes dessinées de Lob et Gigi,** ne serait pas exact ; il y aurait une légère variante dans la flèche verticale.
Du coup, n'étant pas certain de la forme du symbole, je préfère m'abstenir de faire des comparaisons qui n'apporteraient aucune certitude au dossier.
Malgré tout, je persiste à penser que c'est volontairement, bien qu'exceptionnellement, que l'OVNI de Socorro a montré l'emblème ornant ses flancs, après avoir attiré un témoin de qualité.
Au début de cette étude, j'ai écrit que le train d'atterrissage de l'engin avait laissé les traces d'un quadrilatère déformé.
C'est sans doute le deuxième message du visiteur.
Cette carte de visite au second degré, a permis, 32 ans après, soit en 1996, de trouver une relation mathématique et géométrique, avec un monument défini comme étant de construction humaine.
Ce sont deux français, **messieurs Gruais et Mouny**, vieilles connaissances de ce livre, qui sont les auteurs de cette découverte.
Le tracé de Socorro permit à ces deux associés, de vérifier l'exactitude de certains de leurs travaux basés sur le tracé de Marliens.
Ceux qui ont lu leurs ouvrages, savent déjà que page 160 de *Guizeh, au-delà des grands secrets,* l'ensemble du tracé de Marliens s'insère parfaitement dans la pyramide de Chephren, en égalisant les échelles bien entendu.
Mais Gruais-Mouny voulaient aller plus loin. Ils sont arrivés à la pyramide ronde de Cuicuilco, près de Mexico. Et là, divine surprise, toujours à échelle égale, le tracé de Marliens trouve aussi sa place (page 295).
Et la vérification citée plus haut intervient page 380, avec le tracé de Socorro, qui à son tour, mais évidemment pas dans la même disposition, s'insère exactement dans le monument mexicain !
Je parlerai plus tard du troisième, et probablement majeur message du visiteur de Socorro.
Auparavant, et sur la lancée du rapport Socorro-Marliens à travers la pyramide de Cuicuilco, je voudrais citer une curiosité calendaire, qui

n'est peut-être qu'anecdotique, mais que je ne peux passer sous silence.
C'est une coïncidence d'écart de dates entre deux évènements de nature similaire.
Si Rex Heflin photographia son OVNI à Santa Ana en Californie, le 3 Août 1965, l'ingénieur Emil Barnea prit quatre clichés du sien à Cluj, en Roumanie, le 18 août 1968, soit 3 ans et 16 jours plus tard, en tenant compte de l'année bissextile.
Lors de ces deux occasions, les engins, de forme identique, mais de diamètres différents, **vinrent volontairement** *se faire tirer le portrait* , avant de partir comme ils étaient venus.
Les comptes-rendus des témoins sont très édifiants à cet égard. J'ajoute que dans le cas de **Cluj, la Sainte-Vierge était venu visiter cette cité 20 ans auparavant, en 1948.**
Or Socorro et Marliens, datée officiellement du 10 mai 1967, qui ont tous deux ont laissé un tracé géométrique de première grandeur, et que l'on peut considérer comme deux atterrissages frères, ont aussi un écart de 3 ans et 16 jours. Soit en jours, un total de 1111.
C'est le résultat de la multiplication de deux nombres premiers : 101 X 11. Et un zéro un est un langage binaire.
Je cite ces écarts et ces données mathématiques à titre de simple curiosité. Mais il vaut mieux les souligner que les ignorer, car cette relation peut éventuellement inspirer d'autres chercheurs.
Trois triangles prennent le relais de cette curiosité calendaire ; le dernier présenté étant, à mon avis, le message phare du visiteur de Socorro.
J'avoue que je parle un peu pour ma paroisse, ce que le lecteur indulgent comprendra.
Le premier de ces triangles, scalène de par sa forme, amusant par ses composants, débouche sur une conclusion inattendue.
Il se trouve que la ville de Roswell, dont on continue d'alimenter la chronique avec le crash supposé d'un OVNI, en juillet 1947, est à 232 kilomètres de Socorro.
Il était tentant de voir si une relation intéressante intervenait en les reliant toutes deux à Alamogordo, où se trouvaient les laboratoires concernés par **le projet Manhattan**.
Par lui-même, et à en dépit de la renommée de ces composantes, il ne sortait pas de l'ordinaire anonymat. Quand
La revue *ufologique Sentinel News*, éditée par le défunt Groupe Sentinelle de Reims, publia dans son numéro 7 du dernier trimestre 1997, une information qui me mit en alerte ; un cigare s'était posé près de Springer, localité située à 360 kilomètres au Nord-est de Socorro.

Vérification effectuée avec ce triangle sans attrait, il s'avéra **que la hauteur partant d'Alamogordo se prolonge en plein sur Springer.** Ce qui évidemment, ne pouvait que me réjouir. Sur la photo n° 2 Springer, trop éloignée, n'est pas représentée.

Bien entendu, il n'est pas question, malgré cette étonnant rapport triangle-atterrissage d'OVNI, de voir ici une relation quelconque avec l'engin de Socorro, **ni de cautionner** le crash supposé de Roswell. Photo n° 3 :

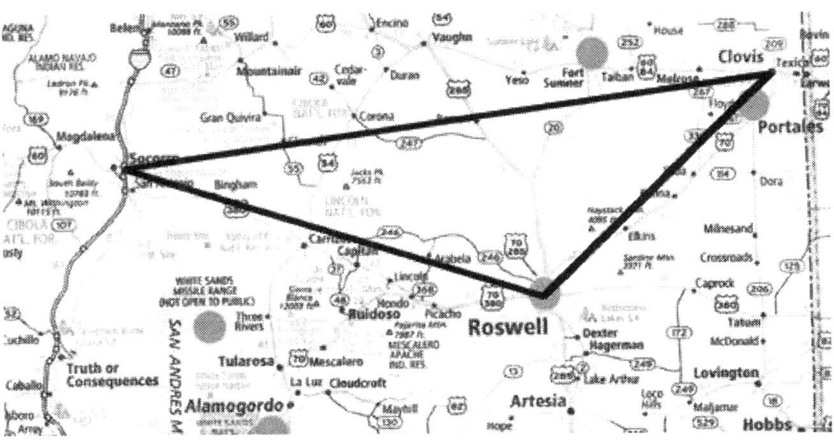

Avec ce second triangle : Socorro -Roswell- **Clovis,** nous approchons d'une extraordinaire vérité.

A savoir que les Responsables des OVNI sont allés chercher aux Etats-Unis ce qui n'existe pas en France.

En effet, aucune des trente-six mille communes de l'Hexagone ne porte le nom du plus puissant monarque mérovingien.

Personnellement, devant cette carence, je n'hésite pas à parler **d'ostracisme volontaire**, même si ces deux mots accolés forment un pléonasme.

Bien que non enseigné à l'école car sujet tabou, les rois mérovingiens ont été fait néant, en deux mots, et non en un seul**, Réduits à Rien** par les **usurpateurs, les maires du palais**.

Et si chaque roi de France qui leur ont succédé, s'est acharné à tout prix à faire croire qu'il avait du vrai sang bleu de la Noblesse mérovingienne dans les veines, il n'en reste pas moins que cette dynastie, **cette Royauté Divine**, a été mise au ban de la Connaissance de l'Histoire de France.

Mais ce qui est honni en France, est en honneur aux U.S.A., et ce n'est que justice. Ce que pensent aussi sans doute les Responsables des OVNI, puisqu'ils ont agi en conséquence pour nous le faire comprendre.

L'orthogéométrie française nous a attiré sur Stenay la- mérovingienne, sur Rennes –le -Château, visitée du temps de l'abbé Saunière par le duc de Habsbourg, dont la famille se réclame des mérovingiens, et sur Tournai, où était enterré son roi, Childéric 1er, fils supposé, mais réel, de Mérovée, fondateur de la dynastie.

Il semblait tout naturel qu'une figure géométrique fasse la part belle à ce cher Clovis.

Mais la France ne se prêtait pas à ce genre de représentation. Aussi a-t-il fallu aller la programmer de l'autre côté de l'Atlantique. Non pas par ce triangle annonciateur, mais par le suivant. Photo n° 4 :

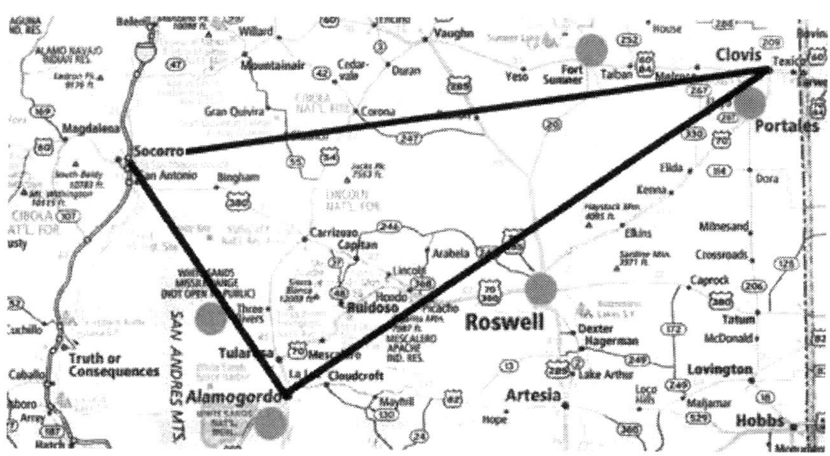

Eh oui, c'est bien un triangle rectangle dont l'angle droit est sur Alamogordo, qui se trouve à 154, 33 kilomètres de Socorro.

Quant à Clovis, cette agglomération se place à exactement 308, 66 kilomètres de la localité qui abrita les laboratoires chargés de la fabrication de la première bombe atomique secrète. ; c'est-à-dire que le grand côté est le double du petit.

Ce qui fait de ce triangle-rectangle un demi-carré long, la longueur étant le double de la largeur !
Or le carré long est la figure de base servant à la détermination du nombre d'Or. Qui plus est, il est utilisé par les constructeurs des pyramides, et des cathédrales gothiques.
Il est gravé à l'intérieur de celle de Meaux en Seine-et-Marne.
Les probabilités pour que Clovis forme avec Socorro et Alamogordo un triangle rectangle sont déjà faibles, mais elle frôle la nullité pour que ce triangle soit un demi-carré long, au rapport de 2 sur 1.
Signalons aussi que le site préhistorique de Clovis est réputé pour ses lames de lances d'une finesse et d'une solidité telles, que les chasseurs venaient de très loin pour les acquérir.
Leur tranchant était supérieur à celui d'un scalpel. Toutefois, je ne crois pas que ce soit la raison de cet atterrissage.

Ma conviction personnelle me souffle que c'est volontairement que les Responsables des OVNI ont fait atterrir un engin chargé de mission à Socorro, le 24 avril 1964. Afin de former ce fabuleux triangle.
Je pense que c'était le motif principal de cette venue, avec en prime, le quadrilatère d'atterrissage, et le symbole.
Celui-ci étant peut-être en rapport direct avec les mérovingiens, mais sans garantie, évidemment.
D'autre part, le Very Large Array, le radio-télescope qui regroupe trois branches en forme de Y de 27 kilomètres de longueur, a vu sa construction débuter en 1967. Soit trois ans après l'atterrissage de Socorro.
Y avait-il 16 jours en plus ? Entrait-il dans les calculs des Responsables des OVNI ?
Dans un rituel initiatique, V.L.A. existe aussi.
Mais sa signification est beaucoup plus ésotérique. Etait-ce le quatrième message des petits bonhommes de Socorro ?

CHAPITRE XVI

ORTHOGEOMETRIE IBERIQUE

En réunissant l'Espagne et le Portugal, la péninsule ibérique affecte la forme approximative d'un carré d'environ 770 kilomètres de côté ; ce qui lui confère une superficie à peine inférieure à 600.000 kilomètres carrés.
Celle de la France est donc dépassée, ce qui n'a aucune importance dans le contexte des mariophanies ufologiques.
Ce qui était plus intéressant à comparer se situait au niveau de l'orthogéométrie. Que pouvait offrir dans ce domaine la péninsule ibérique ?
Mais comme pour la France, il fallait d'abord répertorier et reporter sur la carte générale au millionième, les atterrissages d'OVNI et les apparitions mariales, dont évidemment la plus célèbre est Fatima, au Portugal.
Ce fut chose faite il y a quelques années, grâce à Thierry Van De Leur. Cet alsacien hispanisant en plus d'être le découvreur et auteur du *Parisis Code* (Dualpha, Lulu.com) chine toujours lors de ses vacances en Espagne, furetant à la recherche de découvertes ufologiques, et autres mystères.
Au point que Laredo (A.M. 1605), est devenu son équidé de combat, ce qui l'a amené à d'étonnantes trouvailles sur la mappemonde.
Un jour, Thierry eut la bonne idée de me communiquer un répertoire assez complet de la banque OVNI, où figuraient les lieux visités soit par les OVNI, soit par la Sainte Vierge. Le tout reporté sur la carte, me permit de tracer de longues et belles lignes droites à travers l'Europe occidentale.
A présent, étant de retour en Europe, je suis curieux de savoir ce que peut éventuellement révéler l'orthogéométrie ibérique.
En étudiant la carte, j'ai relevé des noms connus en d'autres circonstances, mais qui pouvaient servir de base de travail ; car suivant un principe déjà énoncé, j'estime qu'en matière d'ufologie et de mariophanies, rien n'est jamais gratuit.
Ainsi, hormis Fatima et les grottes d'Altamira, déjà utilisées pour l'orthogéométrie française, et l'inévitable Saint-Jacques de Compostelle, je notais les noms des villes de **Guadalupe**, **Zumarraga**, et **Zamora.**

Guadalupe évoque bien sûr la vierge du Mexique, celle qui apparut en décembre 1531 à Juan Diego. L'évêque de Mexico qui s'agenouilla devant la tilma de l'indien, pour vénérer l'image sainte, s'appelait Zumarraga ; curieux non ? mais si le vocable de Notre-Dame de Guadalupe attribué à la Vierge mexicaine, relève d'une confusion avec le nom choisi en dialecte nahualt, il faut savoir que la **Guadalupe espagnole** fut le théâtre d'une apparition mariale en 1326, connue de l'évêque Zumarraga.
Il se pourrait donc, et c'est ma conviction, **que la confusion ne soit pas si confuse que cela ;** la Sainte Vierge ayant joué volontairement sur les difficultés de la traduction. **Côté farceur du peuple-fée**, ou préparation du futur ?
D'autant que Zumarraga, située au nord de l'Espagne, reçut la visite de la Noble Dame en 1931, sans doute pour marquer le 400 è anniversaire de l'événement mexicain.
Quant à **Zamora**, qui eut droit à son atterrissage d'OVNI, c'est une autre curiosité, qui va, là aussi dans le sens d'une '' divine '' galéjade.
C'est l'épisode de l'atterrissage d'un OVNI aux abords de la ville de Socorro, au Nouveau-Mexique, le 24 avril 1964, que nous venons de quitter, avec la ville de **Clovis**.
Puisque aucune ville de France ne porte le nom de ce monarque**, Louis premier**, occulté par L'Histoire, et remplacé par Louis deux dit le Pieux. (selon *Clovis*, par Michel Rouche, page 202 Fayard).
Plus extraordinaire encore, et montrant bien que tout est calculé par les Responsables des OVNI, l'unique et irrécusable témoin de cet atterrissage, attiré sur les lieux par les ufonautes, est un policier du nom de Lonnie **Zamora** !
Quand les coïncidences sont trop nombreuses, elles deviennent des actes volontaires.
Tout ceci méritant réflexion, j'optai pour la réalisation de deux cercles ayant comme centres respectifs : Guadalupe et Zamora, mieux placés que Zumarraga, par exemple, trop haute géographiquement.
Restait à trouver les extrémités des rayons comme points de chute.
Il me parut logique que ce fut Fatima pour le premier, et les grottes d'Altamira pour le second ; les diamètres étant de 560 et 480 kilomètres.
L'ensemble couvrait une bonne partie des deux pays.
Rapidement, quelques tracés se dégagèrent, certains fournissant les angles d'un trapèze entièrement inscrit dans le cercle Guadalupe-Fatima, dont les deux côtés avaient une longueur égale à la petite base, soit 363 kilomètres ; la grande base mesurant 480 kilomètres, et la hauteur : 359.

Aucun rapport remarquable ne se dégage de ces chiffres : 480 divisé par 363 = 1, 322, soit 13 millièmes au-dessus de la moitié du carré du nombre d'Or (1, 309) Croquis n° 1, ci-dessous:

Fatima ouvre le bal avec les atterrissages de Cacérès et Albacéte, pour former le coin est de la grande base.

Le coin Nord prend naissance avec la trajectoire allant de Saint-Jacques de Compostelle à l'atterrissage de Villarès del Saz, en passant par celui de Zamora, et les apparitions mariales de Madrid (1444, 1578, 1938).

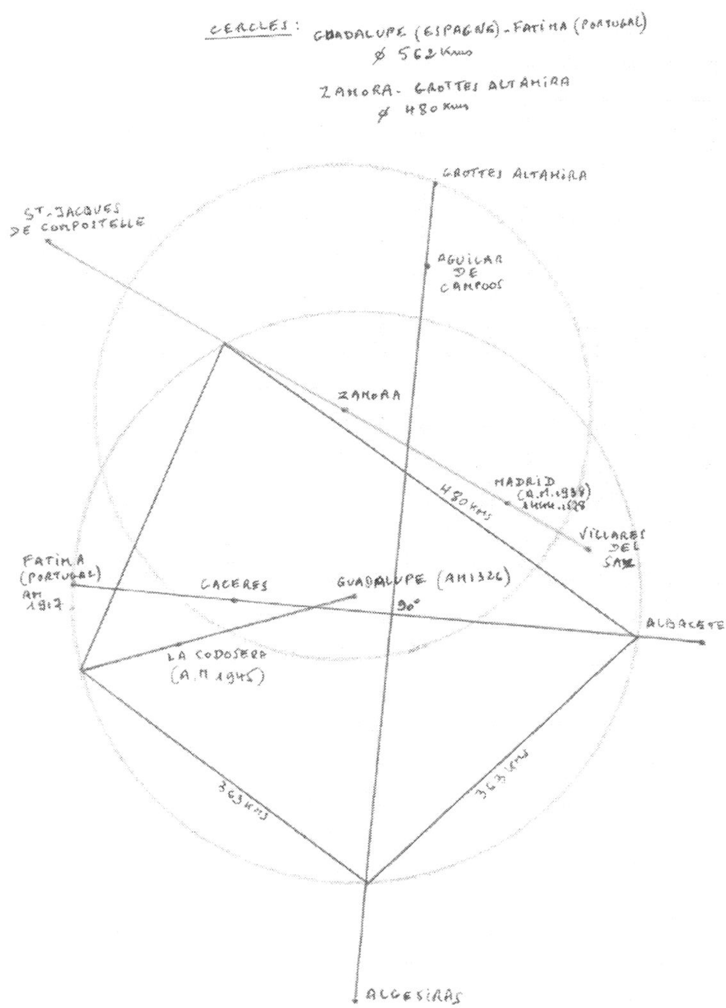

On remarquera que l'angle sud de ce trapèze est le résultat de la perpendiculaire à la ligne Fatima –Albacète, issue des Grottes

d'Altamira, et survolant le posé de Aguilar de Campoos, et terminant sa course à celui de Algésiras.
Pour finir cette figure, Guadalupe et La Codosera (A.M. 1945) s'associent pour déterminer le coin ouest. Croquis n° 2 ci-dessous :
C'est la figure la plus complexe de cette étude.
La formation de ce curieux pentagone irrégulier inscrit dans les deux cercles, a nécessité la participation du trapèze précédent.
Il en est résulté des ramifications surprenantes, qui seront détaillées plus loin.
Commençons une fois encore par Fatima, qui en accord avec Laredo (A.M. 1605) cher à Thierry Van De Leur, fournit l'angle nord-est B.
Ensuite, Saint-Jacques de Compostelle et l'apparition mariale de Cabeza del Buey (1227), s'offrent les coins nord-ouest A, et sud D.
Le coin est C coupe le cercle sur l'atterrissage de Cuenca, placé entre ceux de Castelo Branco, au Portugal, et d'Ibiza, capitale de l'île du même nom.

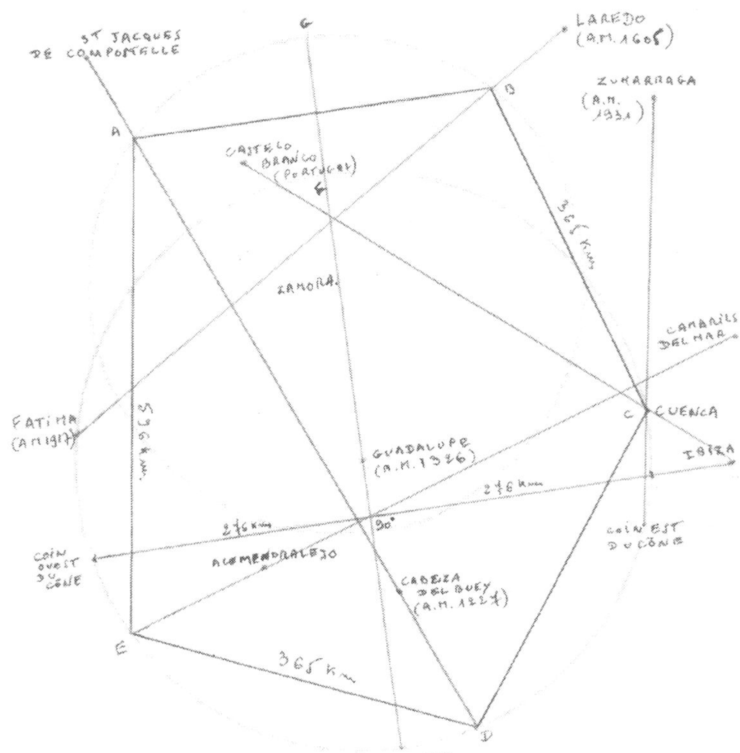

Enfin l'angle sud-ouest E est sur la prolongation de la ligne allant du posé de Cambril del Mar, à celui de Almendralejo. Ce tracé possède la

particularité de recouper la trajectoire qui relie les coins ouest et est du cône-trapèze, et qui se prolonge également jusqu'à Ibiza.
Ce qui serait très banal, si ce recoupement ne s'effectuait pas en plein sur la perpendiculaire de cette relation ouest-est.
Elle part du coin sud du cône, passe par Guadalupe pour terminer sur ce cercle en F. Nous verrons que cette lettre a son importance.
Le coin est du trapèze confirme la validité de l'angle C du pentagone, en envoyant un émissaire qui coupe Cuenca, pour aller saluer Zumarraga (A.M. 1931).
Attaquons à présent une série de lignes orthoténiques pures. J'entends bien sûr, par lignes orthoténiques, des droites se recoupant entre elles, ou avec les côtés des deux figures géométriques, qu'elles ne font que confirmer, ce qui n'est déjà pas si mal.
Le tout selon des configurations insolites, mais sans former de nouveaux polygones. Croquis n° 3

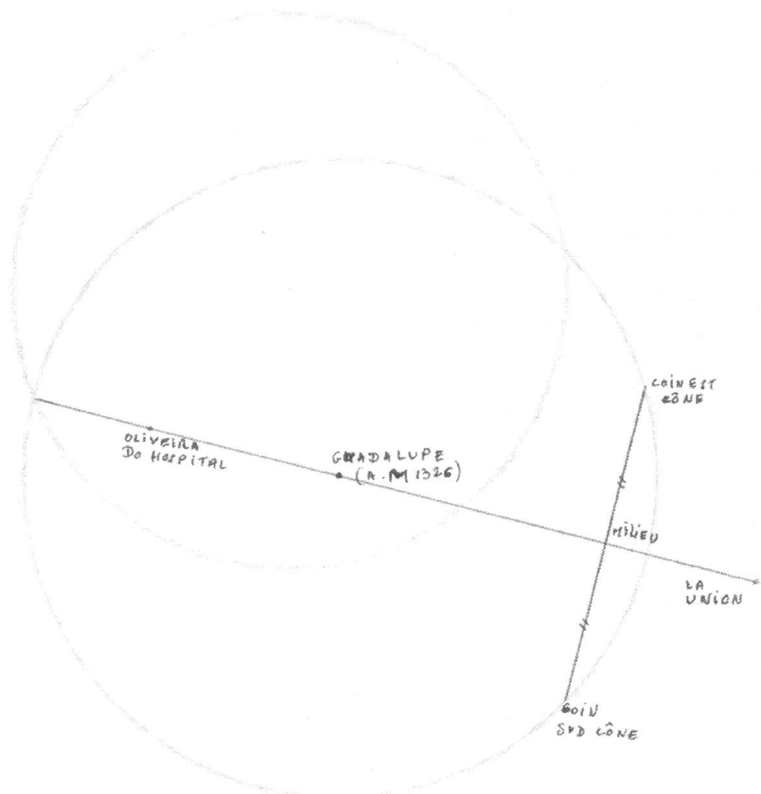

Commençons par le côté est-sud du trapèze. Il est traversé en son milieu par une ligne qui prend sa source sur le croisement ouest des deux cercles, situé au Portugal.

Elle se poursuit toujours dans ce pays, par l'atterrissage de Oliveira Do hospital, puis en Espagne avec Guadalupe, pour finir au posé de La Union. Croquis n° 4 :

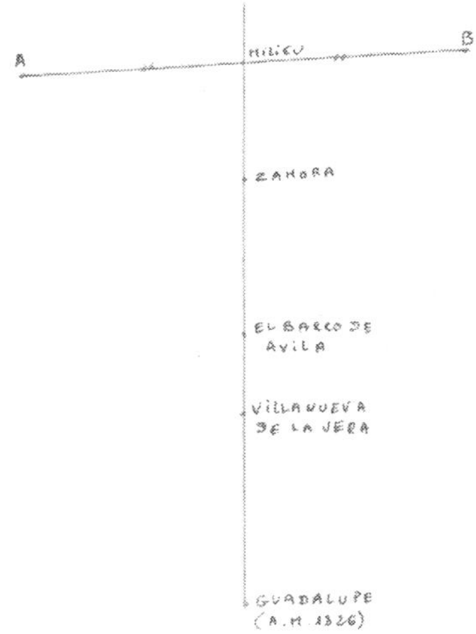

Toute cette suite va concerner chacun des côtés du pentagone, et le segment A-B prend logiquement la tête. Guadalupe, Villanueva de la Vera, El Barco de Avila, et Zamora, trois atterrissages donc, passe par le milieu de A – B. Croquis n° 5 :

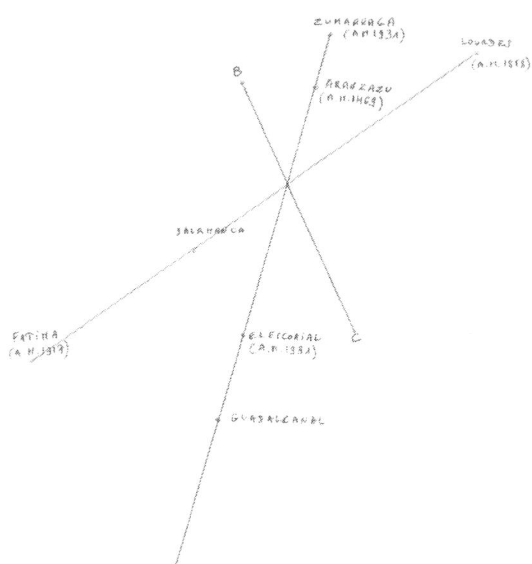

Autour du côté B – C. Son centre n'est pas concerné, mais il sert de carrefour à deux autres droites. Excusez du peu pour la première, mais le petit atterrissage de Salamanca, fait pâle figure entre Fatima et Lourdes (A.M 1858).

Le troisième partenaire comporte trois apparitions mariales, et deux posés d'OVNI. Ces derniers sont : Gerena et Guadalcanal.

Les visites de la Vierge sont réservées à El Escorial (1981), Aranzazu (1469), et le désormais connu Zumarraga. Croquis n° 6 :

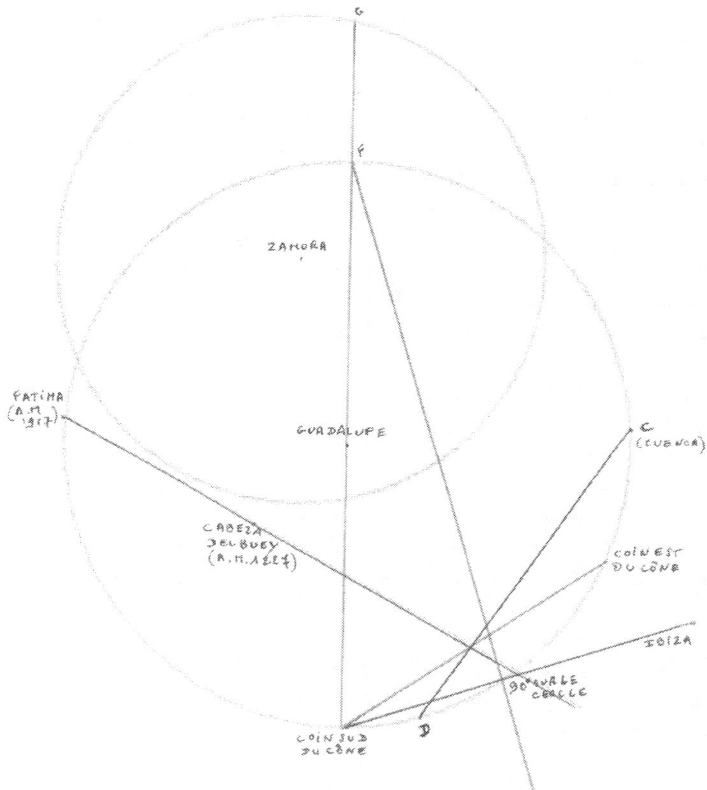

Avant de revenir à plus de simplicité, détaillons un cas d'enchevêtrement, où le recoupement F sur le cercle de Guadalupe à son mot à dire, comme annoncé.

Une ligne partant de ce point, et descendant vers le sud, coupe à angle droit et sur le cercle, la trajectoire reliant le coin sud du cône-trapèze à Ibiza.

D'autre part, les côtés C – D du pentagone, et le segment est –sud du trapèze, se voient recouper au même point par le prolongement de la droite Fatima- Cabeza del Buey (A.M. 1227). Croquis n° 7 :

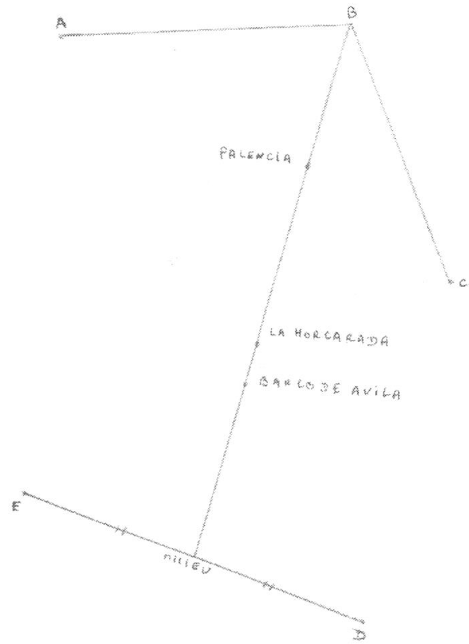

Retrouvons définitivement la simplicité, avec le segment D – E du pentagone, rejoint en son centre par la ligne qui démarre de l'angle B, et traverse trois atterrissages : Palencia, La Horcarada, et Barco de Avila. Croquis n° 8 :

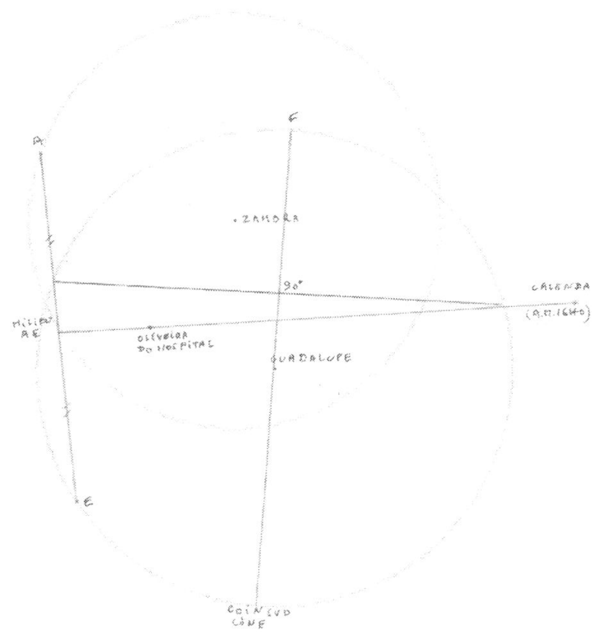

Le dernier côté A –E du pentagone entre en scène. Comme par hasard, son milieu se place sur la circonférence de centre Zamora.

Une ligne issue de ce point passe par Oliveira do Hospital pour rejoindre Calenda (A.M. 1640), où un amputé d'une jambe depuis plusieurs années, retrouva celle-ci greffée, un matin à son réveil.

Toujours sur A – E, mais partant du point sécant avec le cercle Zamora, une perpendiculaire à : coin sud du cône / Guadalupe / F, poursuit sa route jusqu'à rencontrer sur le cercle Guadalupe, la ligne Oliveira do Hospital / Calenda. Croquis n° 9 ci-dessous :

A Fatima revient l'honneur de clôturer cette orthogéométrie ibérique, puisqu'elle l'avait ouverte.

Deux lignes partent de cette apparition mariale de 1917. L'une avec trois atterrissage : Talavera la Réal, Almendralejo, et Alméria.

La seconde, plus simple, vers Aranzazu (A M 1469), mais plus spectaculaire, car elle traverse trois pays, pour terminer en France à… Prémanon. Jolie promenade de plus de 1100 kilomètres.

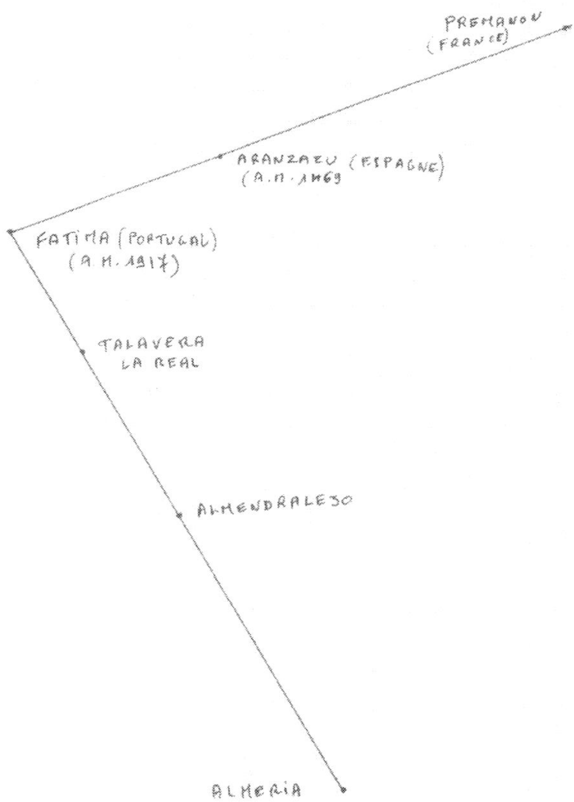

CHAPITRE XVII

IL ETAIT SEPT, NON… HUIT FOIS UN CIGARE

Donc, nous allons continuer sur les deux plans, spirituel et physique, toujours en nous amusant dans la merveilleuse fraternité qui est la nôtre, l'œuvre entreprise depuis des siècles pour le meilleur avenir des humains, tout en sachant que ceux-ci ne nous en seront jamais reconnaissants.
Je rappelle également qu'il nous est interdit de les aider autrement. Hélas, malgré leur nombre, ils ne sont pas très futés, bien que se prenant beaucoup trop au sérieux, tout en étant d'une incroyable mauvaise foi.
Au point que pour sauvegarder leurs fausses théories, ***ils n'hésitent pas à imposer des dogmes scientifiques d'une malhonnêteté flagrante****. Passons sur le fait que dans leur grande stupidité, ils ne peuvent croire en la réalité de notre existence* (rire général de l'assemblée*). J'en arrive à la conclusion :*
Ainsi que vous le savez, grâce à nos prospecteurs temporels, dans quelques dizaines de leurs années, un de ces imbéciles pas plus intelligent que les autres, mais plus logique et surtout plus chanceux, aura l'idée de regrouper toutes nos manifestations, et de découvrir la géométrie que nous avons préparée, ainsi que ses diverses extensions historiques.
Cependant, ce n'est pas cet humain qui en comprendra la finalité ; il faudra encore patienter…) (Clôture du symposium fäerique de l'année 1954, suivant l'ère du monde occidental terrien) .

Allons-y, ne lésinons pas ; pourquoi se contenter d'une fois quand sept, pardon, huit fois font l'affaire. Ne vous en faites pas, avant la fin de cette étude vous connaîtrez la raison (positive) de cette modification.
Au demeurant, je ne vous conseille pas de fumer ce genre de cigare, bien plus gros que ceux fabriqués à la Havane.
Ni comme celui que j'ai eu entre les mains en Suisse, et qui demande quatre heures pour en venir à bout ; surtout en tenant compte du fait qu'un cigare n'est pas une cigarette, et qu'il faut respecter les règles en la matière.
Le cigare en question n'est pas du même acabit ; il est plutôt du genre gigantesque, et de plus il vole. C'est le bon vieux cigare des nuées,

ainsi nommé car il s'enveloppe pudiquement d'un voile cotonneux. Il avance dans le ciel le nez légèrement incliné par rapport à l'horizontale, et quand il s'arrête et se maintient en sustentation, il se redresse verticalement.
J'ai vu dans le ciel des choses extraordinaires et fantastiques, mais je n'ai jamais eu la chance d'observer ce géant spatial, car c'est lui le héros de l'aventure.
Les dates (elles ne jouent aucun rôle) que je vais citer sont différentes, ou s'il s'agit de la même, les heures divergent. Ce qui permet de supposer qu'il est le seul dans huit des cas à accomplir la mission impartie.
C'est une supposition qui se tient, car à l'instar DU porte-avion français, ce type de vaisseau mère ne doit pas courir les nues.
Pourquoi huit seulement, alors qu'en réalité, on comptabilisera neuf sites ?
La neuvième fois, c'était une énorme sphère qui larguait des petits rejetons d'elle-même, au lieu des soucoupes habituellement issues du cigare.
Celui-ci était sans doute en révision, ou son équipage mis au repos en prévision des dures missions qui l'attendaient, et ce fut un autre mastodonte qui le relaya ce jour-là.
On va voir que ces huit missions, ainsi que la neuvième qui viendra après coup, ont bien leur raison d'être.
Nous en déduirons, après la partie géométrique inattendue qui en découle, ce que je me permets d'appeler des quasi certitudes, jamais exprimées jusqu'alors.
Nous sommes en 1954, l'année des grandes vagues et vogue des soucoupes volantes, et autre vaisselle.
Les exemples dont je vais me servir, sont tirés du livre d'Aimé Michel *Mystérieux Objets Célestes* (R. Laffont).
Ils concernent uniquement et strictement le cigare des nuées accompagné d'une ou plusieurs navettes ; et bien sûr sa doublure, la grosse sphère. **J'insiste sur le fait que ce sont les seuls de toute cette année-là.** Il n'y a donc pas lieu d'ergoter en disant que j'ai choisi les cas qui me convenaient.
Aimé Michel, admirable précurseur, les a utilisés à sa manière pour son **orthoténie quotidienne,** découvrant qu'ils étaient à l'origine de tracés en étoile, ou d'un changement de direction des survols et atterrissages. C'était une avancée majeure, cependant trop jeune pour être exploitée à fond.
En effet, la future ufologie n'avait que sept ans, et il manquait bien des atterrissages pour décrypter le phénomène. Le second point, négatif

celui-là, était l'utilisation des survols, imprécis, même s'ils permettaient de suivre une trajectoire.
Enfin, si les relevés au jour le jour ont été déterminants, ils empêchaient de voir l'ensemble. **C'est ici qu'intervient la globalité**.
Mon orthogéométrie reprend tous les atterrissages répertoriés, et **uniquement ceux-ci** depuis le début du vingtième siècle, et ce, de manière globale, sans tenir compte des dates. Ce qui a amené le décryptage d'une extraordinaire géométrie, accompagnée de nombreuses lignes droites dans lesquelles posés d'OVNI et apparitions mariales font bon ménage, **démontrant une fois pour toutes que tous deux appartiennent bien au même phénomène**. Ce que Jacques Vallée subodorait sans pouvoir le justifier.
J'anticipe déjà l'objection d'utiliser les survols du cigare géant, et que je n'ai jamais comptabilisés dans mes travaux, comme précisé. J'y reviendrai en fin de chapitre, mais je pense qu'elle tombera d'elle-même au vu des figures obtenues.
Quand j'ai repris le livre d'Aimé Michel, il m'est venu à l'esprit de tenter une percée de ce côté, par curiosité pure, sans grand espoir d'aboutir à un résultat.
Or, non seulement ce n'est pas une reculade d'un demi- siècle, mais bien une avancée. Cette réunion des neuf manifestations qui vont du 22 août au 7 octobre, permet de mieux comprendre les intentions des ufonautes acharnés à ce travail de haute précision.
Le plus fabuleux, c'est que Aimé Michel possédait tous les éléments, mais braqué sur l'actualité quotidienne, il n'a pas songé au regroupement. **Ce qui aurait bouleversé toute la face et l'avenir de l'ufologie.** Nous employons deux aspects différents de la géométrie.
C'est Vernon, dans l'Eure, qui ouvre le bal dans la nuit du 22 au 23 août.
C'est le classique ballet de largage des engins de reconnaissance à partir du grand vaisseau positionné au-dessus de la ville.
Spectacle impressionnant puisqu'il se déroule de nuit. Ce n'est certes pas pour dissimuler ses activités que le cigare céleste a choisi la période nocturne.
La lumière qu'il émet est suffisamment forte et visible pour attirer l'attention des insomniaques et gens attardés.
Le deuxième acte se passe le 14 septembre à Saint-Prouant en Vendée, petite localité à quelques kilomètres à l'ouest de Pouzauges.
Là, il n'y a qu'un seul véhicule qui tombe de son porteur, et survole la région en tous sens, entre Saint-Prouant et Sigournais, autre village à six kilomètres sud-ouest en ligne droite. Comme s'il voulait attirer l'attention des témoins sur ce parcours.
Nous verrons que le pilote avait raison.

On a tellement dit et écrit abusivement que les OVNI se cachaient, qu'il est temps de réviser ce jugement hâtif et hors de propos.
J'ai démontré que les ufonautes, s'ils ne prenaient pas contact avec les humains, sauf cas particuliers relevant du théâtre fäerique, savent parfaitement à quoi s'en tenir sur la présence des témoins.
Ils font en sorte de se faire voir par eux en France, et sans doute aussi chez les grecs.
Sinon, comment saurait-on qu'ils sont passés par-ci, qu'ils ont atterri par-là ? c'est absolument nécessaire pour que nous puissions en déduire la géométrie qu'ils ont concoctée à notre intention.
De plus, toujours par esprit d'amusement, ils s'arrangent pour attirer les témoins que j'ai désignés depuis le début de mes recherches, comme étant *privilégiés'*, tout comme les voyants qui ont à faire avec la Sainte Vierge.
A Saint- Prouant-Sigournais, un seul vaisseau c'est maigre, mais c'est suffisant pour participer au canevas général.
Le 22 septembre, c'est au sud de la région parisienne d'apporter son concours. Cette fois, c'est la sphère qui prend la place de son compère dans les environs de Ponthierry-Fontainebleau.
Le témoin principal, une automobiliste qui rentrait sur Paris par la nationale 7, s'arrêta en voyant l'appareil au-dessus d'elle, et suivit toute la scène.
Aimé Michel précise *à moins de 40 kilomètres de l'aéroport d'Orly*, et comme la femme n'était pas encore sortie de la forêt, il me fut facile, à l'aide la carte au 200.000ème de pointer l'endroit et de le reporter sur la carte générale.
Il sera heureusement confirmé par les tracés. Le témoin fasciné par cet étrange spectacle en oublia de compter les petites boules qui sortaient par dessous l'engin, et s'égayaient tous azimuts.
Le 27 septembre, le grand cigare reprend du service pour une double mission. A Rixheim d'abord, située à l'ouest juste derrière Mulhouse, ce porteur est entouré par une dizaine de patrouilleurs, qui étaient donc sortis avant que les témoins les remarquent plus tard dans la soirée, à Lemps, 20 kilomètres nord-ouest de Valence, ce ne fut qu'un grand carrousel, le cigare étant précédé et suivi par des petits vaisseaux virevoltant sans cesse et disparaissant.
Ici donc, point de station d'attente ; rien que ceci devrait éliminer Lemps de la liste ; **ce serait une grave erreur** ; cette bourgade étant un point crucial de la géométrie à venir.
Nous entrons dans le mois d'octobre.
Le 2 c'est Poncey sur L'Ignon au nord-ouest de Dijon, qui reçoit la visite du Seigneur des nuages.

Seulement là, il me posa un cas de conscience, comme à Aimé Michel à l'époque. Sur ses cartes, huit trajectoires se recoupaient sur Poncey, dont il n'avait aucun souvenir précis à la date du 2 octobre.
Ses recherches l'amenèrent à trouver des témoignages qui faisaient état de *...une sorte de vaste cigare lumineux qui volait silencieusement vers l'est à une vitesse comparable à celle d'un gros avion en gardant* ***une position sensiblement verticale****'.* C'est précis, précieux et très instructif.
Si j'ai renforcé la dernière partie, c'est pour mieux faire comprendre mon propos.
Je vais devancer mes commentaires, en précisant que ce vaisseau mère est en position verticale **uniquement** pour lâcher ou récupérer ses patrouilleurs.
Or ici, il venait d'accomplir l'une ou l'autre de ces actions, hors de la vue des témoins, et s'apprêtait à reprendre son vol horizontal, en gagnant de la vitesse. Il n'a jamais été vu avançant en position redressée.
Dans son '' *hypothèse sur le fonctionnement des soucoupes volantes* '' rapportée par Henry Durrant dans *Les dossiers des OVNI* (R. Laffont), le lieutenant Jean Plantier écrit qu'en déplacement lent ***ce déplacement sera nécessairement oblique.*** A Saint -Prouant *La carotte s'inclina en démarrant.* Ce qui corrobore parfaitement Plantier et Poncey.
D'autre part, sans doute pour enfoncer le clou, ou dissiper un doute sur le cas Poncey, un engin de trois mètres de diamètre s'y est posé le 4 octobre.
Si c'est un plus, ce n'est pas encore suffisant. Il reste un autre point majeur ; la trajectoire qui allait vers l'est. Selon le relevé d'Aimé Michel, le cigare est passé entre Poncey et Pellerey, localité à deux kilomètres nord-est, et il a été vu des deux endroits.
Enfin, argument que ne pouvait avancer notre précurseur ; il faut connaître parfaitement l'historique des apparitions mariales, et être persuadé de leur appartenance au phénomène OVNI.
On sait que la Sainte Vierge se présente près ou dans une grotte, ou d'une source, un cours d'eau, une fontaine.
Accrochez-vous bonnes gens, car nous volons très haut ; où est située la commune de Poncey sur L'Ignon ? Déjà sur cette rivière, et à deux kilomètres de la source de celle-ci. **Mieux encore, aussi à moins de quatre kilomètres à l'ouest des sources de la Seine !**
Voilà, l'incertitude est levée concernant Poncey.
Cinq jours plus tard, le 7 à Montlevicq, six kilomètres à l'est de La Châtre, dans l'Indre, c'est le grand spectacle.

Semblable à celui de Vernon, à part le fait qu'il se déroula en plein jour, et dura environ 45 minutes, le vaisseau étant positionné à la verticale de la cité.

Pour que les ufonautes prennent le risque d'affoler une petite communauté peu préparée à cette *invasion de martiens*, ce qui n'est jamais dans leur habitude, il faut que la motivation soit vraiment profonde, puissante et impérative.

Une curiosité, invisible de tous les ufologues, qui n'est peut-être qu'une coïncidence, mais sait-on jamais avec ces facétieux gentilshommes ; la rivière qui longe Montlevicq se nomme L'Igneraie, avec les trois premières lettres de L'Ignon. I.G.N, serait-ce un clin d'œil à cet honorable Institut Géographique ? Ou pour faire comprendre que les implantations géographiques n'ont pas de secrets pour eux ?

Nous voici donc en possession de sept sites qu'il s'agit de placer sur la carte générale, afin de voir ce que l'on peut en tirer. Et c'est la majestueuse surprise.

Vernon, Montlevicq, Poncey, et Lemps, forment un losange irrégulier certes, mais sans exagération, et très esthétique.

Mieux encore ; Lemps, qui aurait dû être éliminé, est le sommet d'un triangle isocèle de 266 kilomètres de côté, où Montlevicq et Poncey (lui-même en balance) sont les bases.

Ce losange n'est pas une petite figure, puisque les axes, non perpendiculaires comme il se doit, mesurent 508 et 228 kilomètres.

Croquis n° 1: (non à l'échelle, comme ceux qui suivront).

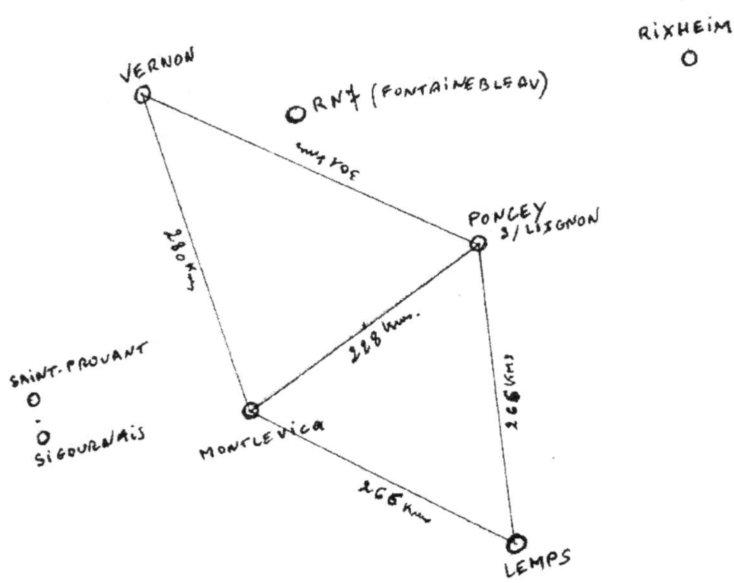

Je me dois de préciser qu'il y a une divergence avec Aimé Michel. Il annonce 235 kilomètres entre les deux localités ; ce qui représente 7 millimètres sur la carte générale.
Il peut y avoir un voire deux kilomètres d'écart par accumulation, mais pas autant. Comme lui et moi avons soigneusement mesuré par rapport à des repères précis, je pense que la différence est à mettre sur le compte des cartes des années cinquante, moins précises que leurs homologues satellitaires et informatiques du XXIè siècle.
D'autant que j'ai un général Grouchy qui cette fois arrive à la rescousse au bon moment ; **le nombre d'Or**.
La hauteur descendant de Vernon, partage la base en 87 et 141 kilomètres. Ce qui donne : 141 divisé par 87 = 1, 620 ; 228 sur 141 = 1, 617 ; et 228 par 87 = 2, 620.
C'est suffisamment éloquent, l'inverse du nombre d'Or apportant aussi sa caution. Le plus plaideur des normands n'oserait intenter un procès pour les 155 mètres en trop (141 / 0, 618 = 228, 155), ou les 224 mètres manquants (87 / 0, 618 = 140, 776), soit un cinquième de millimètre. Croquis n° 2

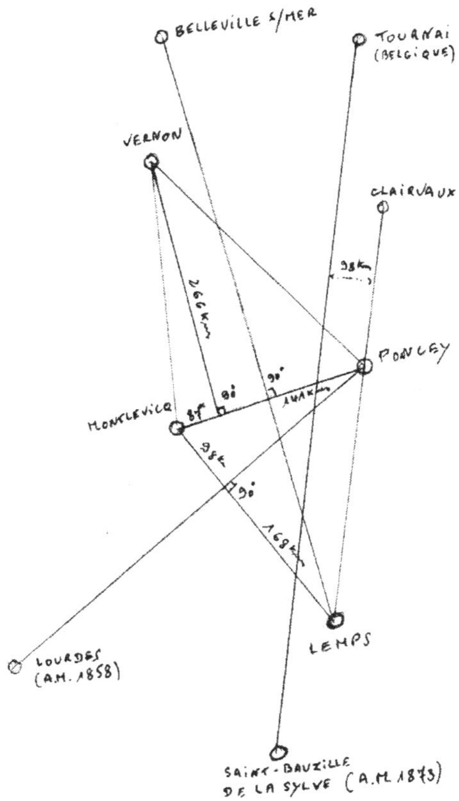

La plus grande surprise vient justement de Lemps, dont la hauteur file hors losange à droite de Vernon, pour aboutir à Belleville sur mer, à six kilomètres à l'ouest de Dieppe.
C'est l'origine du méridien intermédiaire, à égale distance (un degré 10) entre ceux de Paris et Greenwich, et mis en évidence par Gruais et Mouny dans leur livre *Guizeh, au-delà des grands secrets* (Rocher). Cet ouvrage est à l'origine de l'orthogéométrie, et il n'y pas lieu de s'étonner de voir **son méridien être mis ainsi en valeur par le grand cigare des nuées,** car il est un des principaux protagonistes de mes travaux.
C'est sur Belleville sur mer que se referme la boucle des trente degrés des apparitions mariales (voir croquis n°3 ci-contre).
Le côté Lemps-Poncey se prolonge sur l'abbaye de Clairvaux, aujourd'hui hélas prison. Du temps de Bernard de Fontaine et de l'Ordre du Temple, **c'était la Lumière, devenue à présent ombre.**
La hauteur partant de Poncey aboutit sur Lourdes. Cette hauteur partage le côté en 98 / 168 kilomètres, chiffres sur lesquels nous reviendrons.
Constatons que 98 est également la distance qui sépare les parallèles : Lemps- Poncey- Clairvaux et Tournai – Saint- Bauzille de la Sylve, apparition mariale de 1873.
Cette égalité est-elle voulue, ainsi que celle des 266 kilomètres des côtés du triangle et de la hauteur de Vernon ?
Mes recherches n'ont pu confirmer une quelconque intention. Tournai, ville belge par excellence, fait partie du règne de Louis XIV avec le tombeau et le trésor de Childéric 1er, fils supposé de Mérovée, et père de Clovis. Croquis n° 3 :
Par contre, on peut affirmer que la parallèle est volontaire, car la ligne Saint Bauzille-Clairvaux monte jusqu'à Stenay, la capitale mérovingienne, convoitise du roi Henri IV et de son petit-fils Louis XIV, et lieu de visite des souverains français et présidents de la république.
Montlevicq-Tournai coupe sur la RN 7 la position de la remplaçante du cigare des nuées. Ce qui montre bien que rien n'est laissé au hasard par les concepteurs de cette géométrie.

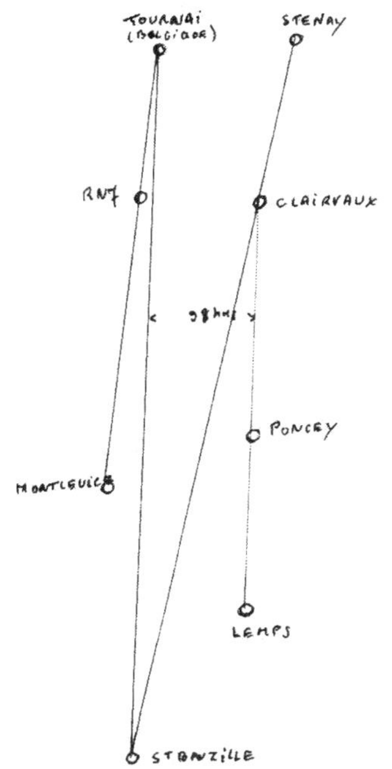

Croquis n° 3

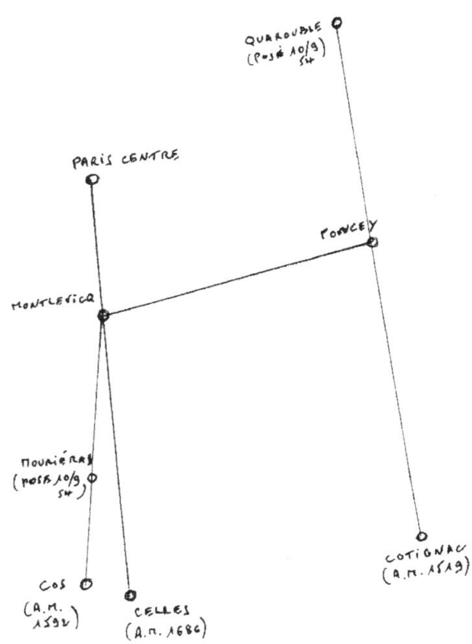

Croquis n° 4

La figure n° 4 fait intervenir, en accord avec Poncey et Montlevicq , deux posés d'OVNI tout récents, puisque datant du 10 septembre précédent, et trois apparitions mariales très cotées :
Cotignac (1519)-Poncey- Quarouble ; Celles (1686) – Montlevicq – Paris centre ; Cos (1592) – Mouriéras – Montlevicq.
Tout comme Tournai, Cotignac est intimement mêlée à la vie du roi soleil, la Sainte Vierge y ayant déclenchée *L'Opération Louis XIV* 119 ans avant sa naissance (voir Atlantis n°431).
A Celles, qui avec Cos encadre Foix, la Noble Dame est apparue au voyant **près d'une fontaine,** et sous l'aspect d'une petite fille, avant de grandir et devenir une femme adulte.
Comme témoignage de sa visite elle laissa sur le manche d'une bêche trois feuilles de chêne en forme de croix.
Ce qui évoque plus le druidisme que le catholicisme, et se rapproche des paroles de Bernard de Fontaine (dit de Clairvaux), *Mes maîtres sont les chênes et les hêtres*, ce qui n'empêcha pas l'Eglise de le sanctifier (il faut savoir fermer les yeux).
A Cos, la Sainte Vierge ordonne de creuser pour trouver une source, tout comme à Lourdes… **266 ans plus tard** !

Cette fois, plus de doutes ; cette référence aux 266 kilomètres n'est pas fortuite, les deux apparitions étant inscrites dans ce canevas. Et Poncey trouve une confirmation de sa légitimité. Croquis n°5 :

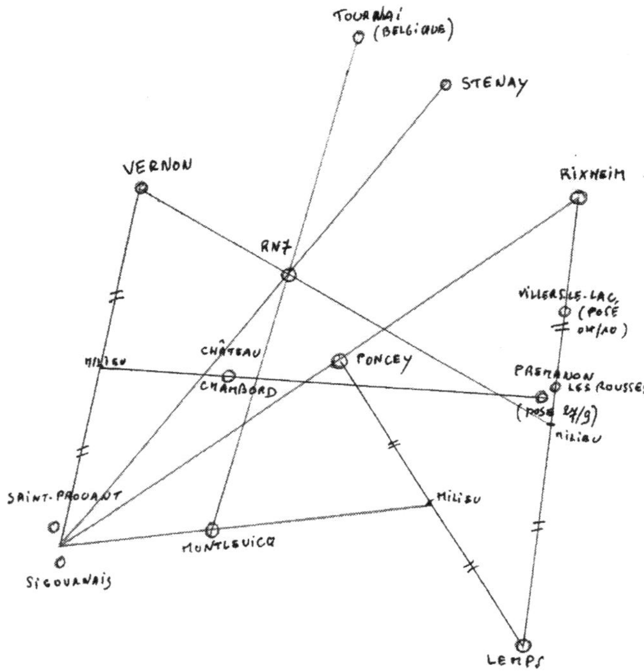

Dans cette figure légèrement complexe, mais aérée et compréhensible, nous trouvons presque tous les acteurs enfin réunis sur scène. Rixheim et Saint- Prouant / Sigournais faisant leur entrée pour jouer les premiers rôles.

Je vais justifier l'affirmation disant que le pilote de l'OVNI avait raison de faire la navette entre les deux villages vendéens. En effet, les quatre lignes qui partent d'eux **ne sont valables que si l'on prend leur milieu comme point de référence.**

Prenons par exemple celle qui passe par Montlevicq pour atteindre le centre de Poncey-Lemps ; de Saint- Prouant on est en dessous, de Sigournais on arrive au-dessus. Juste entre les deux, on est pile. Et cette histoire de milieu en génère deux autres.

Du milieu de Saint- Prouant / Sigouenais – Vernon, nous partons vers le château de Chambord, pour atterrir à Prémanon, le posé du 27 septembre (on ne perd pas de temps chez les ufonautes).

De Vernon, la trajectoire passant par la RN7 arrive au milieu de Lemps-Rixheim.

Ce stationnement de la sphère est recoupé par la ligne Saint -Prouant / Sigournais-Stenay, qui refait surface, afin d'être à égalité avec Tournai (pour le moment), le trajet de celle-ci avec Montlevicq ayant déjà été présenté.
Mais il était bon de matérialiser le triple croisement de cette fameuse route des vacances sur un même croquis.
Terminons celui-ci sur le parcours Saint- Prouant / Sigournais – Poncey – Rixheim.
Accordons une attention particulière sur le tracé Lemps-Rixheim.
Il passe par Villers-le-lac, atterrissage du 4 octobre, et coupe Les Rousses dans son quartier est. Cette commune, outre le constat qu'elle n'est qu'à quatre kilomètres de Prémanon, reçut la visite du grand cigare dans l'après-midi du 2 octobre.
Elle devient donc le huitième site général, et le septième du géant du ciel.
Néanmoins, son comportement fut quelque peu ambivalent. S'il s'arrêta, se redressa verticalement selon son habitude, un seul disque sortit pour rentrer aussitôt.
Comme s'il avait reçu un contre-ordre, ou s'il y avait erreur sur le lieu, peut-être à cause justement du posé de Prémanon. Le cigare repartit rapidement.
L'observation totale, très courte, n'avait pas duré cinq minutes.
De fait, nous le verrons, Les Rousses sont le terminus d'une seule ligne. Croquis n° 6 :

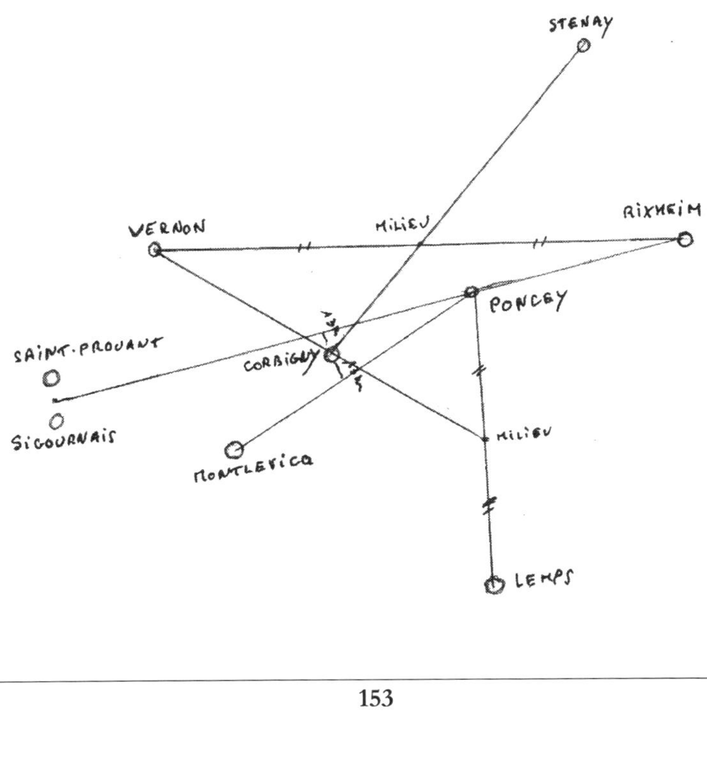

Ah voici le petit dernier, celui pour lequel j'ai modifié le titre : Corbigny, dans la Nièvre, à 24 kilomètres au sud de Clamecy-Vézelay. Non seulement je lui pardonne d'être arrivé en retard au festival, mais je lui en suis même reconnaissant, car il apporte la touche finale.
C'est à dire la preuve par huit qui confirme totalement mon travail, et toutes mes déductions concernant la prise en compte du grand cigare des nuées.
En effet, Corbigny m'avait complètement échappé lors d'une première lecture, qui faisait ressortir les huit lieux précédents.
Ce n'est que par une vérification générale, à la fois du texte et des cartes tracées par Aimé Michel, que j'ai trouvé cette bourgade, où les témoins décrivaient le géant céleste vertical et immobile, et duquel sortirent deux vaisseaux.
Sa position repérée sur la carte générale où elle était marquée m'embarrassa un moment.
Placée à l'intérieur du triangle : Vernon – Montlevicq – Poncey, elle ne semblait pas devoir participer à la géométrie d'ensemble.
Ce qui mettait à mal tous les croquis précédents.
Puis je m'aperçus que Corbigny se trouvait exactement au centre de deux tracés formant triangle : Saint- Prouant / Sigournais – Poncey – Rixheim et Poncey- Montlevicq.
Mesure prise, il y avait bien 13 kilomètres de part et d'autre. Nous reverrons ce chiffre des apparitions mariales, à Fatima.
Comme pour les villages vendéens, Corbigny était une affaire de milieux, ce qui était une fructueuse avancée.
Il me fut alors facile de trouver : Vernon – Corbigny – milieu Poncey / Lemps et Corbigny – milieu Vernon / Rixheim – et Stenay pour la troisième fois.
Afin de ne pas surcharger, j'ai préféré préparer le croquis N° 7 ci-dessous qui insiste bien sur le fait que Corbigny est exclusivement au centre de toute cette géométrie.
Les deux derniers tracés font état de : Lemps – Corbigny – milieu Vernon / Poncey ; et Les Rousses – Corbigny – milieu Vernon / Montlevicq.
Ainsi la totalité de ce canevas se termine comme elle a commencé ; par les quatre points du losange initial.

Croquis n° 7 :

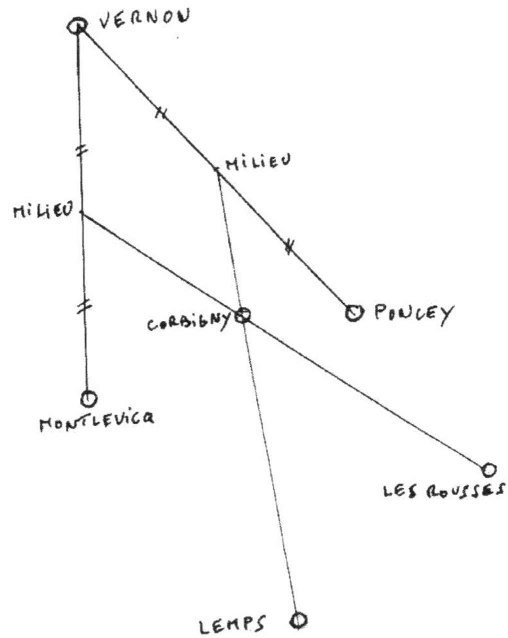

De ces sept figures, il ressort deux constatations.
Tout d'abord que les engins porteurs, cigare et sphère, organisent leur propre géométrie, à l'instar des chapelles mariales, tout en participant à l'orthogéométrie générale.
Ensuite, qu'il ne s'agit ni de survols ni d'atterrissages, mais qui s'apparente aux deux ; **c'est le stationnement aérien en un point précis**, dont on peut déterminer l'emplacement sans aucun doute ; au-dessus précisément des localités (Vernon, Montlevicq, Corbigny, Rixheim, Les Rousses), de la campagne (RN 7), entre deux villages en Vendée, ou avec une approximation suffisante (Poncey, Lemps).
A propos, la RN7 est le seul point de largage dans la nature. Bien que le porteur soit différent du cigare, on peut s'étonner de cette *anomalie*, qui ne l'est pas dans le cadre de la participation à une géométrie précise.
Je le martèle pour la 10 ème fois ; les atterrissages d'OVNI et les apparitions mariales ne sont absolument pas aléatoires, mais bien prévus et concoctés pour que les figures géométriques prennent leur place.
On peut y ajouter le positionnement du grand cigare et de la sphère, son alter ego. **Ce qui suppose une connaissance parfaite de la**

géographie, de l'emplacement et des distances des principaux lieux (villes, châteaux, abbaye…), et de leur Histoire.
Si les ufonautes ne voulaient pas qu'on les voit, pourquoi installer le cigare géant à faible altitude au-dessus d'une agglomération, où au-dessus d'une route à grande circulation en plein jour ?
Et quand c'est de nuit, comme à Vernon, pourquoi cette débauche de lumière gratuite à rendre jaloux et envieux les malheureux abonnés d'E.D.F. ?
Dans les années cinquante, nous étions pardonnables de croire que nous étions scrutés, analysés, disséqués, transformés en chantiers archéologiques par des extra-terrestres qui nous découvraient soudainement.
Le leurre, l'appât, le ver de terre que le poisson terrien a avalé goulûment avec un hameçon de sept pour gogos. Alors que les OVNI font partie de notre quotidien depuis des millénaires, et sont inscrits dans les grottes préhistoriques (Altamira, Lascaux, Pech Merle…).
Bien sûr que c'est pour préparer les fameuses toiles d'araignées selon l'évangile d'Aimé Michel, et pour nous délivrer un message géométrique et linéaire, basé sur l'Histoire, que les ufonautes sortent le grand jeu.
A nous de le déchiffrer en deux parties. Modestement, je crois avoir décrypté la première, en avouant que c'est la plus facile, même étalée sur quatorze ans.
Je laisse à meilleur que moi, plus instruit, plus déductif et plus malin, la résolution, la conclusion, en un mot, la finalité du rébus.
Auparavant, je vais ajouter un plus mathématique qui pourra peut-être servir à mon successeur.
Ce sont des calculs faisant suite à ceux déjà présentés, et qui s'inscrivent dans un cadre voulu et prémédité par les Responsables des OVNI.
Nous avons vu ce que donnait la hauteur descendue de Vernon. Poursuivons avec le triangle n° 1 : Vernon / Montlevicq / Poncey, qui n'a pas encore tout avoué.
Dans un premier temps, j'avais négligé la hauteur 266 kms divisée par 141, dont le quotient quelconque est de 1, 886.
Or, il se trouve que celle issue de Montlevicq (202 kms) partage le côté de 301 kms en 197 / 104 kms, dont le rapport est : 1, 894. Coïncidence, coïncidence, ces deux nombres quasi jumeaux.
Tout comme le résultat de : 202 / 104 = 1, 942. C'est modestement le quotient de PI divisé par PHI (3, 1416 / 1, 618).
La hauteur venue de Poncey (216 kms) coupe les 283 kms du côté en : 211 / 72 kms.
Tout de suite, nous voyons que : 216 / 72 = 3.

Avec le résultat de 211 divisé par 72 (2, 930) nous ouvrons la porte à un triplé inattendu, ou nous retrouvons les 168 / 98 kms que j'avais laissé en plan.
Le quotient de ces deux chiffres donne :1, 714, peu parlant à première vue ; pourtant sa racine carrée est : 1, 309, qui est la moitié du carré du nombre d'Or (2, 618). Simple et enfantin n'est-ce pas ?
Alors revenons sur les 2, 930 ; sa racine quatrième cette fois est : 1, 309 ! (2, 936). Le dernier des trois enfin, c'est : 283 divisé par 216 ; résultat : 1, 310.
Nous parlions humblement de coïncidences à propos de 1, 886 et 1, 894. Eh bien en voici deux autres pour faire bonne mesure.
Elles appartiennent au triangle n° 2 : Lemps / Montlevicq / Poncey. Nous avons : 240 (hauteur de Lemps) sur 114 = 2, 105, et 206 (hauteurs de Poncey et de Montlevicq) divisé par 98 = 2, 102. Deux coïncidences partout.
Soyons sports, et reconnaissons honnêtement que les Responsables des OVNI ne laissent rien passer ; en toute franchise, c'est du bon boulot. Du travail vite fée, bien fée.
Abordons enfin une curiosité technique, qui peut avoir son importance pour un physicien curieux : la verticalité et l'immobilisme du grand cigare.
A part Poncey où il a été vu avançant doucement en position oblique (*sensiblement verticale*), tout en ignorant ce qu'il faisait avant ou après que les témoins le remarquent, le cigare des nuées s'arrête et redresse sa pointe vers le ciel, avant de libérer ses navettes… ou de les récupérer, comme l'équipage d'un B 29 put le constater le 6 décembre 1952 dans le golfe du Mexique : *Soudain le radar de bord détecta cinq objets non identifiables…*
Les aviateurs effectuèrent promptement les calculs d'évaluation et assignèrent au dernier de ces objets une vitesse supérieure à 8000 km / h !
Subitement 4 nouveaux engins, puis d'autres encore, furent détectés par le radar. La vitesse de ces derniers était également supérieure à 8000 km / h.
Ces bolides ralentirent pendant quelques secondes, puis avec une accélération terrifiante, ils prirent la tangente.
L'écran du radar révéla alors une grosse tache bleutée – un engin colossal – vers laquelle fonçaient les soucoupes volantes.
A 8000 km / h, celles-ci rattrapèrent le géant de l'espace… et se fondirent en lui. Après quoi le mastodonte spatial démarra à une allure folle et disparut.

Sa vitesse de fuite fut évaluée à un minimum de 14.000 km / h ! (p 117 *Les soucoupes volantes viennent d'un autre monde.* J. Guieu (Fleuve Noir).
J'ai préféré prendre le texte de J. Guieu, plus détaillé, notamment pour les vitesses, que celui d'Aimé Michel.
A 8000 km / h, soit plus de 2.200 mètres / seconde pour pénétrer dans son nid douillet, il n'est évidemment pas question de cocher une grille de loto, ni de se perdre dans le bleu lumineux des yeux de sa co-équipière, tout en pilotant.
Seul un ordinateur peut prendre en compte une telle vélocité. Cette belle maîtrise d'appontage, ou d'*empontage* plutôt, laisse encore pantois en 2011. D'autant qu'elle est totalement à l'opposé des méthodes terrestres.
Mais là n'est pas mon propos. ‘‘ *Le mastodonte spatial démarra* ''. Une fois de plus, il est confirmé que largage et récupération ne se font que vaisseau mère stoppé.
J'y vois deux réponses :
1) Les instruments qui dirigent la manœuvre ne sont pas suffisamment performants pour prendre en compte les vitesses respectives des deux engins ; d'où arrêt du porteur.
Ce qui est peu probable, car il suffirait de réduire la vitesse d'approche.
2) Plus important, et peut-être plus véridique, les moyens de propulsion des deux vaisseaux risquent de se neutraliser ou de se repousser, à la manière de deux aimants de polarité identique mis l'un en face de l'autre.
Supposons qu'il s'agisse d'un champ magnétique antigravitationnel ; pour que l'appareil vole dans l'atmosphère, il doit contrebalancer la pesanteur terrestre.
La polarité est donc la même pour le porteur et sa navette. Pour que celle-ci puisse regagner le bord, le champ du porteur doit être coupé, pour éviter tout rejet.
La sustentation sur place dépend probablement d'un système différent, qui n'affecterait pas le mode de propulsion proprement dit. Les patrouilleurs pourraient donc entrer et sortir sans aucune difficulté ou opposition.
Le fait que le cigare géant s'arrête avant de se redresser verticalement, milite en faveur de deux systèmes différents, mais complémentaires.
Dans le cas des deux engins porteurs, le cigare et la sphère, la technique de largage est la même ; les navettes se laissent tomber à la verticale, et stoppent leur chute à l'altitude voulue, avant d'enclencher la propulsion et de partir dans une direction prédéterminée..

Je ne crois pas que ce soit par économie de carburant, qui est une énergie entièrement gratuite et illimitée.
Ce qui plairait certainement à la firme Total, qui pourrait gonfler encore plus ses bénéfices (aucune dépense, rien que des rentrées d'argent).
Je pense plutôt que c'est toujours en rapport avec l'attraction-répulsion.
Si les patrouilleurs allumaient leur moteur à l'intérieur du porteur, pour s'en extraire, ils devraient repousser le vaisseau-mère, ce qui serait peut-être préjudiciable.
Alors qu'à l'inverse, pour pénétrer à l'intérieur, ils doivent l'attirer en quelque sorte.
Et si un ordinateur s'occupe de toute la manœuvre, comme c'est plus que probable, il peut arrêter le moteur des navettes au dernier moment, les prenant en charge juste à l'entrée (un peu comme le rayon tracteur de Star Trek).
Le plus fascinant reste la vélocité extrême, accompagnée d'une accélération là où nos avions ralentissent, avec laquelle les patrouilleurs agissent pour regagner le bord.
Il faut diablement être confiant dans la fiabilité absolue du système de récupération.
On a du mal à imaginer comment un appareil peut s'introduire dans son vaisseau porteur à une vitesse vertigineuse, sans ralentir, et ne provoquer aucune catastrophe, même si le lieutenant Plantier a raison en disant : *L'engin peut difficilement être accidenté.*
Le pilote, par simple inversion du champ, provoque le plus parfait des freinages.
Au besoin ; un simple montage type radar peut déclencher ce freinage à l'approche d'un obstacle.
N'empêche, le passager non averti doit croire sa dernière heure arrivée.
J'espère malgré tout être assez clair pour qu'un physicien s'y intéresse, et la mette au point d'une manière plus technique.
En conclusion de toute l'orthogéométrie, désormais complète, j'espère de tout cœur que mes consœurs et confrères ufologues admettront enfin l'évidence que les apparitions mariales appartiennent bien au phénomène OVNI.
En abandonnant la méfiance que certains d'entre eux ont toujours, principalement pour des raisons religieuses ; méfiance et réserve qui empoisonnent la recherche en la paralysant.
Cette conviction acquise, ajoutée au fait que le hasard n'a pas sa place, libérera une ouverture d'esprit salutaire. L'ufologie ne s'en portera que mieux.

CHAPITRE XVIII

VALSE EN SOL A VALENSOLE

La curieuse et extraordinaire séquence qui s'est déroulée vers la sixième heure du matin ce premier juillet 1965 à l'Olival, aurait pu être mise en musique par l'un des deux Johann Strauss sous le titre *Valse en sol des lutins dans champ de lavande.*
C'eut été un complément idéal à la merveilleuse *Légende de la forêt viennoise* .
Si je me suis lancé dans l'étude détaillée de cette rencontre du troisième type, non pas hors norme, car il y en eut d'autres similaires, c'est parce qu'elle comporte des éléments qui lui sont propres.
Ils m'ont fait aboutir à la conclusion qu'elle fut la finalité de trois facettes, échelons, ou graduations.
Cette trilogie de base amenant à la scène finale, a échappé aux enquêteurs ufologues, et encore plus aux gendarmes.
Quant aux journalistes, la plupart ont surtout cherché à discréditer le témoin, en faisant croire qu'il était incapable de différencier un hélicoptère d'un engin d'une facture totalement étrangère.
Par contre, Maurice Masse ne s'est probablement jamais douté lui-même qu'il avait été entièrement manipulé, roulé dans la farine, par ses visiteurs facétieux mais peu charitables, comme nous le verrons.
Le premier palier de la première partie, le plus simple et le plus évident, s'il fut connu de tous, car révélé par l'intéressé, passa inaperçu d'un bon nombre de personnes, qui ne firent pas le rapprochement avec la suite.
Pourtant, ce premier palier est indissociable de cet échelon, et permet d'ouvrir la discussion sur la troisième graduation.
La deuxième facette est fournie par l'orthogéométrie, qui justifie la place de Valensole dans le canevas ufologique.
La troisième graduation, évoquée ci-dessus, est certainement la plus difficile à décrypter, tout en étant la conséquence des deux autres.
Il est bien entendu que ceci n'est que la présentation du scénario, et que le rideau va se lever sur le déroulement de la pièce, acte après acte.
Pour ce faire, je me suis appuyé sur cinq documents et sept auteurs différents, afin d'être sûr de mettre en lumière le témoignage de Maurice Masse en fonction des procès-verbaux officiels des 7 juillet et

18 août 1965. S'y ajoute un petit plus, le fameux premier palier de la première partie, mais qui fut rapidement occulté.
La référence en la matière est évidemment J.J. Vélasco et son livre

OVNIS l'évidence (Carnot). Il est suivi par C. Garreau *Soucoupes volantes, 20 ans d'enquêtes* (Mame). Puis H. Julien et M. Figuet *OVNI en Provence* (Edition de Haute -Provence). Et *OVNI, dimension autre,* un des trois volumes en bandes dessinées de Lob et Gigi.
Enfin l'article du célèbre ufologue Noël Jeudyquos, français de souche, mais anagrammiste d'adoption. *Quelques précisions sur le cas de Valensole* , publié par la revue Ufovni n° 87 (4è trimestre 2008) du G.E.R.U. de Roubaix.
C'est dans cet article que surgit le petit plus qui démarque nettement cette rencontre de ses consœurs aussi renommées (Quarouble ou Socorro à laquelle elle fut comparée).
La totalité de ces documents fait appel aux procès-verbaux cités, et utilisent des termes et phrases identiques, avec quelques variantes de peu d'importance, mais surtout sans divergences pouvant laisser place au doute.
La base principale étant bien sûr les écrits de J.J. Vélasco, qui a personnellement rencontré Maurice Masse, et différents intervenants dans le cadre de son enquête officielle.
'' *Maurice Masse est un matinal. Il vient de passer une demi-heure à biner son champ de lavande.*
Alors qu'il fait une pause et fume une cigarette derrière un petit muret de pierre, il entend soudain un sifflement. Un hélicoptère ?
Alerté, l'homme se relève, dépasse le muret et porte le regard sur son champ.
Là-bas à 90 mètres il y a bien quelque chose qui ressemble à une voiture de type dauphine. Masse s'interroge ; que peut bien faire à cette heure une voiture dans son champ ? ***Peut-être s'agit-il de voleurs de lavande ?*** (page 61). (c'est moi qui souligne cette dernière phrase, car elle est plus qu'importante, CAPITALE, ainsi que nous le verrons plus tard.)
Dans son article, Noël Jeudyquos écrit page 17 : *…comme ils surent* (Maurice Masse et son père, cités avant par l'ufologue *) remarquer chaque matin les brins de lavande qui, prétendent-ils,* ***étaient mystérieusement arrachés la nuit*** (Nouvelle insistance de ma part). .
Et Noël Jeudyquos ajoute avec une prescience digne d'éloges '' *Ainsi les différents éléments de cette affaire, ne peuvent être disjoints* ''.
C'est une excellente déduction qui est passée sous le nez des autres enquêteurs.

Tout est lié dans cette affaire, **même les éléments antérieurs qui ne paraissent pas avoir de rapport !**

L'attention de Maurice Masse a été attirée par le sifflement. **Mais aussi de façon plus discrète par les chapardages répétés de plants, qui l'ont mis en condition**.

Aussi, quand il voit l'appareil posé au sol, et qu'il prend tout d'abord pour une voiture, car il en a la taille, sa première réflexion fut de supposer qu'il s'agissait de voleurs.

D'autre part, si le sifflement fut également perçu par d'autres personnes placées à plusieurs centaines de mètres de l'Olival, elles ne virent pas l'appareil. Par conséquent, **ce ne sont pas elles qui étaient directement concernées.**

Et surtout, ce bruit intense et très particulier se manifesta bruyamment pendant 15 à 20 secondes à l'arrivée de l'engin, **mais ne reparut pas à son départ**. C'est une caractéristique significative, et que pourtant aucun des auteurs ne retient.

Comme pour Socorro, on peut arguer que l'OVNI était en difficulté, et que le bruit en était la manifestation extérieure. Rien ne justifie un tel argument, puisque les ufonautes n'ont pas eu le temps de réparer avant la vision de l'engin par le témoin.

Et quand on est en panne sur un sol étranger, on ne s'amuse pas à contempler les fleurs. De même à Socorro, les petits pilotes n'eurent aucune difficulté à repartir. Théâtre faërique oblige.

Tout est codifié, et suivi point par point.

En fait, le sifflement a été émis pour prévenir le témoin choisi et privilégié, à savoir Maurice Masse, de l'arrivée de l'appareil, et qu'il pouvait se manifester en sortant de derrière son muret.

En poussant le raisonnement plus avant, il est possible que cette émission sonore ait eu **pour but de déclencher le réveil d'une suggestion hypnotique** entamée avec les vols des plants de lavande, conditionnant Maurice Masse.

En s'attaquant à sa vie de toujours et à son gagne-pain, les ufonautes savaient ce qu'ils faisaient.

Il existe d'ailleurs un parallèle étonnant entre Valensole et Socorro, dont J.J. Vélasco fait le rapprochement à cause de la similitude des deux appareils.

Au Nouveau-Mexique, l'OVNI a émis une lueur accompagnée d'un grondement suffisamment fort pour que le policier se décide à laisser filer le véhicule en excès de vitesse qu'il pourchassait.

Là aussi, la possibilité d'une suggestion hypnotique est-elle à retenir.

Dans le livre de C. Bowens *En quête des humanoïdes* (J'ai Lu), W.T. Powers rapporte que le grondement s'est éteint au bout d'une dizaine de secondes, à l'estimation de Lonnie Zamora.

Puis, comme la pente de la colline qu'il gravissait pour aller sur les lieux du drame supposé (l'explosion d'un dépôt de dynamite), était très escarpée et sinueuse, il dut s'acharner **pendant que le grondement continuait**.
Ainsi que je l'ai écrit dans l'article publié par la revue Ufomania n° 53 de décembre 2007, et dans le présent chapitre XV, il y eut donc un arrêt, puis une reprise de ce grondement *comme pour inciter celui-ci (le policier) à aller de l'avant malgré les difficultés, à ne pas abandonner*.
Donc le premier échelon commun à Valensole et à Socorro est un bruit strident émis pendant peu de temps, afin d'*inviter* le témoin privilégié à aller à la rencontre des ufonautes.
Simple constatation, dans les deux cas ceux-ci sont en couple à l'extérieur.
A l'appui de ce choix volontaire, nous pouvons être sûrs que les OVNI n'atterrissent pas n'importe où et aveuglément, car ils pourraient risquer de gros déboires. **Imaginez qu'ils se posent sur un champ de mines ?**
Les ufonautes agissent avec certitude à l'aide de leurs instruments de détection et écrans de contrôle de proximité qu'ils ne peuvent manquer de posséder, puisqu'ils s'emparent à volonté de l'esprit des humains, et surveillent leurs réactions physiologiques, ainsi que de nombreux cas que j'ai déjà explicités le démontrent.
A Socorro, ils avaient repéré la voiture de police, et à Valensole, **ils savaient que Maurice Masse se tenait derrière le muret.**
Cette déduction naturelle est basée sur des faits multiples inscrits dans les catalogues ufologiques.
Elle m'amène aussi à redresser une fois de plus une erreur que j'ai déjà signalée dans mes articles, et à laquelle adhèrent encore de nombreux ufologues et non des moindres, tel J.J. Vélasco : *Les personnages viennent de repérer Maurice Masse.* (J.J. V. p. 62) AMUSANT !

Jamais, non jamais, les ufonautes n'ont été , ne sont, et ne seront surpris par le témoin, QU'ILS ONT EUX-MÊMES CONVOQUE !
Il faut faire sauter une fois pour toute cet obstacle qui s'oppose à l'avancée.
Si l'on veut approcher, ne serait-ce qu'un peu du phénomène OVNI, on doit s'évader de ces conceptions enfantines.
C'est du pur théâtre faërique, dans lequel le témoin joue un rôle inconscient .
L'expérience peut être très semblable au Rêve, écrit J.R.R. Tolkien dans '' Faërie '' page 182 (Christian Bourgeois édit.). Et le père de

Bilbo le Hobbit et du *Seigneur des anneaux* en connaissait un bout sur la question.
Les auteurs, metteurs en scène, acteurs de premier plan, savent donc bien à tout moment où se trouve le figurant invité, et à quel instant il va faire son entrée.
Du reste, J.J. Vélasco ajoute *Les personnages discutent pendant quelques minutes, semblent se moquer de l'agriculteur.* Cette phrase montre bien que l'on est loin de la panique provoquée par la présence inattendue d'un terrien à quelques mètres de distance.
Les ufonautes prennent leur temps, il n'y a pas de fuite en catastrophe.
Quant à la paralysie provoquée quand le témoin est à une dizaine de mètres, elle a un but défensif connaissant le caractère vindicatif des terriens, et de plus dans ce cas précis, Maurice Masse avait à faire à ses voleurs de lavande.
Cependant, il est plus probable qu'il s'agit en réalité d'une protection en sa faveur, l'un n'empêchant pas l'autre.
Plus il s'approchait de l'appareil, plus les effets électromagnétiques auraient eu des répercussions, allant sans doute jusqu'à la mort à courte distance.
A noter que ce bouclier ou rayonnement ne gêne en rien les visiteurs.
De fait, Maurice Masse n'a rien ressenti le jour même, à part un violent choc émotionnel, bien compréhensible.
Si l'on en croit C. Garreau, ce n'est qu'au quatrième jour qu'il s'effondra. Il aurait dormi 24 heures sur 24, *si on ne l'avait pas réveillé pour manger* dira sa femme.
J.J. Vélasco termine en écrivant que la vie de Maurice Masse fut complètement bouleversée par cette RR3. *dérangé, discrédité, choqué par l'événement.*
D'ailleurs, il en fut exactement de même pour Lonnie Zamora à Socorro. Et pour de nombreux autres témoins par ailleurs.
Curieusement, mais sans étonnement puisqu'il s'agit du même phénomène, on enregistrera que c'est également **ce qui se passe dans la majorité des cas des apparitions mariales.**
Pour conclure cette première partie, disons qu'une fois son rôle de figurant faërique terminé, les ufonautes se soucient peu de ce que deviendra la vie de leur cobaye.

Montons d'un degré, et atteignons le stade de l'orthogéométrie. Dans le chapitre XV j'ai décrypté en grande partie le cas de Socorro.
Avec notamment le triangle rectangle demi-carré long : **Socorro-Clovis - Alamogordo**, dans lequel Socorro- Clovis a une distance double de Socorro- Alamogordo, avec 308,6 kilomètres contre 154.3.

Clovis ne faisant pas référence ici à l'industrie clovisienne préhistorique des lames de lance, réputées pour leur facture, mais **bien à notre officieux Louis 1er**, fils de Childéric, si honni en France, qu'aucune commune ne porte son nom.
Les Responsables des OVNI se sont donc rabattus sur les Etats-Unis, et plus précisément au Nouveau-Mexique, en y ajoutant un clin d'œil au site préhistorique.
Cette allusion pas forcément justifiée, m'oblige surtout à rappeler ma définition de l'orthogéométrie, afin que ce qui suivra soit plus facilement compréhensible :
L'orthogéométrie est une branche de l'ufologie qui relie les atterrissages d'OVNI et les apparitions mariales à des lieux mégalithiques, préhistoriques, historiques, spirituels et religieux. Cette relation est basée sur le nombre d'Or, PI et leurs dérivés.
D'autres avant moi : Robert Maestracci et sa *Géographie secrète de la Provence* (Cheminements), le méconnu Xavier Guichard et son *Eleusis Alésia*, ont démontré à l'envie que les agglomérations et les grands édifices, spirituels et religieux entre autres, n'ont pas été bâtis n'importe où au hasard, **mais que leur emplacement fut judicieusement choisi, à travers l'Europe**.
C'est ainsi que Stonehenge, le Mont-Saint-Michel, les châteaux de la Loire, Chambord en tête, Rennes-le-Château, ou l'abbaye de Clairvaux, se trouvent justifiés par l'orthogéométrie.
Après moi, il y eut *Les lignes d'Or* de Sylvain Tristan (Alphée). Comme quoi les idées se rejoignent, et se confortent l'une l'autre.
Ces sites étant donc inamovibles, pour dresser des cartes géométriques il suffit de placer des pions à des emplacements bien précis, en utilisant un ou plusieurs ordinateurs de haut niveau ; ou des appareils analogues sophistiqués.
La complexité des cartes orthogéométriques se superposant est telle qu'une équipe de cerveaux humains ne pourrait en venir à bout. Heureusement, le décryptage tracé par tracé est beaucoup plus facile, et à la portée de n'importe qui, ayant une patience certaine.
Je pense que le lecteur aura compris **que les pions sont les OVNI et la Sainte Vierge (ou soi-disant telle bien sûr).**
Une dernière précision sur laquelle j'insiste : si Aimé Michel basait son orthoténie sur les survols et posés journaliers, **l'orthogéométrie comptabilise uniquement et globalement tous les atterrissages connus et répertoriés**. Les survols sont éliminés, car trop peu précis, et ne participant pas aux tracés.
Je vais présenter quelques lignes droites dans lesquelles figure Valensole. Quant à l'orthogéométrie proprement dite, pour laquelle a

eu lieu la séquence de l'Olival, nous l'avons déjà survolé entre autres dans le chapitre V (le carré).
Si cette dernière est située en dehors de Valensole à deux kilomètres au nord-ouest, on comprendra parfaitement que pour les besoins de l'orthogéométrie, l'OVNI ne pouvait décemment pas atterrir en plein milieu de la localité, au risque de créer un bouleversement qui se serait répercuté sur toute la planète. De plus, c'était Maurice Masse le témoin privilégié.
D'autant que la ligne droite : Valensole – Chabeuil – Stonehenge, part vers le nord-ouest, et donc survole le plateau de l'Olival.
Ensuite ce sont deux posés qui encadre un lieu d'apparition mariale : Valensole – Le Puy en Velay – Crocq.
Enfin, une autre apparition mariale est le terminus ; c'est L'Ile Bouchard, qui fait équipe avec Trans-en- Provence et Valensole.
Mais alors, qu'est-ce que le dernier stade, celui qui est la conséquence ou la base des deux autres ?
Autrement dit : pourquoi les Responsables des OVNI ont-ils choisi Maurice Masse pour participer à leur mise en scène, à cette valse en sol de lavande ?
Hélas, n'étant pas dans les petits papiers des ufonautes, je n'ai aucune certitude à ce sujet. Nous sommes dans le même cas de figure que pour les apparitions mariales.
Tout d 'abord, il y a un point important qu'il ne faut pas négliger, concernant l'orthogéométrie ; si on veut qu'elle soit révélée, un témoin au minimum est absolument indispensable. Sinon, **comment saurait-on qu'un OVNI s'est posé à cet endroit. ?**
Inversement, si l'on préfère cette formulation, le fait de choisir un témoin d'un atterrissage, indique clairement que les Responsables des OVNI veulent que les humains soient au courant de leur géométrie géographique.
Sinon, ils ne se donneraient pas tout ce mal pour attirer l'attention ; ils se poseraient discrètement de nuit, à l'abri des regards, et dans un silence que nos engins effroyablement bruyants sont incapables d'imiter.
Le même raisonnement est de rigueur si l'on s'en tient simplement à une mise en scène, avec besoin d'un figurant invité pour tenir un rôle dont il ignore tout.
Ce qui rejoint parfaitement les deux premiers échelons présentés dans cette étude.
Mais pourquoi spécialement le défunt Maurice Masse ?
Eh bien personnellement, je rejoins d'autant plus volontiers la suggestion de Guy Tarade, qu'elle se trouve pleinement réalisée ici.

Il pensait que le nom de famille présentait une certaine importance aux yeux des ufonautes ; idée librement transcrite. Dans le cas de Valensole, tout le monde est passé à côté.
Toujours ce cloisonnement des disciplines qui empêche de faire la synthèse.
Les ufologues se désintéressent totalement des apparitions mariales, ne croyant pas pour la plupart qu'elles sont parties prenantes du phénomène OVNI ; ou parce qu'ils restent sur l'aspect purement religieux, ce qui ne facilite pas l'ouverture d'esprit.
De Théopolis, la cité de Dardanus chère à Roger Corréard, à Valensole, en descendant en ligne droite il y a 43 kilomètres. Or, en 1656, la Sainte Vierge y est apparue à un pâtre pour lui demander la reconstruction de la chapelle démolie.
Ce pâtre se nommait **Honoré Masse**.
Est-il un ancêtre direct de Maurice, ou une branche à part ? Impossible à dire, sauf recherches généalogiques fort longues.
Ce fait, car c'en est un, est connu des théologiens, qui bien entendu n'ont jamais entendu parler de l'affaire de Valensole. Et c'est ainsi que tout le pays ne l'a pas su !
Pour ceux qui mettraient ce rapprochement sur le compte de l'affabulation, je leur conseille de lire le livre de Jean Sider *les extraterrestres avant les soucoupes volantes.* (J.M.G).
Il cite des familles qui ont été suivies à travers le temps, et dont les membres, par exemple le grand-père et la petite fille, ont été contactés, ou ont subi des implants.
Prenons au hasard les Strauss, qui ont ouvert cet article. Il y a trois familles distinctes. La plus connue est celle de Joseph et des deux Johann père et fils, et les frères de ce dernier, Joseph et Eduard, auteurs de valses immortelles, et autres marches et polkas.
Elle est indépendante de Richard, dont *2001 l'odyssée de l'espace*' a utilisé brillamment son *Ainsi parlait Zarathustra.*
La troisième étant celle de Oscar, moins connu.
S'il est curieux, voire stupéfiant qu'un patronyme identique ait pu donner des musiciens d'une telle valeur, on peut se demander si les Responsables des OVNI n'ont pas fourni un petit coup de pouce dans ce sens positif ?
Alors pourquoi pas partir d'Honoré Masse, choisi par la Sainte Vierge en 1656, pour arriver à Maurice Masse 309 ans plus tard ?
Incidemment, si 1 sur 1.618 = 0.618, soit l'inverse du nombre d'Or, 309 en est la moitié.
Il y a quand même parfois des coïncidences.
En résumé de cette trilogie, il fallait un point de chute pour que Valensole puisse participer à l'orthogéométrie, la localité elle-même

étant exclue ; un témoin fiable pour authentifier l'atterrissage, et qui soit également figurant totalement inconscient de son rôle.
De par son nom de famille, Maurice Masse était le candidat idéal.
Il suffisait de le conditionner en dérobant nuitamment à plusieurs reprises des plants de lavande, afin de le préparer à jouer son *personnage.*
Notons bien la différence d'action entre les vols effectués subrepticement (quand on veut on peut), et l'arrivée tonitruante au petit matin du 1er juillet, du style trompette du Seigneur sur le mont Sinaï, afin que le véritable programme mis sur pied se déroule à la perfection.
Le rideau s'est levé puis abaissé.
Et tant pis pour l'acteur involontaire, si sa vie en a été complètement changée.
Comme d'autres, Maurice Masse fut sacrifié sur un autel dont il n'avait pas gravi les marches, et au nom d'une décision imposée par des entités dont il n'avait jamais soupçonné l'existence.
Le tout dans un but qu'il n'aurait peut-être pas réussi à comprendre, même si on le lui avait expliqué, ou qui paraîtrait démentiel à un esprit humain.
Pas du tout préparé à un vedettariat qu'il ne demandait aucunement, le pauvre Maurice Masse jusqu'à sa mort en 2004, n'aura pas connu la fin de l'Histoire.
Dois-je terminer en insistant sur le fait que pour préparer une telle opération, au milieu de toutes les autres du même acabit**, il est indispensable d'être un voisin permanent des humains,** et non venir d'une quelconque et lointaine partie de l'univers ?
Ceci étant, il n'est pas impossible que d'autres entités qui n'ont pas à créer des figures géométriques, soient de passage sur Terre. Vue de l'espace, notre planète est si belle.
Cependant, il vaut mieux la voir de loin ; sinon la déception est trop cruelle.

CHAPITRE XIX

BEAUSOLEIL, VICTOR HUGO, ET L'OVNI

Déjà en 1951, soit quatre ans après le début de l'Ere Ufologique Moderne, on aurait pu effectuer une avancée considérable dans la réflexion sur le sujet du phénomène OVNI, si l'on avait étudié de près cet épisode tout à fait hors du commun.

Cette courte séquence s'est déroulée cette année-là, non pas par un beau soleil puisqu'il *est 21 heures, un jour d'été* selon le début écrit par H. Julien et M. Figuet dans leur livre '' *OVNI en Provence* (Edition de Haute-Provence- pages 221-222).

C'est la localité des Alpes-Maritimes portant ce nom plein de lumière, évoquant le Dieu Apollon, d'autant que l'Art dramatique y est à l'honneur.

En effet, une troupe ambulante déclame les répliques de la pièce de Victor Hugo *Lucrèce Borgia*, sur une place publique.

La pièce étant déjà commencée, ce sont trois spectateurs attardés, dont un policier, qui vont avoir la surprise de leur existence. *Les voilà devant le N° 21 de la rue des Martyrs.*

C'est précisément de cet endroit qu'ils aperçoivent *à environ 60 mètres, un objet ovoïde transparent, légèrement incliné dans leur direction, et immobile à 7 mètres au-dessus du sol.*

Comme les témoins avancent vers l'objet *ils peuvent observer de profil un pilote vêtu d'une combinaison claire, à l'aspect maigre et âgé, portant une barbe probablement blanche* . Il est tête nue.

Un deuxième individu est également assis, mais du côté opposé aux témoins, donc peu visible, malgré la quinzaine de mètres de distance.

Les trois retardataires veulent attirer l'attention des spectateurs qui tournent le dos à l'appareil.

Cette malencontreuse initiative a pour résultat la fuite immédiate de l'OVNI accompagnée d'un léger sifflement. En prime, les malheureux se font insulter par les spectateurs dérangés.

Ils étaient trois. Si au lieu de vouloir faire partager leur vision, ils avaient joué cavaliers seuls, ils auraient pu s'approcher davantage, pour avoir une vue détaillée du deuxième ufonaute, et emmagasiner un nombre impressionnant et instructif d'éléments.

Ce qu'ils auraient peut-être eu l'idée de faire, si cette scène s'était déroulée 5 ou 6 ans plus tard, bien après la vague de 1954.
En 1951, le phénomène OVNI avait peu envahi la France, et restait marginal.
C'est cette année que je l'ai d'ailleurs découvert, par la lecture d'un article de journal relatant la mort du capitaine Mantell à bord de son F 51, en janvier 1948. Le journal n'avait donc que trois ans de retard !
D'après ce que rapportent Julien et Figuet, les ufonautes, du moins le vieillard, étaient visiblement accaparés par le jeu des acteurs, au point de négliger la surveillance de l'environnement.
Surtout qu'à sept mètres de haut, soit l'équivalent du deuxième étage d'un immeuble, ils pouvaient être aperçus à tout moment.
Pour des entités ne recherchant pas le contact, et évitant de se faire remarquer, sauf quand elles le jugent nécessaire à leurs desseins, comme à Valensole ou à Socorro, la prudence n'était guère de mise.
Depuis quand l'objet était-il là à son poste ?
Sans doute a-t-il attendu que tous les spectateurs soient en place, et que la pièce commence.
Curieusement, il semblerait que les ufonautes n'aient pas songé un seul instant qu'il pourrait y avoir des retardataires.
Serait-ce une indication que dans leur monde, cela n'arrive jamais, ne fut-ce que par respect pour les acteurs et les autres spectateurs ?
Alors évidemment, ils ont pensé que les humains agissaient de même. D'où cette concentration insouciante.
Comment l'OVNI a-t-il pu échapper aux regards en arrivant et stationnant à si faible hauteur ? D'autant qu'à 21 heures en été, bon nombre de personnes sont encore dans la rue.
Et en 1951, ce n'est pas la télévision quasi inexistante à l'époque qui pouvait retenir les gens chez eux.
L'un des témoins estima la longueur de l'engin entre quatre et cinq mètres, soit l'équivalent d'une voiture.
On peut avancer d'ores et déjà une presque certitude ; **le personnage barbu savait de source sûre que le spectacle aurait lieu.**
On ne survole pas à faible altitude une localité où se déroule un drame théâtral sur lequel on tombe par hasard. Pièce qu'il fallait connaître pour s'y intéresser aussi intensément.
Selon les témoins, la physionomie du vieillard paraissait normale. Autrement dit, il serait passé inaperçu au milieu d'une foule qui circule.
Le spectacle dut être précédé d'annonces sonores et d'affiches, suivant la coutume, si l'on veut avoir des spectateurs. Il n'est donc pas impossible que cet admirateur de Victor Hugo en ait eu connaissance.

Plutôt que de se mêler aux spectateurs, qui auraient pu être intrigués par son étrangeté à un moment quelconque, et pour sauvegarder sa sécurité, il a préféré faire comme les américains de cette époque ; assister à la représentation en plein air **dans son véhicule personnel.**
Insistons bien sur cette notion ; dans un environnement étranger, on ne prend pas un véhicule officiel, ou n'appartenant pas au pilote, pour risquer un accident en allant voir une pièce de théâtre en pleine agglomération.
Rien que cette entrée en matière ouvre des perspectives fantastiques. Laissons définitivement de côté le second passager qui ne fut qu'entr'aperçu sans aucun détail.
A la suite de l'intervention bruyante des trois témoins, l'objet est parti avec un léger sifflement.
Ce qui indique un moyen de propulsion et de sustentation absolument silencieux, loin du brassage d'air des pales d'un hélicoptère. Si l'engin était entièrement transparent, où était donc le système moteur ?
Peut-être transparent lui aussi, à l'instar des curachs de la Tradition irlandaise, auquel l'objet ovoïde ressemble. **Sans doute même en était-il un**. Ce qui est assez rare, pour ne pas dire exceptionnel, dans les annales ufologiques.
On peut être certain qu'il ne s'agit pas d'un canular. Il faudrait avoir des connaissances très particulières pour inventer, au tout début des années 50, un appareil transparent piloté par un vieillard.
A moins d'être parfaitement au courant de la Tradition irlandaise, les curachs sont encore moins connus actuellement que les vimanas indous.
Dans leur *Remarque* : Julien et Figuet précisent : *Entre 1950 et 1962 ce genre d'ufonautes ont été aperçus, à plusieurs reprises, en d'autres pays. On les a donnés comme des entités sans agressivité et paraissant avoir une excellente connaissance de l'environnement et des techniques terrestres.''*
Il convient de préciser deux choses importantes passées inaperçues des auteurs. Ces entités se rapprochent terriblement des Gentilshommes, du peuple-fée dont J. Vallée s'est fait le chantre, dans son livre *Passport to Magonia*, plus édifiant que la traduction commerciale française.
La Magonie ou la Faërie de Tolkien étant leur monde originel.
D'autre part, ce n'est pas seulement dans la décennie indiquée qu'ils apparurent, **mais bien à toutes les époques**, y compris encore de nos jours en 2012.
Il est probable qu'ils ont précédé les hommes, et suivis ceux-ci dans leur évolution. Ce qui explique qu'ils nous connaissent si bien.

Selon moi, l'objet a surgi du monde dimensionnel qui est celui du peuple-fée, les deux s'interpénétrant sans que nous nous en rendions compte, car évoluant sur des plans vibratoires différents.
C'est bien connu, mais autant le répéter pour les lecteurs qui découvriraient cette définition, la plus simple qui soit.
La logique voudrait qu'il arrivât juste avant le début de la pièce, et après l'installation des derniers spectateurs.
Le silence dans lequel il évolue, lui permet une telle prouesse. Cependant, avant de changer de plan vibratoire, pour pénétrer dans notre continuum, le pilote a dû vérifier qu'il pouvait le faire sans danger ; probablement à l'aide d'un appareil que je nommerais téléviseur dimensionnel, ou équivalent.
Je n'avance pas ici une idée de science-fiction. J'ai déjà expliqué pour le cas de Valensole, que les ufonautes ne pouvaient atterrir au hasard, sans s'assurer de la parfaite innocuité des lieux.
Concernant les apparitions mariales, l'exemple type de ce contrôle est Querrien en 1652.
La Vierge apparut une quinzaine de fois à la petite Jeanne, partout où elle était ; *''Il semblait que la Vierge poursuivait Jeanne ''* écrit Y. Chiron dans *''Enquête sur les apparitions de la Vierge''* (J'ai Lu).
De même, à Saint- Bauzille de la Sylve en 1873, la Noble Dame surgit brusquement à deux mètres d'Auguste Arnaud complètement effaré, et à un mètre cinquante du sol.
Ce n'est pas le genre d'acrobatie que l'on pratique à l'aveuglette.
Cela ferait trop de hasard, si à chaque fois, la personne que la Sainte Vierge veut contacter est seule.
Il est nécessaire de s'assurer, par un procédé technique quelconque, que cette opération est possible ; d'autant qu'il y a changement de plan pour franchir la frontière dimensionnelle.
Si l'admirateur de Victor Hugo n'a pas utilisé cette technique pour rejoindre son monde, préférant le vol classique, c'est que dans l'urgence, il n'a pu vérifier qu'il pouvait passer de l'autre côté sans danger.
Le silence absolu de l'engin conforte admirablement ma théorie sur l'affaire de Valensole.
Pour dérober les plants de lavande, opération destinée à conditionner Maurice Masse, l'OVNI est venu discrètement de nuit, sans être repéré. Par contre, le 1er juillet, il est arrivé en fanfare pour que la représentation puisse se dérouler.
L'ensemble justifiant le fait que pour connaître les terriens aussi bien, et savoir à quelle date une troupe ambulante théâtrale va se produire dans une localité, il faut être très proche en permanence.

Seul un monde dimensionnel autorise une telle opportunité, avec possibilité de surgir et repartir à tout moment.
C'est d'ailleurs ce que décrivent souvent les témoins en parlant de *bougie qui s'éteint*, aussi bien pour la disparition de l'OVNI que pour la Sainte Vierge.
Ainsi que je l'ai écrit à plusieurs reprises, nous sommes surveillés, mais aussi protégés, même contre nous-mêmes, nous interdisant de nous auto-détruire.
Il y a peut-être une bonne, voire excellente raison réconfortante à cette protection attentive, quasi maternelle.
Pour Valensole, j'ai proposé que Maurice Masse pouvait avoir été le témoin privilégié, parce qu'il portait le même patronyme que Honoré Masse, le pâtre contacté par la Vierge en 1656 à Théopolis.
J'ai aussi évoqué les trois familles Strauss, qui par un hasard miraculeux, sont à l'origine de la création de chefs-d'œuvre musicaux plus impérissables que le rap ou la techno.
Dans *Les Maîtres du temps* (J'ai Lu), J. Bergier se demandait si par épisodes, des êtres ne surgissaient pas pour donner un coup de pouce à l'Humanité.
Tel Sir Henri Cavendish, étrange personnalité aux habits hors norme, qui ne voulait pas voir une femme, puisqu'il correspondait avec sa gouvernante par billets, et ne sachant même pas combien un mouton avait de pattes.
Cependant, avec des moyens rudimentaires, il pesa la Terre, entre autres importantes découvertes, qui restent encore à répertorier. Il était très riche, sans que l'on découvre d'où il tenait sa fortune.
Je ne sais si ces voyageurs du temps sont une réalité, mais une autre hypothèse justifie peut-être l'existence de l'Humanité terrestre. Attention, j'entends par là la partie la plus haute, **et non la majorité des moutons** qui bêlent sur des sujets bassement terre à terre, sans aucune valeur scientifique ou spirituelle, qui élève l'esprit au-dessus de la moyenne.
La musique classique, la peinture traditionnelle, la littérature, ont eu et ont encore des génies. De Chopin à Victor Hugo, de Rembrandt et L. De Vinci à Ronsard, Ravel, Lamartine, Schumann ou Zola, De Beethoven, Verdi, Puccini, Mozart à Delacroix, Rostand, Poussin, Bizet ou Michel Ange, de Mendelssohn à Balzac, ou dans un autre genre autrement épique, Verne, Tolkien ou J.K. Rowling et son Harry Potter. On ne peut les citer tous, sans perdre le fil de cette histoire. Je demande pardon aux oubliés.
Si on les compare aux *œuvres* ou gribouillages que l'on appelle justement LARD moderne, on s'aperçoit sans être insultant, qu'il y a autant de différences qu'entre une puce et un éléphant.

S'extasier devant un tableau peint d'une couleur unie, orange, noire ou autre, est du dernier ridicule. Celui qui achète fort cher ce navet, croûte ou rebut, ferait mieux de le peindre lui-même en y apposant sa signature, il ne lui coûterait rien.
Les premiers sont transcendants et inspirent un respect mérité traversant les siècles.
Les seconds ne dépassent pas l'enfantillage à pleurer. D'où la pensée que certains ont été programmés pour le sublime, les autres étant livrés à eux-mêmes ; d'où **pauvreté d'imagination et pauvreté d'appréciation.**
Sans que ce soit péjoratif (à chacun ses goûts), on remarquera que ceux qui admirent les grands Maîtres, n'apprécient pas les productions de bas étages, et inversement.
Certains terriens étant plus doués que d'autres, **il est possible qu'une idée musicale, picturale, ou littéraire leur soit insufflée**, et que leur cerveau supérieur accouche du Grand Œuvre, portant l'Humanité dans son ensemble vers le haut.
Il y en a toujours qui traînent les pieds, mais c'est dans la logique de l'évolution. Comme les cancres par rapport au premier de la classe.
Pourquoi une telle hypothèse ?
Les autres, ceux qui nous surveillent à cause de notre mélange racial explosif, et nous chouchoutent, ne sont-ils pas capables de créer ? Certains humains seraient-ils les seuls à même d'exploiter cette idée, et d'en tirer la quintessence ?
Il est possible que le cerveau humain soit le seul qui puisse, dans certains cas, arriver à un tel résultat.
Nous serions en quelque sorte des artisans, des Maîtres Compagnons, à qui l'on passerait commande, pour qu'ils produisent l'objet d'Art souhaité.
Cette production serait ensuite envoyée dans tous les coins de la galaxie et des univers dimensionnels, pour le plus grand plaisir des esthètes cosmiques.
Notre récompense, outre la protection de la planète, serait de pouvoir bénéficier également du travail accompli.
Dénier cette possibilité d'implanter une idée de base dans un cerveau humain, c'est oublier que les ufonautes maîtrisent parfaitement cette technique.
Dans le livre de Julien et Figuet, de nombreux cas le démontrent. Tel cet ouvrier agricole qui sort la nuit pour se trouver face à un cigare lumineux.
Sans savoir pourquoi, il pense brusquement à un accident qui lui était arrivé trente ans auparavant.

Ce sont ces deux étudiants attirés par une boule de lumière blanche, qui fuient paniqués, pour voir l'OVNI les attendre à l'endroit où ils voulaient se réfugier.
Celui-ci n'insista pas et partit définitivement **en constatant que la peur frisait l'hystérie.**
C'est la Sainte Vierge qui parle en songe au pauvre Benedetto mourant, pour lui dire qu'elle est responsable de sa chute, mais qu'il sera guéri le lendemain, pour qu'il réalise sa demande de chapelle.
Ce qui se produisit effectivement, à la grande stupéfaction des médecins.
C'est un rappel succinct de ce que j'ai déjà traité plus en détail dans des articles. Mais il est bon d'enfoncer le clou, pour bien faire comprendre que ce que nous croyons imaginaire, est bel et bien une réalité.
Que d'ailleurs, certains organismes plus ou moins gouvernementaux mettent en pratique de manière plus brutale à l'aide de drogues ou de rayons, pour contrôler l'esprit de leurs cobayes ; par exemple le programme MK ultra.
Mais là, ce n'est pas l'altruisme qui préside.
Un fait réel s'est produit dans le domaine de la physique.
Le prix Nobel de 1922, Le danois Niels Bohr avoua avoir eu la révélation de son modèle planétaire atomique au cours d'un rêve.
Dans quelle mesure, cette réalisation ne lui fut pas insufflée par les Responsables des OVNI, qui officiellement n'existaient pas encore ?
Donc, à supposer que ma théorie de suggérer une idée dans un esprit humain, pour qu'il la concrétise soit fausse, chacun ayant son libre-arbitre pour créer par lui-même, il n'empêche que les ufonautes et la Sainte-Vierge possèdent les moyens techniques de pénétrer dans le subconscient des hommes.
Dès lors, il leur est loisible de profiter de cet avantage pour choisir et guider le personnage qui leur semble le plus apte à réussir ce qu'eux-mêmes ne peuvent accomplir.
Je rappelle qu'à part le cas avéré de Socorro où un symbole fut relevé par Lonnie Zamora sur l'OVNI, et un ou deux témoignages douteux, aucun OVNI ne présente de dessin, lettres ou marques quelconques. On est loin du graphisme parfois très voyant des avions de chasse, ou des énormes camions routiers.
Les OVNI sont neutres, et s'ils n'arboraient pas des lumières colorées à la puissance parfois insoutenable, ils seraient tristes.
Est-ce une question de discrétion ou un manque d'imagination ?
Ce dernier point est possible, car en comparaison des grands opéras ou des pièces classiques, voire des opérettes, le théâtre faërique que les

ufonautes s'ingénient à faire jouer aux terriens bien souvent à leurs dépens, **est une pitoyable pantomime scénique.**
C'est du Grand Guignol à peine accessible à nos sens, car bien en-dessous de ce que nous présentent les pires tréteaux.
Leur seul point de supériorité paraît être d'ordre scientifique.
Mais en matière d'Art dans le sens le plus Noble**, ils seraient tributaires de nos plus grands cerveaux.**
Ce qui pourrait expliquer la venue à Beausoleil de ce vénérable vieillard, admirateur de Victor Hugo, que j'assimile à un druide de la race des Elfes.
Malheureusement pour lui, l'agréable soirée ne fut pas celle qu'il escomptait.

DEUXIEME PARTIE

AMITIE FRANCO- MARIALE

(Le quatrième secret de Fatima)

PREAMBULE

Bien que cette deuxième partie soit consacrée exclusivement aux apparitions mariales, la géométrie ufologique n'est pas absente pour autant.
Les chapelles issues des demandes (ou exigences) de la Sainte Vierge, montreront que l'intérêt porté par la Mère du Ciel à la France, confine à une sorte de protection proche de l'amitié.
Je n'ose pas employer le mot amour qui serait un peu trop exclusif, alors que celui de la Sainte Vierge, que l'on peut qualifier sans erreur de maternel, doit couvrir toute la planète, et non une nation en particulier.
Cependant, à la lecture de ces chapitres, on peut se rendre compte que la France en récupère une bonne partie.
C'est une simple constatation, pas une glorification. On peut la porter au crédit du roi Louis XIII. En plaçant en février 1638, la France entière sous le patronage de la Sainte Vierge, il ne pouvait qu'attirer les bienfaits de celle-ci.
Il est certain que la Noble Dame ressent une tendresse toute spéciale à l'égard de la France.
L'intervention en faveur des soldats français lors d'un épisode de la bataille de la Marne, l'implantation d'un maximum de chapelles dans le sud de notre pays, et la protection contre les épidémies de 1522 dont bénéficia la Provence suite à l'apparition mariale de Cotignac en 1519, ainsi que l'opération Louis XIV visant à donner un roi digne de ce nom, **et amenant la France au sommet des Arts et de la Lumière** (sommet qui est loin de notre vue à présent) ; tous ces actes plaident pour cette sorte de préférence.

Signe templier, chapelle de Cotignac (photo R. Terrasse)

Chapelle mariale de Cotignac (photo R. Terrasse)

Bien que la Sainte Verge intervint également à Rhodes en 1480 pour chasser les turcs, et à Czestochowa en Pologne en 1655, contre les suédois.

J'ouvre ici une parenthèse pour bien montrer l'importance de cette préférence, à propos de la naissance du futur Louis XIV.

Dans la nuit du 3 novembre 1637, un frère mineur des Augustins déchaussés, nommé Fiacre, fut distrait de sa prière par des cris de nourrisson.

Il vit la Sainte Vierge tenant dans ses bras **un bébé qu'elle présenta comme le futur Dauphin**. Elle revint trois autres fois cette même nuit.

Si ce n'est pas se mêler des affaires de la France, comment qualifier cette intervention ? **Surtout quand un bébé pas encore conçu vagit déjà !**

Toutefois, cette *amitié* n'empêche pas la Sainte Vierge d'intervenir ailleurs dans le monde, pour laisser un message hors du commun à Tepeyac, au Mexique fin 1531, et que l'on a commencé à déchiffrer que 450 ans plus tard.

C'est dire le gouffre technologique qui nous sépare de ces entités.

Quant à Fatima que l'on croit si bien connaître avec les trois secrets transmis à la voyante Lucia dos Santos ; **c'est en fait le quatrième soigneusement dissimulé celui-là,** qui ne peut être mis en lumière qu'avec l'aide d'un épisode dramatique historique relayé par un quatrain de Nostradamus, et d'autres apparitions mariales très précises.

Ce qui aboutit à une arithmétique extraordinaire, et un code qui contient en lui-même le chiffre 13, précisément le quantième de chaque mois des manifestations.
Ce quatrième secret ne laissera pas le lecteur indifférent, loin de là. Suivant son état d'esprit, il appréciera ou doutera éventuellement choqué, le critiquera, et le rejettera violemment.
Mais quelle que soit sa prise de position, je l'incite vivement à reprendre point par point tous les calculs.
Qu'il soit d'accord ou non avec mon étude, il constatera que les mathématiques ne mentent pas.
Et qu'il ne peut y avoir de coïncidence et de hasard, surtout quand au bout du compte, et **grâce à la date de la première apparition de la Sainte Vierge, il retombera comme par magie sur le 13 fatidique.**
La conclusion que l'on en tire tout naturellement, c'est que les apparitions mariales, loin d'être aléatoires, anodines, ou sans relation entre elles, **suivent un schéma bien déterminé**.
Et comme elles se combinent parfaitement avec les atterrissages d'OVNI, le doute n'est plus permis.
Elles sont bien la deuxième facette de ce phénomène, qui en 2012, reste encore indéterminé.
J'en déduis personnellement que les apparitions mariales ayant accompli la tâche qui leur était assignée, ou peu s'en faut (Medjugorje ou Garabandal par exemple), les escadrons volants sont intervenus pour achever les figures géométriques **déjà entamées avec l 'aide des agglomérations ou constructions préétablies.**
Et par la même occasion, cacher par leur forêt, l'arbre merveilleux et secret, planté par les différentes visites de la Sainte Vierge.

Vieillissons ensemble !
Le meilleur est encore à venir.
L'étape dernière de la vie,
Pour laquelle se fait la première.

Transposés sur le plan ufologique, je trouve ces quatre premiers vers du **Rabbi Ben Ezra** de Robert Browning, parfaitement adaptés à la double facette de ce phénomène (extrait de *Cailloux dans le ciel* de Isaac Asimov).
Les géométries de la première partie ont préparé cette seconde.
Et les deux vieillissent bien ensemble, car jusqu'à présent, elles ont gardé toute la fraîcheur et le mystère de leur jeunesse.

CHAPITRE XX

L'ÎLE BOUCHARD

Selon le site Internet, cette commune d'Indre et Loire, située à 42 kilomètres au sud de Tours, ne comptait que 1255 âmes en ce début d'après-midi du 8 décembre 1947.
1255 personnes dont au moins quatre verront leur existence prendre une tournure qui n'aurait peut-être pas été la même sans l'intervention de la Grande Dame Céleste.
Mais pour mieux cerner cet événement, et essayer de le décrypter à l'aide de la clé orthogéométrique bien huilée à présent, il est nécessaire de relater le contexte de l'époque.
Comme ce livre n'a aucune vocation politique, restons dans la généralité des faits.
Il suffit de dire que la France connaissait une grave crise en cette fin d'année. Dans les derniers jours de novembre, la grève était générale, et les troubles nombreux.
Gravissimes même, puisqu'il y eut des sabotages, qui entraînèrent la mort de 20 personnes le 4 décembre, lors du déraillement du train Paris- Lille.
Les 6 et 7 décembre on assista à Paris et dans certaines villes de province, à des scènes d'émeutes (Y.Chiron - *Enquête sur les apparitions de la Vierge*). J'ai sorti exprès cette phrase pour mieux appuyer les commentaires à venir.
Le 8 décembre donc, à 13 heures, la Sainte Vierge se manifesta dans l'église Saint- Gilles qui signifie : protection) en apparaissant devant les petites voyantes, **dans une grotte avec un ange à sa droite.**
Elle demande aux fillettes de prier pour la France *qui en avait grand besoin.*
Or le lendemain mardi 9, **sur ordre de leur Comité National**, les grévistes reprirent le travail, à la stupéfaction de tous. C'était un revirement totalement inattendu, et la situation peu à peu s'améliora.
Evidemment, on pourra toujours parler de hasard providentiel, ou de coïncidence hasardeuse, entre la visite de la Vierge et la reprise du travail.
Sans importance ; chacun restant sur ses positions, il n'y aura jamais de réponse affirmative en faveur de l'intervention divine ou non.

Ne nous attardons pas là-dessus, le plus intéressant est ailleurs. Tout d'abord, il y a une précision à fournir.
Elle est très importante, et je m'étonne de ne la trouver que dans l'ouvrage de J.Bouflet *les apparitions de la Vierge* (Calmann-Lévy).

Eglise Saint-Gilles, à L'Ile Bouchard (photo R.Terrasse)

*La photo ci-dessus, **qui n'est pas inversée**, est donc en contradiction. (Apparition telle que demandée par la Sainte Vierge). (photo R.Terrasse).*

J'ai écrit plus haut que la Dame était apparue dans une grotte. Une grotte dans une église ?
Passe encore pour une église dans une grotte, **comme celle, monolithique, d 'Aubeterre sur Dronne,** dans la Charente, mais l'inverse…
Cependant un fait apporte un début de lumière ; quand les fillettes retournèrent à l'église l'après-midi du 8 décembre, en faisant l'école buissonnière, la Sainte Vierge leur demanda de tendre la main pour y déposer un baiser.
A ma connaissance, cet événement ne se produisit qu'à l'Ile Bouchard ; que l'on me pardonne si je me trompe.
Indépendamment de la gentillesse de cet acte mémorable à plus d'un titre, je pense que la Visiteuse a voulu montrer aux futurs enquêteurs qu'elle était tangible.
L'ange, qui dit se nommer Gabriel, et la grotte, étant probablement des hologrammes.
Ce qui expliquerait la présence de cette image peu banale. Reste à savoir si la tangibilité de La Sainte Vierge est réelle ou supposée.
C'est à dire, si elle est matérielle par elle-même, **ou s'il ne s'agit que d'un hologramme consistant, palpable, issu d'une Technologie Supérieure**.
C'est pourquoi il est surprenant qu'un seul auteur fasse mention de cette histoire de baisers.
D'autant que le site Internet le détaille à plusieurs reprises. Comme si la Sainte Vierge y mettait une insistance hors de propos.

Outre ce premier jour, le mardi 9 elle invite les voyantes à embrasser la croix de son chapelet ; mercredi 10, les enfants baisent sa main ; vendredi 12 idem.
Dimanche 14, pour sa dernière apparition, elle accepte d'embrasser les bouquets de fleurs apportés par les voyantes, mais en refusant de les emporter.
Cette succession de baisers échangés est pour le moins curieuse. Sauf si on admet que l'intention de la Sainte Vierge est bien **de dissocier sa tangibilité des hologrammes qui l'entourent.**

A propos du refus d'emporter les bouquets de fleurs, on peut en déduire deux raisons.
Une subjective, qui tiendrait au fait que la Sainte Vierge ne tient pas à prendre des cadeaux qui l'engageraient vis à vis des donatrices.

L'autre plus technique ; les bouquets appartenant à notre monde, ne seraient pas protégés au passage de la frontière dimensionnelle, et se désintègreraient.
D'autre part, les deux mètres la séparant des témoins de Saint -Bauzille et de Medjugorje, et considérés par moi comme une sécurité, n'existent plus ici.
Il est possible qu'ils soient nécessaires à l'air libre, et dans le cas de transports rapides, tels qu'ils se sont déroulés en France et en Bosnie. Tandis qu'à l'intérieur d'un édifice, le contact peut être établi sans danger pour l'ensemble des participants. Reste évidemment à savoir pourquoi cette différence.
Mais si cette déduction est valable, en connaître la réponse apporterait bien des éclaircissements.

Autre curiosité ; contrairement à Fatima où elle annonce par avance ses cinq visites mensuelles, ici la Sainte Vierge ne peut prévoir le nombre de ses apparitions.
Mardi 9 décembre " *Je vous dirai quand tout sera fini* "'.
Comme si elle n'était pas maîtresse de son calendrier, ou de son emploi du temps.
Cependant, à mes yeux, la question prioritaire est celle-ci : si l'intervention divine avait uniquement pour but d'aider notre Patrie en danger, pourquoi choisir l'église d'une petite bourgade d'Indre-et-Loire ?
Son apparition aux yeux de tous les fidèles à Notre-Dame de Paris, ou dans une autre grande cathédrale, aurait eu un retentissement énorme, nettement supérieur à celui issu de la petite paroisse.

L'Ile Bouchard a-t-elle été élue selon un plan géométrique, sans aucune commune mesure avec les troubles sociaux ?
Ceux-ci n'ont-ils servis qu'à masquer, jusqu'au moment voulu, la véritable raison de ce choix ?
Décembre 1947 ; depuis le 24 juin, le monde est entré dans l'Ere Ufologique Moderne, et nous savons que la contribution de la Sainte Vierge, est loin d'y être négligeable.
Avec 22 apparitions mariales, cette année a vu le plus grand nombre annuel de visites de la Vierge jamais enregistré.
Afin de mieux saisir l'importance de L'Ile Bouchard dans cette Ere Nouvelle, voici en entrée, un double triangle rectangle ayant un air de famille avec le précédent chapitre.

Croquis n° 3 :

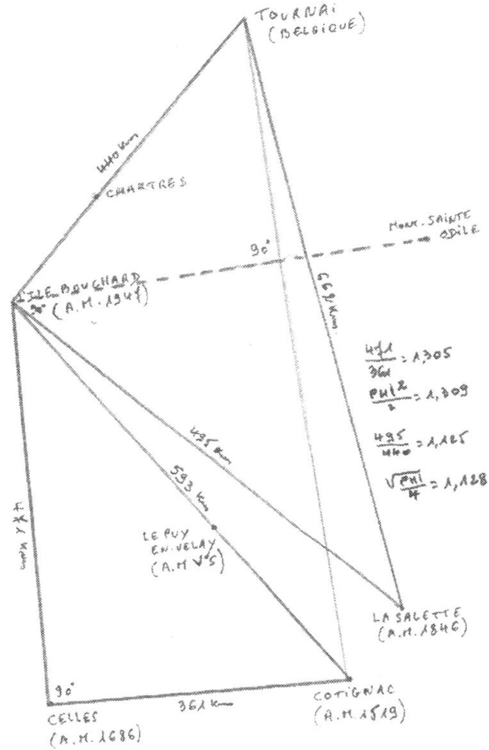

Où l'on retrouve les inséparables de la vie de Louis XIV : Cotignac et Tournai, avec une amie commune : L'Ile Bouchard ; la cathédrale de Chartres et l'apparition mariale du Puy-en-Velay en prime.
Mais le plus étonnant est la présence de La Salette, qui forme le triangle rectangle avec la ville belge.
Quant aux rapports mathématiques des côtés, ils sont très élaborés, en ce sens qu'il faut fouiller profond pour trouver la correspondance avec le nombre d'Or. En effet, 471 divisé par 361 donne 1, 305, alors que la moitié du carré de PHI est de 1, 309. Et 495 sur 440 aboutit à 1, 125 ; à 3 millièmes près, c'est la racine quatrième de PHI (1, 128).
Dans les deux calculs, la différence est de l'ordre de 1200 mètres.
Incidemment, indiquons que la perpendiculaire à Tournai-Cotignac part de L'Ile Bouchard vers le Mont Sainte-Odile.
Apparemment cette pieuse femme n'a rien à faire dans notre sujet. Mais ce n'est certainement le grand spécialiste de cette sainte alsacienne qu'est Thierry Van De Leur, qui me reprochera de signaler cette perpendiculaire.

D'autant que selon les travaux de ce cher Thierry, la vie de Sainte Odile ne semble pas si transparente qu'elle devrait.
Toutefois des zones d'ombres subsistent, qui rejoindraient, avec toutes les réserves d'usage, notre phénomène OVNI.
En effet certains épisodes me font personnellement penser que la sainte femme aurait pu avoir, sans s'en douter, et en tout bien tout honneur, des contacts avec nos petits copains de l'autre dimension !
Ceci ; je le répète, sous réserve, et n'engageant que moi.
Mais retournons en Indre-et-Loire, où la Sainte Vierge ne serait pas déplacée pour seulement deux triangles rectangles, aussi intéressants soient-ils. Croquis n° 4 :

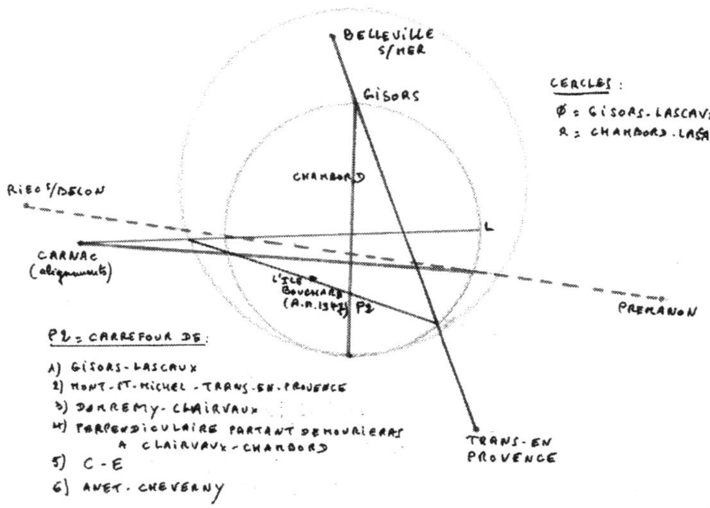

Ce bon vieux carrefour P2, développé dans le chapitre VIII (carte n° 4 : le trapèze), refait surface.
Il y a six autres conjonctions, que je rappelle, afin de mieux valoriser celle passant par L'Ile Bouchard. Evidemment la première est le diamètre Gisors-Lascaux.
Mont-Saint-Michel / Trans- en- Provence.
Domrémy- Clairvaux prolongée bien sûr.
La perpendiculaire partant de Mouriéras à Clairvaux-Chambord.
C-E .Anet-Cheverny.
Pour arriver à matérialiser ce huitième parcours, il faut faire appel à une composition de deux cercles.
Le classique, de diamètre Gisors-Lascaux, la fameuse ligne primordiale. Le second, à l'intérieur du premier, de rayon Chambord-Lascaux.

Tous les tracés sont déjà connus. A savoir ; Belleville -Gisors- Trans-en- Provence ; L-Carnac ; Prémanon- Riec -sur-Belon.
Et du point sécant de cette droite avec le cercle Gisors-Lascaux, la ligne qui rejoint Carnac.
C'est à partir de là que l'affaire devient intéressante, voire même passionnante.
Du point de recoupement Belleville- Trans avec le cercle Gisors-Lascaux, nous partons en direction de P2, coupons L'Ile Bouchard.
En continuant, nous avons la surprise de croiser successivement les sécantes des deux lignes allant vers Carnac ; d'abord avec le petit cercle, ensuite avec la grande circonférence.
Au total ce sont cinq stations qui s'échelonnent sur ce trajet.
Croquis n° 5:

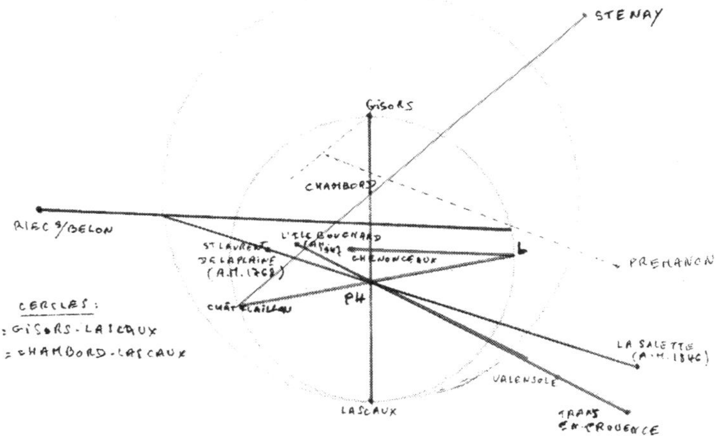

Autre carrefour, dénommé P4. C'est un nouveau-né issu des deux mêmes cercles.
Ce sont la droite vers Riec-sur-Belon, L-Chenonceaux, et Stenay-Chambord, qui rejoint le petit cercle au niveau de Châtelaillon, station balnéaire entre Rochefort et La Rochelle.
Ce n'est ni un atterrissage d'OVNI, ni une apparition mariale ; simplement le prolongement de la ligne.
Cependant cette sécante a son importance.
Un tracé partant de là, et se dirigeant vers L, définit P4 sur Gisors-Lascaux.
De la rencontre ligne Riec / grande circonférence, allant vers P4, passe d'abord par l'apparition mariale de Saint- Laurent- de- la-Plaine, datant de 1768, entre Nantes et Angers, et termine sa course à La Salette.(AM 1846).

Enfin au tour de L'Ile-Bouchard ; direction P4, et filer sur Valensole et Trans- en- Provence. Croquis n° 6.

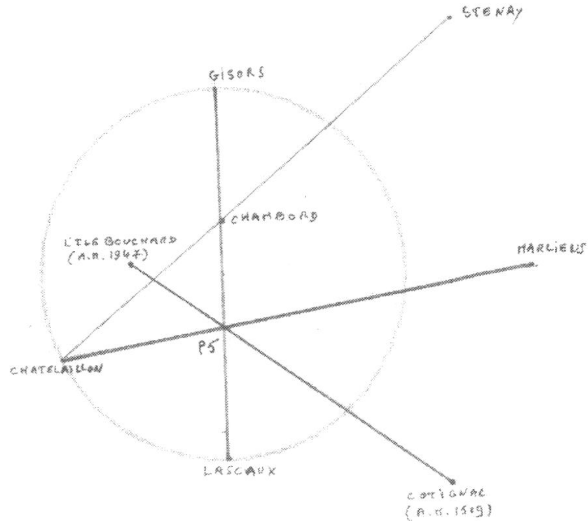

_Dernier croquis, et dernier carrefour : P5, toujours sur la ligne primordiale. L'Ile Bouchard rejoint Cotignac ; et Châtelaillon se dirige vers Marliens.

En choisissant L'Ile Bouchard, la Sainte Vierge fait de l'église Saint-Gilles (qui vient du grec aegidios, signifiant : protection !), deux coups.

Elle préserve la France de la gabegie et du désordre social, et sous cette couverture, elle met en place un poste important dans le plan orthogéométrique.

Il est d'ailleurs symptomatique de constater que Marie a eu là un geste doublement gracieux.

Elle a agi en tant que bienfaitrice de la France, et en ne demandant pas la construction d'une chapelle à l'emplacement de ses apparitions ; **dame, une chapelle dans une église !**

Elle s'est contentée d'une modeste représentation sous forme de statuette dans une grotte, avec l'ange à son côté.

Le chapitre suivant ira encore plus loin.

Ce qui est plus affligeant et révoltant furent les sévices subis par la voyante principale, pendant une dizaine d'années.

Ils sont non seulement odieux, mais absurdes dans leur essence même. On pourrait penser que les tortionnaires sont des mécréants, des abrutis sans foi ni loi ; eh bien non, ce sont des prêtres !

Enfin, ils en portent le nom, mais ne méritent pas cette prêtrise. Ce sont bien des mécréants bornés au plus haut point, engoncés dans des soutanes qui leur servent de paravent.

Outre cette constatation navrante, force est de dire que la Sainte Vierge, qui n'avait pas prévenu la voyante de ces attaques malveillantes, n'est pas intervenu pour la protéger, et punir ces êtres dénaturés.
Alors qu'elle l'a fait dans d'autres circonstances.
Cette opposition s'est installée d'emblée (on se demande bien pourquoi !) de la part de l'entourage religieux des voyantes ; incroyable et malheureusement vrai !
Un gendarme a même cru bon d'interdire à l'aînée des voyantes de pénétrer dans l'église le jeudi 11 décembre.
De quel droit ? Si ce pandore a eu le choix par ses supérieurs, plutôt que de s'amuser à faire barrage aux émeutiers qui sévissaient partout en France, il a courageusement préféré s'opposer vigoureusement à cette anarchiste de 12 ans, un danger potentiel pour la nation.
A ma gendarmerie, il faudra que je consulte le tableau des malfaiteurs recherchés, pour voir si le portrait de la Sainte Vierge n'y est pas affiché.
Curieusement, cette hargneuse opposition a fait que L'Ile Bouchard n'a pas encore été reconnue officiellement par l'Eglise ; ce qui n'empêche pas les pèlerinages.
Ni à cette agglomération de remplir son rôle dans les figures orthogéométriques.
Cependant, la **reconnaissance partielle** de l'apparition virginale, le 8 décembre 2001, va peut-être changer la donne.
A noter qu'un physicien ami, passionné de radiesthésie, releva dans l'église, lors de notre visite le 29 juin 2005, un taux élevé d'énergie, qui le surprit fort. Sans être un spécialiste, c'est le contraire qui m'eut étonné.
Claude Burkel, avec la même méthode, a obtenu un résultat identique sur les lieux des posés de Marcilly et de Bray- sur-Seine.
Il semblerait que les énergies émises par les apparitions mariales, et les OVNI lors des atterrissages, restent vivaces sur une longue période temporelle.
Ce qui indiquerait une nouvelle piste fort intéressante et prometteuse à suivre.
En conclusion, ce ne sont donc pas moins de cinq atterrissages et, avec Le Puy-en-Velay, cinq apparitions mariales qui l'authentifient.
Qui plus est, nous avons ici une relation directe, à travers le carrefour P2 du chapitre VIII entre l'orthogéométrie pure (bien que composée d'apparitions mariales), et cette seconde partie, où la Sainte Vierge a la vedette.
Ce qui lui vaut au moins la reconnaissance du monde ufologique. Et à mes yeux, c'est le plus beau des satisfecit.

CHAPITRE XXI

GEOMETRIE ET MYSTERES DES CHAPELLES MARIALES

DERRIERE L'ORTHOGEOMETRIE ...

Eh oui, il y a bien DES mystères des chapelles mariales. Ce pluriel n'est pas usurpé.
Cependant, il n'est pas question ici des oratoires, églises, chapelles, érigés par la population sur sa propre décision, suite à une apparition mariale, mais sans que la Sainte Vierge en ait suggéré l'idée.
Il convient de préciser que ces chapelles sont uniquement **celles demandées expressément par la Sainte Vierge**, quelquefois en utilisant des mesures de coercition, lorsqu'elle n'obtenait pas assez vite satisfaction.
Vous en conviendrez, c'est déjà là un premier mystère ; pour la Mère du Christ, tout amour en principe, curieuse méthode que de rendre aveugle la voyante ou le curé réfractaire, de laisser la peste s'étendre, ou de faire tomber d'un figuier le pauvre Benedetto da Pareto, sur le Mont Figogna à Gênes en 1490, mourant, pour le guérir dans la nuit afin qu'il accomplisse la mission qui lui a été confiée, même si elle paraît au-dessus de ses moyens.
Pour agir de manière aussi brutale et dictatoriale, il faut que le motif soit puissant, et dépassant sans doute notre petit entendement de terriens.
En me basant sur les livres des spécialistes que sont J.Bouflet et Y.Chiron, j'ai pu recenser 43 chapelles à travers le monde.
Si ce chiffre ne se prétend pas être exhaustif, **il est probablement très proche de la vérité.**
Première constatation : c'est très peu par rapport aux milliers de visites de la Noble Dame sur plusieurs centaines de sites durant de nombreux siècles.
L'explication qui vient à l'esprit est que la Sainte Vierge répartit ses efforts **sur trois postes différents** ; le prosélytisme religieux, demandant des prières, plus de respect pour le dimanche et les jours saints ; les guérisons (Pellevoisin, Philippsdorf) et les protections en général (apparitions guerrières).
Et enfin, les demandes de chapelles.

Celles-ci étant noyées en petite quantité au milieu des grandes manifestations populaires, telles Lourdes ou Fatima, leur nombre passe inaperçu. **C'est peut-être justement ce que désirent la Sainte Vierge et les Responsables des OVNI**. Le détail de ce qui suit, semble aller dans ce sens.

D'où la deuxième constatation : la France se taille la part du lion avec 18 chapelles, dont une en Corse.

Le cas de l'Ile Bouchard est particulier ; bien que faisant partie de la géométrie qui suivra, elle n'est pas incluse dans le total planétaire, ni dans celui de la France.

Pour la bonne raison que **la Sainte Vierge apparut dans la petite église saint- Gilles le 8 décembre 1947**.

Suite à quoi, j'ai émis l'idée que c'est parce que cette église **était déjà implantée à l'emplacement voulu.**

A tort ou à raison bien sûr. Cependant, elle est incontestablement le point focal de cette géométrie très particulière.

Ensuite l'Italie annonce 10 chapelles. Cette nation et la France étant les deux grandes filles de l'Eglise, couvrir plus de la moitié du total général, paraît logique.

Mais notre beau pays étant sous le patronage direct de la Sainte Vierge depuis février 1638, par la grâce du roi Louis XIII, c'est lui qui est largement en tête du classement.

Ensuite, la Suisse et l'Espagne présentent trois chapelles, suivies du Portugal avec deux. Le Mexique, la Belgique, la Turquie, l'Inde, l'Argentine, la Slovénie, l'Allemagne et la Grèce, se contentent d'une chapelle.

Mais quelle chapelle en ce qui concerne le Mexique, puisqu'il s'agit de N-D de Guadalupe et de son portrait virginal de Haute Technologie ! qui lui vaudra un chapitre spécifique à venir.

C'est donc une bonne partie du globe terrestre qui est couverte par la volonté de la Sainte Vierge. Pour quelle raison ?

Car il y en a forcément une ; ce n'est pas un simple caprice de star, et les mesures punitives dont j'ai parlé plus haut, sont là pour le prouver.

Personnellement, et indépendamment de toute idée religieuse, je pense que c'est pour le bien des terriens, une manière de protection, comme la couverture radar installée par chaque pays.

Par contre, protection contre qui ou contre quelle menace future, là est la question.

D'autant que de nombreuses chapelles sont installées sur des points hauts, parfois d'un accès très difficile.

Or dans ces cas, ce n'est certainement pour éprouver la piété des fidèles, qui passe au second plan, mais plus probablement pour des raisons stratégiques, qui nous échappent.

Le problème est que le phénomène OVNI dans son ensemble, et comprenant donc les apparitions mariales, se positionne sur des siècles, et dépasse en longévité la pauvre petite durée de vie humaine.
Ce qui nous empêche de survoler la stratégie générale, ni même d'en avoir une faible idée.
D'autant que nous commençons seulement à nous en apercevoir. Autrement dit, il est à peu près certain que seuls, nos lointains descendants s'en approcheront.
Si toutefois ils continuent le travail amorcé actuellement. Et si bien sûr, nous avons des descendants ; la décadence s'accentuant, c'est loin d'être certain.
Le Puy-en-Velay remonte au Vè siècle ; ensuite les autres s'étalent du 11è siècle à nos jours du vingtième (Fatima 1917, Banneux 1933), et ce n'est probablement pas terminé.
Nous sommes donc dans l'incapacité de pouvoir tirer des conclusions ou une finalité, ne connaissant ni la fin ni la raison profonde de ces implantations.
La seule possibilité qui nous reste, est de tenter de faire un tri, ce qui est l'objet de la présente étude, et d'essayer de voir ce que la géométrie peut apporter de positif.
Mais travaillant comme d'habitude sur des cartes, seules les chapelles situées en France peuvent servir de repères.
Jusqu'à ce qu'un jour, peut-être un ordinateur puissant nous permettra de tout vérifier, et d'aller jusqu'au bout de la quête sur le plan planétaire.
Nous avons au total, y compris l'Ile Bouchard, 18 chapelles en métropole et une en Corse.
Celle-ci n'étant pas accessible sur la carte générale où un centimètre égale dix kilomètres, ce sont donc les 18 qui seront répertoriées.
Première surprise : seules trois sont situées en Bretagne, et l'Ile Bouchard à 42 kilomètres au sud de Tour.
D'où la grosse stupéfaction : les 14 restantes se placent dans la partie sud de la France, avec une concentration entre les Pyrénées Atlantiques et les Alpes Maritimes. Ce qui couvre un rectangle d'environ 550 kilomètres sur 160, soit une superficie de 88.000 kilomètres carrés.
Ce qui représente approximativement **un sixième de la France** (551.602 : 88.000 = 6.27).
C'est extraordinaire, et passé complètement inaperçu des théologiens, trop préoccupés par le côté religieux.
Plus symptomatique encore : si on fait le rapprochement avec les 202 atterrissages d'OVNI du vingtième siècle, répertoriés sur le sol français par E. Zurcher dans son livre : *Les apparitions d'humanoïdes* (pour un

peu il aurait pu y inclure la Sainte Vierge !), on en compte trente-deux dans ce même rectangle.
La proportion est identique (202 : 32 = 6.31).
A noter en passant, incidemment toutefois, que les deux quotients sont proches du double de PI (3,14), en l'encadrant.
De plus, 39 % de l'ensemble datent du règne de Louis XIV !
A croire que sur sa lancée, Cotignac (1519) a fait des émules. N-D de Guiaudet, en Bretagne remonte à 1692, Querrien en 1652, et dans le sud, Marciac (1653), Pardies (1661) et Le Laus, récemment reconnue par le Vatican (1664), sont alignées !
Nous y reviendrons. Théopolis chère à Roger Corréard est de 1656. Montaigut (N-D d'Alet) près de Toulouse date de 1673, après une première apparition au 11è siècle. A comparer aux 41 % des chapelles métropolitaines par rapport au total mondial.
Rappelons que Louis XIV est né en 1638, a été roi à 5 ans, régné seul pendant 54 ans, et est mort à 77 ans en 1715.
Indépendamment, il y eut la visite de Saint Joseph, à Cotignac, sur le mont Bessillon, en 1660.
Et l'apparition mariale de Celles près de Foix, non incluse car n'étant pas une demande de chapelle, est également de 1686, toujours donc sous le règne du roi soleil.
Quant à Garaison (1510 ou 1520) et Utelle (1520) au-dessus de Nice, elles encadrent parfaitement Cotignac.

Rien de tout ceci n'est anodin ! Derrière l'orthogéométrie…
pour continuer le sous-titre volontairement tronqué, se cache une autre géométrie plus subtile dans sa discrétion.
On remarquera que dans l'orthogéométrie classique, ces chapelles participent avec les autres apparitions mariales, au milieu des atterrissages d'OVNI
A première vue, elles n'ont donc aucune raison d'être différenciées.
Il faut les décompter séparément, pour s'apercevoir que le sud de la France accapare à lui seul plus d'un tiers du total planétaire, sur un sixième de la superficie de l'hexagone.
C'est une concentration extraordinaire, qui ne peut qu'interpeller une fois découverte.
Il est d'ailleurs plus qu'étonnant que les théologiens ne se soient pas penchés sur cette proportion hors du commun, et cette géographie particulière.
Pendant et après le règne de Louis XIV, ils auraient pu s'interroger sur ce curieux aspect des visites mariales ; rien qu'entre 1652 et 1664, **il y eut quatre demandes de chapelles en seulement douze années !**
L'autre point sur lequel je ne m'attarderai pas, outre qu'un bon tiers des chapelles françaises est demandé par la Sainte Vierge sous le règne

de Louis XIV, est que N-D de Garaison à un bout, et Utelle à l'autre extrémité, côté italien, se placent dans la même décennie que Cotignac (1510-1520).
Il y a là peut-être quelque chose à creuser, mais ce n'est qu'une présomption personnelle. Je me contente de la souligner sans affirmer quoi que ce soit.
Il est simplement utile de ne rien laisser dans l'ombre, afin qu'éventuellement, d'autres puissent y trouver matière à réflexion.
On retrouve dans l'ufologie et la théologie le fameux cloisonnement des spécialités (volontairement, je n'emploie pas le mot : sciences, pour ne pas choquer les puristes trop chatouilleux).

Chacun travaille dans son coin, avec ses idées bien ancrées, bien souvent préconçues, et dont on ne veut pas démordre ; surtout quand il s'agit de religion.
Pas question de sortir de ce domaine sacré et intouchable.
La Sainte Vierge est la Sainte Vierge, c'est tout.
On constate bien qu'elle est différente à chaque fois, en taille, en âge, en apparence général, mais on ne s'étonne pas ; c'est normal qu'elle se transforme suivant la région ou le pays, tout en parlant toutes les langues.
C'est la vision traditionnelle du théologien.
L'ufologue qui admet que les apparitions mariales font partie intégrante du phénomène OVNI, en constatant qu'elles participent avec les atterrissages à une géométrie très particulière, voit les choses différemment.
En étudiant ces apparitions l'esprit non encombré par l'aspect religieux, il se rend compte que leurs manifestations sont les mêmes que celles des ufonautes.
Dans les deux cas, on s'adresse à des personnes non préparées à ces rencontres par leur faible niveau de connaissances, sans que ce soit péjoratif.
Ce n'est pas injurier quiconque que de dire que plus on en sait, plus on constate son ignorance.
Ce qui est valable pour l'auteur de ces lignes.
D'autre part, les arrivées et départs de la Sainte Vierge et des OVNI emploient la même technique : comme une chandelle qu'on éteint, ou montée vers le ciel, pour les départs.
L'instant d'avant il n'y avait rien, puis brusquement, la Sainte Vierge ou l'OVNI est là. Parfois, les ufonautes et la visiteuse céleste sont déjà en place sur le lieu de passage du témoin ou du voyant.
Ces derniers les découvrant à leur grande stupéfaction.

Quant à l'aspect de la Reine du ciel, il est aussi varié que celui des ufonautes.
S'agit-il dans les deux cas, d'une transformation volontaire d'une seule sorte d'entité, ou ces aspects sont-ils représentatifs de plusieurs personnages ?
Question intéressante qui débouche sur une conclusion évidente, mais difficile à mettre en place dans l'état actuel de la mentalité humaine : il faut impérativement que l'ufologue et le théologien travaillent de concert, sans parti pris.
Ou qu'un théologien soit également ufologue, ou que celui-ci soit théologien.
Cruel dilemme, quand on sait que justement, ce qui différencie les deux, est justement le côté religieux des apparitions.

D'autre part, il reste encore de nombreux ufologues qui ne veulent pas entendre parler de la Sainte Vierge en tant que simulacre divin, ce qui évidemment, les paralyse dans leurs recherches.
Et d'autres encore, qui ne veulent pas mélanger les visites mariales avec celles des OVNI, estimant que ce sont deux phénomènes séparés.

C'est bien le manque d'ouverture d'esprit qui fait que l'ufologie a du mal à sortir de l'ornière dans laquelle elle s'embourbe.
Il serait donc temps que l'on accorde un peu plus de crédit à la conjonction : posés d'OVNI-apparitions mariales, en acceptant le postulat (même si l'orthogéométrie le démontre), d'une origine commune.
Ce qui amènerait à en considérer tous les paramètres sans aucun a priori, ni rejet d'aucune sorte.
L'objection suivant laquelle nous ignorons si tous les OVNI qui survolent impunément la planète, distancent nos avions les plus *rapides*, ou paralysent les bases militaires, ont une seule et même origine, ne tient pas.

Arriver à déterminer une fois pour toutes, et indubitablement, la parfaite identité OVNI-apparitions mariales, est prioritaire. Ce point acquis dans un sens ou dans l'autre, sera une avancée ufologique de première grandeur, qui déblaiera le terrain, avant d'aller plus loin.
Je pense donc avoir amené le bulldozer à pied d'œuvre, et poussé sur le côté le premier tas de terre, avec toutes les variations de l'orthogéométrie générale.

Il ne me reste plus, avant de laisser la place aux autres conducteurs de travaux, qu'à peaufiner la besogne avec la présentation des croquis de cette étrange géométrie.
Etrange en effet, et très spéciale, car ces chapelles demandées, exigées plutôt, avec une insistance des plus suspectes, comme soulignée plus haut, forment une caste à part.
En effet, si elles sont déjà incluses dans l'orthogéométrie générale, au milieu des atterrissages d'OVNI, elles n'admettent qu'elles-mêmes dans ce dernier canevas.
Impossible de leur adjoindre d'autres apparitions mariales, ni un posé d'OVNI. Deux ou trois de ceux-ci ne sont pas très loin d'une ligne, sans être directement concernés.

Autrement dit, tout semble avoir été calculé pour que ces demandes de chapelles soient un domaine bien particulier, et fermé sur lui-même, quand elles sont considérées à part des autres apparitions mariales. Tout en participant, je le répète, à l'orthogéométrie générale, comme n'importe qui peut le vérifier.
Comme si on avait voulu et espéré éviter d'attirer l'attention sur elles ! Je n'insisterai pas, les croquis parlant d'eux-mêmes, bien qu'au nombre de quatre seulement.
Le plus complexe est l'un de ceux de toute l'orthogéométrie qui m'a opposé le plus de difficultés pour le dessiner.
Cependant, je le considère comme une des merveilles du genre au point de vue de la conception.

J'ai déjà par ailleurs exprimé mon admiration pour le travail accompli par la Sainte Vierge et consorts, tout en ne ménageant pas mes critiques sur leurs méthodes, mais je dois dire que là, je suis resté pantois.
C'est une création hors norme, d'autant qu'il a fallu louvoyer pour que les chapelles mariales restent entre elles.
Autre point important ; **L'Ile Bouchard est la pièce maîtresse de ce canevas dans tous les croquis.**

Preuve que si elle ne fut pas une demande directe, c'est parce qu'elle se trouvait déjà implantée au bon endroit ; la Sainte Vierge le confirmant en y apparaissant dans l'église Saint-Gilles.
Rappelons d'ailleurs que Gilles signifie protection.
Est-ce justement un clin d'œil à la destination finale de toutes les chapelles mariales ?

Croquis n° 1 :

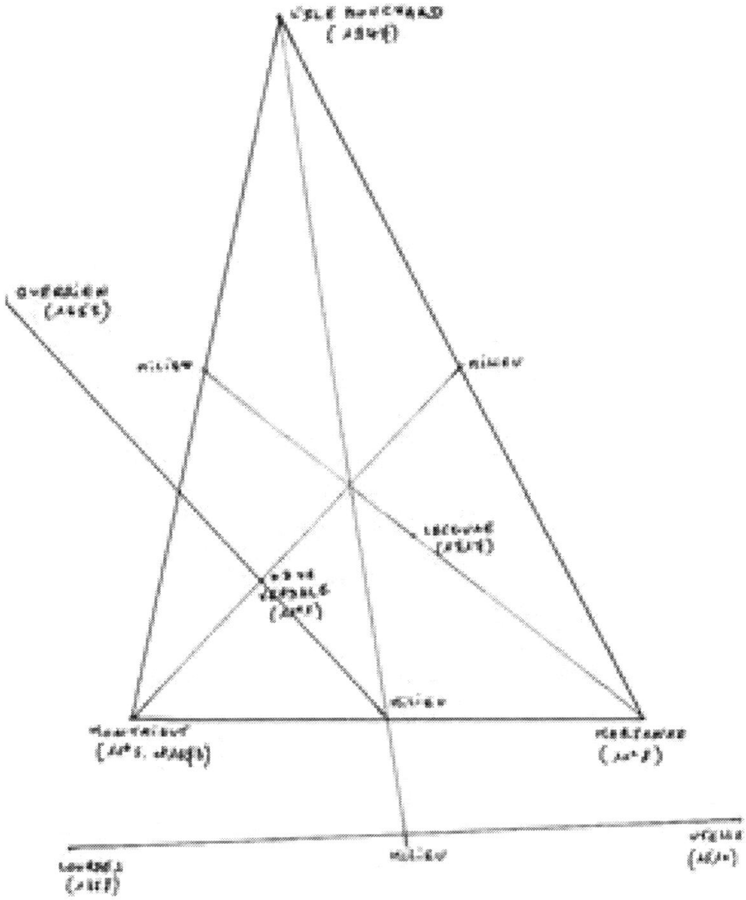

Ce premier triangle scalène par ses trois côtés différents, n'a pourtant rien de quelconque.

Il est même stupéfiant dans sa simplicité. Si Marsanne et Montaigut, qui forment la base sont toutes deux du 11è siècle, et en prime une deuxième apparition de 1673 pour la dernière citée, L'Ile Bouchard se place en pointe.

Mais ce sont les trois médianes qui sont les véritables vedettes. Celle issue de Marsanne pour atteindre le milieu opposé, passe par Lescure (1717).

Et la droite Montaigut-milieu de Marsanne- L'Ile Bouchard, coupe N-D de Verdale (11è siècle également).

La troisième qui descend de L'Ile Bouchard n'a pas de chapelle mariale sur son trajet, mais elle ne démérite pas.
Après avoir coupé le milieu de la base, elle continue pour passer exactement par le milieu de Lourdes- Utelle (1858-1510), comme par hasard.
Enfin dernière surprise ; partant du milieu de Marsanne- Montaigut, une ligne file directement sur Querrien en Bretagne (1652) après avoir transité par N-D de Verdale.
Croquis n° 2 :

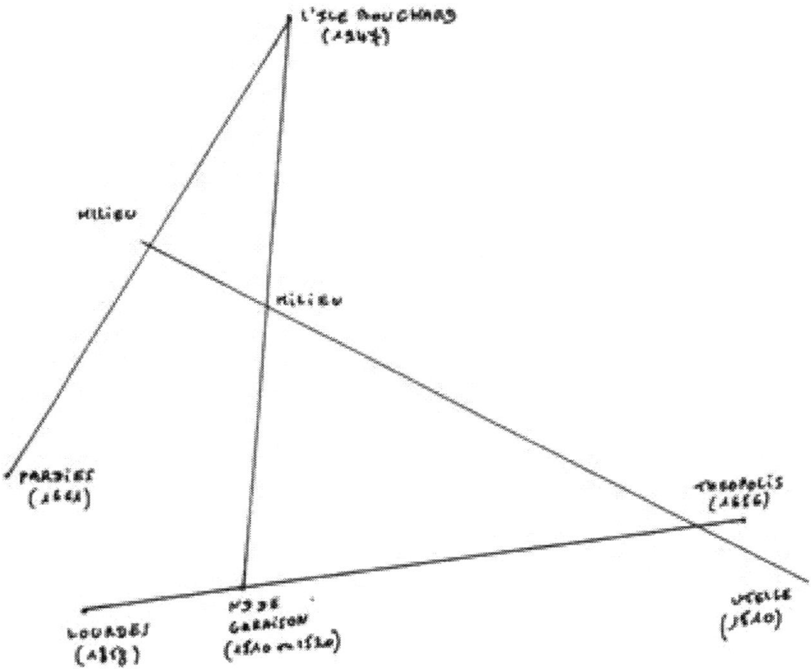

Cette fois, il ne s'agit pas de triangle, mais de quatre lignes dans lesquelles sont impliquées six chapelles mariales. Deux de ces droites partent de L'Ile Bouchard, pour aller vers Pardies (1661) et N-D de Garaison (1510 ou 1520) ; celle-ci se trouvant sur le trajet Lourdes-Théopolis (1656).
Les milieux de ces deux lignes sont traversés par une autre partant de Utelle.
Figure simple, encore fallait-il pouvoir la codifier, de même que la suivante.

Croquis n° 3 :

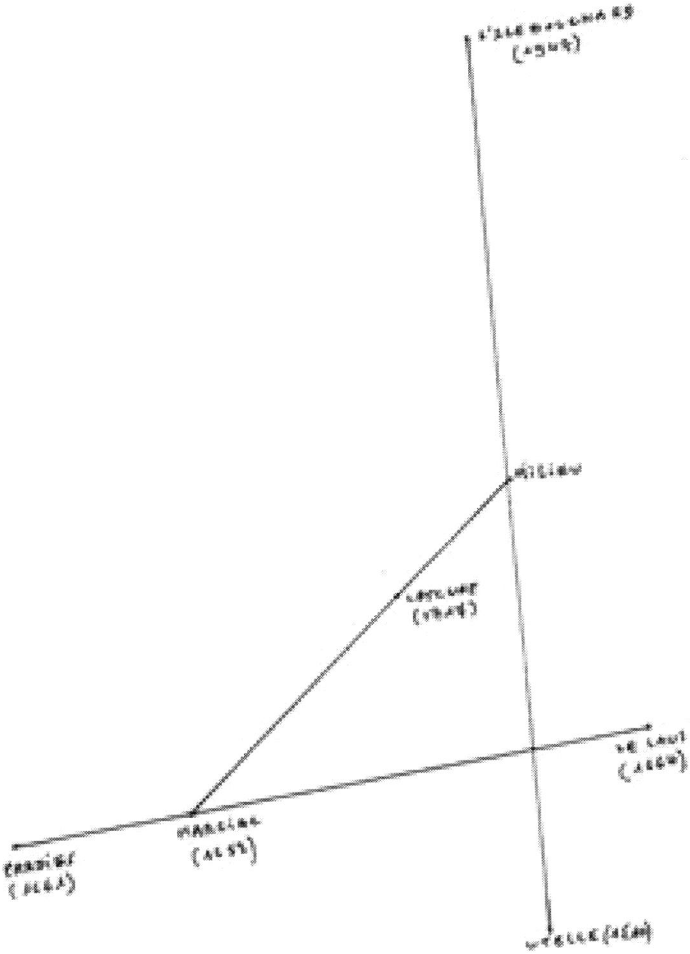

En effet, c'est presque un copier-coller, avec L'Ile- Bouchard -Utelle, dont le milieu est coupé par la droite Marciac- Lescure.
Comme pour N-D de Garaison, Marciac, célèbre actuellement pour son festival annuel de jazz, est l'intermédiaire entre Pardies et Le Laus. Onze années séparent ces trois apparitions mariales placées en ligne droite.
Ce qui, à mon sens, dénote bien une volonté de géométrie. Quant au pourquoi de ce faible écart temporel, il reste évidemment dans l'ombre. Il est donc étonnant, au bas mot, qu'aucun théologien ne se soit pas

avisé de cet alignement ; d'autant qu'il ne gêne en rien la catholicité, et qu'il se situe en plein début de règne de Louis XIV.

Croquis n° 4 :

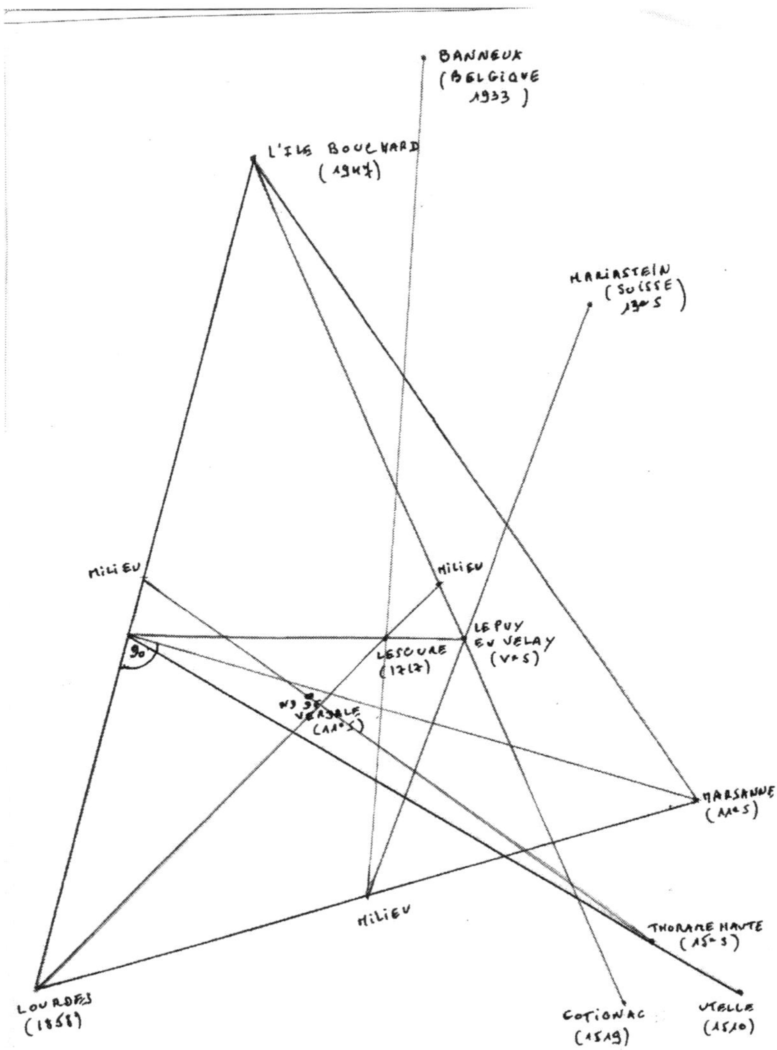

Nous terminons par le super triangle de cette étude. S'il n'a pas été facile à dessiner, ce n'est rien à côté des efforts qu'il a dû coûter aux Responsables des OVNI, et du mal de tête que leur ordinateur s'est certainement offert, pour réaliser ce tour de force.

C'est un modèle d'ingéniosité, avec un triangle de base comportant un côté commun au premier croquis : L'Ile- Bouchard- Marsanne.
Lourdes est le troisième équipier.
Mais au final, ce sont onze chapelles mariales qui sont concernées ; ce qui représente **rien moins qu'un quart du total planétaire**.
De plus, ce triangle est gigantesque, approchant les 83.000 kilomètres carrés. Bref, **de l'Art dans ce qu'il a de plus grand.**
Bien entendu, c'est encore une histoire de milieux, mais en partie seulement.
Une droite partant de Lourdes, coupe Lescure avant de toucher le milieu de L'Ile Bouchard-Cotignac (1519, désormais célèbre pour son opération Louis XIV).
De même, de Thorame- Haute (15è s), une ligne rejoint N-D de Verdale, avant d'atteindre le milieu de Lourdes- L'Ile bouchard.
Cependant, le plus extraordinaire est que le milieu de Lourdes - Marsanne sert de point de départ à deux trajectoires pour le moins inattendues.
L'une passant par Lescure, monte vers Banneux (1933) en Belgique ; belle promenade de 800 kilomètres. L'autre, traversant le Puy-en-Velay, aboutit à Mariastein en Suisse (13è s.).
Si de Marsanne nous traçons la perpendiculaire à Lourdes -L'Ile Bouchard, nous créons l'opportunité que deux lignes se jettent au pied de cette hauteur ; le Puy-en-Velay- Lescure prolongée, et Utelle-Thorame- Haute, également poursuivie jusqu'à son terme.
Il est difficile de se rendre compte de la complexité de cette figure, tant les explications semblent aller de soi.
Pourtant, si le décryptage paraît relativement, j'allais écrire enfantin, disons à notre portée, la codification elle, ne fut certainement pas exempte de difficultés. Surtout que sa mise en pratique s'est étalée sur des siècles.
Ultime précision : dans cette étude, je n'ai pas réussi à intégrer deux des chapelles de Bretagne, et celle de Corse.
A savoir pour cette dernière, Campitello (1899). Quant aux bretonnes, il s'agit de Coatcoustronnec, plus connue sous le vocable de N-D du Guiaudet (1692), et de Lescouet-Gouarec (1821).
Peut-être appartiennent-elles à une autre géométrie européenne ou mondiale, qu'il m'est impossible d'appréhender.
Que dire de tout ceci en conclusion ? peu de choses, l'essentiel ayant précédé les croquis.
Ah si ; je voudrais montrer, en plus de la géométrie, à quel point la Sainte Vierge tient à SES CHAPELLES, et **surtout à la précision de leurs emplacements.**

Ce qui démontre incontestablement que ceux-ci jouent un rôle capital dans un plan de haute technicité.
Déjà au 11è siècle, près du village de Montaigut, à l'ouest de Toulouse (N D d'Alet) : *La vierge apparut à un paysan, Raymond, dans le champ même qu'il labourait, et lui ordonna d'y bâtir une chapelle, à l'endroit précis où, dépité de ne pouvoir faire avancer les bœufs de sa charrue, subitement arrêtés par une force inconnue, il venait de jeter son inutile aiguillon.* (Y. Chiron - J'ai Lu - *Enquête sur les apparitions de la Vierge*).
En passant, on notera que pour édifier la chapelle, l'endroit précis est marqué par l'arrêt des bœufs en plein champ.
C'est le propre des chapelles mariales d'être bâties sur des lieux insolites (voir la revue Atlantis n° 436).
A chaque fois que je travaille sur le sujet, je suis toujours aussi surpris qu'aucun théologien n'ait jamais soulevé ce lièvre d'une taille hors du commun.
Le même auteur parlant de N D de Verdale dans le diocèse de Cahors, précise: *Le sanctuaire est difficile d'accès, situé sur un haut promontoire rocheux qui surplombe une gorge rocheuse au fond de laquelle coule un torrent impétueux : le Tolermne* (ibid).
Bigre, pour aller faire ses dévotions dans cette chapelle, il faut être aguerri à l'alpinisme.
Et que penser de l'anecdote se rapportant à Ziteil en Suisse (1580) ?
Les fidèles convoyèrent des pierres de la vallée, les entassèrent sur les lieux de l'apparition, puis, trouvant que le site était trop escarpé, les descendirent un peu plus bas ***; le lendemain, des anges les avaient rapportées à l'emplacement initial.*** (*Les apparitions de la Vierge* - J.Bouflet, Calmann-Lévy).
J'aurais bien aimé voir ces anges-ufonautes en action.
Si ces exemples ne sont pas un témoignage crucial d'une volonté délibérée de placer les chapelles à un endroit d'une précision millimétrique s'accordant parfaitement avec un plan d'ensemble s'étalant sur des millénaires, c'est que nous sommes encore plus bêtes que nous le paraissons ; et que l'on peut agir sous notre nez sans que nous nous en rendions compte.
Ce qui fut le cas jusqu'à présent, sous le couvert de l'aveuglement religieux.
Une constatation importante à mes yeux, et sur laquelle nous n'insisterons jamais assez.
Les apparitions mariales, tout comme les atterrissages d'OVNI, qui sont leur alter ego, fonctionnent à l'envers.
Ou si l'on préfère, les lieux primordiaux, les chefs de file, n'arrivent que lorsque l'orchestre est installé.

Ce qui empêche toute orthogéométrie générale tant qu'ils ne sont pas à leur place.
Il fallut attendre 1947 pour voir L'Ile Bouchard tomber dans l'escarcelle de la Sainte Vierge.
Sans quoi toute cette étude ne pouvait se réaliser. 1947 : année du lancement de l'Ere Ufologique Moderne ; curieusement bizarre.
En ce qui concerne les OVNI, c'est Trans en -Provence qui joue ce rôle.
Avant le 8 janvier 1981, il était quasiment impossible de se faire une idée de la géométrie ufologique.
Est-ce que cela signifie que nous sommes au bout du tunnel, et que la finalité de tous ces tracés sur différents niveaux va nous être enfin dévoilée ?
Sans être pessimiste, je ne le crois pas. Si comme je le subodore, les Responsables des OVNI considèrent les terriens comme des demeurés mentaux, avec juste raison, hélas, il est certain qu'ils ne nous feront pas cadeau du secret de leur stratégie.

CHAPITRE XXII

STONEHENGE, ANCÊTRE DES CHAPELLES MARIALES ?

AVERTISSEMENT

Comme d'habitude, les croquis ne sont pas à l'échelle, et ne représentent qu'un support de visualisation des explications données par le texte.
Il est recommandé de lire, voire de relire attentivement cette étude, car autant, sinon plus, que les autres auparavant, elle insiste sur des points importants (en gras).
D'autre part, elle propose pour Stonehenge une hypothèse audacieuse, des nouveautés, et une conclusion ufologique inattendue, que le lecteur attentif est prié de méditer.
Au premier abord, le fait que la France concentre dans sa région sud un quart des chapelles mariales de la planète a de quoi surprendre.
Ces chapelles sont exclusivement demandées par la Sainte Vierge, avec une insistance, une volonté et une détermination des plus suspectes, même si c'est pour une bonne cause.
A plusieurs reprises, le refus ou le retard à l'obéissance fut sanctionné par des représailles allant indirectement jusqu'à la mort d'êtres humains, en laissant se poursuivre une peste ravageant le pays, jusqu'à la pose de la première pierre de ladite chapelle.
A l'inverse, la bonne volonté immédiate est récompensée par des bienfaits, dont précisément la protection de toute la région contre les épidémies, à l'exemple de Cotignac ; les fondations de la future église furent creusées trois semaines après l'apparition, **ce qui doit représenter le record absolu en la matière.**
Il est donc évident que ces chapelles, **édifiées à l'endroit précis désigné par la Dame Céleste**, ont une importance géographique stratégique. Elles se dressent bien souvent sur des points élevés (N-D de Verdale, Monts : Verdaille, Bérico, Figogna...), parfois parfaitement accessibles en voiture.
Mais aussi bien souvent, présentant des difficultés pour la marche, même pour des montagnards habitués à l'escalade.
Ajoutez à cela le transport du matériel et des matériaux nécessaires à la construction.

Ah oui, si le dessein des Dieux est impénétrable, celui de la Sainte Vierge est encore plus touffu, ainsi que le montrent ces trois anecdotes, en commençant par celle de Ziteil, commune de Suisse en 1580.
Un pâtre allait faire boire ses bêtes à la source ; il vit une dame au bord de l'eau, qui lui demanda la construction d'une chapelle.
Un prodige accompagna cette rencontre ; le mont Curver, très proche, resplendit d'une grande clarté pendant deux nuits.
De nos jours, on dirait qu'un OVNI posé sur le mont, à mis en action toute sa puissance énergétique pour créer cette merveille**, tel un gigantesque buisson ardent.**
Le reste, à savoir la remontée des pierres à l'emplacement initial est décrit au chapitre précédent..
Autre témoignage : celui de N-D de Karmez à Lescouet - Gouarrec.
En 1821, la Sainte Vierge tenant l'enfant Jésus apparut à un berger**… au milieu d'un buisson d'épines !**
Emplacement peu *catholique* surtout pour une femme avec un bébé. Sauf si c'était une image holographique.
Et bien sûr **demande de chapelle en breton.**
Troisième lieu tout aussi insolite : Montaigut, à l'ouest de Toulouse, qui a donné naissance à N-D d'Alet.
Au onzième siècle, la Sainte Vierge ordonna au cultivateur d'édifier une chapelle à **l'endroit précis où ses bœufs étaient arrêtés par une force inconnue** (cité par Yves Chiron *: enquête sur les apparitions de la Vierge*), et faisant également partie du chapitre XVII
Rappelons encore Cotignac, et la découverte de la boule de cristal à l'endroit exact où apparut la Sainte Vierge, lançant ainsi l'Opération Louis XIV, que je ne détaillerais pas ici. (Atlantis n° 431)
Il y a bien d'autres exemples de ce genre. Cependant, ceux-ci sont symptomatiques de la précision presque chirurgicale appliquée par la mystérieuse demanderesse.
Pour un peu, le dixième de millimètre serait encore trop grossier.
C'est d'autant plus extraordinaire que le décalage de l'édifice par rapport à ce qui est prévu, ne peut avoir de graves conséquences sur le plan religieux.
Que les fidèles fassent quelques pas de plus ou de moins pour y pénétrer, le principal aux yeux des autorités ecclésiastiques est qu'ils viennent y faire leurs dévotions, **et surtout verser leur obole.**
Or il semblerait que pour la Sainte Vierge, et à travers elle, les Responsables des OVNI, cette précision soit indispensable et indissociable de la réussite de leur plan minutieusement concocté.
Et sans que la Hiérarchie Vaticane soit concernée, ce qui est presque une lapalissade.

Ici, on peut affirmer avec une quasi-certitude, que la religion n'est qu'un aspect secondaire, un paravent qui CACHE LE VÉRITABLE BUT DE CETTE PRÉCISION ABSOLUE.
C'est d'autant plus évident, que comme déjà écrit dans le premier volet, les chapelles mariales ne représentent qu'un infime pourcentage de la totalité des apparitions, où elles passent pratiquement inaperçues.
Si le prosélytisme devait l'emporter sur toute autre considération, alors ces chapelles fleuriraient partout, couvrant le sol comme un tapis de jonquilles.
Or, c'est le contraire qui se produit ; elles sont la discrétion même, frôlant la clandestinité.
On peut supposer que le point choisi soit celui où rayonne un maximum d'énergie tellurique, comme à N-D de sous terre dans la cathédrale de Chartres, où à l'emplacement de l'apparition dans l'église de L'Ile Bouchard, et qui a impressionné l'ancien président de l'Association des Amis de la Radiesthésie, par le taux élevé qu'il a enregistré, pourtant près de soixante ans plus tard !
Dans ce cas, on retombe sur le critère du prosélytisme, car ces lieux énergétiques en honneur chez les Celtes, et que les druides connaissaient bien, sont beaucoup plus nombreux que les chapelles mariales, et ne se concentrent pas uniquement dans le sud de la France.

Il semblerait donc que ce ne soit pas un paramètre sélectif pour la construction de l'édifice.
Au contraire, dirais-je, je pense que c'est l'apparition elle-même qui apporte la fabuleuse énergie constatée sur place des années, voire des décennies plus tard.
On retrouve cette énergie similaire au droit des atterrissages d'OVNI, et ce n'est pas Claude Burkel, qui a initié cette technique radiesthésique qui me contredira.
Pour faire le tour presque (ce *presque* sera explicité en fin d'étude) complet de cette énigme, il est impensable, du moins à notre courte vue, qu'il puisse s'agir d'un simple jeu qui durerait au bas mot depuis quinze siècles, et probablement plus, comme je le soumettrais plus loin.
Quant au plaisir de la géométrie pure, telle détaillée par l'orthogéométrie et par le chapitre précédent sur les chapelles mariales, complétée par celle-ci, il est difficilement accessible à nos sens de terriens ; une joute amicale dont le vainqueur serait celui ou celle qui programmerait le canevas le plus complexe ?
Improbabilité, dans la mesure où nous avons d'un côté, une seule entité aux multiples apparences : la Sainte Vierge ; et de l'autre, des

ufonautes tout aussi inconnaissables posant leurs machines à des endroits également prédéterminés.
IL EST ABSOLUMENT IMPÉRATIF DE SE PENCHER SUR CE SUJET, CAR JE SUIS PERSUADÉ QUE LA RÉVÉLATION DU VÉRITABLE RÔLE DES CHAPELLES MARIALES SERAIT UN BOULEVERSEMENT POUR LE MONDE ENTIER.
Encore faut-il laisser au vestiaire les idées préconçues, notamment celles concernant la Mère du Christ Théologique.
Insistons sur le fait que si le Divin était Maître du jeu, il n'aurait pas besoin de tout ce théâtre faërique pour imposer la religion catholique dans le monde entier, et sans que quiconque puisse s'y opposer.
Répétons-le une fois encore ; depuis le début de l'Ere Ufologique Moderne, c'est à dire depuis près de 65 ans, et malgré les millénaires de survols ou de contrôle de notre planète, **les occupants des OVNI n'ont jamais cherché à nous envahir, nous dominer ou nous détruire,** alors que cela aurait été d'une facilité dérisoire. Par contre, ils s'appuient sur notre système religieux, qu'ils ont probablement initialisé, et sur une étrange géométrie géographique ; dans quel but ?
Dans la mesure où il y a un but à atteindre pour les Responsables des OVNI, sans doute grâce à la multiplicité de cette géométrie, il est actuellement hors de notre compréhension. **Pourtant, il suffit de savoir qu'il existe, pour espérer trouver la solution.**
C'est dans cet espoir que j'apporte ici une seconde pierre à la première constatation d'une majorité de chapelles mariales dans le sud de la France.
Un examen plus poussé laisse apercevoir une autre curiosité, pas tellement cachée, mais qui n'apparaît pas tout de suite.
Hormis l'exceptionnelle L'Ile Bouchard, le Puy en Velay, N-D de Verdale et Lescure, onze chapelles se concentrent dans l'extrême sud.
Cette déduction amène tout naturellement à la conclusion que cinq chapelles se partagent le sud-est, c'est à dire la Provence en général, Marsanne, au-dessus de Montélimar faisant bande à part.
On en comprendra plus tard la raison, tant tout est bien calculé.
Un simple regard sur la contrepartie pyrénéenne, permet de constater que le dernier groupe de cinq est parfaitement homogène.
Autrement dit, ce sont deux rectangles opposés qui peuvent encadrer chacun un ensemble de cinq chapelles.

Croquis n° 1 :

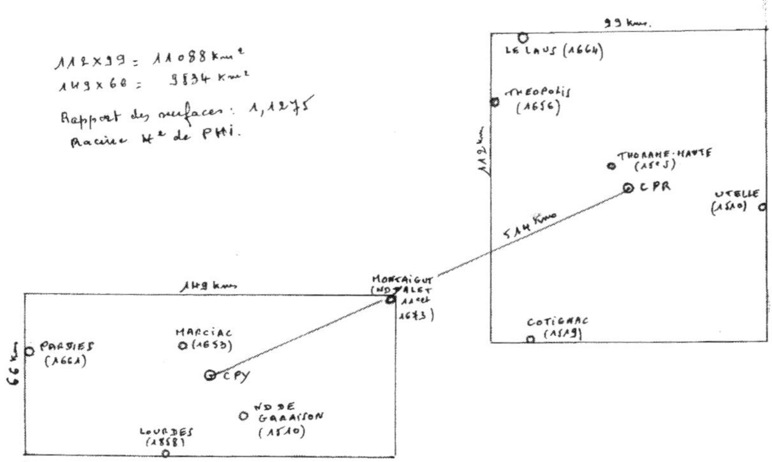

Cette disposition paraît déroutante ; les rectangles ne sont pas au même niveau.
L'un est vertical 112 X 99 kms), tandis que l'autre est horizontal (149 X 66 kms). Seul, le rapport des surfaces (11088 / 9834) est égal à 1, 1275, **racine quatrième du nombre d'Or**.
Mais il suffit de se souvenir que ces chapelles mariales ont participé aux différents tracés et triangles de la première partie, pour comprendre que l'emplacement de chacune est judicieusement choisi… **toujours avec l'aide d'un puissant ordinateur, ou de ce qui en tient lieu, compte tenu de l'orthogéométrie générale.**
Choix d'autant plus judicieux, qu'une comparaison détaillée aboutit à une série de conclusions **où la coïncidence hasardeuse ne peut se glisser** ; tout est trop bien agencé.
Dans chaque rectangle, deux des cinq chapelles sont du temps de Louis XIV, avec huit ans d'écart entre elles ; Marciac (1653) et Pardies (1661) pour les Pyrénées ; Lourdes (1858) et N-D de Garaison (1510) complétant l'ensemble avec Montaigut au 11è siècle, comme précisé plus haut.
La chapelle ayant été démolie, la Sainte Vierge y revint en 1673 pour demander sa reconstruction.
Si les trois dates sont incluses dans le règne du roi Soleil, seules les deux premières sont bien d'origine.
Du côté provençal, nous avons : Théopolis chère à Roger Corréard (1656) et Le Laus (1664). Les accompagnent : Utelle (1510), Thorame-Haute (15è siècle), et l'inévitable Cotignac (1519).

Qui plus est, chacune de ces chapelles Louis quatorzième a sa consoeur dans le camp opposé à trois ans d'intervalle.
En effet, le couple Marciac -Théopolis est le pendant de Pardies – Le Laus.
C'est trop beau pour ne pas être vrai. Ce 3 et ce 8 suggèrent un discret appel du pied vers l'Ordre du Temple et la croix des huit béatitudes avec son code mathématique qui ne participe pas à l'orthogéométrie, mais appartient à l'Histoire.
Ce qui déclenche cette interrogation ; la naissance de ces deux rectangles permet-elle d'élargir la recherche, et de déboucher sur d'autres figures géométriques ? Sous-entendu ; un deuxième canevas se dissimule-t-il derrière le premier ? Croquis n°2 :

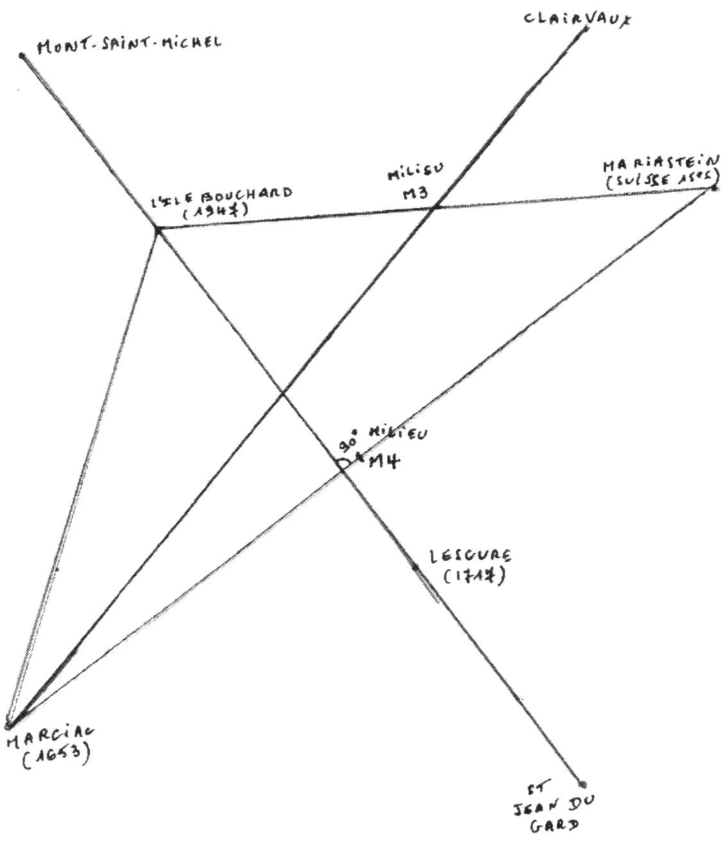

Je vais imiter les hommes politiques, en différent ma réponse, pour revenir justement sur la première étude.

Je présente un triangle qui m'avait échappé, et qui dément en partie mon assertion que les chapelles mariales faisaient bande à part en formant un club très fermé.
En réalité, et ce deuxième volet le confirmera, elles admettent quelques exceptions.
Si Marciac-L'Ile Bouchard-Mariastein (Suisse 15è siècle), sont typiquement virginaux avec Lescure (1717), la hauteur va du Mont-Saint-Michel à l'atterrissage de Saint-Jean du Gard ; tandis que Marciac-Clairvaux passe par le milieu M3 de L'Ile Bouchard-Mariastein (toujours ce parfum templier). Croquis n° 3 :

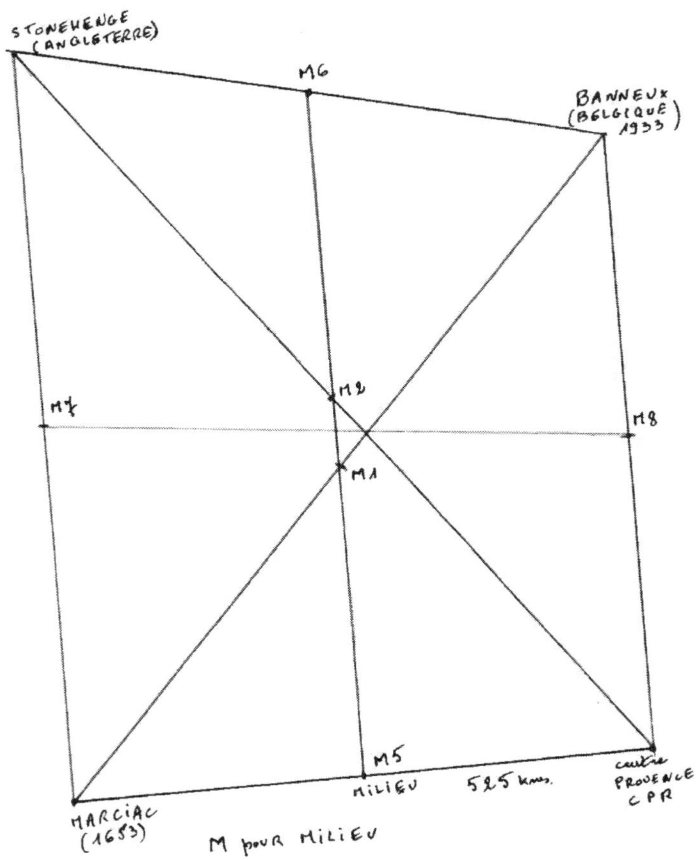

Bien entendu, la réponse à la question du deuxième canevas est positive, ainsi que le montrent ce croquis et ceux qui suivront.
La déduction logique qui vient tout de suite à l'esprit en contemplant les rectangles, est que le centre, point de rencontre des diagonales, tient probablement un rôle non négligeable.

Il est le représentant, le porte-parole des cinq chapelles qu'il renferme. Respectivement baptisés : CPY et CPR, ils sont distants de 514 kilomètres. Mais à quoi les rattacher ?
Par la force de l'habitude, je commence par chercher les perpendiculaires.
Très vite, deux candidats se présentent dans le champ de la règle : l'un des membres du club, Banneux, l'apparition mariale belge de 1933, et un invité de prestige : le cercle de pierres de Stonehenge, dans la plaine de Salisbury, vieil habitué de l'orthogéométrie.
Banneux possède la particularité de posséder une source dédiée à la Sainte Vierge ***(cette source est réservée pour moi*** , a-t-elle dit à la voyante). La visiteuse voulait ainsi affirmer **son statut de fée des sources et des cavernes**, puisque l'eau et les grottes sont majoritairement associées à ses apparitions (**Lourdes entre autres, qui combine les deux).**
A l'appui de cette origine faërique, humanoïde mais non humaine, ou plutôt surhumaine dans le sens du merveilleux, la petite fille de Celles en 1686, grandit pour devenir femme avant de rassurer le voyant et lui dire qu'elle est la Sainte Vierge.
Parler toutes les langues, changer d'apparence selon les besoins, sont parmi les caractéristiques du peuple-fée.
Cette légère digression, indispensable pour bien comprendre l'ensemble du phénomène OVNI-Marial, ne doit pas faire perdre de vue que Stonehenge et Banneux sont des points de chute très acceptables.
Cependant, un coup de règle sur la carte générale au millionième remet le parallélisme en question.
En effet les 514 kilomètres du départ deviennent plus de 520 sur la perpendiculaire au niveau de la ville belge.
Après quelques tâtonnements, l'équilibre est trouvé. Si le centre provençal est conservé, il faut aller chercher son compère à Marciac, distant de 525 kilomètres.
Le trapèze régulier est ainsi formé, mais avec des angles de départ bizarrement non droits, tout en étant parfaitement complémentaires ; 92 et 88 degrés, ce qui assure le parallélisme total.
Sur ce croquis n° 3, on remarquera que si les milieux numérotés : M 1, M 2, M 5, et M 6, sont alignés, ils ne correspondent pas avec les croisements des diagonales du trapèze.
Seuls les milieux des deux bases, M 7 et M 8, sont en adéquation avec ce croisement.
Tout ceci est on ne peut plus normal, et nous verrons que ces milieux jouent un rôle très important. Croquis n° 4 :

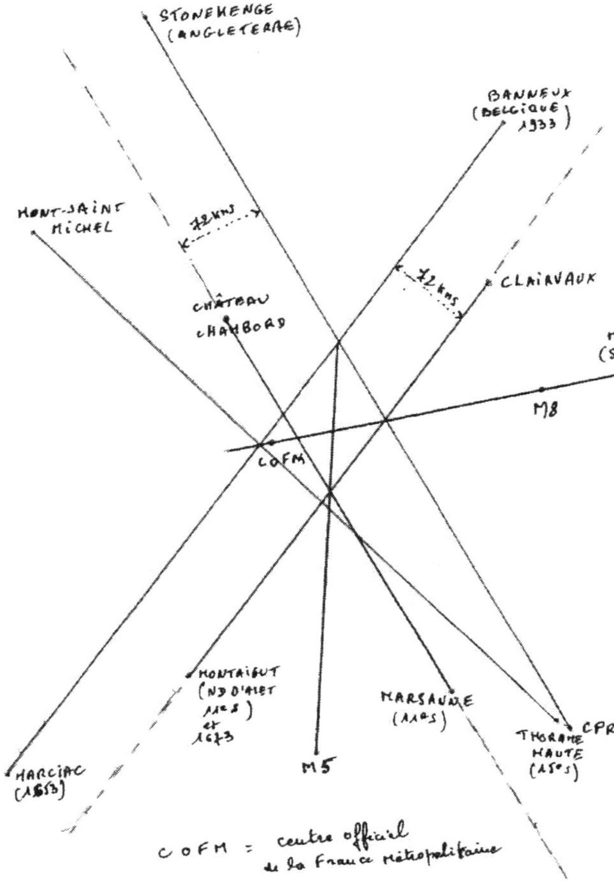

Toutefois, cette nouvelle géométrie commence à donner tout son potentiel avec l’adjonction de la ligne Marsanne (11è siècle)/ château de Chambord, parallèle à 72 kilomètres de CPR-Stonehenge.

On comprend mieux à présent la mise à l’écart de Marsanne, destinée à une participation autre.

Une brève recherche permet de trouver la correspondance à cette ligne, afin de former un gigantesque X sur la France ; c’est Montaigut, double visite mariale / abbaye de Clairvaux, également parallèle à 72 kilomètres, mais de Marciac - Banneux.

Le 3 et le 8 avaient tourné la clé dans la serrure ; ici, la porte de l’Ordre du Temple s’entrouvre.

Cette formation autorise la création de nouveaux tracés. C’est ainsi que les pointes nord et sud du losange central sont reliées avec M5, le milieu de Marciac - CPR.

La seconde droite abrite une curiosité rare : le centre officiel de la France métropolitaine, déterminé par l'IGN à la Coucière, commune de Vesdun (Cher).
Auparavant, cette droite partie de Mariastein, passe par M8 et la pointe est du losange.
Puis elle recoupe au même point, à la fois Marciac – Banneux et la ligne qui part de Thorame- Haute (15è siècle) pour aboutir au Mont-Saint-Michel, autre invité de marque. Croquis n° 5 :

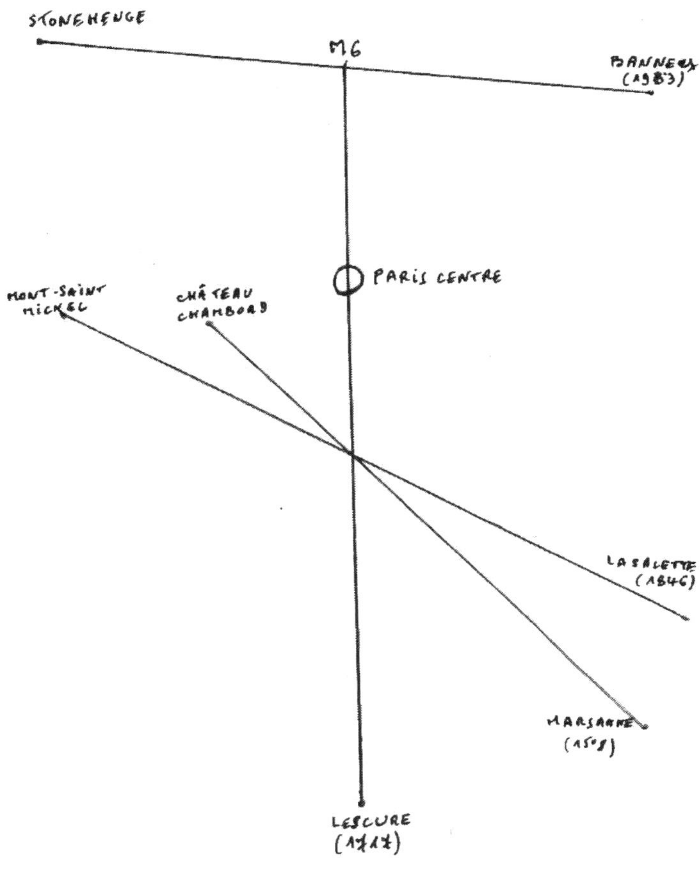

Encore un centre qui joue les arbitres : M6, dont l'émissaire coupe Paris en deux, et atterrit à Lescure (1717), après avoir rencontré deux autres trajectoires : Marsanne- château de Chambord, et La Salette (1846) – Mont-Saint-Michel.

Croquis n° 6 :

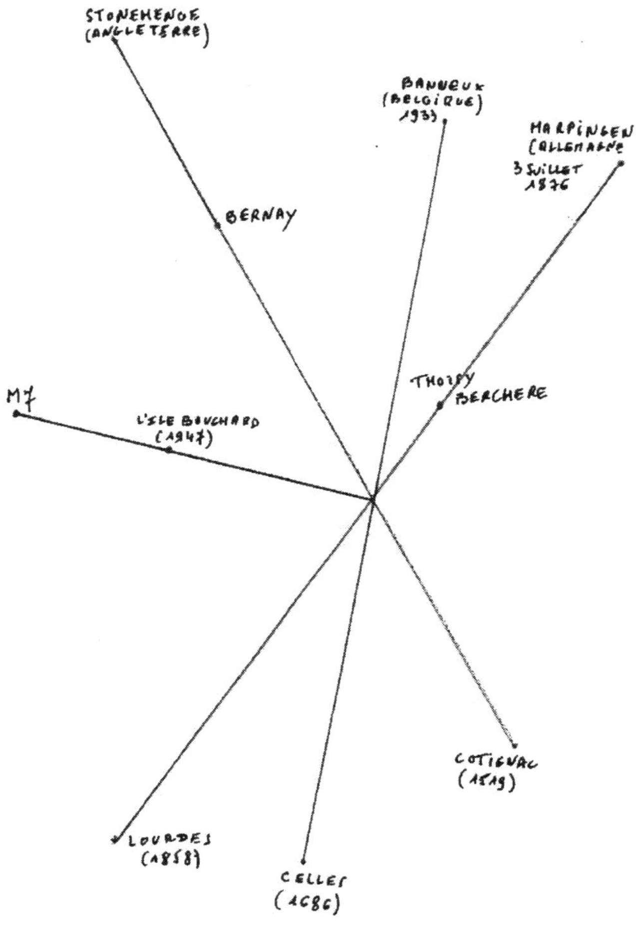

Quatre nouveautés ayant un carrefour commun viennent se faire inscrire. Ce sont : Cotignac (1519)- Stonehenge, avec le posé de Bernay ; Banneux – Celles (1686) ; Lourdes (1858) Marpingen en Allemagne (3 juillet 1876), avec l'atterrissage de Thoisy-Berchère ; et M7 – L'Ile Bouchard.

Si j'ai indiqué la date complète de l'apparition de Marpingen, c'est parce que ce même jour, la Sainte Vierge a aussi rendu visite à Estelle Faguette à Pellevoisin.

De plus, ce jour-là, se déroulait à Lourdes le couronnement de la statue de l'Immaculée Conception par le légat du pape.

Il y eut 35 évêques et 5000 prêtres, mais on ne sait pas si celle qui servit de modèle s'y rendit, peut-être faute de temps ?

Croquis n° 7 :

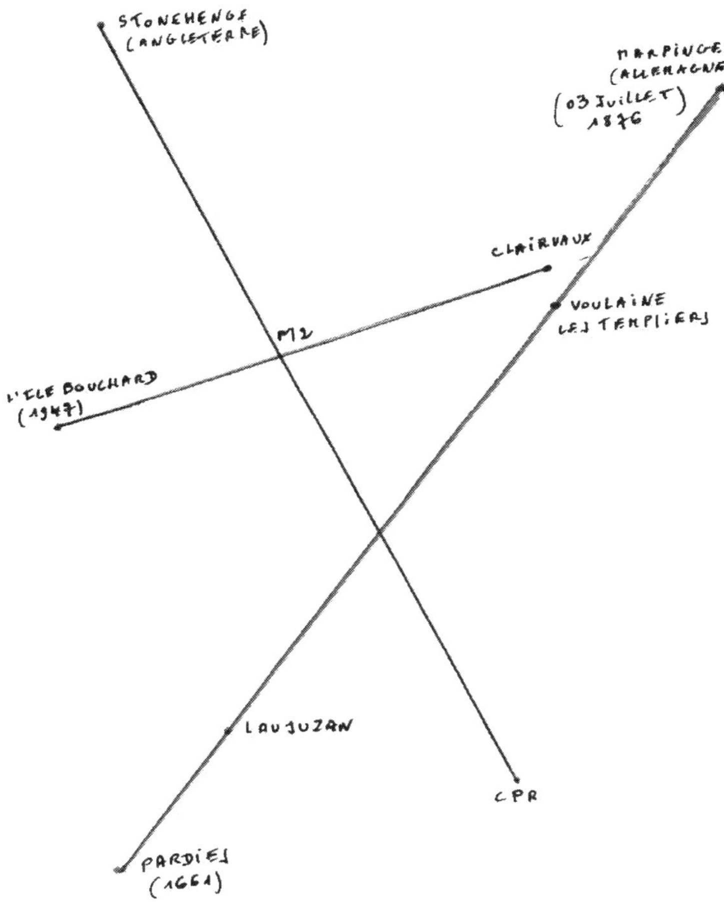

Nous revoyons Marpingen, associée cette fois à Pardies, à travers Voulaine les Templiers (sans commentaire !) et l'atterrissage de Lanjuzan, dans les Landes.
Indépendamment de cette trajectoire, le milieu M2 est le croisement de L'Ile Bouchard – Clairvaux (eh oui), et de CPR- Stonehenge.

Croquis n° 8 :

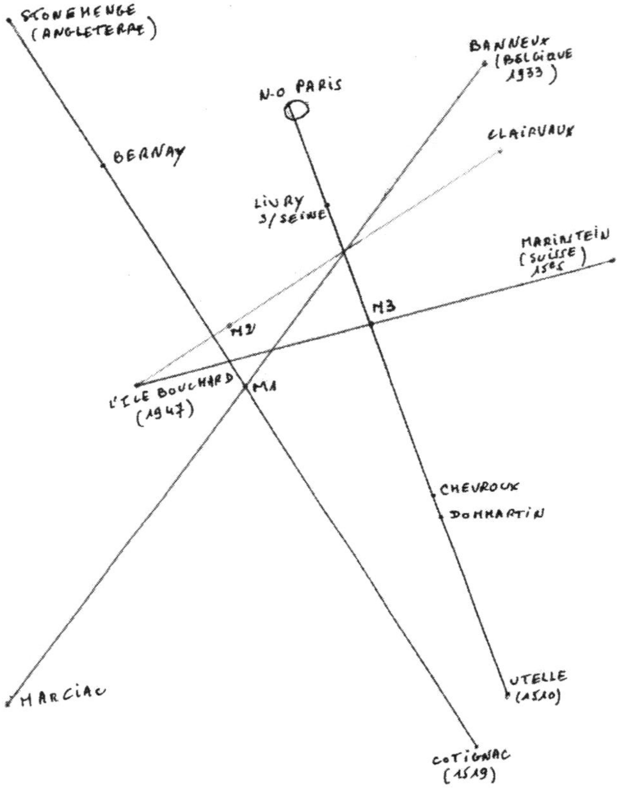

Une figure un peu plus complexe, avant de terminer dans la simplicité. Si Cotignac- Stonehenge refait parler d'elle, c'est pour indiquer qu'elle passe également par M1, en plus du croisement du croquis n° 6.
L'Ile Bouchard – Clairvaux se maintient à sa place, car elle recoupe la ligne principale Banneux – Marciac, et une nouvelle venue : Utelle-M3 – nord-ouest de Paris, avec trois atterrissages : Dommartin, Chevroux et Livry sur Seine ; ce qui est exceptionnel dans cette géométrie mariale.
Rappelons que M3 est le milieu de L'Ile Bouchard-Mariastein.
Quant au nord-ouest de Paris, il est déjà connu pour sa quinzaine de trajectoires qui se donnent rendez-vous aux environs du périphérique, près de la porte Champerret.
Il serait intéressant d'y pratiquer des fouilles à très grande profondeur ; à défaut, d'y promener des instruments de détection pour déchiffrer le sous-sol.

Que suis-je bête, c'est impossible, cela bouleverserait trop la circulation parisienne, qui est bien plus importante que des recherches archéologiques.
Pourtant, je crois me souvenir, qu'impromptu et sans être prévenus, les automobilistes ont été contraints de céder la place à un personnage insignifiant, un certain…oui, c'est cela : Khadafi.
Ce que l'on a fait pour un simple touriste, on pourrait le réaliser pour l'avenir de l'Humanité ; logique, non ?
Croquis n° 9 :

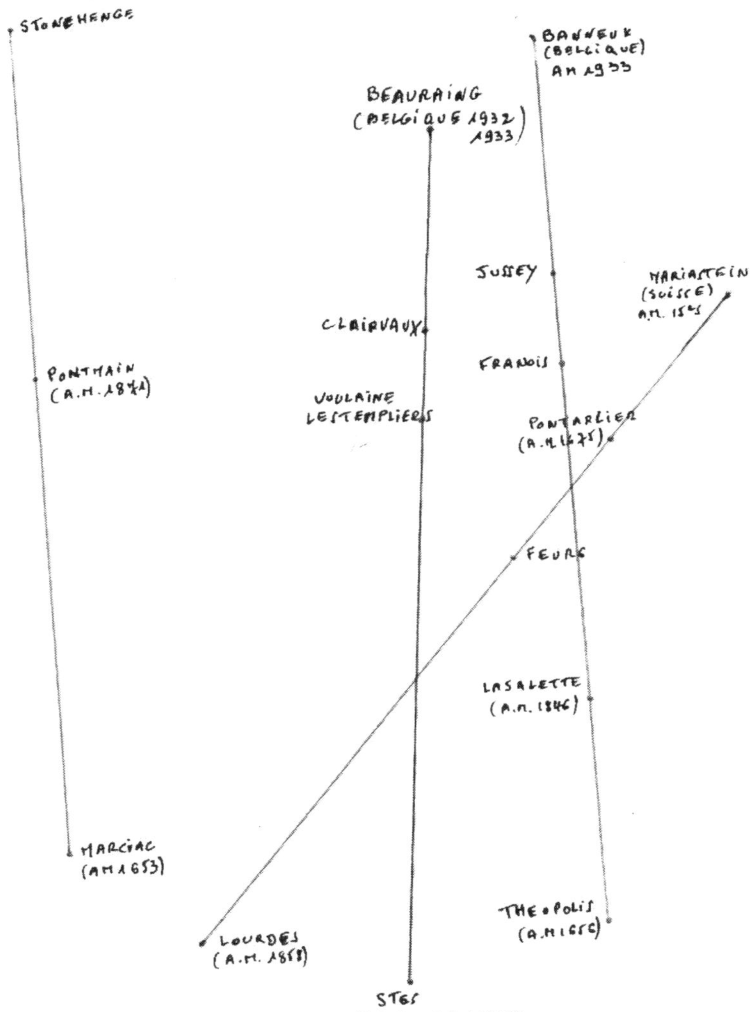

Tracés simples, sans liens entre eux, mais où chapelles mariales, apparitions, et atterrissages d'OVNI se côtoient. Le tout réuni en un seul croquis.
Pontmain et sa gigantesque Vierge holographique de 1871 est sur le trajet de Marciac – Stonehenge.
Cette apparition est détaillée dans mon article publié par la prestigieuse revue Atlantis n° 433 (l'héritage des templiers, 2è trimestre 2008).
Ce qui semblerait accréditer que Stonehenge… mais nous verrons cela bientôt.
Lourdes-Mariastein passe par Pontarlier (A.M 1675) et le posé de Feurs ; tandis que Théopolis – Banneux accepte sur son parcours : La Salette (1846), et les atterrissages de Franois et Jussey.
Enfin, de Beauraing en Belgique (1932-33), nous nous rendons aux Saintes-Maries de la Mer, en passant par… mais oui, mais oui, vous avez bien cru voir Clairvaux et Voulaine les Templiers.

Contrairement au premier volet des chapelles mariales, dans lequel les OVNI étaient absents, dans celui-ci ils pointent timidement, au compte-gouttes ; dix au total, compris Malbuisson sur CPR – Banneux, non indiqué sur le croquis.
Indépendamment des apparitions mariales de haut niveau (Pontmain, Beauraing, La Salette…), les vedettes invitées sont prestigieuses, et interpellent à plus d'un titre ; le château de Chambord, qui nous ramène à François 1er et le 8, son chiffre favori, et nous rapproche de : *Les Mystères des châteaux*, de Didier Coilhac.
Que dire de Clairvaux, du Mont-Saint-Michel ? N'épiloguons pas sur le nord-ouest de Paris.

Et Stonehenge ! Il y a huit mille ans, trois poteaux en bois de conifères furent plantés dans le sol à environ une centaine de mètres des ruines actuelles.
Mesurant chacun 75 centimètres de diamètre, et espacés de huit à dix mètres, on ignore tout de leur hauteur, leur forme exacte, et leur utilité.
Les trous qui les contenaient, et dans lesquels des débris ont permis la datation, sont matérialisés par des cercles blancs sur le parking, de l'autre côté de la route le séparant du monument.

Les poteaux matérialisés sur le parking

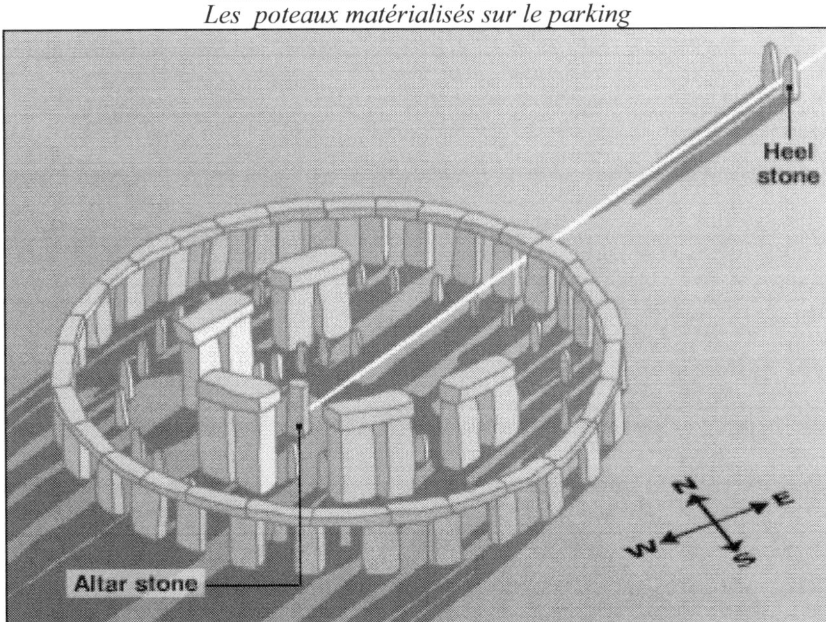

Stonehenge et l'axe solaire.

Petit intermède avant de poursuivre, clin d'œil amusant ufologique. Avant sa construction en pierres, Stonehenge eut un prédécesseur en bois.

Sa reconstitution *estimée* en image de synthèse par les archéologues, qui pensent que cette structure primitive était fermée et surmontée d'une toiture, lui donne la forme d'un classique OPNI (objet posé non identifié) ! Comme le montre la photo ci-dessous.

Les archéologues ont parfois le sens de l'humour, et il faut les en féliciter.
Après cette anecdote, qui a le mérite de prouver que le cercle de blocs cyclopéens que nous admirons, ne s'est pas fait en un jour, et qu'il a été précédé par un en bois, et un autre en pierres plus petites.
Le tout s'étalant sur quelques millénaires, puisque des poteaux originaux d'il y a huit mille ans, et de l'OPNI en bois, nous arrivons au cromlech définitif auquel la datation assigne une ancienneté de 4500 ans.
Je néglige la traditionnelle et **inévitable ânerie** qui accompagne le documentaire *c'est à dire à la même époque que la construction de la grande pyramide* .
Hélas, l'humour est vraiment ponctuel et de courte durée chez les archéologues.
On peut donc supposer sans prendre trop de risques, qu'il y eut déplacement du centre cérémoniel, de ces trois poteaux initiaux ; mais pour quelle raison ?
C'est d'autant plus intrigant, **que la construction grandeur nature et en trois mois, avec des blocs de polystyrène de l'ensemble du monument**, remarquable prouesse, a permis aux spécialistes invités d'aboutir à deux conclusions principales :
Ceux qui ont bâti Stonehenge avaient des connaissances astronomiques très poussées, et étaient de remarquables acousticiens, par la répartition

des sons, et leur concentration au centre de l'édifice. Ce qui est nouveau, et dénote une haute culture.
Sur le plan astronomique, s'il est confirmé que Stonehenge fut dressé en fonction du soleil levant au solstice d'été, **c'est aussi et surtout par rapport au soleil couchant du solstice d'hiver !**
La lune est aussi concernée, puisque certaines pierres sont des jalons indiquant le point le plus au sud où elle se lève tous les 19 ans, et par là-même où elle reste le plus longtemps dans le ciel.
Quant au spécialiste des rites de la préhistoire, il n'a pas hésité à comparer Stonehenge à … **une église !**
La réponse à la question du déplacement du centre cérémoniel, est peut-être cachée dans cette autre interrogation non résolue à ce jour : pourquoi les OVNI se posent-ils sur les routes et les voies ferrées ?
Dans les années cinquante, on arguait de la méconnaissance des pilotes de notre réseau de transports, raison de peu de valeur du fait que du haut des airs, la circulation des véhicules est parfaitement visible. D'ailleurs, cela s'avéra vite faux quand on sut que ces vénérables vaisseaux visitaient la Terre depuis des millénaires, suivant les progrès des humains, y participant même plus ou moins discrètement (au hasard : encore l'Opération Louis XIV).
Du fait de leur voisinage immédiat avec notre continuum, séparé seulement par une barrière intangible et invisible, qu'ils peuvent franchir à leur guise, (le contraire ne nous étant pas possible), il leur est loisible de tout connaître de nous.
Par contre, si l'on se rapproche de l'hypothèse de balises enterrées à certains endroits stratégiques, comme le dévoile Guy Tarade dans : *OVNI : Terre planète sous contrôle (*Ad.Alaun Lefeuvre), nous sommes en terrain familier.
Il cite l'ufologue J.L. Duchêne qui avait émis cette idée, supposant que les ufonautes déposaient ces balises pour recueillir des renseignements. Début 1999, je ne me souvenais plus de la théorie de M. Duchêne, que j'avais lue vingt ans auparavant.
La revue Sentinel News n° 12 du défunt groupe ufologique Sentinelle de Reims, publia un article dans lequel je faisais intervenir des balises, non pas pour capter des renseignements sur nos activités, mais bien pour établir la géographie géométrique du futur.
Par impulsions mentales, les hommes seraient obligés d'obéir inconsciemment aux directives reçues, incluant des idées scientifiques n'appartenant pas l'époque.
Ces balises qui ne sont pas forcément volumineuses, sont conçues pour résister au temps, aux mouvements telluriques, et tirent probablement leur énergie du mouvement de rotation de la planète, qu'il soit dextrogyre ou lévogyre. Ce qui leur confère une autonomie illimitée.

Il va de soi que pour réaliser ce vaste projet, il est indispensable de connaître l'avenir, afin de le confirmer où le modifier en fonction des critères inhérents aux concepteurs, et la nature géologique du terrain. Inutile en effet de courir le risque d'une construction primordiale (le Mont-Saint-Michel, ou les châteaux de la Loire), sur une zone sismique **pouvant la détruire avant la finition du Plan.**

La connaissance du futur est curieusement certifiée par la Sainte Vierge elle-même, comme si elle voulait nous laisser un indice allant dans ce sens.

Notamment en 1830 à Paris (**vérifié 40 ans plus tard**), et à Fatima (de 1922 à 1939, et prédiction de la deuxième guerre mondiale, alors que la première était à plus d'une année de se terminer).

Dans cet article, je supposais que ces balises, que nous ne saurions détecter, produisaient un signal qui guidait l'OVNI vers un ou plusieurs sites d'atterrissages ayant la même fréquence.

Ce serait un processus identique pour les apparitions *simples* (Pontmain, Pellevoisin, Beauraing, La Salette…).

C'est ainsi que les hommes ayant étalé à travers la campagne des milliers de kilomètres de routes et de voies ferrées, celles-ci passent au-dessus des balises.

Ce qui oblige donc les OVNI, qui marquent les points amovibles de l'orthogéométrie, à se poser de manière incongrue sur ces rubans, tout en étant prêt à décoller en cas de nécessité.

Ce qui s'est passé à plusieurs reprises ; l'automobiliste ou le motocycliste arrivant à quelques mètres d'un objet posé sur la route, a vu celui-ci s'envoler instantanément.

La mission était accomplie, le témoin apportant à son insu une marque de plus sur le canevas.

Dans cette optique, Stonehenge serait le chef de file, le prototype de cette géographie géométrique et mariale.

Il est possible que la balise que je soupçonne enfouie sous le plus grand (7 mètres) des cinq trilithes centraux, **soit une balise mère, la plus importante, distribuant les directives aux balises filles disséminées de par le monde**.

Cette implantation de balises par les Responsables des OVNI, se situerait après l'érection des trois poteaux initiaux.

D'où déplacement du centre cérémoniel à l'endroit actuel.

Ces poteaux remontent à huit mille ans, le cercle de pierres définitif à quatre mille cinq cents. **Robert Maestracci** pourrait donc avoir raison, lorsqu'il suppose que sa **géographie secrète de la Provence**, et les carrés SATOR européens qu'il a si magistralement décryptés, virent le jour **voici environ six mille ans.**

De même **Xavier Guichard** qui, de 1911 à 1936, s'est démené pour faire connaître les Eleusis – Alésia à travers l'Europe.
Ou encore **Sylvain Tristan**, découvreur des lignes d'Or, et de la civilisation mégalithique, qu'il estime vieille de 7000 ans.
Ces ensembles géographiques que chacun des chercheurs a su mettre au jour, pourraient avoir une seule et même origine : un peuple ayant la connaissance du futur, et préparant cet avenir géographico - géométrique par l'enfouissement en des points déterminés de balises émettrices d'impulsions d'ondes psychiques, afin d'influencer les hommes de toutes générations pour qu'ils suivent inconsciemment les schémas établis.
La recherche des **Saint-Martin** ou assimilés, aux environs immédiats des milieux de chaque ligne du trapèze, et des côtés du triangle, suivant le bon vieux principe de la séparation en deux du manteau de ce légionnaire romain, tel qu'il m'a été enseigné par ce cher Robert Maestracci lors de notre rencontre à Cotignac, a débouché sur des résultats dépassant largement le cadre du hasard.
C'est ainsi que sur neuf milieux concernés, six ont répondu positivement ; M1, M6, et celui de Marciac - L'Ile Bouchard restant sur la touche.
M2 est à moins de deux kilomètres de Saint-Martin sur Ocre. M4 voit Saint-Martin des Olmes à huit kilomètres. M5 est le centre d'une triangulation de sept kilomètres ; Saint-Martin ; Saint-Martin d'Azirou ; La Vacquerie et Saint-Martin de Castries (il faut une longue enveloppe pour ce nom). M7 et Saint-Martin du Fouilloux à sept kilomètres, sont accompagnés de l'apparition mariale de Saint-Laurent de la Plaine à neuf kilomètres.
J'ai gardé pour l'apothéose les deux derniers. Si M3 est quasiment sur Marigny – L'Eglise, sa ligne L'Ile Bouchard – Mariastein frôle à mille mètres Saint-Martin du Puy (dont le centre M3 est à moins de deux kilomètres), et passe en plein sur la **Roche des fées**.
Quant à M8, il se place à trois kilomètres de Dammartin les Templiers, et à sept kilomètres du bois du Fays ! La couleur est parfaitement et clairement annoncée.
On comprendra aisément que ces deux milieux confortent mon penchant pour le peuple-fée, venu d'une autre dimension, les deux se mêlant sur un plan vibratoire différent.
A ce propos, ce dossier sur les chapelles mariales aurait un goût d'inachevé dans mon esprit, si je ne soumettais pas une explication à l'enfouissement de toutes ces balises en particulier, et à l'orthogéométrie en général.
Ce que je vais supposer, tient en trois parties reliées les unes aux autres. Elles sont logiques, plausibles et valables de notre point de vue

humain, mais ne correspondent pas forcément à la réalité, tant il est impossible de se mettre à la place d'entités dont nous ignorons tout.
La géographie secrète de la Provence, les Eleusis - Alésia, les lignes d'Or, et l'orthogéométrie ont peut-être leur contrepartie au pays des fées, par simple souci d'esthétisme pour ce peuple.
Cet esthétisme est peut-être doublé par la précaution d'éviter une catastrophe, si les sites terrestres et faëriques n'étaient pas en concordance parfaite.
Il pourrait s'ensuivre un déséquilibre vibratoire engendrant une explosion super-atomique, qui ouvrirait une brèche énorme, un vortex irréversible dans la frontière dimensionnelle.
Cette précaution peut s'étendre aux portes itinérantes.
Les ufonautes peuvent traverser à leur guise la frontière dimensionnelle, et s'adapter à notre plan vibratoire, ce que nous ne sommes pas en état de faire, et c'est une sécurité pour eux.
Il existe cependant des portes naturelles baladeuses, itinérantes, incontrôlables, dont le peuple-fée connaîtrait les lignes de progression.
Ces portes nous sont révélées par les disparitions de personnes qui ont été constatées, consignées par les enquêteurs, et rapportées par différents auteurs. A ma connaissance, ces disparitions se sont effectuées à la campagne et dans des lieux isolés.
Essayez d'imaginer ce qui se produirait si une de ces portes aux dimensions inconnues traversait une ville !
Ce serait la troisième raison qui justifierait l'enfouissement des balises de l'Humanité en dehors de ces zones dangereuses.
Plus haut, j'ai parlé de contrôle géologique pour éviter les endroits instables.
Il est possible que ces emplacements sismiques existent en Faërie.
En correspondance, ces sites seraient vierges de toute construction humaine.
L'ufologue Fernand Lagarde avait découvert que les OVNI semblaient s'intéresser aux failles géologiques et aux tremblements de terre.
Ceux-ci ont peut-être une répercussion désastreuse dans l'autre monde, et des constructions anarchiques de la part des hommes pourraient accentuer ce phénomène.
D'où ce contrôle discret, tout en donnant l'impression que les hommes agissent de leur plein gré.
Quant aux chapelles mariales, elles imposent un autre mystère, outre celui de leur géométrie propre.
Il semblerait que les balises enfouies au droit des points formellement précisés par la Sainte Vierge, ne jouent pas le même rôle conducteur (c'est le *presque* sur lequel j'avais promis de revenir).

D'autant qu'on ne peut douter qu'il y ait une balise, vu la précision centimétrique que les exemples cités ont démontrée.
S'agirait-il d'un autre type d'émetteur, dont la fonction ne serait pas d'inciter les hommes à construire une chapelle, **mais uniquement guérisseur, capable ponctuellement et de manière aléatoire, de créer un "miracle"**, selon des paramètres qui ne sont pas réunis en permanence ? (Lourdes bien sûr).
Ou encore, **de produire un rayonnement continu, protégeant toute la région contre les épidémies,** comme cela s'est passé dans le Var, après l'apparition de Cotignac ?
Et pourquoi pas, **protéger, maintenir en bon état de fraîcheur, et raviver les couleurs du tableaux de la Vierge de N-D de Guadalupe sur la tilma de Juan Diego, au Mexique ?**
Tableau qui est bien plus extraordinaire qu'il n'y paraissait il y a cinq siècles, en stupéfiant les savants qui se succèdent pour l'étudier.
Il apporte une indubitable preuve d'une culture scientifique sans équivalent chez nous, et qui vient indiscutablement d'ailleurs.
Ce serait là une explication plausible à la démarche particulière de la Sainte Vierge.
En résumé, il existerait trois sortes de balises aux fonctions différentes, selon qu'il s'agisse de créer une agglomération importante, un centre religieux ou spirituel, ou des châteaux à forte valeur historique ; de guider les OVNI vers des lieux d'atterrissage ; ou de promouvoir des miracles, une protection contre les épidémies, et lutter contre le temps.
Si tout ceci correspond à une certaine Vérité, il faut reconnaître que les Responsables des OVNI agissent positivement vis à vis de la race humaine.
Même si celle-ci est obligée de se plier à leurs directives concernant son urbanisme à travers les millénaires.
Avec toutefois une certaine autonomie concernant des hameaux de peu d'importance.
Cette autonomie s'étend-elle jusqu'aux constructions apparemment sauvages, comme les immeubles de rapport bâtis sur des terrains conquis sur la mer, ou les îles-aéroports de Kansaï dans la baie d'Osaka ?
Ce qui pourrait expliquer l'accentuation et la montée en puissance des séismes, par le déséquilibre planétaire apporté par ces constructions démesurées et anarchiques.
Bien sûr, il existe d'autres possibilités ou justificatifs à la présence de ces balises, que je n'ai pas su imaginer.
De même, il reste toujours à expliquer le pourquoi de cette concentration de chapelles mariales dans les deux extrêmes sud de la France, en plus de leur géométrie.

Les rectangles ont-ils un rapport avec un avenir que nous ne pouvons concevoir ? En tout cas, une chose est certaine.
Au cours du développement de ces deux volets, nous nous sommes aperçus que les atterrissages d'OVNI avaient la portion congrue, comme s'ils n'étaient que des comparses, des faire-valoir.
La main droite du magicien attirant l'attention des ufologues, tandis que la main gauche-chapelles mariales, prépare en cachette l'apothéose de l'illusion.
Il serait grand temps pour les chercheurs de quitter des yeux le leurre, pour plonger les regards vers les mystères des chapelles mariales, dont justement la Vierge du Mexique est le prototype, car peut-être détentrices de la clé de l'ufologie.
Ce qui ne modifierait en rien les travaux accomplis jusqu'à présent, et ne les rendrait pas caduques, mais permettrait de les orienter différemment.

CHAPITRE XXIII

LES 30 DEGRES – PASSION DE LA SAINTE – VIERGE

Preuve géométrique des Apparitions Mariales, et fermeture de la boucle orthogéométrique (Retour à Belleville-sur-Mer).

Avertissement :

Que le lecteur se rassure ; il n'est pas question de le barber avec la date et localisation géographique de chaque apparition mariale citée ; et ensuite de le raser avec les détails et autres commentaires.
Si c'était le cas, le thème de base de ce chapitre serait noyé sous un déluge d'explications inutiles, et encombrantes pour la tranquillité d'esprit du lecteur.
Pour intéressante et même passionnante que soit la découverte du jeu de la Sainte Vierge, celui-ci peut être lu à part et avec profit, dans les livres spécialisés, que sont notamment :
Enquête sur les Apparitions de la Vierge (Yves Chiron, Ed J'ai Lu).
Les Apparitions de la Vierge (J.Bouflet, Ed. Calmann- Lévy).

Vous savez ce que c'est, car c'est arrivé au moins une fois à chacun d'entre nous au cours de l'existence ; on se réveille avec une idée en tête, un projet que l'on tient à mettre à exécution, afin de savoir s'il débouche sur une réalité, ou bien se termine en impasse.
Après quatorze années de travail sur l'orthogéométrie, je pensais avoir fait le tour complet de la question, lorsqu'il m'est venu à l'esprit de reprendre l'étude des triangles rectangles, espérant en découvrir plus que les deux ou trois mis au jour précédemment.
Et c'est là que ma recherche initiale a vite débouché sur une déviation inattendue, qui m'a fait abandonner la poursuite de ces triangles.
Un peu comme si les Dieux m'avaient instillé cette résolution sur un sujet déjà connu, avant de me diriger en douceur vers une destination d'un niveau supérieur.
L'orthogéométrie est constituée de nombreux canevas qu'il faudrait superposer à l'aide d'un ordinateur, en y ajoutant différents ingrédients ; telles les cartes astronomiques et les cathédrales gothiques.

Travail considérable hors de ma portée, d'autant qu'il faudrait utiliser la fonction tri-dimensionnelle.
A cette orthogéométrie initiale se sont immiscées les chapelles mariales, que nous venons de quitter, qui semblaient avoir leur propre vie (publiées aussi dans la revue Atlantis n° 436).
Or sur tout cet ensemble vient encore se greffer un nouvel élément qui dissimule probablement une finalité loin d'être abordable et compréhensible ; l'association de triangles dont les trois sommets sont uniquement des lieux d'apparitions mariales, **et dont un angle est précisément de trente degrés.**
Cette association permettrait peut-être de déterminer une figure géométrique en rapport possible avec des constellations célestes.
Ceci n'étant que supposition, le détail des triangles décryptés et que je vais présenter, ne permet aucune certitude dans quelque domaine que ce soit.
Une précision importante qui coupe court à une objection éventuelle ; une sélection de triangles pris au hasard, m'a convaincu que seul l'angle de trente degrés était concerné.
Aucun des autres angles mesurés n'avait d'homologue. Ce qui ne veut pas dire que dans la totalité, certains ne soient pas identiques, **mais sans pouvoir jouer un rôle, même secondaire.**
Donc, après avoir eu l'intuition (ou avoir été dirigé) d'une multiplication d'angles de trente degrés, j'ai pu en déterminer une centaine à travers dix pays européens : La France (F), la Belgique (Be), l'Italie (I), l'Allemagne (A), la Hollande (H), l'Espagne (E), le Portugal (P), la Suisse (S), la Bosnie (Bo), et la République Tchèque (RT). Mes moyens limités non informatiques, et uniquement sur cartes géographiques, ne me permettant pas d'aller plus loin.
Je me suis arrêté à ce stade de la recherche, estimant que le nombre atteint ne devait absolument rien au hasard ou à la coïncidence.
En outre, multiplier la quantité de triangles demanderait un effort plus long et fastidieux ; l'informatique, là encore, devrait prendre le relais avec plus d'efficacité.
Néanmoins, il appert d'ores et déjà que l'orthogéométrie dans son ensemble, y compris les chapelles mariales – dont je rappelle que ce sont celles expressément demandées ou exigées par la Sainte Vierge – **dissimule cette curieuse triangulation de manière volontaire**.
Le phénomène OVNI, dont les apparitions mariales sont une des deux facettes, est plus complexe qu'il n'y paraît encore maintenant. Toutefois, avec cet angle de trente degrés, la suite montrera **que nous avons effectivement atteint le troisième et dernier niveau.**
Dans ce qui suit, pour éviter les fastidieuses redites, et pour simplifier la présentation, le premier lieu cité est le sommet de départ, **le second**

est celui d'où part l'angle de trente degrés vers le terminus figuré par le troisième.
L'internationalisation triangulaire permet donc de couvrir un maximum de trois pays.
La double nationalité est plus fréquente, mais évidemment moindre qu'à l'intérieur d'un seul pays.
On comprendra ainsi aisément que la France puisse en détenir le record. Normal pour la fille aînée de l'Eglise, et par le patronage de la Sainte Vierge.
Je vais les décrire dans cet ordre décroissant, sans toutefois infliger au lecteur une liste interminable. Les exemples cités seront suffisamment explicites :
Trois Epis (F) – Marienfried (A) – Beauraing (Be)
Marienfried (A) – Steenbergen (H) – Trois Epis (F)
Celles (Be) – Mariastein (S) – Marpingen (A)
Turkovska (RT) – Celles (Be) – Kevelaer (A)
Heede (A) – Turkovska (RT) – Nancy (F)
Lourdes (F) – Medjugorje (Bo) – Mariastein (S)
Medjugorje (Bo) – La Salette (F) – San Vito Al Tagliamento (I)
Steenbergen (H) – Heede (A) – Banneux (Be)
A cette lecture, on s'aperçoit que certains lieux peuvent être le premier sommet du triangle, l'axe de l'angle de trente degrés, ou le terminus. Ce qui peut suggérer éventuellement une continuité, une sorte de chaîne entre toutes les apparitions mariales, selon un parcours tortueux, et impossible à suivre sans l'aide d'un ordinateur, **et surtout tant que l'on n'a pas déchiffré la totalité des triangles de trente degrés**.
Effectivement, il arrive qu'à partir de deux sommets de base, on obtienne deux angles dans deux directions opposées.
Si ce n'est pas la règle absolue, il faut peut-être en chercher la cause dans les triangles non encore découverts.
Voyez les exemples suivants concernant deux pays :
Celles (Be) – Celles (F, près de Foix) – N D d'Alet (près de Toulouse)
Celles (Be) – Celles (F) – Pontarlier
Beauraing (Be) – N D de Verdale (F) – Pellevoisin
N D de Verdale – Beauraing (Be)– La Salette
Lescouet / Gouarec – Mariastein (S) – Scey en Varais
Mariastein (S) – Lescouet / Gouarec – Cotignac
Mariastein (S) – Lourdes – Utelle
Thorame haute – Lourdes – Mariastein (S)
Il y a d'autres cas purement français, mais avant de revenir sur la métropole et la Corse, intéressons-nous par courtoisie aux autres pays.
La place d'honneur revient à la Grande Dame portugaise : Fatima.

Curieusement, du moins à mon niveau, cette série de six visites de la Mère du Ciel, n'a laissé en souvenir, hormis sa notoriété, qu'un triangle ibérique de trente degrés :
La Calanda (E) – Fatima (P) – Laredo (E)
Et un autre avec la France, mais record celui-là :
Campitello (Corse) – Fatima (P) – Sens
En effet, entre Campitello et Fatima les 1500 kilomètres sont largement dépassés, et Fatima – Sens va au-delà des 1300. Campitello – Sens avoisine les 780.
Les apparitions mariales espagnoles, peu nombreuses par rapport à leurs consoeurs françaises, sont contraintes de faire alliance avec elles, et dans un cas, avec un troisième pays : Campitello – Zumarraga (E) – Lucerne (S)
Zumarraga – La Calanda – Pardies
Aranzazu (E) – Campitello –Thorame Haute
Aranzazu – Pontmain – Cos
Aranzazu – Utelle – Le Puy en Velais
L'Italie, placée en seconde position, mais loin derrière sa rivale hexagonale, ne présente qu'un triangle intérieur : Ravenne – Crema – Padoue. Et elle doit faire appel à des aides extérieures pour figurer honorablement :
Guilianova –Medjugorje (Bo) - Crema
Rapallo – Campitello – Vicenza
Saint- Bauzille – Gênes – La Salette
L'Allemagne, la Belgique, la Hollande, la Suisse, et la République Tchèque, ont formé une coalition de triplés présentés en priorité. En plus nous avons deux angles purement germaniques :
Kevelaer – Marienfried – Nuremberg
Warburg –Nuremberg – Erfurt
Et un triangle dans lequel se glisse la République Tchèque :
Turkovska – Heede – Warburg.
Nous en revenons enfin à la France, où toutes les vedettes de premier plan sont évidemment présentes.
Mais avant de citer les triangles où les deux angles de trente degrés se manifestent, je voudrais adresser un satisfecit particulier à Campitello.
Je vais faire une entorse à ma réserve initiale pour cette seule apparition mariale corse de 1899.
Elle est exceptionnelle ; les deux jeunes voyantes qui vont chercher du bois, franchissent un torrent, quand elles entendent des chants et voient une Dame Lumineuse.
Il est midi ; les fillettes se mettent à prier, puis la Dame fait un signe de croix… **et s'envole vers le ciel !**

C'est déjà une prise de congé insolite, à la manière d'un OVNI qui part à grande vitesse.
Mais le plus extraordinaire, c'est que le temps des prières s'est déroulé **sur plusieurs heures**, puisque les fillettes se rendent compte **qu'il est vingt heures !** Comme si tout s'était passé dans le monde dimensionnel des fées, où le temps s'écoule plus vite.
Par la suite, les apparitions se multiplient ; une source jaillit (très fréquent, et tout à fait dans le ton de la fée des sources et des cavernes), et d'autres manifestations hors du commun font de Campitello une exception en matière d'apparition mariale.
En 1900, la principale voyante, Lelléna, entre chez les bénédictines **d'Erbalunga.** Or c'est justement près de cette localité, qu'en mars 1974 un OVNI s'est posé ; coïncidence ou pèlerinage ?
C'est pourquoi Campitello mérite d'être aussi connue que Napoléon et Tino Rossi.
Et je ne suis pas de parti pris, n'ayant jamais posé le pied sur l'île de Beauté.
Quant à Lelléna Parsi, elle peut prendre place aux côtés d'Estelle Faguette à Pellevoisin, de Catherine Labouré à Paris, de Bernadette Soubirous à Lourdes, et de Benoîte Rencurel au Laus pour ne citer qu'elles.
Nous quitterons la bourgade corse sur trois triangles, dont un double :
- Lourdes- Campitello – L'Ile Bouchard
- Saint- Bauzille – Campitello – La Salette
- Campitello – Celles – Saint-Bauzille
- Saint- Bauzille – Cotignac – Lescure (ouest)
- Saint – Bauzille –Cotignac – Le Laus (est)
- Paris – Cotignac – Pontarlier (Doubs)
- Paris – Cotignac – Colomban (Bretagne)
- Cotignac – Valenciennes –N D d'Alet
- Valenciennes – Cotignac – Pontmain - Bressuire – Cotignac – Marciac (sud)
- Bressuire – Cotignac – Boulogne (nord)
- N D de Garaison – Utelle – Marsanne
- Utelle – N D de Garaison – Lyon

On remarquera la prépondérance de Cotignac dans le Var, magnifique apparition de 1519.
J'ai un gros faible pour elle, car je considère qu'elle marque le début de l'Opération Louis XIV (publiée dans Atlantis N° 431), 119 ans avant la naissance du futur roi soleil.
Et il se trouve qu'elle est incluse à plusieurs reprises dans les triangles de trente degrés.

Peut-on considérer cette insistance comme une volonté délibérée de la Sainte Vierge ?
Voici, pour clore l'ensemble des triangles de trente degrés français, une petite liste mélangeant des lieux connus et d'autres plus discrets, mais tout aussi respectables :
L'Ile Bouchard – Pellevoisin – Pontmain
Théopolis – Le Laus – La Salette
L'Ile Bouchard – Trois Epis – N D de Verdale
Querrien – Josselin – Pontmain
Le Puy en Velais – Lescure – Marciac
Lescure – Pellevoisin – N D de l'Osier
Le Laus – La Salette – N D de l'Osie
Trois Epis – Querrien – Le Laus
Utelle – Nouillan – Celles
Marsanne – Pardies – N D de Garaison
Etc…etc… A présent, arrêtons- nous sur des triangles de trente degrés qui mêlent des apparitions mariales à des lieux autres appartenant à l'orthogéométrie.

Ce qui paraissait au début une simple fantaisie purement anecdotique, s'est en définitive révélée être le retour aux sources refermant le cercle de mes travaux :
Chambord – Cheverny – Belleville sur mer
Saint- Bauzille – Valenciennes – Chenonceaux
L'Ile Bouchard – Stonehenge – Paris
Pontmain – Stonehenge – Thorame Haute
Mont- Saint – Michel – Pontmain – Trois Epis
Tournai – Lourdes – Mariastein
Voici pour suivre, cinq triangles, deux français et trois espagnols / portugais, où deux apparitions mariales font un angle de trente degrés avec un atterrissage d' OVNI :
Lourdes – Celles – La Javie
Celles – Saint – Bauzille – Foussinargues
Fatima –La Calanda – Cuenca (vers le nord, les deux premières rencontraient Laredo)
Fatima – Monserrat – Albacete
Aranzazu – Cabeza del Buey – Almacelles

Là aussi, il y en a certainement d'autres, mais ils sont sans importance pour ma démonstration.
Ce qui compte, ce sont les trois châteaux de la Loire que l'on ne présente plus ; le Mont–Saint–Michel de notoriété mondiale, et le vénérable cromlech de Stonehenge.

Mais surtout, nous avons le tracé Lourdes – Tournai. Cette dernière est la ville de Belgique prise par Louis XIV en 1667, et où fut découvert le tombeau de Childéric 1er (voir Atlantis n° 431).
Et avec les châteaux de la Loire, nous avons Belleville sur mer.
Cette localité située à six kilomètres à l'est de Dieppe est le point de départ du méridien intermédiaire découvert par messieurs Gruais et Mouny dans leur livre *Guizeh, au-delà des grand secrets* (Rocher).
Ce méridien se place entre ceux de Greenwich et Paris, à égale distance, soit un degré dix minutes.
Si on le suit en ligne droite, on aboutit à la grotte de Lascaux, qui en est à 17 secondes à l'est (moins de trois cents cinquante mètres).
Or ma toute première carte faisait apparaître quatre lignes principales, qui sont :
1) Belleville sur mer – grotte de Lascaux ;
2) Belleville sur Mer – Trans en Provence ;
3) Mont- Saint – Michel – Trans en Provence ;
4) Lourdes – Tournai.
Comme je l'ai indiqué dans le chapitre XXI sur les chapelles mariales, l'atterrissage de janvier 1981 à Trans en Provence est le chef d'orchestre de toute l'orthogéométrie. Sans lui, pas de découverte possible ; constatation qui souligne son importance.
Et c'est là que mon théorème ufologique intervient. En effet, Mont-saint – Michel – Trans mesure 832 kilomètres.
Or cette ligne coupe Lourdes – Tournai à 300 / 532 kilomètres.
Le rapport des deux tronçons est de 1, 773 **; c'est la racine carrée de PI.**
De plus, le tracé Mont-Saint-Michel – Pellevoisin se prolonge exactement par le milieu de Lourdes- Tournai, et passe par Montlevicq, théâtre du fameux stationnement de 45 minutes d'un gigantesque cigare, lâchant plusieurs patrouilleurs, le 7 octobre 1954.
Cette trajectoire représente donc un symbole très fort du phénomène OVNI – apparitions mariales.
Et on en revient au point de départ de toute l'orthogéométrie ; le rectangle de la carte n° 1 inscrit dans le cercle de rayon Chambord-Gisors. Cependant, le lever de rideau sur le final est à venir.
Le cercle de rayon Gisors- Chambord de 184 kilomètres, contient un rectangle oblique, dont les angles sont délimités par le diamètre du cercle, et les lignes partant de Belleville sur mer et du Mont-Saint-Michel, et aboutissant à Trans en Provence.
Ce qui n'apparaît pas ici, et dont je ne pouvais deviner les conséquences à l'époque (il y a 14 ans), **c'est le méridien intermédiaire** : Belleville sur mer – grotte de Lascaux. Guizeh se trouvant à 30° de ce méridien, il ne semble pas que ce soit un hasard mais bien

une confirmation, car ayant eu la curiosité de mesurer l'angle formé par l'association :
Grotte de Lascaux – Belleville sur mer – Trans en Provence… eh oui, **il est exactement de trente degrés**. La coïncidence hasardeuse serait vraiment prodigieuse.

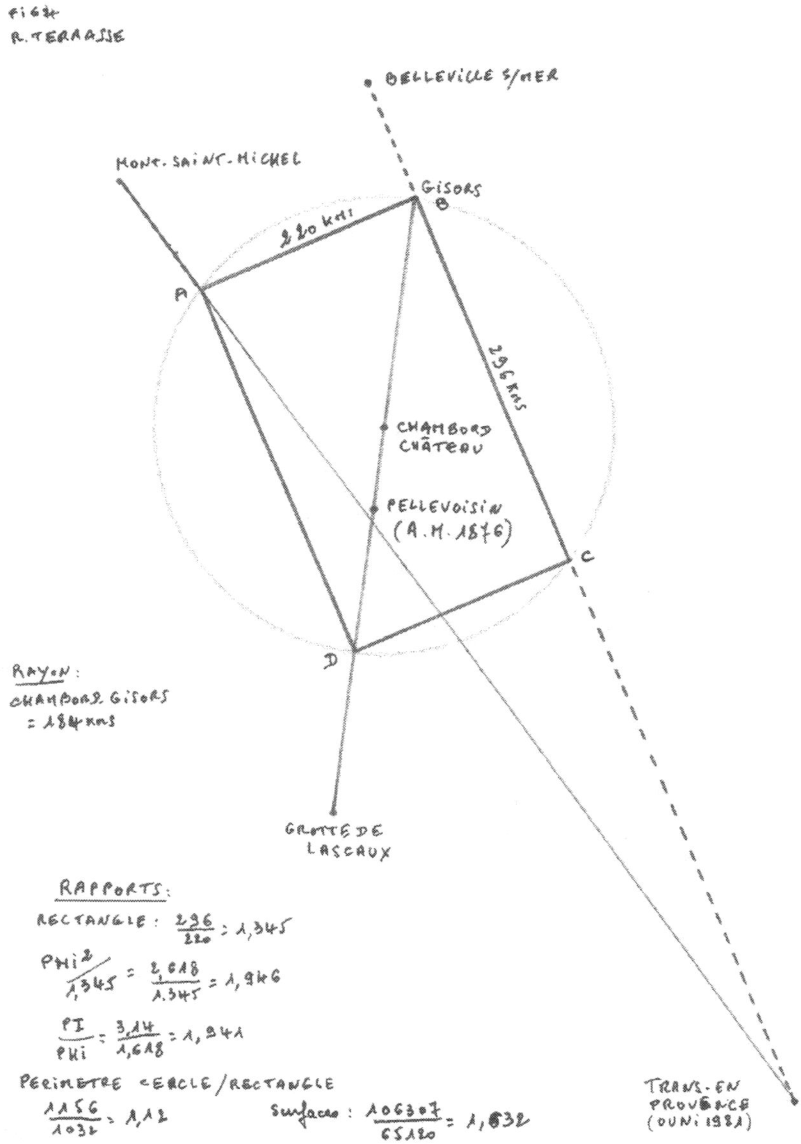

D'autant que si les deux premiers lieux sont inamovibles par définition, l'atterrissage d'OVNI est volontairement choisi pour

délimiter le rectangle parfait, et dont l'un des côtés détermine cet angle très particulier.
Il s'avère donc que le petit engin circulaire, et sans doute robotisé envoyé à Trans en Provence, **était porteur d'une double mission** ; car il y a de fortes probabilités pour que cet angle soit également prévu.
En fait, **C'EST LE CHAÎNON RELIANT LES DEUX FACETTES DU PHÉNOMÈNE OVNI – A.M.**
Cependant, noyé dans le fatras des lignes cohérentes, il ne pouvait paraître au grand jour.
En mettant en lumière ce méridien qui mérite de porter leurs noms, Guy Gruais et Guy-Claude Mouny étaient loin de se douter des implications de leur découverte.

Question : quelles sont les chances pour qu'un atterrissage d'OVNI soit à l'origine de trois des angles d'un rectangle régulier inscrit dans un cercle, et en rapport direct avec des lieux universellement célèbres ?

En évitant évidemment la fraude consistant à tracer en premier le rectangle dans le prolongement de l'atterrissage, puis en l'inscrivant dans le cercle.
On retrouve ici la question posée dans l'avant-propos ; au lecteur d'y répondre à présent qu'il a tous les éléments sous les yeux.
Autre chose qui apporte un plus à ce retour aux sources ; la ligne partant du coin supérieur nord-ouest (A) du rectangle, et se dirigeant vers le château de Chenonceaux, se prolonge sur Le Laus, pour terminer sa course de 1020 kilomètres à …Campitello.
Toujours de ce même coin A, nous traçons un angle de trente degrés par rapport à cette trajectoire, qui aboutit à l'A.M. de Mariastein en Suisse. Présenté autrement ; la droite coin A du rectangle –Mariastein, fait un angle de trente degrés avec coin A – Campitello.
L'orthogéométrie a pris le départ avec ces trois lieux : Bellevillle sur mer, Mont – Saint – Michel, Trans en Provence, et les trente degrés nous y ramènent. Nous sommes partis d'un cercle, et **le cercle est complètement refermé.**
Il n'était possible de décrypter cette orthogéométrie à trois niveaux, qu'en grimpant les étages l'un après l'autre. Chaque palier servant de tremplin pour l'étape suivante.
Ces trente degrés font-ils référence au zodiaque où chacun des signes, dont celui de la Vierge, couvre un douzième de la circonférence ?
L'étape suivante consisterait à vérifier tous ces canevas à l'aide de l'informatique, et à compléter les triangles de trente degrés.

Ce dernier point permettrait de relier entres elles toutes les apparitions mariales communes.
Puis à confronter les différents plans purement orthogéométriques, à la fois entre eux, et en y ajoutant les chapelles mariales, et les triangles de trente degrés.
Ensuite, en y incluant les cartes astronomiques, et les cathédrales gothiques qui ont certainement leur mot à dire ; le tout en trois dimensions.
Tâche considérable, qui demande des connaissances informatiques poussées, et le matériel adéquat. Mais avec beaucoup de bonne volonté… et du temps.
Ayant accompli la totalité de la part de travail qui était à ma portée (et que je m'étais assignée), je suis prêt à participer à la recherche de la finalité, puisque j'en détiens tous les éléments ; y compris la liste de toutes les cathédrales gothiques, ou déclassées en églises, comme celle de Vendôme.
Qui osera courageusement relever le défi ?

CHAPITRE XXIV

LE QUATRIEME SECRET DE FATIMA

Ce qui suit est tellement extravagant, tellement surréaliste **en apparence,** malgré le concours précieux des mathématiques, et de l'orthogéométrie, que je n'en voudrais pas au lecteur de ne pas me suivre sur le terrain de la déduction.
En effet, le bouleversement est considérable.
Tout d'abord un bref retour sur le titre ; lors de ses visites à Fatima, la Sainte Vierge confia trois secrets aux jeunes voyants.
Les deux premiers sont connus. Ils concernent une vision de l'enfer par les enfants, et une demande de consécration de la Russie au Cœur Immaculé de Marie.
Enfin quand je dis qu'ils sont connus, certains exégètes se demandent s'ils n'ont pas été *un peu arrangés*, selon le contexte politique ; ce qui n'interfère pas, et n'a aucun rapport avec ce qui suit.
Le dernier, révélé par le pape Jean-Paul II, s'est avéré très décevant après une attente de plusieurs décennies ; au point que l'on doute de sa véracité.
Mais comme la suite tentera de le démontrer, ces trois secrets ne sont que du vent léger, la branche qui cache une partie du spectacle, un paravent, chinois ou pas.
Peu importe ; les pèlerinages se succèdent, masquant ce que je juge être le quatrième et vrai secret de Fatima, **en rapport direct avec l'Ordre du Temple**.
Fatima, je le répète l'ayant déjà écrit, est une petite localité du Portugal située entre Coïmbra et Lisbonne, à vingt kilomètres à l'ouest **du grand fief templier de Tomar,** comme par hasard.
Ce Haut Lieu de pèlerinage a eu les honneurs de la télévision lors de l'Euro de football 2004, car nombre de joueurs des équipes participantes s'y sont rendus.
Sans doute pour demander la victoire pour leur pays. Maintenant, entrons dans les faits historiques, afin de bien s'imprégner des dates, car elles ont leur importance, à la fois pour elles-mêmes, et sur le plan numérique.Commençons par les six apparitions mariales ; elles se succédèrent à raison d'une par mois au cours de l'année 1917.
La première eut lieu le 13 mai, et la dernière le 13 octobre, devant une foule considérable estimée à 70.000 personnes.

Les quatre autres se déroulèrent le 13 juin, le 13 juillet, et le 13 septembre.
Si j'ai sauté le mois d'août, c'est que la Sainte-Vierge ne se manifesta que le 19, soit avec six jours de décalage ; **six jours qui ont un impact considérable sur le décompte final.**
Ils sont dus en partie, mais en partie seulement, à l'arrestation arbitraire et absurde des enfants-témoins, et qui furent emprisonnés pendant vingt-quatre heures.
Stupidité sans nom des autorités, mais prévue par la Sainte-Vierge, **et comprise dans ses calculs, Connaissance du futur oblige !**
Mais pour bien marquer l'importance du 13 août, malgré l'absence des enfants, des manifestations extraordinaires se déroulèrent à l'emplacement habituel ; comme si rien n'était changé, sauf que la Sainte-Vierge et les voyants n'y étaient pas.
Il y eut des éclairs et des coups de tonnerre, alors que le ciel restait bleu, et une sorte de nuage blanc vint se poser sur le chêne des apparitions.
A cette occasion, on remarquera que le chêne, **arbre druidique par excellence,** ainsi que le rappelait Bernard de Fontaine, fondateur de l'abbaye de Clairvaux, est souvent utilisé dans les apparitions mariales.
Ceci posé, voyons à présent à quelle correspondance historique rattacher tout ou partie de ces dates de 1917, par rapport à l'Ordre du Temple, dont il a été fait mention.
Or justement, dans l'Histoire de l'Ordre, nous relevons le 13 octobre 1307, et le 13 mai 1310.
Ce sont les deux seules dates en concordance avec les apparitions de Fatima ; pas de 13 juin, juillet, septembre, ni de 19 août.
A quoi donc correspond la première citée ? Tout simplement à l'événement majeur du début de la répression contre les templiers.
Le vendredi 13 octobre 1307 au matin, les troupes royales de Philippe IV dit le Bel, arrêtèrent une majorité de templiers sur tout le royaume de France.
Mystérieusement prévenus, peut-être par des agents infiltrés dans l'entourage royal, beaucoup s'enfuirent à l'étranger, où ils furent bien accueillis ; d'autres eurent le temps de cacher archives et trésors.
Il y eut des procès, trafiqués comme il se doit, afin d'éliminer un maximum de prévenus.
En ce temps-là, la justice était plus expéditive et plus sommaire que celle d'aujourd'hui, mais cette dernière en n'est pas plus juste pour autant.
Bref, en 1310, à Paris, des templiers s'étaient rétractés de leurs aveux (arrachés par la torture, ou inscrits faussement sans vergogne par les inquisiteurs qui avaient pleins pouvoirs).

Ils furent séparés du reste des suspects, et brûlés comme relaps le 13 mai 1310, ce qui donne la deuxième concordance avec Fatima.
Ces martyrs étaient **au nombre de cinquante-quatre.**
Arrivons-en à ce que je considère comme étant le catalyseur entre les évènements ci-dessus de cette lointaine époque, et les apparitions mariales portugaises : **le quatrain N° 81** de la première centurie de Nostradamus, qui s'énonce ainsi :
D'humain troupeau neuf seront mis à part
De jugement et conseil séparéLeur sort sera divisé en départ
Kappa Thita Lambda *mors bannis esgarez*
J'ai renforcé les trois lettres grecques, car dans toute l'œuvre de Michel de Nostre- Dame, c'est la seule et unique fois où elles apparaissent.
On ne les reverra plus, pas plus d'ailleurs que d'autres.
Constatons que ce quatrain parlant de l'Ordre du Temple, porte précisément le numéro 81, rappel du damier noir et blanc appelé baussant à 81 cases sur le plan céleste.
Ce sont les articles de Didier Coilhac, que j'ai déjà cité à propos de Chambord, concernant les centuries de Nostradamus, et parus dans les revues *Sentinel News* N° 19 et 20, qui m'ont rafraîchi la mémoire.
Maître Coilhac, pour ses propres travaux, sut extraire de la correspondance numérique de ces lettres grecques (Kappa= 9, Thita = 20, Lambda = 30), un calcul mathématique en rapport avec le nombre d'Or et ses dérivés, deux et sa racine.
Avec la multiplication des trois nombres, on aboutit aux 54 condamnés, jugés à part et brûlés. Bien sûr il s'agit d'une allusion, car il ne faut pas tenir compte des deux zéros (5400).
On sait que le mage de Salon était un spécialiste des calembours, et ne s'embarrassait pas de précision absolue. Il laissait ce soin à ses lointains et futurs exégètes.
Pour aller jusqu'au bout de ce quatrain, l'addition des trois lettres numérisées donne 59.
En ce qui concerne les neuf mis à part, G. Legman écrit dans son livre : *La culpabilité des Templiers* (Artefact) à la page 207 *:' Quelques semaines après, à Senlis, le concile de Reims envoya au bûcher neuf autres templiers* ; justifiant ainsi le troisième vers : *de jugement et conseil séparé.*
Conseil étant **l'anagramme de concile**, à la manière nostradamusienne. Ce qui montre bien que l'on tourne autour du 13 mai 1310.
A ce propos, certains historiens parlent du 12 mai, et non du 13 accepté par la majorité.
C'est ainsi que Legman, page 206, précise : *le 12* (mai *), pendant que les commissaires étaient en train de recueillir des témoignages, on vint*

leur apprendre **que 54** *de ceux qui s'étaient offerts à défendre l'Ordre.../...et allaient monter sur le bûcher le jour même* (ibid).
Si je souligne cet écart, c'est parce que le décompte des jours séparant le 13 octobre 1307 du 13 mai 1310, est de 943, en tenant compte de 1308, année bissextile.
Si c'est le 12 mai, on descend à 942. Or ce chiffre est le nombre exact de quatrains écrits par Nostradamus dans ses dix centuries initiales, ce qui pourrait être une indication de ce qui l'a guidé pour ce choix.
Choix ayant une autre raison, plus mathématique. Mais ce n'est pas encore le moment de la dévoiler. Nostradamus a-t-il eu accès à des archives plus précises ?
Toutefois, nous ferons confiance à la Sainte-Vierge, et nous nous tiendrons à la date historique du 13 mai.
En résumé, ce quatrain N° 81 nous fournit les deux nombres suivants : 54 et 59.
Que pouvons-nous en tirer, à quoi se rattachent-ils éventuellement, **toujours dans l'optique des apparitions mariales de Fatima ?**
Avant de développer la réponse, je voudrais souligner un aspect mathématique non négligeable en rapport avec lesdites apparitions et l'année 1917, non bissextile, est-il besoin de le dire ?
Du 13 mai au matin au 12 octobre au soir, il y a 153 jours, soit 212 jours pour le reste de l'année.
La différence entre ces deux nombres **est de ...59.** Si ce chiffre n'est pas forcément un rappel de Kappa, Thita, Lambda, il n'en reste pas moins que 153 n'est pas gratuit.
C'est le résultat de 17 X 9, deux chiffres sacrés templiers. Ou si l'on préfère la référence à l'année des apparitions, c'est : 1X 9 X 17.J'aborde à présent la partie la plus délicate à négocier. Pas tellement pour moi bien sûr, mais pour le lecteur.
Car dès le début, je vais asséner des comparaisons chiffrées, qui seront un tremplin pour la bonne compréhension de la suite.
Nous sommes restés sur 54 et 59 aimablement indiqués par ce cher mage de Salon.
Additionnons les chiffres de chaque apparition mariale, en numérotant les mois suivant sa place calendaire.
Pour le 13 mai 1917, nous aurons ainsi : 13 + 5 + 19 + 17 = 54.Pour le 13 juin : 55.Pour le 13 juillet : 56.Pour le 19 août : 63.
J'ai bien parlé des **apparitions de la Vierge**, et celle-ci est venue le 19 août, et non le 13.
Mais à cette date anniversaire, il y eut des manifestations. Comptabilisons donc ce jour, et nous obtenons logiquement 57.
Ensuite reprise normale des évènements, et du calcul :
Pour le 13 septembre : 58.

Enfin pour le 13 octobre : 13 + 10 + 19 + 17 = 59.
Si j'ai repris le détail comme pour le mois de mai, c'est pour bien souligner la concordance effarante des résultats obtenus avec les chiffres du quatrain !
Les 54 du 13 mai 1917 correspondent aux 54 templiers du 13 mai 1310, et les 59 du 13 octobre de la 6è apparition rappellent on ne peut plus étrangement le total de : Kappa, Thita, Lambda.
Si coïncidence hasardeuse il y a, je m'incline, et je n'ai plus rien à écrire.
Cependant, comme bien vous le pensez, je vais continuer, car cette coïncidence-là dépasserait en volume la totalité de l'Univers.
L'addition de 54 + 59 = 113.
Maintenant, si nous faisons la somme des trois autres apparitions et des évènements, je dis bien évènements, du 13 août, nous arrivons à un total de : (55 + 56 + 57 + 58) 226.
C'est le double de l'addition précédente ! C'est d'ailleurs une double référence, puisque nous avons quatre manifestations encadrées par deux apparitions, qui se démarquent ostensiblement par le calcul.
Mais ceci mis à part, bien que très symptomatique de ce qui préside à l'esprit de ces apparitions mariales, nous resterons pour notre démonstration, immuablement **sur les visites de la Sainte-Vierge**. Celle-ci, pour les raisons expliquées plus haut n'apparut en août, que le 19.
Il faut donc ajouter six jours au total ci-dessus, et l'on arrive à : 232.
J'ai prévenu le lecteur qu'il fallait ingérer cette étude à petites doses, afin d'éviter d'être étouffé.
D'autant que le suite sera également dure à avaler.
Je pense que vous avez idée que le quatrième secret de Fatima consiste à dissimuler la relation mathématique qui existe entre l'arrestation des templiers et le martyr des 54 membres de cet Ordre, avec les apparitions mariales de Fatima.
Mais si nous en avons vu une partie, cette relation est loin d'être complète ; car je n'ai pas encore défini le code qui régit cette relation.
Entre le 13 mai 1310 et le 13 mai 1917, il y a 607 ans en chiffres ronds.
Je précise cette notion, car à l'époque, le calendrier Julien était en vigueur. La différence avec le calendrier Grégorien mis en place en 1582, est de onze jours. Je crois que les Responsables des OVNI, au courant bien sûr de cet écart, ont estimé qu'il était négligeable, ne retenant uniquement que les dates indiquées. De plus, un nombre code se doit d'être entier.

C'est ce nombre-code qui sert de base au cryptage du quatrième secret. Dans les commentaires, nous verrons **qu'il ne pouvait y en avoir d'autres**.
Je ne l'ai pas présenté auparavant, car ce n'était pas nécessaire, et il y avait d'autres calculs préliminaires prioritaires. Je suis bien conscient que je mets votre patience à rude épreuve, mais si je vous avais annoncé d'entrée ce nombre 607, vous vous seriez interrogés, et ensuite vous l'auriez oublié.
Maintenant, il ne nous quittera plus.
En effet, car aller chercher les éléments qui s'additionneront, afin de contre-balancer le nombre-code 607 parmi les apparitions mariales, n'est pas une mince affaire.
Nous avons déjà 113 et 232 ; le total des six apparitions mariales de Fatima nous amène à 345.
De par la date de sa première apparition mariale, Medjugorje se doit de participer.
Dans cette bourgade de Bosnie, dépendante de la ville de Mostar, la Sainte-Vierge y est apparu un nombre considérable de fois, le mot considérable étant sujet à caution.
Cependant, la première remonte sans aucun doute possible **au 24 juin 1981**.
Or le 24 juin est la fête de Saint-Jean Baptiste, patron des Templiers. Je reviendrai plus tard sur d'autres considérations qui plongent au cœur de l'Ordre du Temple, mais afin de ne pas nous disperser, je reste sur les calculs.
Le total numérique du 24 juin 1981, est de 130. Chiffre sympathique et ésotérique, mais qui, matériellement, fait passer la somme de 345 à 475.
Nous sommes encore loin des 607. Mais comme il s'agit de l'Ordre du Temple, et que les évènements s'y rapportant, notamment les arrestations du 13 octobre, se déroulèrent à Paris, peut-être pouvons-nous voir de ce côté, puisqu'en 1830, il y eut trois visites de la sainte Vierge ?
La dernière ayant une date indéterminée, ne peut convenir ; la deuxième, au cours de laquelle la Noble Dame montra les deux faces d'une médaille qu'elle désirait voir frappée, et qui est connue sous le nom de médaille miraculeuse, date du 27 novembre 1830 : soit 86 en numérique.
Toutefois, avant de s'y arrêter, essayons de voir si la première ne conviendrait pas.
Celle-ci remontant au 18 juillet 1830 (total : 73), logiquement, comme pour Medjugorje, ce devrait être la bonne. De plus, elle présente un caractère exceptionnel.

Catherine Labouré est novice chez les filles de la Charité, rue du Bac, selon ses vœux.
Le soir du 18 juillet 1830, son ange gardien ressemblant à un enfant resplendissant âgé de 4 à 5 ans, vient la chercher dans sa chambre pour la conduire à la chapelle.
Là, elle se trouve en face de la Sainte-Vierge, assise dans un fauteuil en haut des marches de l'autel.
La Mère du Ciel parla à la voyante pendant plus de deux heures ; elle lui annonça des évènements tragiques **qui se déroulèrent point par point quarante ans plus tard.**
C'est dire le caractère unique dans les annales des apparitions mariales, à la fois par la mise en scène digne du plus parfait des théâtres faëriques, par la durée de l'entretien, et la qualité de l'avancée temporelle des révélations.
Et jamais un témoin n'a été introduit auprès de la Sainte-Vierge par son ange gardien personnel.
Petite mise au point : que le lecteur croit ou non en l'existence d'un ange gardien pour chacun de nous, est un problème qui le regarde seul. Dans le cas présent, je ne fais que répercuter les procès-verbaux (*Enquête sur les apparitions de la Vierge,* de Yves Chiron), sans avoir à prendre parti.
La seule chose qui m'intéresse, c'est l'utilisation de la date entrant dans le calcul du code 607. Et là, les 73 sont à ajouter aux 475 ; j'arrive à 548.
Il ne me manque plus que 59 pour atteindre mon but. Cinquante-neuf ! Mais c'est l'addition de Kappa, Thita, Lambda du quatrain de Nostradamus.
C'est aussi la différence entre les 212 jours restants de l'année et les 153 du total des apparitions ; nous avons donc deux possibilités.
En les intégrant au total déjà acquis des huit apparitions mariales appartenant aux trois sommets d'un triangle, nous obtenons la parité parfaite avec le nombre-code 607.
Interrogeons-nous ; la multiplication de ces trois lettres grecques totalise 5400, et fait indubitablement référence aux 54 templiers morts sur le bûcher le 13 mai 1310, déduction soutenue par les neuf mis à part, et exécutés à Senlis.
Mais Nostradamus aurait pu trouver une autre façon de présenter ce calcul, sans utiliser des lettres chiffrées grecques, qui ne reparaissent plus dans toute l'œuvre !
Pour qu'il en soit arrivé là, c'est que cette méthode était indispensable, non pas pour aboutir à 54, ce qui est un plus en la matière, mais bien et **surtout parce que ce total de 59 s'intégrait parfaitement à la somme des huit apparitions (6 Fatima, 1 Medjugorje, 1 Paris**).

Les constructions templières étant octogonales, ces huit apparitions, sont un rappel de cette base sacrée.
Autre interrogation ; aucune apparition mariale ne figure dans les centuries nostradamusiennes.
Pourtant le renom de Lourdes ou de Fatima aurait dû traverser les visions du prophète.
Alors, était-il au courant pour la localité portugaise, pour Paris et Medjugorje, et a-t-il créé ce quatrain en fonction du code 607 ?
Dans ce cas, et en ayant l'air de rien, il réunissait dans un seul quatrain tous les éléments susceptibles d'amener à la découverte du quatrième secret de Fatima.
Et les Responsables des OVNI ont-ils utilisé ces quatre vers pour crypter en conséquence ce fabuleux triangle ?
Ce qui indiquerait qu'au 16è siècle, époque de Nostradamus, ces Responsables avaient déjà concocté toute cette géométrie mariale.
Ce qui ne m'étonnerait pas outre mesure.
De toute manière, inspiré ou non par les Responsables des OVNI, il y a beaucoup à dire sur ce quatrain, et sur les implications annexes suscitées par ce triangle.
Le quatrain porte le n° 81 ; on peut affirmer que c'est une allusion directe à l'Ordre du Temple, sans l'ombre d'un doute.
En effet, quand le baussant, la bannière à damiers du Temple, *comporte 64 cases : il devient l'échiquier des forces temporelles ou cosmiques.*
Il conduit à Dieu, au Temple, à la Jérusalem Céleste, quand il devient un damier de 81 cases, et donne sa pleine expression au Nombre. Le nombre 17 sépare les nombre 64 et 81. (Revue *Actualité de l'Histoire,* H S N° 15, décembre 1997).
Ce n'est pas par hasard si Fatima date de 1917, et Medjugorje de 1981. La différence en années pleines **entre les deux est de 64** ; on retrouve donc le damier du plan terrestre et du plan céleste, et le 17 sacré. Tout se recoupe.
Allons jusqu'au bout du décryptage du code 607 ; il existe une seconde possibilité de calcul pour atteindre ce nombre pharamineux.
Et cette nouvelle méthode, tout en l'authentifiant définitivement, **relie les apparitions mariales aux atterrissages d'OVNI.**
La première formule tient compte des six jours supplémentaires, et de l'apparition initiale de Medjugorje**. La nouvelle version les supprime**.
MAIS elle intègre la seconde apparition mariale de Paris et sa médaille miraculeuse, et remplace le village de Bosnie par son homologue sur le plan templier : **le posé de Trans – en Provence,** dont j'ai écrit que la date interpellait (8/1/1981).

Ce calcul révolutionnaire nous donne ainsi : 113 + 226 (et non 232)= 339, qui se combine toujours avec la première de Paris (18/7/1830, soit 73).
On atteint 412, complétés par les 86 de la deuxième, et les 109 de Trans en Provence.
L'église Saint-Gilles de L'Île Bouchard (8 / 12 / 1947) qui a la même valeur numérique (86), peut suppléer la seconde de Paris.
J'ai un faible pour l'Île Bouchard, qui a démontré sa considérable utilité, et ajoute ce nouveau fleuron à son crédit.
Et elle correspond aux mois et quantième de la conception de la Vierge.
C'est un choix que chacun peut faire selon sa préférence.
Sauf que là encore, nous avons **uns double possibilité d'addition**, à égalité avec le premier cas.
Ce qu'il faut surtout retenir de ces deux calculs, c'est que :
1) **Les fameux six jours de décalage interviennent dans l'un, et sont exclus dans l'autre**.
Ce qui est un complément parfait, et montre bien qu'ils étaient volontairement prévus par la Sainte Vierge (ou les Responsables des OVNI).
2) La première solution fait appel à huit apparitions mariales.
Alors que dans la seconde, qui comporte également huit apparitions, vient s'adjoindre un posé d'OVNI, et quel posé !!!
Rien moins que celui qui est à la base de toute l'orthogéométrie, et à l'origine de trois des angles du rectangle inscrit dans le cercle de la carte N° 1. Qui plus est : 8 A.M. + 1 atterrissage = 9, mais surtout se lit : 8-1 !
Quelle meilleure preuve du ‘’ suivez mon regard en direction de l'Ordre du Temple ‘’, et de l'imbrication des apparitions mariales dans le phénomène OVNI ?
Oui, Fatima c'est bien autre chose que la fulgurante mais trompeuse danse du soleil le 13 octobre (**main droite du magicien**), sur laquelle des ufologues de haut rang, tel Jacques Vallée se sont penchés, aveuglés, sans voir le quatrième secret **dissimulé par la main gauche.**
Allons encore plus loin ; la première apparition de Medjugorje remonte au 24 juin ; en plus d'être la fête du patron des templiers, il y a exactement **jour pour jour** 34 ans d'écart avec la vision de Kenneth Arnold, en 1947, et qui lança l'Ere Ufologique Moderne.
Elémentairement, 34 c'est deux fois 17, sans vouloir enfoncer le clou.
Or, et nous verrons que ce n'est pas le hasard qui domine mais bien la volonté des Responsables des OVNI**, le carré de 59 est : 3481**.

On y lit tout à la fois la différence entre les deux évènements + le quatrain de Nostradamus + le baussant sur le plan Céleste + Medjugorje + Trans en Provence.
Fantasme d'auteur trop plongé dans son étude ? Que nenni braves gens. **La racine carrée de 607 est : 24, 63769**.
La totalité des décimales a son importance. Si on prend seulement 24, 6, et qu'on le multiplie par 1, 414 la racine carrée de deux, on obtient : 34, 784.
En poussant à 24, 637, le résultat devient : 34, 836. On encadre le carré de 59, en faisant, comme Nostradamus, abstraction de la virgule.
En additionnant ces deux nombres (34, 784 + 34, 836) et en divisant par deux, c'est le bouquet final : **34,81 pile** !
Le résultat avec les six décimales ne changerait pas (34, 811).
On peut également penser que 24, 6 se traduit par 24 juin ; ce serait bien dans le style du mage de Salon, et des Responsables des OVNI. Mais je n'irai pas jusque-là. (Bien que non absent de mon for intérieur).
Pourquoi utiliser 1, 414 comme catalyseur, et sur quoi est-il basé ? Eh bien le point de départ est l'addition du nombre-code 607 et du total des trois lettres grecques, ce qui fait **666.**
Eh oui, ce bon vieux 666 des évangiles, nombre de la bête ou de l'homme, (et que l'on retrouve dans la date du 24 juin 1947, soit 6/6/66), qui a fait couler d'énormes flots d'encre à toutes les époques, peut diviser **942,** le nombre total de quatrains des dix centuries initiales ; **il en résulte 1, 414.**
Incidemment, ce nombre 942 a encore plus d'impact qu'il n'y paraît. Si l'on prend les 1000 quatrains théoriques que l'œuvre du prophète devrait comprendre, et que l'on divise par 942, on obtient : 1, 062. **Multiplié huit fois par lui-même,** il aboutit au nombre d'Or, 1, 618. Une fois encore, c'est le chiffre huit qui apparaît.

Je voudrais apporter une dernière touche à cette étude, en rapport avec 942 et 607.
Au début, Nostradamus a écrit 942 quatrains, lesquels multipliés par quatre, totalisent 3768 vers.
Plus tard, 27 autres quatrains ont été ajoutés, ainsi que 141 présages, et 58 sixtains. Ce qui fait : 168 X 4 + 58 X 6. Le nombre de vers ainsi complets atteint 4788.Le quotient de 4788 / 3768 est de : 1,2707, **à moins de deux millièmes de la racine de PHI.**
Si on divise 4788 par 942, le quotient est : 5, 0828. Ce nombre, lui-même divisé par PHI, donne : 3,1414. (5.083 / 1.618).
Si on divise 4788 par 607, le résultat devient : 7, 888.
Deux fois PI + PHI (3,1416 + 3,1416 + 1,618) = 7,901.

On pourra peut-être trouver que j'arrange les calculs à ma façon, en faisant intervenir des années et des quatrains comme diviseurs.
Mais qu'on le veuille ou non, les quotients font **à chaque fois** intervenir PI et PHI !
Puisque les puristes sont déjà offusqués, continuons à nous vautrer dans l'opprobre, en constatant que l'année ordinaire de 365 jours, telle celle de 1917, divisée par 113, le total commun des deux chiffres du quatrain, et des apparitions extrêmes, donne un quotient de 3, 230. Sans tenir compte de la durée réelle de l'année (365,25) qui augmenterait légèrement ce chiffre (3.232), c'est à quelques malheureux millièmes près, **deux fois PHI ! (3.236).**
J'en suis désolé pour les adorateurs du couple diabolique hasard-coïncidence.
D'autant que le 13 juillet 1917 tombe un vendredi. Rien d'extraordinaire, sauf **que 13 juillet se lit 13-07,** comme l'année du funeste vendredi. Du temps du calendrier julien, l'année liturgique avait trois mois d'écart ; **le 13 juillet deviendrait donc 13 octobre**. Retour à la case départ.
De même pour le quatrain 72 de la dixième centurie parlant du septième mois de 1999 et du grand roi d'effrayeur **(le pacificateur**), il convient de lire **octobre dans le calendrier actuel.**
Avec l'humour caractérisant les Responsables des OVNI, et sous-jacent dans les écrits de Nostradamus, cette déduction serait un subtil et véritable rappel du vendredi 13 octobre 1307, que cela ne m'étonnerait pas.
Tout ceci pour moi est une confirmation de ma thèse, et de la validité du nombre-code 607.
Toutefois, si vous y tenez, vous pouvez inscrire ce bel ensemble, y compris les neuf apparitions mariales, le nombre 59, le posé de Trans en Provence, et les trois sommets de ce vaste triangle mariophanique, **dans la colonne des coïncidences**.
Ben tiens, parlons-en de ce triangle. Je vais répondre à la question informulée, car paraissant sans intérêt particulier : Pourquoi le Portugal ? oui, pourquoi ce pays plutôt qu'un autre ?
Mais aussi pourquoi pas, la Sainte Vierge se présentant où bon lui semble.
Nous avons vu que Fatima est à proximité du fief templier de Tomar.
Quant au rectangle : Fatima- Paris- Medjugorje, il est tout **simplement isocèle**. Il mesure 1330 kilomètres de côté, pour une base Portugal-Bosnie de 2214 kilomètres, et une hauteur de 737.
Ah oui, d'accord, au-delà de mille ou deux mille kilomètres, il y a une certaine courbure de la Terre. Néanmoins, cette courbure est la même

partout ; enfin presque, puisque la planète n'est pas un sphéroïde parfait. Peu importe, le triangle reste ce qu'il est.
Toujours est-il qu'anticipant ou rejetant cette objection académique, les Responsables du phénomène OVNI ont vu à la fois grand, loin et fort.
En effet, tout en traçant ce gigantesque triangle isocèle, ils ont ajouté un plus afin de faire bonne mesure pour ce quatrième secret.
Sa superficie est de : 1107 (demi-base) X 737 = 815.859 km2.
Même si ce n'est pas précis à cent pour cent (chaque kilomètre = 1 millimètre), nous tournons autour des 810.000 km2. Je suppose que le nombre 81 vous dit quelque chose ?
Le triangle templier ufologique Fatima-Trans en Provence-Medjugorje, voit sa hauteur de 112 kilomètres partager la base en 1325 et 889 kilomètres en direction de la Bosnie.
Il résulte que l'objet circulaire s'est posé à Trans en Provence à … 1330 kilomètres de Fatima. Ce qui fait de Fatima- Paris- Trans un autre triangle isocèle.
Voilà pourquoi le choix du Portugal, et de sa modeste localité.
Tout ce qui précède montre bien, et de manière tangible, car mathématique, que le quatrain n° 81 de Nostradamus n'est ni anodin, innocent, et encore moins banal.
Il semble d'ailleurs, être plus le résultat d'un travail d'équipe, comme le reste des prophéties ; **peut-être un groupe de templiers initiés qui aurait pris pour nom le vocable inventé par Bernard de Clairvaux.**
Pris isolément dans le contexte historique du passé, ce quatrain ne présente qu'un mince intérêt secondaire.
En effet, il ne s'agit pas d'une prédiction de l'avenir, mais d'un retour en arrière.
Alors dans ce cas, pourquoi évoquer le martyr des 54 templiers, ainsi que des 9 autres ? pourquoi ne pas parler de la mort du dernier Grand Maître de l'Ordre ?
A quoi rime cette évocation qui n'a pas sa place dans un livre de visions prophétiques ?
Sauf bien sûr si ces quatre vers, et surtout Kappa, Thita, Lambda, servaient à la résolution d'une énigme future ; les apparitions mariales de 1917, associées à celles de Paris et de Medjugorje, L'Île Bouchard, et l'atterrissage de Trans.
Ce qui suppose la connaissance non seulement d'un futur lointain, mais de tout ce qui se rattache à son contexte.
Ce qui n'est pas à la portée d'un seul homme du 16è siècle, ni même d'une équipe.

Il a obligatoirement fallu une intervention extérieure ; qui a peut-être dicté le texte, sans que le rédacteur (Nostradamus ?) soit informé des conséquences lointaines, qui ne lui étaient d'aucune utilité.
L'orthogéométrie a démontré qu'il fallait un ordinateur pour crypter toutes les figures complexes présentées.
Il en est de même ici ; une telle conjonction de dates, d'évènements devant se dérouler dans un temps lointain sans anicroches, et de calculs aussi précis, ne peuvent s'établir au pied levé, avec une simple règle et un compas.
Il paraîtrait extraordinaire de trouver pareille concordance de nombres entre le quatrain n° 81 et les apparitions mariales de **Fatima par le plus gigantesque hasard.**
Je pense avoir répondu d'avance à un lecteur éventuellement ébranlé par cette avalanche mathématique, mais cependant toujours aussi sceptique, en s'obstinant à nier les calculs, refusant d'admettre que 54 et 59 puissent avoir un lien quelconque entre le quatrain et les deux apparitions extrêmes.
Ce qui est une des bases primordiales du quatrième secret. Ce lecteur mettant également sur le compte de la coïncidence l'écart des six jours au mois d'août.
J'ai précisé que seules les apparitions de la Sainte-Vierge entraient dans le premier calcul aboutissant à 607.
Par contre on a vu qu'ils étaient supprimés dans le second.
Dans les deux cas, Il y a deux raisons valables :
Le 13 mai, lors de sa première visite auprès des petits bergers, la Sainte-Vierge annonça qu'elle viendrait le 13 de chaque mois pendant six mois**, au même endroit. Et à la même heure !** Admirez la précision.
Or le 13 août, les autorités civiles, au vu de la ferveur de la foule qui attendait l'événement, enfermèrent stupidement les trois enfants dans une prison, **où ils restèrent un jour et une nuit.**
En disant aux enfants qu'elle les rencontrerait six fois mensuellement au même endroit, la Sainte Vierge anticipait psychologiquement la réaction des autorités.
L'emprisonnement de vingt-quatre heures ne justifie pas les six jours d'écart. **Mais les prépare.**
Ce n'est pas dans ses habitudes ; en règle générale, **elle apparaît là où se trouve le témoin,** même en prison, ce qui est déjà arrivé. Par exemple, à Querrien, en Bretagne, en 1652, elle se montra à la voyante partout où celle-ci se trouvait, et à l'improviste.
Les autorités portugaises étant contre ce genre de manifestations, devaient obligatoirement réagir pour éteindre la ferveur populaire, et empêcher ainsi la venue de la visiteuse.

L'emprisonnement des enfants aurait pu avoir lieu en juin, juillet, septembre ou octobre, **mais il était inéluctable**.
Le fait qu'il se déroula au mois d'août ne change rien au problème. Contrairement à ce que l'on croit généralement, le dogme de l'Assomption ne fut instauré qu'en 1950, à l'initiative du pape PIE XII ; c'est ce que nous apprend Laurence Gardner dans son livre : *Le Graal ou la lignée royale du Christ* (Dervy).
Donc si le 15 représentait le jour idéal pour l'apparition virginale, en devançant le décret papal, elle ne l'utilisa pas.
Elle attendit le 19, laissant passer les jours intermédiaires. Pourquoi cet écart conséquent et injustifié**, s'il n'était pas indispensable ?**
C'est ici qu'intervient une seconde réflexion sur ce quatrain, loin d'être prophétique en apparence, mais qui interpelle à plus d'un titre.
Pourquoi Nostradamus met-il en exergue la mort horrifiante de neuf pauvres templiers anonymes, alors que des centaines d'autres ont subi le même sort ? A commencer par les 54 du 13 mai.
La seule réponse à cette interrogation ne peut être que d'ordre mathématique. Puisqu'il est question de 9 et de 54, le total de l'addition **est 63. C'est aussi la somme du 19 août 1917 !**
Il est probable, sinon certain, car grands manipulateurs du temps, que les Responsables des OVNI connaissaient le mois au cours duquel les enfants seraient emprisonnés.
En fonction du total numérique des autres mois et des apparitions mariales de Paris et Medjugorje, ou de L'Île Bouchard et du futur posé de Trans en Provence, il était facile de prévoir le décalage nécessaire **pour arriver au code 607**.
Il ne faut pas oublier que tout ce canevas a été élaboré bien avant la réalisation de tous ces évènements (trois siècles au bas mot).
Le quotient de 54 divisé par 9 est 6 ; ce qui est une évidence même pour un élève de terminale. C'est l'écart du mois d'août, indispensable pour arriver à boucler le code 607.
Quoi que l'on fasse, **le quatrain contient tous les éléments pour parvenir à exécuter ce bond de plusieurs siècles**, amenant la Sainte Vierge à la localité portugaise.
Grâce au nombre code 607 et à 59 issu de Kappa, Thita, Lambda, j'ai pu décrypter le quatrième secret de Fatima.
Et grâce aussi à ce décryptage, **j'ai démontré que les apparitions mariales ne sont pas aléatoires** ; elles sont combinées d'avance sur une longue période, en accord avec les atterrissages d'OVNI (qui intervinrent plus tard).
Cette période, dans le cadre de cette étude, va du 18 juillet 1830 au 24 juin 1981, dans le plus lointain des cas**, soit 151 ans moins 24 jours**.

Pourquoi 607, pourquoi ne pas prendre l'arrestation des templiers, le 13 octobre 1307, comme référence, en relation avec le 13 octobre 1917 ?
On voit tout de suite que les apparitions de Fatima ne seraient pas dans l'ordre actuel.
D'autre part, la différence serait de 610 ans, ce qui ne cadrerait plus avec les dates des neuf apparitions et du posé de Trans.
Et si l'on gardait la relation avec le 13 mai, la réponse serait la même, car il manquerait six mois.
En outre, ces 610 ans n'auraient plus rien de commun avec les calculs effectués plus haut.
Plus de 666, mais 669 qui, en divisant 942, ne donnerait qu'un quotient de 1, 408 ; donc impossible de retomber sur 3481, le carré de 59, la racine carrée du code n'étant plus 24,6.
Comme on le voit, tout converge vers le seul code possible, la différence entre les 13 mai 1310 et 1917.
Je vais même pousser mon raisonnement à l'extrême limite ; **il est plus que probable que c'est ce quatrain N° 81, avec ces chiffres de 59 et de 607 (ce dernier sous-entendu), totalisant 666, qui est à l'origine du nombre de quatrains initiaux des dix centuries, afin d'obtenir 1, 414, racine carrée de deux**.

Pour une meilleure compréhension de la finalité du code 607**, et aussi parce que cette finalité doit tout à la croix templière**, c'est cette dernière qui démontrera que les six apparitions mariales de Fatima étaient prévues et orchestrées de longue date.
Dans *Mathématiques et code secret de la croix templière* (revue Atlantis n° 433, 2è trim. 2008), je démontrais que cette croix à huit pointes, dite des huit béatitudes, avait probablement été créée selon le rectangle long ou double carré.
Qui plus est, les chiffres 8 et 1 apparaissaient en surimpression, rappelant le baussant de 81 cases sur le plan céleste.
Pour finir, je remplaçais les lettres à raison de trois par pointe, servant à la transmission de messages secrets, par les chiffres 1 à 24, en commençant par la pointe en haut à droite.
Je rappelle que les templiers confondaient en une seule lettre le I et le J, et plaçaient le N au centre de la croix ; d'où les 24 lettres en périphérie

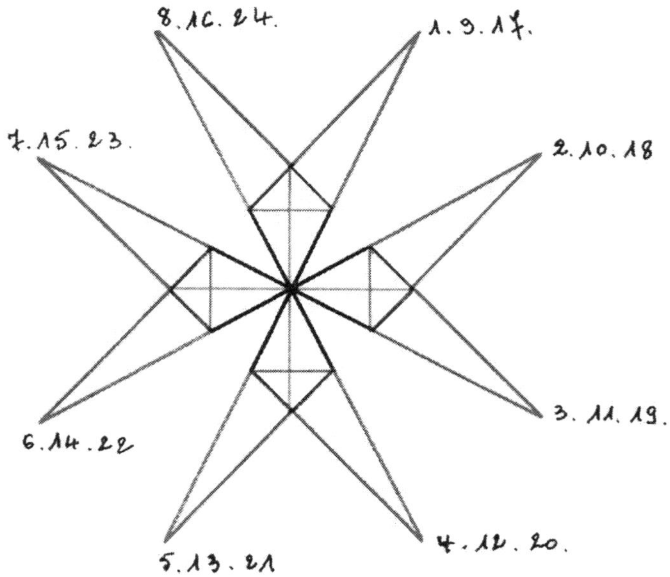

On remarquera que les premiers chiffres des pointes hautes sont 8 et 1, et que la réduction à 24 unités n'y est pas étrangère.
D'autre part, j'avais ironisé sur le fait que nous avions 1-9-17 à la pointe de droite, et 5-13 à celle diamétralement opposée ; ce qui pouvait suggérer la date de la première apparition mariale de Fatima. Ce n'était qu'une boutade, mais qui va s'avérer plus sérieuse qu'on ne le pense.
Le total de cette pointe n° 1 est de : 27 ; la somme de toute les pointes se monte à 300. Il paraissait donc justifié de rapprocher ces nombres de l'affaire du trésor mérovingien de Childéric 1er, roi de Tournai, et père de Clovis, dont la tombe découverte en 1653, contenait **300 abeilles d'or**.
Et quand Louis XIV récupéra une grande partie du trésor funéraire, après des tractations serrées avec l'empereur d'Allemagne, ce dernier tint à conserver **27 abeilles d'or**.

Retrouver deux nombres identiques, et sans justification précise quant à la décision de Léopold 1er, 350 ans après la mort du dernier Grand Maître templier, ne peut que laisser rêveur.
Il est plus que probable que l'empereur germanique était un haut dignitaire de l'Ordre du Temple entré dans la clandestinité.
Pour une raison toute personnelle basée sur un calcul que nous découvrirons dans le prochain chapitre, il s'était réservé les 27 abeilles d'or.

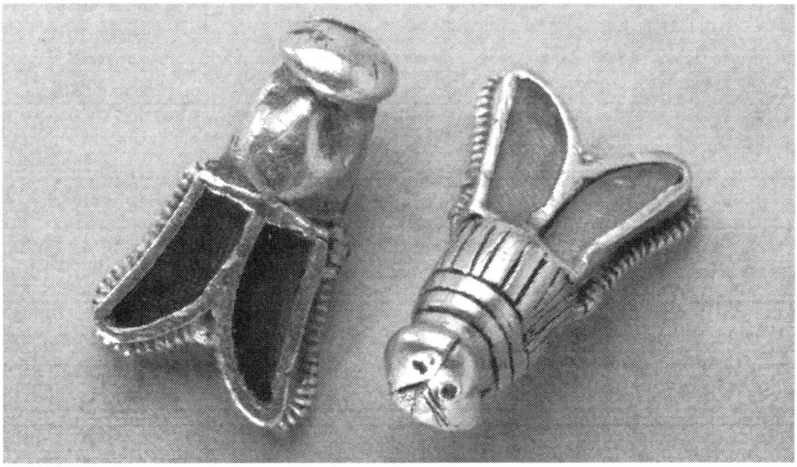

Des 300 abeilles d'or, il ne reste plus que les deux exemplaires ci-dessus

Cependant, une autre curiosité vient se greffer sur ce premier épisode. Elle est aussi extraordinaire, et ouvre la deuxième partie de cette épopée.
J'ai dit que si l'on additionnait le total individuel de chaque pointe, on arrivait à 300.
Mais si l'on prend les chiffres de chaque pointe comme un nombre entier, c'est à dire : 1917 + 21018 + 31119 + 41220 + 61422 + 71523 + 81624, le total devient : 361164.
C'est là qu'intervient l'aspect nouveau et spectaculaire. Si l'on divise ce total par le code 607, on obtient quasiment un quotient entier : 594, 99835.
Pour atteindre 595 juste, le dividende devrait être 361165, soit une petite unité en plus. La réduction de 595 divisé par 5 nous amène à 119, qui est 17 X7.
Rappelons que 17 est un nombre d'autant plus sacré chez les templiers, qu'il se décompose en 8 + 9. Incidemment sans plus, 119 est l'écart en années de l'apparition mariale de Cotignac à la naissance de Louis XIV.
Restons sur ces 119. Le total de 54 et de 59 = 113. Au mois d'août 1917, pour cause d'emprisonnement des enfants, mais aussi pour une raison bien précise et voulue par la Sainte Vierge, il y a six jours d'écart entre sa visite réelle et celle qu'elle aurait dû faire, le 13.
Si on les ajoute aux 113, nous retombons sur 119. Le code secret mathématique de la croix templière n'est peut-être pas si symbolique. Au fur et à mesure que nous avançons, il s'éloigne de plus en plus de la coïncidence. Et ce n'est pas fini.

Je sais parfaitement que certains lecteurs penseront que je triture les chiffres à mon avantage.
C'est parfaitement leur droit de le croire. Je m'adresse donc directement à ces irréductibles.
Je leur pose la question ultime, celle qui démontre que mon raisonnement tient la route, et que le code 607 est bien lié à l'Ordre du Temple, au quatrième secret de Fatima, et au code secret de la croix templière.
A votre avis, quelles sont les probabilités pour que la date de la première apparition mariale de Fatima, le 13 mai 1917, divisée par 607, donne un quotient entier, sans décimales ?
Je laisse à chacun le soin de réagir à sa façon ; haussement d'épaules, ricanement de supériorité, tapotement de la tempe avec l'index, ou cogitation avec une lueur d'intérêt dans le regard.

La solution est d'ailleurs encore plus fantastique que l'on pourrait le penser, car la réduction du quotient obtenu en son plus petit nombre premier, est symptomatique des apparitions mariales de Fatima.
En effet, le 13 mai 1917 divisé par 607, fournit **un quotient de 3159 tout rond,** que l'on subdivise après (je ne vous inflige pas les calculs), pour s'arrêter en fin de compte à... **13**. (tout comme le code lui-même).
Mais pour en arriver là, il est nécessaire de prendre le dividende dans l'ordre indiqué par les chiffres des pointes opposées, et qui avaient l'air d'une boutade.
Tout d'abord, en haut à droite : 1-9-17, suivi de 5-13.
Donc pour obtenir 3159, et par voie de conséquence, sa réduction à : 13, il faut diviser 1917513 par 607.
A ce stade, il est inutile de mettre en avant : coïncidence, hasard, coïncidence hasardeuse, ou hasard coïncidenciel, **entre la croix des huit béatitudes et le quatrième secret de Fatima** ; cela ferait vraiment trop désordre.
En résumé, pour retomber sur le nombre correspondant à la date de la première apparition mariale de Fatima, c'est à dire 1917-5-13, on doit multiplier le code 607 par 13 et par 3 à la puissance 5, soit 243.

De tout ceci, il appert que la croix templière avec ses huit pointes, détient la clé d'un code qui s'applique à travers les siècles, à au moins quatre manifestations différentes de la Sainte Vierge.
Fatima n'est comptée que pour une seule, puisqu'il s'agit d'un ensemble.

Le lien entre ces évènements et la croix des huit béatitudes, est le quatrain N° 81 de Nostradamus, et son final : Kappa, Thita, Lambda.
Donc ce quatrain 81, s'il est un lien privilégié, ne représente qu'une étape, dont le prophète avait la seule Connaissance.
Je doute qu'il fut au courant du code secret de la croix templière. On peut légitimement supposer que ceux qui l'ont instruit dans l'édification du quatrain, ne se sont pas souciés de lui fournir les tenants et aboutissants, trop complexes.
Il y a un autre argument en faveur d'une connotation historico-mariale.
J'ai écrit qu'il n'était pas dans les habitudes de la Sainte-Vierge d'annoncer par avance ses visites, dans le cadre d'une série. Parfois même, elle ne peut dire combien de fois elle viendra (L'Île Bouchard) ; à Pellevoisin, elle annonce à Estelle Faguette qui est à la dernière extrémité *Samedi tu seras morte ou guérie.*
Peu encourageant d'un côté, et espoir formidable de l'autre. Et ce n'est pourtant pas le genre de phrase à sortir envers une mourante.
Toutes ces tergiversations indiquent bien une maîtrise quelquefois hésitante et incertaine du futur.

Cependant à Fatima, il en va tout autrement ; le message délivré d'entrée est ferme. C'est une Sainte Vierge sûre d'elle-même et du programme prévu. Il le faut pour annoncer sans ambages des directives aussi précises sur une période aussi longue.
C'est un fait unique dans toutes les annales virginales !
On peut donc affirmer avec certitude qu'il ne s'agit pas d'un évènement isolé, mais faisant bien partie d'un ensemble, d'un contexte mêlant histoire, religion, géographie, avec une touche de druidisme.
En effet, la notion de rendez-vous tous les 13 de chaque mois **pendant six mois au même endroit à la même heure,** n'a de sens que si des calculs particuliers entrent en jeu ; autrement, et comme pour d'autres manifestations, la Sainte Vierge pourrait venir chaque jour, ou étaler ses visites (Lourdes, Pellevoisin) sur plusieurs mois, impromptu, sans annonce préalable, ni calendrier précis.
Oui, tout est calculé et se réalise à la virgule près.

Dans le chapitre suivant, qui est une extension de celui-ci, tout en l'allégeant, j'expliciterai l'origine de la croix templière, et probablement du canevas agencé par les Responsables des OVNI, ainsi que le détail de mes recherches.
Ces dernières débordant du cadre actuel, qui contient tous les éléments essentiels pour convaincre le lecteur que les six visites de la Sainte

Vierge à Fatima ne sont pas un phénomène isolé, mais bien intégrées dans une trame temporelle.
Bien sûr, en désespoir de cause, on peut m'accuser d'avoir choisi les apparitions mariales et posé d'OVNI qui m'arrangeaient, en cernant l'Ordre du Temple.
Cette objection serait parfaitement recevable, si les apparitions mariales et les atterrissages évoquant les moines-soldats étaient légion par leurs dates, **ce qui est loin d'être le cas.**
D'autre part, il reste les calculs mathématiques précis, incontournables, en rapport avec les dates et le code 607, qui réduisent cet argument à néant.
Maintenant, si tout ceci est vrai, si le quatrième secret de Fatima est bien la conjonction des neuf apparitions mariales de Fatima, Paris, Medjugorje, et L'Île Bouchard (9, chiffre typiquement templier avec le 8), et le posé de Trans, avec le nombre 59 du quatrain 81 de Nostradamus, pour obtenir 607, nombre d'années séparant le 13 mai 1310 du 13 mai 1917, quelle en est la raison, ou la finalité ?

Eh bien, il est probable que les Responsables des OVNI veulent attirer l'attention des hommes de notre époque sur l'Ordre du Temple ; nous faire comprendre que si nous voulons progresser dans la Connaissance, il nous faut nous intéresser de plus près à ces mystérieux templiers, détenteurs de secrets d'une importance primordiale pour l'avenir de l'Humanité.
Secrets concernant probablement **la Lignée Royale Mérovingienne**, la seule dynastie de **Sang Bleu de la seule Royauté Valable;** le Sang Royal, le Sang Réal, mais aussi voulant dire REEL en espagnol, dans le sens de VRAI !
Et comme pour eux, les Responsables des OVNI et apparitions mariales, tout ce qui est mathématique et orthogéométrique est un jeu…et comme la durée n'a pas d'importance…
Comme on le voit, le quatrième secret de Fatima dépasse en complexité la mise en scène spectaculaire du 13 octobre 1917 devant 70.000 personnes fascinées.
Les trois secrets officiellement connus ne sont rien comparé à ce qui se cache derrière ce mince rideau.
Je pense que ce n'est rien moins que le retour de la Dynastie Mérovingienne sur le trône de France qui est sous-jacente, dans ce puzzle à la fois marial et temporel.
Toutefois rien ne pourra être fait tant que la Connaissance qui lui appartient restera enfouie dans son sanctuaire secret.
Car c'est en cela que réside **la puissance de la Lignée Royale.**

Si cette idée de base est réellement sous-entendue dans ces calculs mathématiques, et dans la croix templière il n'est pas impossible qu'ils contiennent le moyen d'y parvenir.
Mais c'est hors de ma portée, à supposer que j'aie raison en déduisant cette finalité.
Après tout, il a bien fallu 450 ans pour commencer à voir ce que dissimulaient les pupilles de la Vierge de Guadalupe, au Mexique.
Et nous en sommes encore à nous interroger sur ce mystérieux quatrième règne donnant au tableau de la tilma ses splendides et inaltérables couleurs.
Le chapitre : C*inquième état ou quatrième règne,* reviendra en détail sur cette fabuleuse apparition, et tout ce qui peut en découler pour l'avenir de notre science.
Et surtout, un éventuel et extraordinaire rapport avec ce quatrième secret de Fatima et son nombre-code.
Nous longeons un couloir temporel foré par nos guides Supérieurs Inconnus.
Il doit obligatoirement déboucher sur l'Univers libre, quand nous aurons grandi. Mais pour atteindre cette grandeur, il faut suivre le labyrinthe.
Evidemment, il y a toujours la possibilité pour le lecteur de réfuter tout ce qui précède, en refusant ce qu'il considère comme un amalgame entre les apparitions mariales de Fatima, celles de Medjugorje et de Paris, L'Île Bouchard, et le posé de Trans en Provence en prime.
Le tout saupoudré avec le quatrain n° 81 de Nostradamus, **sans oublier le nombre d'Or**.
Cependant, simplement réfuter sans proposer une autre solution, ne change rien aux calculs présentés en faveur du code.
Quant au quatrain portant un numéro vraiment symbolique, rappelant l'Ordre du Temple, force est de constater que les nombres 54 et 59 sont étrangement en harmonie avec la première et la dernière apparition de Fatima ; l'ensemble faisant référence au 13 mai et au 13 octobre, à 607 ans d'écart.
En fait, ou l'on reste sur une position figée ; à savoir que les apparitions mariales sont aléatoires, et sans rapport entre elles à travers le temps.
Ou l'on admet qu'elles puissent avoir partie liée avec le phénomène OVNI, et pouvant jouer un rôle non négligeable dans l'Histoire et la Géographie.
Je pense que jusqu'à présent, c'est cette théorie qui prédomine.
On peut également contester la date du 24 juin 1947 comme début officiel de l'Ere Ufologique Moderne ; à la suite du témoignage de Kenneth Arnold, d'autres témoins antérieurs se sont fait connaître.

Mais incontestablement, c'est bien l'homme d'affaires américain qui est reconnu comme étant le pionnier.
Et les neuf objets folâtrant autour du mont Rainier, ne sont pas innocents dans cette histoire.
La date était aussi prévue depuis longtemps, ainsi que le nombre de participants ; **neuf comme les premiers chevaliers du Temple partis en Palestine pour y chercher l'Arche d'Alliance**.
Une précision importante à propos de Medjugorje ; on a souvent critiqué la véracité des apparitions, et surtout l'attitude des voyants.
Il est vrai que certains se sont allés à frauder.
Mais ce n'est pas une raison pour dénigrer l'ensemble.
Et si La première du 24 juin 1981 est admise sans conteste, il y a un événement qui s'est déroulé deux fois devant témoins, et qui l'authentifie de manière irrécusable.
Il y a quelque temps, ce cher Roger Corréard m'a fait parvenir un document relatant les premières apparitions en détail.
J'y ai relevé ce qui aurait dû attirer l'attention d'exégètes plus savants que moi.
Le second jour, les voyants furent **transportés anormalement vite au sommet de la colline,** et s'arrêtèrent brusquement à deux mètres de l'apparition.
Le 27 juin, une des voyantes, Maria, a une vision **et est soudain emportée à toute vitesse.**
Personne ne semble s'être aperçu que ce double transport rapide avait déjà eu lieu par le passé, et authentifiait ainsi les apparitions.
Je doute fort que les gens de Medjugorje aient eu vent de ce fait qui s'est déroulé à Saint -Bauzille-de-la-Sylve, au-dessus de Montpellier, en juin 1873, soit 108 ans auparavant, pour être à même de prendre modèle sur ces déplacements.
Le voyant Auguste Arnaud traversa à la vitesse de l'éclair toutes les rangées de son carré de vignes, sans subir aucun dommage, et sous les yeux ébahis des témoins.
Et il resta à deux mètres de la Sainte-Vierge, sans savoir comment il était arrivé là.
Il semblerait que ces deux mètres représentent une distance de sécurité, sans que l'on sache pour qui.
Je vais terminer cette thèse sur une note admirative concernant les visions d'avenir de La Noble Dame, et aussi d'espoir de son retour sur les lieux de Fatima.
Le 13 juillet 1917, la Sainte-Vierge annonça que sous le pontificat de PIE XI, une autre guerre commencera.
Or PIE XI ne fut élu pape que le 6 février 1922, et il décéda le 10 février 1939, avant le début officiel de la guerre 39-45.

Pourtant, La majorité des historiens s'accorde à penser que la guerre débuta officieusement avec l'annexion de l'Autriche en 1938.
On a ici une merveilleuse confirmation de la maîtrise des évènements futurs de la part des Responsables des OVNI.
On peut toutefois se demander si ce pape a choisi son nom sans être au courant de la prophétie, ce qui paraît peu probable, ou s'il a voulu donner raison à la Sainte-Vierge.
Celle-ci, en plus d'annoncer d'avance ses visites, ajouta : *ensuite je reviendrai ici une septième fois.*
Ce qui ne s'est jamais produit jusqu'à présent.
Si cette promesse est toujours en vigueur, quand la Mère du Ciel reviendra-t-elle ?
Attend-elle la divulgation du quatrième secret ?

CHAPITRE XXV

CROIX TEMPLIERE, FATIMA, OU LA FINALITE DU CODE 6 0 7

Comme annoncé dans le volet précédent, il nous faut remonter à la source, pour tenter d'expliquer cette connexion temporelle à travers les siècles, dans laquelle les apparitions mariales de Fatima font équipe avec d'autres visites de la Sainte Vierge, et un atterrissage d'OVNI, à travers le temps.
L'ensemble mixé avec le quatrain n° 81 de la première centurie, et un soupçon de nombre d'Or, afin d'obtenir un gâteau alléchant, et délicieux à déguster.
Tout d'abord, la croix templière que je ne représenterai pas à nouveau: Louis Charpentier, à la page 101 de son livre *Les mystères templiers* (R. Laffont), écrit que c'est en 1141 que le pape donna aux chevaliers la croix rouge, sans que l'on en définisse la forme exacte ; jusqu'à ce manuscrit du 13 è siècle, sur lequel j'ai basé mon approche mathématique.
En 1110, la Sainte Vierge accompagnée d'anges, est apparue au futur Saint-Bernard, alors qu'il n'avait que vingt ans.
Ce n'est que cinq ans plus tard, qu'il partira pour le val de l'absinthe, y fonder l'abbaye de Clairvaux.
A partir de ce moment, il devient un véritable meneur d'hommes, charismatique, impétueux, et qui est écouté par les grands dirigeants : rois, papes, évêques.
Charpentier rapporte encore *Il semble avoir possédé un savoir universel*, et citant Daniel Rops *Dieu l'avait doté de puissances singulières*, et plus loin *cet enseignement et cette mission, sont toujours demeurés secrets.*
C'est un druide pour qui ses maîtres sont les chênes et les hêtres, selon ses propres paroles, et pourtant l'Eglise n'hésite pas à lui confier l'édification de Clairvaux, dans un endroit dangereux, infesté de brigands, qu'il transformera en un havre de paix.
Se pourrait-il qu'à l'occasion de cette apparition de 1110, la Sainte Vierge (ou supposée telle bien sûr), lui ait parlé de son avenir grandiose, du destin qui serait le sien, et de celui de l'Ordre qu'il allait créer ?

Ce qui expliquerait son assurance, sa foi en sa mission, et sa vénération pour la Reine des cieux, puisqu'il inventera le vocable : Nostre -Dame. La phrase rapportée par Daniel Rops dans *Saint Bernard*, trouverait ainsi sa pleine justification. Il ne faut pas oublier que les templiers vouaient un culte particulier à Marie.

Il est évident que connaître sa destinée à l'avance et en détail, surtout si elle est positive et digne des manuels historiques, ne peut qu'enflammer un homme, et lui procurer toutes les audaces.

La Sainte Vierge aurait pu aller jusqu'à lui indiquer la forme exacte de la croix des huit béatitudes (elle l'a bien fait pour la médaille miraculeuse à Paris) ; renseignement indispensable pour que le code secret joue son rôle huit siècles plus tard.

Et aussi, pour qu'en 1141, Bernard de Clairvaux suggérât au pape de l'attribuer à son Ordre.

Les révélations de la Noble Dame allèrent-elles jusqu'à la fin officielle de l'Ordre du Temple, et à la finalité du code 607 ? Je ne le pense pas, car il eut été superflu de diminuer éventuellement l'enthousiasme du futur Saint.

Quant à la finalité, elle débordait largement le cadre de son œuvre et de son existence.

En fait, si Bernard de Fontaine en 1110 était un maillon indispensable dans cette trame historique, sa position n'en faisait qu'un simple exécutant. Selon la maxime établie : il ne devait point connaître le dessein des Dieux.

Tout comme Nostradamus (ou l'équipe qui avait pris ce vocable), quatre cents ans après, à qui les Responsables des OVNI ont ***suggéré*** **d'écrire le quatrain 81.**

Il faut bien se rendre compte que pour tisser ce canevas, il est nécessaire de connaître l'avenir, ou du moins, avoir entre les mains le fil évènementiel. Je vais inventer un terme technique pour me faire comprendre.

Je suppose que les Responsables des OVNI et des apparitions mariales utilisent ce que j'appelle un **télé- chrono-orienteur temporel**, capable à la fois de capter les évènements historiques normaux, c'est à dire sans intervention extérieure ; et ceux dans lesquels on introduit des variantes, afin de modifier le cours de l'Histoire.

Ce qu'en informatique, on nomme simulations.

Il est à peu près certain que la connaissance du futur entre bien dans le cadre des apparitions mariales ; à Fatima, le 13 juillet, la Sainte Vierge annonça la fin de la guerre 14-18, et le commencement d'une autre guerre sous le pontificat de Pie XI (qui ne sera élu qu'en 1922, et décèdera en 1939).

Mieux, en 1830, elle prédit à Catherine Labouré des évènements qui se dérouleront point par point quarante ans plus tard.

Quand elle dit au voyant qu'il vivra jusqu'à un âge avancé, elle ne se trompe pas ; celui de Saint Bauzille (1873) ne mourra qu'à 92 ans.

Il est avéré aussi que la visiteuse connaît bien des détails de la vie de ceux qu'elle contacte.

A La Salette (1846), elle rappelle à Maximin, qui ne s'en souvenait pas, qu'il avait vu du blé gâté avec son père l'année précédente.

Toutes ces certitudes montrent que le visionnage temporel amont et aval est un jeu d'enfant pour les Responsables de ce canevas historique.

Par contre, il n'est pas évident que l'introduction de données tendant à faire varier le cours du temps soit maîtrisée à la perfection.

Si l'on étudie *l'Opération Louis XIV*, commencée avec l'apparition mariale de 1519 à Cotignac, sa réussite est indéniable, mais les résultats espérés dans le futur, se sont apparemment soldés par un échec.

Cette manœuvre ne put empêcher la révolution française, et la naissance de la république. Avatars imprévus ?

Il doit y avoir des éléments perturbant la mise en place du programme choisi.

Des éruptions solaires, de puissants orages magnétiques, ou d'infimes impondérables, qui sur une longue durée, arrivent à modifier un tant soit peu le déroulement voulu.
Sans parler de personnes agissant sur le programme, dans l'espoir d'en être bénéficiaires.
Les oppositions négatives ne sont pas forcément l'apanage du genre humain, surtout politique.
Certains éléments ont pu être introduits frauduleusement, faussant le résultat escompté. C'est peut-être ce qui s'est passé pour amener la chute de la monarchie.
Si vous en concluez que je pense que l'Histoire est manipulée, je répondrais : **OUI**.
Et pas seulement par des historiens aux ordres du Pouvoir.
Il résulte de tout ceci, selon mon opinion personnelle, que les Responsables des OVNI et des apparitions mariales, ont misé sur la création de cette force militaro-bancaire, appelée Ordre du Temple.
Il était sans doute destiné à fonder les Etats-Unis d'Europe. Ce qui n'arriva pas, puisqu'il fut stoppé dans son élan.
Il est plus que probablement entré en clandestinité, mais tout en étant toujours actif.
L'épisode des 27 abeilles d'or du trésor de Childéric 1er conservées par l'empereur germanique, semble accréditer cette hypothèse.
Et il est non moins possible que les Responsables des OVNI et des apparitions mariales, l'aient gardé en réserve pour une résurgence future.
Ce qui se traduirait par cette programmation temporelle, aboutissant au quatrième secret de Fatima.
Ceci, afin que l'Ordre du Temple ne soit pas enfoui dans les oubliettes de l'Histoire, et que les recherches à son sujet ne cessent pas.
En résumé, la croix des huit béatitudes porte bien son nom, car elle se révèle comme étant un labyrinthe mathématique, permettant de relier l'Opération Louis XIV aux apparitions mariales de Fatima.
A la lumière de ce constat, on peut d'ailleurs quasiment affirmer que la naissance du roi-soleil était déjà *dans les cartons* au moins quatre siècles avant l'apparition de Cotignac, du temps de Bernard de Clairvaux.
De plus, à travers Kappa, Thita, Lambda, du quatrain 81, elle verrouille complètement le code 607.

L'OPERATION LOUIS XIV

27 : c'est le total de l'addition des trois chiffres de la première pointe. C'est aussi le nombre d'abeilles d'or gardé par Léopold 1er.
273 : c'est ce qui est revenu à Louis XIV sur les 300 abeilles du trésor mérovingien. Il se décompose en : 13 X 21.
Nous retrouvons ces deux chiffres accompagnés du 5 à la pointe diamétralement opposée à la première.
Celle-ci étant marquée : 1-9-17. Ce 21 a donc son utilité, qui n'apparaissait pas à première vue.
La répartition des abeilles est bien justifiée.
Elle démontre incontestablement que l'empereur germanique était un Initié, probablement un Maître dans l'Ordre du Temple clandestin ; très au fait des arcanes mathématiques de la croix.
Il a choisi de rendre cet hommage au roi-soleil, parce que l'origine de l'Ordre était française, par Saint-Bernard.

Fatima : 1917 : C'est évidemment l'année des apparitions.
153 : C'est le nombre de jours entre le 13 mai et le 13 octobre.
Il est le résultat de la multiplication : 1 X 9 X 17.
5-13 : date de la première apparition, rappelée par la pointe en bas à gauche.
Et 21 que nous venons de traiter, met en valeur la base 13, obtenue par la réduction de 3159, quotient de la division de 1917513 par 607.
Justement, à propos de 3159, si nous y ajoutons ces fameux 27, il se transforme en 3186.
Ce qui nous ramène au quatrain 81 de Nostradamus, à Kappa, Thita, Lambda, et aux deux apparitions extrêmes de Fatima. Pourquoi ? **Parce que ; 54 X 59 = 3186.**
Petit plus ; la multiplication du total des deux pointes opposées : 27 X 39= 1053.
C'est aussi : **13 X 81.** On retrouve les deux chiffres les plus élevés de la symbolique céleste : celui de la Vierge à Fatima, et de l'Ordre du Temple. Et 1053, c'est le tiers de 3159.
L'Ourobouros s'est mordu la queue.
Tout est soigneusement verrouillé.
En ce qui me concerne, c'est la fin du conte de la Fée des sources et des cavernes.
Chapeau bas, Noble Dame et consorts. Qui que vous soyez, je m'incline devant votre génie.

C'est vraiment du beau travail, et je ne doute pas que vous y ayez pris beaucoup de plaisir. Vous et votre équipe n'avez laissé aucun détail dans l'ombre.
Toutefois, il m'étonnerait fort que cette trame prenne fin en 1917, ou si l'on veut pousser plus loin, en 1981, à Medjugorje.
Si l'avenir de la race humaine est basé sur la résurrection de l'Ordre du Temple, et du retour des rois mérovingiens, il se pourrait que l'annonce en soit faite par la Sainte Vierge elle-même, à l'emplacement de ses six apparitions de 1917.
C'est à dire dans la Chapelle, comme à L'Île Bouchard.
N'a-t- elle pas dit aux voyants qu'elle viendrait **sept fois au même endroit ?**
Toutefois, l'attente peut éventuellement durer des siècles.

CHAPITRE XXVI

CINQUIEME ETAT, OU QUATRIEME REGNE ?

De qui ? Oh pardon ! Ce n'est pas d'un roi ou d'une dynastie dont il est question ?
Non, ce quatrième règne ne succède pas. Il complèterait – je parle au conditionnel – les trois autres, dont nous, les Humains, sommes en principe, l'aboutissement.
En principe seulement, car notre comportement planétaire quotidien ne justifie pas cette place en haut de l'échelle.
Parfaitement, vous avez saisi mon propos ; ce sont les règnes : minéral, végétal, et animal. Les seuls que nous connaissons, et qui régissent notre bonne vieille planète.Qu'en est-il ailleurs ?
Malgré les superbes images de Titan, envoyées par l'émissaire européen Huygens au début janvier 2005, nous ne sommes pas en mesure de répondre.
Jusqu'à présent, nous n'avons trouvé que le règne minéral sur tous les corps célestes visités. De la Lune aux astéroïdes, en passant par Vénus et Mars.
En ce qui concerne les états de la matière, nous avons gravi un degré, puisqu'aux solides, liquides, et gazeux, nous avons ajouté le plasma. Matériau étrange, que nous utilisons pour les écrans de télévision, en attendant mieux.
Pourquoi ce préambule ? Parce qu'en matière de peinture, tous les colorants sont à base de minéraux ou d'animaux (mollusques) ; à une exception près **: l'image de la Sainte Vierge de N-D de Guadalupe à Mexico**, apposée ou plaquée sur la tilma du voyant Juan Diego, depuis ce matin du 12 décembre 1531.
Sans vouloir détailler à outrance, je vais relater brièvement les faits. Mais si on veut pousser plus avant, le lecteur pourra dévorer avec profit l'excellent et documenté ouvrage du révérend père François Brune *La Vierge du Mexique (*Le jardin des livres).
Ce livre fait le point sur les dernières (en attendant d'autres) découvertes.
Le 9 décembre 1531, un indien nahualt de son nom de baptême Juan Diego, est interpellé par une jeune femme sur la colline de Tepeyac, aujourd'hui englobée dans la capitale.

Cette jeune indienne d'apparence lui dit s'appeler la Vierge Marie, et lui demande d'aller trouver l'évêque.
Elle voudrait qu'on lui bâtisse une chapelle à cet endroit.

Juan Diego réussit à voir Monseigneur Zumarraga, qui évidemment doute.
Il demande une preuve. Allers et retours du voyant entre la visiteuse et l'évêché. A la cinquième visite, le 12 décembre, la Sainte Vierge **lui arrange des roses dans sa tilma,** pour qu'il les emporte à Mexico.

A cette époque, il n'y a pas de roses au Mexique, et pas de fleurs en décembre. Juan Diego parvient à nouveau devant l'évêque, en tenant précautionneusement son bouquet odorant.
Mais un faux mouvement fait tomber les roses, et le témoin a la surprise de voir toute l'assistance se mettre à genoux devant lui.
C'est que sur la tilma s'étale un tableau merveilleux ; le portrait en pied de la Sainte Vierge.

C'est cette image toujours sur la même tilma, que des millions de pèlerins viennent adorer chaque année.

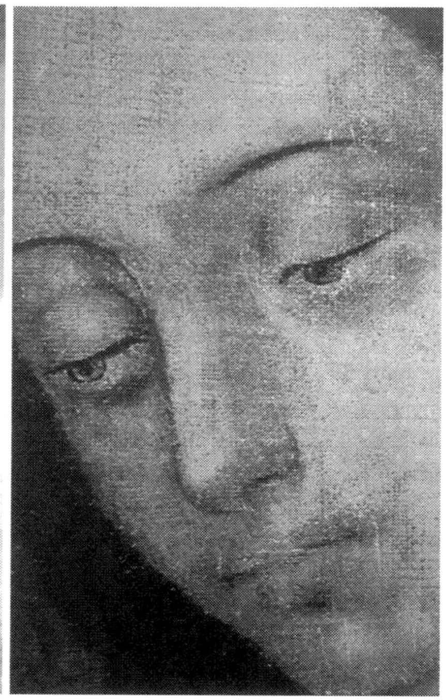

Pour mieux comprendre le début de ce chapitre, il est nécessaire d'apporter quelques précisions. Tout en étant évidemment véridiques, elles sont extraordinaires.

Tout d'abord, la tilma ou ayate est une sorte de tablier dont se servent les indiens pour se protéger du vent.

Il est fabriqué avec une fibre végétale, appelée maguey. Il dure en moyenne une vingtaine d'années.

Or la tilma de Juan Diego continue à défier le temps, avec ses 480 ans au bas mot, dont une bonne partie à l'air libre, sans protection, durant de nombreuses décades, avant d'être mise sous châssis de verre blindé.

Quant à l'image Sainte, non seulement les couleurs gardent toute leur fraîcheur, mais elles sont auto-régénératrices, malgré un attentat à la bombe, et au moins un accident par l'acide.
Sans parler des fumées des cierges tout au long des siècles.
D'après le professeur Callahan, biophysicien et expert en peintures, les flammes des milliers de bougies, dégageant énormément de rayons ultra-violets, auraient dû dégrader les couleurs depuis longtemps.
Mais il y a mieux : le tableau est appliqué sur l'ayate sans aucun apprêt, ce qui est extraordinaire. Au point que les peintres disent que s'il y avait eu apprêt, on aurait considéré l'œuvre comme étant humaine.
D'autant qu'une analyse de certaines fibres colorées a démontré qu'aucun pigment d'origine minérale, végétale, ou animale, n'entrait dans la composition des couleurs.
D'où ma restriction évoquée plus haut.
Le père Brune en déduit tout naturellement ***Autrement dit, ces pigments sont d'origine inconnue. Ils n'appartiennent pas à notre monde***.
Je suppose qu'en écrivant ces lignes, l'auteur voulait certainement dire que c'était un miracle divin, et non une intervention extra-terrestre.
Petit plus : examinées au microscope, les couleurs ne présentent aucun coup de pinceau.
Conclusion : en combinant ces trois absences : pigments terrestres, coup de pinceau, et apprêt de l'ayate, nous pouvons dire qu'il ne s'agit pas de peinture classique.
Mais bien d'un autre élément qui résiste aux infra-rouges, et ultra-violets, à travers le temps.
Et qui renvoie plus de lumière qu'il n'en reçoit.
Pour faire bonne mesure, ajoutons que le réseau veineux normal apparaît sur les paupières de la Vierge, et sur la cornée des yeux.
Doit-on préciser qu'une toile ordinaire, et une photo prise dans les mêmes conditions, ne montrent pas ces réseaux microscopiques ?
Enfin, le fin du fin, qui a fait multiplier les articles ces dernières années : les yeux sont tellement vivants, que l'on y a vu des personnages dans les deux pupilles !
La digitalisation des images est tellement poussée, que tous ces personnages ont été reconnus pour être ceux qui ont assisté à la scène de la chute des fleurs chez l'évêque, et à l'apparition du tableau, **y compris Juan Diego lui-même !**
Ce qui paraît être une impossibilité. Et il semble que l'on ne soit pas au bout des surprises. Mais je proposerai plus loin une tentative d'explication.

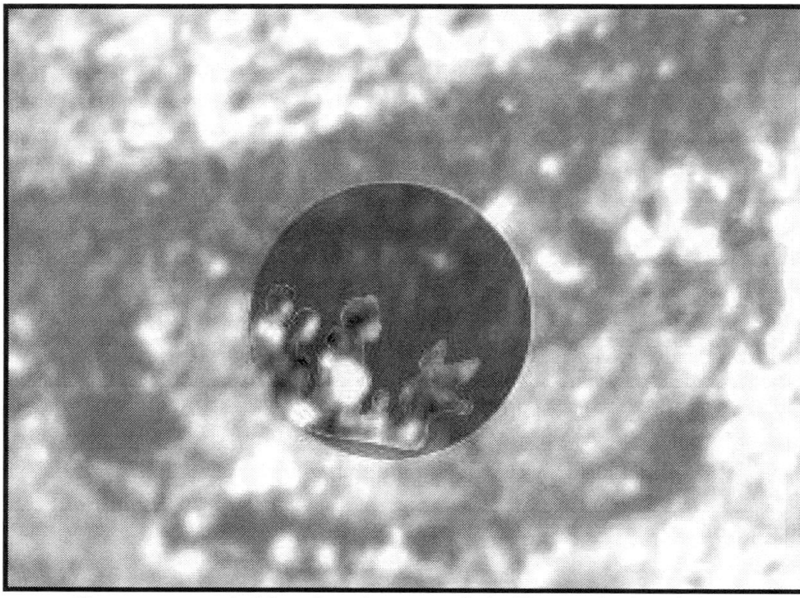

Personnages visibles dans les yeux de la Vierge de Guadalupe

Maintenant que j'ai éclairci la lanterne de ceux qui ignoraient, et rafraîchi la mémoire des autres, voyons si l'on peut tirer quelque chose de tous ces renseignements.
Nul ne s'étonnera que je fasse intervenir nos chers OVNI, puisque leur relation est étroite avec les apparitions mariales.
Par contre, la présentation d'un des modes possibles de propulsion de ces engins dans ce contexte, pourra en surprendre plus d'un. Ce n'est pourtant pas fortuit.
Le fascinant livre de I.L. Olivyer et J.F. Boëdec *Les soleils de Simon Goulart* (Les Runes d'or), fait le point sur la vague OVNI des années 1500 à 1600.
Mais il développe aussi, en deuxième partie, une analyse de Mc Campbell, un physicien américain.
Ce dernier s'est attaché à rechercher comment les OVNI pouvaient être lumineux, en développant une palette de couleurs pures et variées, suivant leurs évolutions.
D'après ses travaux, il déduit que les gaz rares de l'atmosphère, émettent les différentes teintes observées ; à condition d'être excités par une énergie de quelques dizaines d'électron-volt seulement.
L'exemple de base est le xénon, qui émet un bleu pur sur trois raies (4500, 4624, et 4671 A), avec une excitation faible de 12, 13 E-V.
Pour l'atome neutre s'entend ; ce seuil augmente au fur et à mesure de l'ionisation de l'atome (perte de un, deux, ou plus d'électrons).

Mc Campbell pense que le pourpre pourrait résulter de l'association de la bande bleue du xénon et de celle, rouge, de l'argon à 6965 A.
Sur Terre, les anciens obtenaient le pourpre à l'aide d'un mollusque. La différence est que dans ce cas, la base est animale, la couleur définie par les gaz ne contenant aucun pigment.
Pour le bleu-vert, le bleu turquoise du manteau de la Sainte Vierge, on relève trois possibilités, dont le couple xénon-néon (entre 4500 et 5400 A). Le seuil d'excitation du néon étant de 21,56 E-V.
La lumière Blanche serait un mélange quasi complet du spectre.
Selon le livre d'Olivyer et Boëdec, la totalité du spectre ne donnerait pas du blanc pur, mais une couleur dominante, du fait de la prépondérance des raies brillantes.
Pour obtenir cette lumière totalement blanche, il suffirait d'enlever, ou de ne pas utiliser la ou les raies qui empêcheraient son éclosion.
Pour les Responsables des OVNI qui maîtrisent parfaitement ce sujet, ce n'est qu'un jeu.
A cette lumière, si on ajoute davantage de rouge, c'est le rose de l'intensité voulue, qui apparaîtra (comme la robe de la jeune femme).
Jusqu'à présent, je ne pense pas qu'il y ait opposition. Ces explications sont techniquement valables.
Certaines associations décrites, sont mises en application dans l'utilisation des lasers.
Mais pour aborder la partie délicate de mon étude, je vais m'appuyer sur deux observations d'OVNI, avec émissions de couleurs particulièrement intéressantes.
Il y en a d'autres, mais celles-ci, la première citée surtout, sont significatives à mes yeux.
Elles sont répertoriées sous les numéros 789 et 795 du catalogue de Jacques Vallée *Passport to Magonia.*
Si le second ne présentait (tout est relatif) que trois bandes horizontales bleue, rouge, verte, le n° 789... *produisait des couleurs arc-en-ciel qui semblaient couler de ses bords, semblables à un fantastique déploiement d'eau.*
Si je cite in-extenso Jacques Vallée, c'est pour ne pas trahir sa prose pour justifier ma théorie, en interprétant le texte à ma façon.
Bien avant celle-ci, il y avait eu une observation semblable en Espagne, au cours des années cinquante.
Certains témoins qui avaient regardé trop longtemps, étaient devenus aveugles.
Dans le cas de J. Vallée, les deux personnes concernées ont souffert des yeux pendant plusieurs jours.
Il n'est donc pas conseillé de fixer ces lumières dont l'intensité est préjudiciable.

Si je me fie à cette description, il semblerait que les Responsables des OVNI aient trouvé le moyen de **liquéfier ces gaz excités à la pression atmosphérique normale, et à température ambiante.**
Je pars donc de cette supposition, pour émettre une théorie que plus d'un lecteur trouvera démentielle.
Ce n'est pourtant, j'insiste en le précisant, qu'une simple hypothèse de travail.
Après tout, il y a tellement de *vérités* prônées par des savants de renom, et qui sont tombées dans les oubliettes.
Dois-je citer *il n'y a pas de pierres dans le ciel, ou le plus lourd que l'air ne volera jamais*? Sans compter celles qui sont encore et toujours en vigueur malgré les évidences criantes.
Vous connaissez cette phrase mille fois rabâchée, et que les astronomes n'osent pas contredire *Nous sommes seuls dans l'Univers.*
Tiens donc, avec cent milliards de galaxies connues ou estimées ! Sans oublier les mondes dimensionnels.
Ah oui, ceux-là relèvent du conte de fées. Avec un tel poncif, l'homme reste replié sur lui-même. **Sans doute est-ce voulu ?**
C'est pourquoi je m'en voudrais de ne pas suggérer ce qui suit, sans pour autant le présenter comme un dogme.
Avant de le rejeter d'un air méprisant, que messieurs les physiciens l'étudient sans parti pris.
Prenons l'exemple d'un artiste peintre de la grotte de Lascaux. Il sait broyer et mélanger certains éléments minéraux, pour obtenir la pâte qui lui servira à dessiner les animaux sur les parois.
Qu'on lui présente une image sur un écran de télévision, tout en lui expliquant que les couleurs ne contiennent aucun des pigments qu'il utilise habituellement, et il sera totalement déboussolé. Pour lui ce serait un miracle.
Il ne connaît pas les gaz rares traversés par les rayons ultraviolets, ni le trio de pixels composés par le rouge, le bleu, et le vert (comme dans le cas n° 795), et dont l'ensemble forme les écrans à plasma.
Il ignore tout des luminophores allumés par les électrons expédiés par les trois canons vers l'une des trois couleurs de base, du téléviseur classique à tube cathodique.
Eh bien, nous sommes cet ancêtre de Lascaux face à l'image de la Sainte Vierge sur l'écran de la tilma.
Ce que nous réussissons avec les écrans plats, les Responsables des OVNI l'ont peut-être perfectionné.
A l'instar de nos tubes au néon, ils ont pu emprisonner les gaz rares dans un matériau tellement transparent, que l'on ne peut le remarquer.
Ou encore les matérialiser en une couche de quelques microns, indécelable.

De plus, il suffirait que le tableau soit exposé en permanence à la lumière du jour, où à la lueur des bougies, pour que les couleurs soient énergisées, et se maintiennent ad vitam aeternam, ou peu s'en faut.
Les photographies au flash feraient que les épreuves seraient surexposées, comme ce fut effectivement le cas.
On peut supposer que l'ensemble de l'image fut appliqué, en quelque sorte, par pression. Ce qui justifierait la réflexion d'un écrivain, Carlos Salinas.
Celui-ci, en tant que dessinateur, remarque que la plupart des plis de la tunique ou du manteau semblent aplatis, écrasés *comme si l'image avait été obtenue ou déposée par pression.*
Constatation qui laisse dubitatif et perplexe le révérend père Brune.
Quant à savoir comment les Responsables s'y sont pris pour plaquer le tableau sur l'ayate, je ne peux le deviner, car tout ceci relève de l'Hyper Haute Technologie.
La seule approche que je puis proposer, est **une sorte de flocage d'image de télévision !** Et encore est-elle sans aucun doute loin du compte.
Ici l'écran support, c'est la tilma. Allons plus loin. Il se peut que la tilma originelle de Juan Diego ait été copiée dans ses moindres détails, avec sa couture et ses défauts ; dans un matériau qui imite le maguey, mais avec des qualités autres.
D'abord la faire résister au temps, ensuite pour permettre la mise en place du tableau sans apprêt.
Enfin pour servir de réservoir d'énergie aux couleurs. J'expliquerai à quel moment cela a pu se faire.
Je le répète, tout ceci est pure hypothèse, mais elle est peut-être vérifiable.
A ma connaissance, il n'a pas été fait d'études électromagnétique, de rayonnement X, ou nucléaire.
Encore moins de tests radiesthésiques. Ceux-ci apporteraient sans doute quelques surprises. Claude Burkel, qui a obtenu des résultats extraordinaires sur le tracé de Marcilly, en Seine et Marne, ne dira pas le contraire.
C'est la toute première fois qu'un ufologue tente et réussit ce genre d'expérience.
Mais comme il est vrai que cette science (oui j'ai écrit le mot science ; pourquoi, c'est gênant ? pour qui ?), n'est pas en odeur de sainteté, il est peu probable que Claude soit contacté pour aller tester le tableau de la Vierge. Soyons optimistes, ça viendra.
Un jour, les savants deviendront sages, et surtout humbles. **C'est vrai, je suis Très Optimiste.**

Par évidence je ne connais rien de l'Hyper Haute Technologie. En revanche je peux proposer un scénario expliquant le Miracle, c'est à dire l'apparition soudaine du tableau sur l'ayate du voyant.
Je pars de deux postulats, dont le premier est cher à J. Vallée ; à savoir que les Responsables des OVNI et des apparitions mariales sont originaires de la Faërie (ou Magonie).
C'est à dire d'un monde dimensionnel, dont il suffit de franchir la frontière en changeant de plan vibratoire, pour se retrouver dans le nôtre.
Les exemples abondent : La Salette en 1846, Saint- Bauzille -de- la-Sylve en 1873, l'Ile Bouchard en 1947.
Je ne cite que ces trois cas, où la Sainte Vierge est apparue brusquement, ou dans une sorte de fondu enchaîné.
Mais il y a aussi les OVNI qui s'évanouissent sur place *comme une bougie qu'on éteint*, selon l'expression classique des témoins.
Deuxième postulat qui en fait, en n'est plus un, puisque déjà démontré : ces mêmes Gentilshommes maîtrisent la dimension Temps.
Ils prévoient l'avenir, comme à Fatima l'annonce de l'avènement papal de Pie XI.
Où à Paris en 1830, lorsque Catherine Labouré apprendra les évènements à venir, qui se dérouleront point par point quarante ans plus tard.
Ils connaissent tout du passé des enfants de La Salette, lorsque la Sainte Vierge rappelle à Maximin qu'il avait déjà vu du blé gâté avec son père, alors que le gamin de 11 ans ne s'en souvenait pas.
La préparation de la naissance et de la vie de Louis XIV avec 119 ans d'avance, démontre une certaine autorité à manipuler le futur.
Je m'avance encore un peu, en supposant que cette maîtrise va jusqu'à arrêter le cours temporel pour les témoins.
Ce qui donne aux Gentilshommes la possibilité d'agir en toute tranquillité.
Autrement dit, quand le Temps reprend son écoulement normal, ces mêmes témoins voient simultanément la chute des fleurs de la tilma, et le tableau divin apparaître sur celle-ci.
Comment imaginer le processus ? Le portrait en pied du modèle est déjà préparé. Il ne reste plus que la touche finale, et la mise en place sur l'ayate.
A moins que, comme suggéré plus haut, celle-ci soit recréée en laboratoire avec l'application du tableau.
Qu'est-ce que la touche finale ? La scène que l'on découvre dans les yeux de la Vierge, avec tous les participants, y compris Juan Diego.
Puisque lui porte la tilma, **il n'est en principe pas possible qu'il figure dans les pupilles.**

De manière totalement hypothétique, je le répète, voici comment je vois le déroulement du programme.
Les Gentilshommes suspendent le flux temporel à l'entrée de Juan Diego dans la salle d'audience de l'évêque. Eux-mêmes n'étant évidemment pas concernés par cet arrêt. Les acteurs présents sont donc figés.
Les techniciens franchissent la frontière dimensionnelle, à l'intérieur de la salle. Ce qui leur est facile, car ils peuvent émerger à l'endroit de leur choix sans se tromper.
Sans doute grâce à un contrôle direct par télévision trans-dimensionnelle.
Une fois de plus, La Salette et Saint- Bauzille, sont d'excellentes références. Dans le deuxième cas, La Sainte Vierge apparut soudainement à deux mètres du voyant, et à 1 mètre 50 de hauteur, faisant sursauter le brave homme qui cassait la croûte.
A l'arrivée de Juan Diego, le puissant parfum des roses avait attiré des serviteurs dans la salle.
Ils sont également pris dans l'image pupillaire.
Les techniciens installent leurs appareils, et font le nécessaire pour capter la scène, de deux manières différentes.
Soit la Vierge était présente, et habillée telle qu'on la voit, en ayant la vision de tous les participants (hormis bien sûr les techniciens hors champ) ; son image globale est prise en compte, et transmise sur la tilma.
Soit incruster directement cette scène dans les yeux du portrait. Ensuite de quoi, ils appliquent celui-ci sur l'ayate.
Ou, s'ils ont copié la tilma, ils enlèvent celle de Juan Diego, pour la remplacer par son sosie, remettent les roses dans le tablier, que le voyant lâchera aussitôt revenu à la vie, c'est à dire, quand le blocage étant annulé, le temps reprendra son cours normal.
Et le tableau apparaîtra instantanément.
Bien entendu, pour les personnes présentes, il n'y a eu aucune coupure.
Tout s'est déroulé dans la continuité.
Selon le récit détaillé du père Brune, Juan Diego, arrivé au palais de l'évêque, se heurta aux serviteurs qui se moquèrent de lui, avant de remarquer ce qu'il portait et le parfum qui s'en dégageait.
Ils tentèrent de tirer sur les tiges qui dépassaient de la tilma, **sans y parvenir**.
Ils insistent alors pour voir ce qu'il cachait. C'est en voyant les fleurs qu'ils décidèrent de laisser passer le messager.
Je note que tout a été fait pour que Juan Diego parvienne en face de Monseigneur Zumarraga, et que le tableau n'apparaisse qu'à ce moment.

En effet, les serviteurs qui étaient au moins deux, n'arrivent pas à sortir les fleurs du tablier. Et quand ils exigent de voir celles-ci, **ils ne remarquent pas le portrait.**
Un tableau coloré couvrant tout le devant, avec sa superficie de 143 centimètres par 55, ne peut passer inaperçu. **Celui-ci n'existe donc pas encore !** Sinon, ils auraient tout de suite, et logiquement, averti l'évêque du miracle.
Au passage, signalons que 143 divisé par 55, donne 2, 6 ; très proche donc du carré du nombre d'Or : 2, 618.
Si quelqu'un a une autre suggestion sur la manière dont s'est déroulée l'opération, je suis bien sûr prêt à l'écouter.
A moins de ne chercher aucune solution, et d'admettre tout simplement l'intervention divine.
Cependant, tous les chercheurs plongés dans l'étude du tableau depuis plusieurs décades, sont bien trop excités par les découvertes successives, pour abandonner, et laisser la place au seul miracle.
D'autant que si l'on s'en tient purement au divin, la présence de tous les personnages dans les pupilles de la Dame, n'a pas lieu d'être.
Sauf s'il s'agit d'un message destiné uniquement à notre science actuelle. Car sans l'informatique, il eut été impossible de s'en apercevoir.
Et dans ce cas, il s'agit bien d'un artefact venu d'ailleurs, et créé par un peuple possédant une Hyper Haute Technologie.
Je suis conscient que le lecteur, scientifique ou non, aura du mal à admettre une telle avance technologique, impossible à chiffrer autrement que par millénaires.
Non par le fait que nous soyons des demeurés mentaux par rapport à ces êtres, mais parce que nous pensons que technologie supérieure veut dire esprit de conquête, et esclavage de la race humaine.
C'est peut-être aussi pour cette raison, que des Autorités (la NASA par exemple ?) maintiennent la tête des hommes dans le sable, pour éviter une panique mondiale… **surtout boursière !**
Pourtant, si c'était le cas, ce serait chose faite depuis longtemps, alors que nous ne savions même pas que les galaxies existaient.
Que l'on se remémore la traversée ultra-rapide à travers son carré de vignes du voyant de Saint- Bauzille-de-la-Sylve, sans subir aucun dommage corporel.
Belle démonstration technique de la dématérialisation d'un corps, tout en gardant son intégrité physique, puisque les témoins ont pu suivre ce déplacement.
Plus encore que les OVNI, les apparitions mariales sont un vecteur du savoir-faire des Gentilshommes. Ceux-ci se moquant gentiment de nous, tout en mettant en avant leur pacifisme.

Alors, quelle crainte avons-nous ?
Les mathématiciens sont des gens pondérés et calmes par excellence. Leur distraction fut proverbiale, comme le savant Cosinus qui servit de référence.
Malheureusement, ce sont les politiques et les militaires qui détournent leurs inventions à des fins destructrices.
Chez nos voisins de l'autre dimension, c'est la joie de vivre et l'amusement qui dominent, et qui guident leurs actes.
Quelquefois aux dépends des humains, mais rien de bien méchant.
Le portrait de la Vierge de Guadalupe va nous apporter une preuve supplémentaire de leur technicité mathématique, cachée dans ses mensurations.
Nous avons vu qu'il suffirait de quelques millimètres en plus ou en moins dans la longueur et la largeur, pour que le carré du nombre d'Or soit atteint (143 X 54, 62 ; ou 143, 99 X 55).
Allons plus loin encore, en gardant les chiffres indiqués par le père Brune.
Calculons la diagonale du rectangle ($143^2 + 55^2$) = X^2. D'où X, l'hypoténuse ou diagonale, vaut 153 centimètres, 21.
La fraction étant négligeable, c'est le chiffre principal qui est la vedette.
En effet 153, c'est le nombre de poissons attrapés par Pierre, quand Jésus lui dit de jeter son filet à droite, et c'est aussi **le nombre de jours séparant le 13 mai 1917 du 13 octobre des apparitions de Fatima !**
Ces 153 ne vous paraissent pas convaincants, car je prête des pensées trop profondes aux créateurs de ce merveilleux tableau ?Alors apportons la touche finale, celle qui confondra les scientifiques, et ravira les théologiens.
Voyons ce que donne la superficie. Toujours en gardant les cotes initiales, nous obtenons 7865 centimètres carrés (143 X 55).
Quelle serait la base d'un cercle de même surface ? Détaillons : 7865 X 4 = 31460 cm^2, divisés par 3, 1416, le résultat est de 10000, 14 cm^2, dont la racine donne 100, 07 centimètres.
Ainsi donc, un cercle de même superficie que le portrait de la Sainte Vierge, soit 7865 centimètres carrés, **aurait obligatoirement un diamètre de : un mètre pile !**
Même en chipotant sur les 7 dixièmes de millimètres en plus, il faudrait une singulière mauvaise foi, pour dénigrer la volonté d'aboutir à ce résultat miraculeux, de la part des concepteurs.
Incidemment, à cette époque la notion du mètre n'était même pas en gestation. Elle commencera à poindre que 260 ans plus tard.

Pour que le cercle ait un diamètre absolument exact de un mètre, sans décimale aussi faible soit-elle, il faudrait que le tableau mesurât 142,8 centimètres en longueur.
La superficie serait de : 142, 8 X 55 = 7854 cm ^{2}.
La diagonale–hypoténuse aurait alors pour longueur : **153, 026**. Cette fois, il apparaîtrait nettement que ce chiffre n'est pas l'effet du hasard. Dans l'autre sens, les dimensions seraient 143 X 54, 92, et l'hypoténuse : 153, 18.Incidemment, notons que le nombre 7, 854 **représente trois fois le carré du nombre d'Or.**
On tourne toujours autour de ce dernier.
Ce qui pour moi, est une bonne indication que les apparitions mariales en sont friandes. Croquis n°1 :

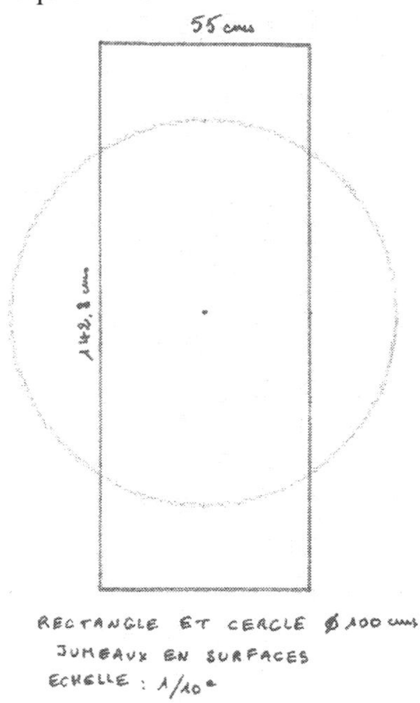

En reprenant l'explication du père Brune concernant le signe du Nahui Ollin, centre du monde d'après la tradition aztèque, et qui se trouve sur la tunique, à l'endroit même où la Sainte femme porte le Christ, ce serait également le centre du cercle.
Ce dernier pourrait représenter alors l'Unité, c'est à dire Dieu le Père.
Comme par hasard, la lumière irradiée continuellement par le portrait (selon le père Mario Rojas), émane principalement de ce centre.
On peut aussi y voir le symbole du Dieu Soleil égyptien : RA, avec le point central.
Cependant, il me paraît anormal que cette identité de surface s'arrête là.

Le cercle sert de révélateur, c'est évident ; et je suis persuadé, sans pouvoir le démontrer actuellement, qu'il y a un message caché à notre intention, à travers cette figure géométrique symbolique.
En reportant six fois le rayon sur la circonférence, il est possible de dessiner une étoile à six branches, dite de David ; chaque arc de cercle mesurant exactement 52, 36 centimètre, valeur de la coudée royale égyptienne.
Mais ce n'est pas l'objet principal de jeu de cache-cache mathématique. Il y a certainement une cryptographie plus sophistiquée, irréfutable et digne d'une Connaissance Supérieure, à la hauteur de la science moderne ou future.
Notre technique nous a permis de découvrir les images pupillaires, invisibles à nos prédécesseurs. Ce n'est qu'un jalon, voire un appât… **ou un test** !
Un contact aura peut-être lieu quand tout aura été dévoilé. En guise de délassement intellectuel, je me suis amusé à rapprocher dans l'absolu ce chiffre de 7854 du nombre-code 607, base du quatrième secret de Fatima. Le quotient de la division donne 12,94.
Pour atteindre le total **plein de 13** (curieux non ?), il conviendrait que la surface du tableau aboutît à 7891 cm^2.
Dans le meilleur des cas (pourquoi choisir le moins favorable ?) le tableau devrait alors mesurer 143 X 55, 18.
La diagonale aurait une longueur de 153, 27, et le cercle un diamètre de 1002, 3 millimètres.
Evidemment, je comprendrais fort bien que l'on me reprochât une obsession hors de proportion.
Mais avouez tout de même que le rapprochement est tentant. Surtout avec si peu de différences dans les diverses dimensions.
Et si, en mesurant très soigneusement la longueur et la largeur du tableau, on confirmait précisément ces deux côtes de 143 X 55, 18 ; ces 18 dixièmes de millimètre ayant très bien pu passer à la trappe. On s'éloignerait du carré de PHI.
Mais on y gagnerait la certitude que N-D de Guadalupe et les apparitions mariales de Fatima sont bien reliées, en justifiant le code 607.
Peut-être est-ce tout cela le véritable secret du merveilleux portrait ?
Alors, tableau miraculeux d'origine Divine, ou issu d'une Hyper Haute Technologie venue d'ailleurs ?
Mais n'est-ce pas un pléonasme ?
Enfin, si l'on veut s'amuser, on peut toujours essayer de débattre sur la question posée par le titre : le portrait de N-D de Guadalupe fait-il partie d'un quatrième règne, ou d'un cinquième état de la matière ?

CHAPITRE XXVII

LES APPARENCES PHYSIQUES DE LA SAINTE VIERGE

C'est un morceau d'anthologie; c'est un véritable chef- d'œuvre de la transformation.
Tous les maîtres dans ce domaine, à commencer par le grand Frégoli, s'avoueraient vaincus par la Dame de Lumière.
Il faut reconnaître qu'elle dispose de tous les moyens artistiques du théâtre faërique ; moyens qui sont considérables, associés à un niveau dramatique ayant atteint les sommets de l'Art.
Tout est résumé dans la phrase magique de John Ronald Reuel Tolkien: **C'EST POUR EUX UNE FORME D'ART**.(*Faërie,* Christian Bourgeois éditeur)
Il convient de méditer avec beaucoup d'attention cette constatation d'un auteur spécialiste du Peuple-fée. Sa saga du *Seigneur* des *anneaux* lui donne le droit de formuler une telle affirmation, qui peut être considéré comme un dogme absolu.
D'autant qu'elle n'est pas extraite d'un de ses romans, mais bien d'une ETUDE sérieuse et documentée. Nous ignorons toutefois les sources de sa connaissance.
La Sainte Vierge est l'archétype de toutes les apparitions. bien que représentant seulement quinze pour cent de l'ensemble de celles-ci.
Par sa féminité maternelle, elle symbolise et concrétise toutes les aspirations des hommes.
C'est l'aspect le plus remarquable de sa présence. Comme une mère, elle soulage, elle console, elle pardonne, elle protège; mais aussi, elle sait se montrer ferme, intransigeante, et même punitive.
Elle sait jouer de tous les registres pour obtenir le regain, l'extension de la Foi, et aussi les sanctuaires qu'elle réclame.
Mais cette admirable religiosité accompagne une orthogéométrie qui dissimule ce qui nous échappe en partie; le pourquoi de cet imbroglio mathématique et géométrique.
La partie théâtrale se conçoit fort bien si l'on y réfléchit tant soit peu ; la Sainte Vierge obtiendrait-elle ce qu'elle demande si elle se présentait partout dans le monde sous le même aspect stéréotypé, sous lequel les vitraux des églises la montrent ?
Les apparitions de la Vierge, de Joachim Bouflet ; *Enquête sur les*

apparitions de la Vierge, d'Yves Chiron; et le fichier central des incidents de l'actualité phénoménale, de la Banque O.V..N.!., fourmillent de précieuses indications sur les différentes apparences présentées par la Noble Dame.

Les fichiers de la banque O.V.N.I., qui sont une base importante de données en tous genres, et pour diverses régions françaises et pays étrangers, m'ont été transmis par ce vieil ami Thierry Van De Leur. Grâce à sa collaboration et à ce fichier détaillé, j'ai pu répertorier les atterrissages et les apparitions mariales d'Espagne et du Portugal.

Cette présentation des apparences mariales va se voir adjoindre de nouveaux débouchés, que je devrais donc à la banque O.V.N.I et à ce brave Thierry.

C'est ainsi qu'à Neubois, ville du Bas-Rhin, célèbre par ses nombreuses apparitions de la Vierge, celle-ci apparaît en robe d'or le 16 juillet 1872 ; en robe blanche et mesurant un mètre trente, le 28, toujours juillet.

Le 7 septembre, elle est blonde au visage brun (je n'ose émettre l'idée qu'elle revient de vacances, telle une aoûtienne).

Le premier août 1873, ses cheveux sont châtains bouclés. Mais en 1874, c'est en blonde qu'elle se montre les 15 et 22 février.

Rien qu'à Neubois, la Vierge Marie nous sera apparue sous différentes Configurations ; cheveux blonds, châtains, puis blonde à nouveau.

Et une indication de sa taille, qui pour être ponctuelle, n'est pas moins intéressante: un mètre trente.

Ce qui est vraiment petit pour une adulte **humaine.** D'autres chiffres variés viendront.

A Kibeho, au Rwanda, la Sainte Vierge n'avait pas la peau vraiment blanche, sans que la principale voyante, puisse préciser la couleur.

Et l'apparition parlait en Rwandais. Caractéristique générale.

La Mère du Christ s'exprime toujours dans le dialecte ou la langue locale.

La description de la Sainte Vierge de Garabandal, est des plus curieuses. Garabandal est un hameau perdu grosso modo à 90 kilomètres au sud de Santander en Espagne. Les apparitions mariales ont commencé en 1961.

Actuellement, on estime le nombre à plus de deux mille, sans certitude que toutes soient authentiques.

La Sainte Vierge robe blanche, manteau bleu, a une figure et un nez allongés, les lèvres un peu épaisses, et la figure est basanée, tirant sur le doré.

Sa chevelure châtain foncé est longue et ondulée, avec la raie au milieu. Elle a une très belle voix.

Et surtout, détail insolite, elle paraît avoir dix ans. Plutôt curieux, car elle porte quelquefois l'enfant Jésus.

Rendons-nous à Saint-Bauzille-de-la-Sylve, située à l'est de Montpellier.

Dans mes articles, j'ai déjà abondamment parlé de l'aventure survenu à Auguste Arnaud en 1873 ; car les péripéties en sont extraordinaires et absolument uniques. Mais dans ce chapitre, ce qui nous intéresse, c'est la description de la Visiteuse.

Pour une fois, la Sainte Vierge, surgie à un mètre cinquante du sol, est vêtue entièrement de blanc éclatant, et son apparence est on ne peut plus classique : belle, sans sourire, taille moyenne, et âgée de 25 à 28 ans.

Un grand voile l'enveloppait, en partant d'une haute couronne qui ceignait sa tête. Il dissimulait donc sa coiffure.

Et bien entendu, comme le témoin stupéfait l'interroge en patois occitan, elle répond de même.

Apparemment, lors de cette première visite, Auguste n'était pas en extase.

Par contre, lors de l'installation de la croix demandée par Marie, et selon les témoins, il fut le seul à voir l'apparition.

De plus, il traversa toute la vigne à la vitesse d'un éclair sans s'en rendre compte. Il était donc bien dans un état voisin de cette extase, qui supprime toute sensation de temps et d'espace.

Mais c'est aussi une belle démonstration technologique de téléportation à la Star Trek !

Lors de cette visite très spectaculaire, la Sainte Vierge portait des vêtements Couleur or.

Il se peut que l'apparence de la Noble Dame soit en rapport avec l'âge du témoin.

Auguste Arnaud était âgé d'une trentaine d'années; et une fillette de dix ans ou mesurant un mètre trente, n'aurait peut-être pas causé la même impression sur le brave homme, marié et père de famille.

De Saint-Bauzille, nous filons en Slovaquie, à la rencontre du garde forèstier Matousch Laschut.

Le premier juin 1958, étant de service, il priait dans la forêt proche de Turczovka, devant l'image de la Vierge accrochée à un arbre.

Un éclair sur sa gauche attire son attention; surprise, il n'y a plus d'arbres, mais un parterre de fleurs.

Puis il voit émerger une silhouette d'un brouillard blanc.

Cette fois, la Sainte Vierge est une adolescente de 16-17 ans, habillée d'une longue robe blanche avec une ceinture bleue. Et elle est grande, approchant les deux mètres.

Notons que l'apparition du parterre de fleurs rejoint la vision qu'eut Juan Diego à Tepeyac en 1531.

C'est sans doute une image transmise du monde dimensionnel.
Revenons en France, à Lourdes en 1858. Lors d'un interrogatoire, Bernadette Soubirous dira à propos de sa vision:
Cela a la forme d'une petite fille…
Elle la décrira habillée d'une robe blanche avec une ceinture bleue, un voile blanc, et une rose jaune sur chaque pied.
Ici, si la robe blanche et la ceinture bleue sont également présentes, la taille de la Dame est descendue à celle d'une fillette.
Et comme de juste, elle converse avec Bernadette en patois Lourdais.
En 1531, au Mexique, Juan Diego dira de la personne qui l'interpelle, qu'elle paraissait âgée de quatorze ans, et qu'elle ressemblait à une indienne.
Ce qui d'ailleurs est confirmé par le portrait imprimé sur sa tilma, et dont l'image de N-D- de Guadalupe est mondialement connue.
Nous allons nous arrêter à La Salette en 1846.
Cette dernière apparition suffira à compléter tout l'étalage de cet art faërique.
La Salette est un petit hameau pas très loin de Corps, dans les Alpes.

Le Sanctuaire de La Salette aujourd'hui

Les deux enfants qui parlèrent d'abord en français, puis en patois local, expliqueront qu'elle avait un bonnet selon la coiffure des femmes de l'Oisan, une longue robe blanche, un fichu blanc, et un tablier jaune.
Bref, ne serait-ce que la lumière qui émanait d'elle, et les guirlandes de roses qui entouraient ses pieds, elle serait passée inaperçue au milieu des femmes du pays.
Elle est représentée ainsi sur les vitraux, et ce n'est pas la moins étonnante des apparitions mariales.
Etant donné que l'endroit était totalement isolé dans les pâturages, elle aurait très bien pu garder sa robe blanche et sa ceinture bleue; ou un habillement similaire, sans aller chercher les vêtements de la région.

C'est une énigme de plus à mettre sur le compte de ce fabuleux phénomène.

Reconstitution de l'apparition

A signaler que si elle surgit d'un globe de lumière dans la combe où les enfants avaient déposé leurs affaires, ce qui dénote une bonne connaissance des lieux, pour partir, elle emprunta une autre voie ; comme s'il y avait eu déplacement de la porte d'entrée ?

La Visiteuse franchit un ruisseau qui était à sec avant sa venue et qui coula en permanence par la suite, **s'éleva à plus d'un mètre, et disparut progressivement.**

Rien que ces arrivée et départ extraordinaires devraient attirer et retenir prodigieusement l'attention des physiciens.

De même à Cerreto, en Italie, le 19 mai 1853, elle apparaît subitement à genoux dans la boue sous une pluie battante, habillée d'une robe blanche parsemée de fleurs rouges, et d'un manteau bleu ciel avec des ronds rouges, et portant une couronne d'or. **La petite voyante agenouillée près d'elle n'est absolument pas mouillée.**

Dans la grande majorité des cas, la Sainte Vierge est somptueusement vêtue, et arbore bien souvent **bijoux et couronne en or**.

Ce qui laisse un arrière-goût bizarre par rapport **à la pauvreté de Marie mère de Jésus**.

En contrepartie, ce luxe et ces couleurs éclatantes sont en parfaite adéquation avec les préférences du peuple des fées, des

Gentilshommes du monde dimensionnel. Et en accord avec la débauche de lumière des OVNI.
Si l'on fait un résumé de tout ce qui précède, le portrait-témoin de la Sainte Vierge s'établit ainsi : elle parle toutes les langues du monde, ainsi que les patois locaux.
Elle mesure approximativement de un mètre trente voire nettement moins à Nouilhan (la hauteur d'une statue) à deux mètres.
Ses cheveux sont longs et blonds, châtains et bouclés, frangés sur le front, souples et séparés par une raie centrale.
Ses habits sont tellement variés, et si diversement colorés que nul regroupement n'est possible; avec toutefois une préférence pour une robe longue, bien souvent blanche avec une ceinture bleue.
Un voile lui couvre la tête, mais pas toujours.

Elle a un visage toujours gracieux certes, mais qui est typique de l'endroit où elle se trouve. Sa carnation varie du blanc au basané, en passant par le doré.
Allez demander à Interpol de rechercher une telle personne avec cette fiche signalétique !
Surtout si vous précisez que son aspect physique est celui d'une fillette de dix ans, ou d'une adolescente de 14 à 17 ans ou encore d'une femme de 25-30 ans.
Autre dissonance : elle est parfois enceinte du futur Jésus.
Notamment à Tepeyac, au Mexique en 1531, telle qu'elle est sur la Tilma de Juan Diego ; à Matemblewo, en Pologne en 1790, où vêtue d'une robe rouge et d'une étole bleue.

Les manches relevées, elle aida à accoucher la femme du menuisier-témoin privilégié. Il est également exceptionnel de la voir avec les avant-bras dénudés.
L'unique point commun à toutes ces apparitions, et qui indique le côté hors normes de la Dame, c'est la Lumière.
Elle est d'ailleurs partout représentée entourée d'une amande lumineuse: **la mandorle**.

La Sainte Vierge dans une mandorle de l'église de Rioux (Charente-Maritime)

C'est une caractéristique que nul faussaire ne pourrait reproduire, s'il prenait l'envie à quelqu'un de jouer le rôle de la Sainte Vierge; c'est un sésame infalsifiable.
D'autant qu'il semble que ce soit une qualité sui generis, une émanation d'elle-même.
Selon les témoignages, elle peut être fortement visible et presque éblouissante, même dehors au soleil, ou atténuée et très douce à la vue.
Cependant, il n'est pas interdit de penser que cette mandorle soit un bouclier énergétique, protégeant la porteuse lors du changement de plan vibratoire.
Ainsi, son arrivée et son départ à La Salette vont dans le sens de cette protection. Bien entendu, je me place sur un plan déductif technique et purement matériel, hormis toute passion religieuse.
Il est évident pour les croyants adorateurs de la Mère du Christ, que la mandorle est une preuve de sa divine sainteté.

CONCLUSION

OUVERTURE ET TOLERANCE

J'ai tapé le mot *conclusion* sur mon clavier, mais ce serait plutôt au lecteur arrivé au bout de sa lecture, de donner son opinion, de prononcer son verdict en prenant le temps de la réflexion.
Cependant, pour l'aider à formuler un jugement qui le satisfasse, je vais rappeler certains points cruciaux, dont la nouveauté peut embarrasser, voire même choquer profondément les catholiques, ainsi que les ufologues rétifs à la notion de la Sainte Vierge faisant partie du phénomène OVNI.
Pour adhérer à ce principe de base, il faut impérativement faire abstraction de toute idée religieuse, toute assimilation entre la Mère du Christ, icône du christianisme, et les simulacres qui participent à cette orthogéométrie.
Je pense avoir démontré au long des chapitres, et particulièrement avec les chapelles mariales, **que les mariophanies ne sont pas aléatoires**, mais au contraire bien organisées en vue d'un but qui nous échappe, et nous échappera encore longtemps.
Surtout en gardant notre scepticisme, notre cloisonnement des croyances envers un phénomène insolite, et notre mode de pensée vieillot.
A partir du moment où l'on accepte cette démonstration, on peut alors mieux appréhender la double facette du phénomène OVNI.
Dont je répète que **ce qui se manifeste en France et en Europe sous forme de tracés et de figures, n'a pas forcément une origine commune avec les OVNI sévissant partout ailleurs dans le monde** ; bien que l'épisode de Socorro nous a montré que **cette géométrie est planétaire**, selon le bon vouloir des Responsables des OVNI.
A commencer par le chef de file Jacques Vallée, digne héritier et disciple d'Aimé Michel, tous les ufologues qui ont subodoré la connexion OVNI –A.M., sans parvenir à le prouver, se sont basés sur les apparitions de Fatima, et focalisés **uniquement sur la dernière**, celle du 13 octobre et sa danse du soleil.
De ce fait, ils ont occulté toutes les autres, perdant ainsi de vue leur but initial. **Je soupçonne d'ailleurs les Responsables des OVNI d'avoir agi ainsi pour brouiller les cartes.**

Ce qui d'ailleurs est tout à fait logique, ne serait-ce que pour dissimuler le quatrième secret de Fatima.
Pour prouver, comme je l'ai fait, la double facette du phénomène, il fallait s'attaquer **à toutes les mariophanies**.
Mais évidemment, pour cela, l'étude complète, détaillée, et exhaustive de celles-ci était indispensable.
De par leur réticence fondamentale, les ufologues n'ont pas osé plonger au fond de ce problème ; Fatima archi-connue, du moins le croyait-on, suffisant, pensaient-ils à trouver la solution. **Ils sont tombés dans le piège du leurre.**
Les rares qui se sont courageusement lancés à l'assaut de cette quadrature, ne se sont pas donnés les moyens de la résoudre ; par peur d 'échouer et d'être la risée de ceux qui SAVAIENT que OVNI et mariophanies sont deux phénomènes bien distincts ?
Je ne peux répondre à la place de ces chercheurs, mais ce dont je suis certain**, c'est que les sceptiques ont tort.**
A force de rester figés sur l'aspect religieux, comme l'a reconnu un ufologue des plus connus, lors d'une conversation téléphonique (il m'avoua avoir été élevé dans une famille catholique, et refusait absolument de penser à la Saint Vierge en terme de simulacre), ces sceptiques se bloquent d'autres voies de recherche, comme par exemple l'emploi de **la radiesthésie au droit des atterrissages préconisée et vérifiée par Claude Burkel**, qui a trouvé très peu d'écho, **et valable aussi pour les mariophanies ;** découverte effectuée à l'emplacement de l'apparition dans l'église de l'Ile Bouchard (près de soixante ans plus tard !).
Ces réfractaires, pour ne pas dire retardataires, finissent par scléroser l'ufologie.
Les mots clés sont, comme l'indique le sous-titre : **ouverture et tolérance.**
Bien trop souvent galvaudés, en politique où ils sont regroupés sous le mot *démocratie*, et surtout en matière de religions, pour lesquelles ils servent de refuge et de paravent à toutes sortes d'exactions (l'inquisition, le non-respect des femmes, les guerres *saintes*, les conquistadores…).
Dans le présent contexte, ils prennent un tout autre sens. Il faut savoir oublier son éducation, ses préjugés, car le phénomène OVNI sort de l'ordinaire, et cette lapalissade est encore en-dessous de la vérité.
En exagérant, je dirais qu'il faut faire abstraction de notre culture terrestre, pour essayer de penser en extra-terrestre ; quelle que soit la définition de ce mot.
C'est d'ailleurs Claude Burkel, toujours aussi dynamique, qui m'avait soufflé cette idée, bien qu'elle soit difficile à appliquer.

Mais nous vivons sur Terre, nous ne connaissons que notre planète, et nous sommes conditionnés par notre environnement terrestre. Donc aucun autre critère sur lequel nous appuyer.
L'effort est particulièrement intense et inhabituel, comme l'est le problème auquel l'homme s'est attaqué **depuis 1947**. A propos de cette année, je rappelle qu'elle fut la plus riche en apparitions mariales, et qu'elle en détient **le record avec 22 visites de la Sainte Vierge.**
Curieux rapport avec la naissance officielle de l'Ere Ufologique Moderne, ne trouvez-vous pas ? Même les ufologues un tant soit peu partisans d'une concordance OVNI – A.M. ne l'ont jamais mentionné. C'est dire que les bases sur lesquelles ils s'appuyaient, étaient trop fragiles.
Bien entendu, le lecteur est totalement libre de récuser une quelconque parenté entre1947 année record des apparitions mariales, et l'ouverture officielle de la recherche ufologique.
Ce n'est qu'un point anecdotique sur lequel j'attire l'attention, sans plus.
Le plus important ce sont les figures géométriques et les tracés qui eux, démontrent indubitablement que **le phénomène OVNI possède une double facette,** et qu'il la met en pratique à notre insu depuis des siècles**. Les chapelles mariales en sont une preuve irréfutable,** qui aurait dû être découverte depuis des lustres, si un théologien moins aveuglé par la religion, avait planché sur ce sujet, pourtant bien visible.
C'est la globalité, et non le coup par coup qui apporte au moins partiellement une réponse.
Ce qui aurait probablement changé complètement la face de l'ufologie actuelle, car j'aurais certainement eu alors un prédécesseur de plusieurs dizaines d'années.
Au bas mot, en tenant compte que le détonateur fut l'atterrissage de Trans en Provence, **nous aurions gagné trois décennies**.
Avec l'avancée de cette autre orthogéométrie, et cette nouvelle façon de penser, imaginez où pourrait en être la recherche actuellement.
Un autre point qui peut ébranler l'opposant irréductible ; l'aspect mathématique de l'orthgéométrie.
Même en m'accusant d'avoir arrangé les figures géométriques pour que tout colle parfaitement, ce qui peut venir à l'esprit du plus retors, j'aimerais qu'il m'explique comment j'aurais pu obtenir des rapports précis faisant apparaître le nombre d'Or, sa racine carrée, son élévation au carré, et autres subdivisions ; de même qu'avec PI.
Tous les calculs et les résultats mathématiques ahurissants obtenus dans *le quatrième secret de Fatima* , qui m'ont laissés pantois, même après les avoir repris de multiples fois, sont facilement vérifiables.

Et je demande d'ailleurs qu'ils soient vérifiés, puisque je pars de chiffres précis, historiques, et impossibles à triturer, et que grâce à eux, j'aboutis également à des chiffres précis.
D'autant qu'en utilisant les six jours de décalage soit en positif soit en négatif, tout est verrouillé de manière extraordinaire, qui laisse peu de place au doute, ni même carrément au rejet.
Outre, qu'il m'aurait fallu un super ordinateur pour y arriver, et les connaissances informatiques adéquates qui me font défaut, je ne vois pas bien ce que je pourrais y gagner.
L'argent ? Un livre ufologique n'est pas un roman à la Dan Brown, et mes héros ne sont pas un Harry Potter qui a rapporté des centaines de millions de dollars à sa créatrice.
La notoriété ? le grand public ne s'intéressant pas ou très peu au phénomène OVNI, sauf pour rire avec les animateurs imbéciles de la télévision, ce serait plutôt la risée qui m'attend ; d'autant qu'il est facile de reprendre mes travaux carte par carte, **et de démontrer si j'ai tort ou j'ai raison.**
Et si l'opposant irréductible ne veut pas rendre les armes, en mettant en avant les sempiternels et commodes hasards et coïncidences, je lui répondrais qu'il ne peut y avoir de hasard coïncidentiel lorsque des lignes partant et aboutissant à des lieux historiques passent par le milieu des côtés d'une figure, ou le centre d'un cercle.
De même, il ne peut y avoir de coïncidence hasardeuse, lorsque trois ou plus de lignes se recoupent au même point, toujours en rapport avec des sites ayant participé à l'Histoire, ou ayant leur propre Histoire (Lascaux, Stonehenge, Clairvaux, Rennes le château…).
Enfin il resterait à l'opposant irréductible de pouvoir expliquer comment le hasard et la coïncidence feraient que tous ces tracés et figures géométriques aient **pour chefs de file les atterrissages d'OVNI et les apparitions mariales.**
S'il m'a fallu quatorze ans pour venir à bout de cette gigantesque tâche, en travaillant manuellement sur des cartes géographiques, un ordinateur dans lequel on intégrerait les éléments **que j'ai trouvés, et donc déjà mâchés**, fournirait une réponse précise en quelques heures, voire quelques jours.
Je ne demande pas mieux que quelqu'un s'attelle à ce travail, afin de m'apporter la caution définitive à laquelle j'aspire.
Si durant quatorze longues années, j'avais délibérément triché ou altéré la vérité, je n'aurais pu malgré tous mes efforts, arriver au résultat que j'ai présenté ; tout en sachant de plus que n'importe qui, me prenant au mot, pourrait facilement démontrer la fausseté de mes assertions.
Je suis partant pour travailler avec qui voudra tenter l'aventure.

Il subsiste toutefois deux dernières interrogations à laquelle je ne puis fournir de réponse ; pourquoi ces interventions dans la géographie et l'Histoire ? et pourquoi la Sainte Vierge donne-t-elle des précisions sur des évènements futurs, qui se vérifient **quarante ans plus tard** ?
Elles ne servent qu'à prouver qu'elle connaît l'avenir certes ; mais qui s'en soucie quatre décennies après ?
Pour éventuellement trouver des arguments, il faut déjà admettre que ceux qui interviennent, ne sont pas des lézards volants de la galaxie d'Andromède, mais bien des entités venus d'un monde très proche de nous, et pouvant interférer à tout moment, sans avoir à franchir des distances considérables.
Seuls ceux surgis d'un continuum dimensionnel, font très bien l'affaire.
Quant à connaître leurs motivations, eux seuls peuvent fournir la solution.
S'agit-il d'un jeu de société, où chacun apporte sa part de fantaisie ?
Est-ce pour la bonne marche en avant de l'Humanité terrestre ?
Cette programmation a-t-elle ou aura-t-elle des répercussions chez nos voisins dans un avenir plus ou moins lointain ? Ne serait-ce que **l'implantation géométrique des chapelles mariales qui interpelle à plus d'un titre.**
Une chose est certaine ; contrairement à la pensée commune, la position géographique des villes importantes, des châteaux de la Loire, et d'autres lieux tels le Mont-Saint-Michel ou Rennes- le château, ou l'abbaye de Clairvaux, n'est pas fortuite, ni due au simple hasard.
Xavier Guichard et son *Eleusis Alésia* , et Sylvain Tristan avec *Les lignes d'Or*, l'ont entièrement démontré.
Et si on y ajoute la monumentale *Géographie secrète de la Provence* de Robert Maestracci, le doute ne sera plus permis.
Avec mon orthogéométrie, l'ourobouros s'est mordu la queue.
Pour moi, la seule interrogation qui me tarabuste l'esprit est celle-ci : en programmant la naissance, la vie et le règne de Louis XIV, la Sainte Vierge et les Responsables des OVNI, ont-ils atteint le but qu'ils visaient, ou **ont-ils été victimes de certains impondérables temporels ?**
Je suis sceptique quand je constate où en est arrivé l'Humanité terrestre actuellement.
Néanmoins, sur le long chemin que suit l'Humanité de façon chaotique, j'en arrive à ce tournant délicatement négocié par les Responsables des OVNI, et qui est probablement crucial pour la poursuite du parcours ; les apparitions de Fatima en 1917.
Elles sont à la base d'une série d'évènements mis en place dans le cadre d'un programme élaboré il y a au moins 900 ans.

Une première touche fut esquissée en 1830 avec les visites de la Sainte Vierge dans la capitale française.
Le vingtième siècle vit l'éclosion de l'Ere Ufologique Moderne le 24 juin 1947, du posé de Trans en Provence le 8 janvier 1981, et de la première apparition mariale de Medjugorje le 24 juin 1981.
De 1917 à 1981, à des décennies de distance, ces évènements dissemblables **situés dans quatre pays différents** pouvaient passer pour ponctuels et sans lien entre eux.
Par leur courte durée d'existence individuelle, les humains n'ont pas l'habitude de mettre le tout dans le même sac.
Pour dissimuler leur dessein, c'était certainement sur cette carence limitative que les concepteurs comptaient.
Cependant, c'est un espoir extraordinaire qui nous est offert, car incontestablement, il y a une accélération du processus, qu'il convient toutefois de relativiser.
En effet, pour que la finalité du programme voie le jour, **il est impératif que l'Humanité accomplisse sa part de travail.**

FIN

Raymond Terrasse, CM,CR juin 2012

BIBLIOGRAPHIE

ERIC ZURCHER Les apparitions d'humanoïdes (A. Lefeuvre)
CHARLES BOWEN En quête des humanoïdes (J'ai Lu)
JACQUES VALLEE Chroniques des apparitions E.T. (Denoël)
C. GARREAU Soucoupes volantes, 20 ans d'enquête (Mame)
C. GARREAU /R. LAVIER Face aux E.T. (J.P. Delage)
AIME MICHEL Mystérieux objets célestes (Arthaud)
JIMMY GUIEU Les soucoupes volantes viennent d'un autre monde (Fleuve noir)
G.A.B.R.I.E.L. Les soucoupes volantes ; le grand refus ? (M.Moutet)
H. JULIEN /M. FIGUET OVNI en Provence (Ed. de Hte- Provence)
J.J. VELASCO / N. MONTIGIANI OVNIS L'évidence (Carnot)
J. LOB et R. GIGI Le dossier des soucoupes volantes (Dargaud)
I.L OLYVIER / J.F. BOEDEC Les soleils de S.Goulart (Runes d'Or)
J. SIDER Les E.T. avant les soucoupes volantes J.M.G)
G. TARADE OVNI terre planète sous contrôle (A. Lefeuvre)
Les chroniques des mondes parallèles (R. Laffont)
G. GRUAIS G.MOUNY Le grand secret des pyramides de Guizeh et Guizeh, au-delà des grands secrets (Rocher)
GERARD DE SEDE La race fabuleuse (J'ai Lu)
L'abbé C. VIGNERON Les grandes heures de l'Histoire de Stenay
M. ROUCH Clovis (Fayard)
D. COILHAC Les mystères cachés des châteaux (Axiome)
I. CLOULAS Diane de Poitiers (Fayard)
T. VAN DE LEUR Parisis Code (Dualpha)
R. MAESTRACCI La géographie secrète de la Provence (Cheminements)
S. TRISTAN Les lignes d' Or (Alphéa)
GUICHARD Eleusis Alésia
A. PORET La quête du sens et de l'éternité (Presses de Valmy)
JOACHIM BOUFLET Les apparitions de la Vierge (Calmann-Lévy)
YVES CHIRON Enquête sur les apparitions de la Vierge (J'ai Lu)
R.P. F. BRUNE La Vierge du Mexique (Jardin du livre)
LAURENCE GARDNER Le Graal-lignée royale du Christ (Dervy)
HENRI DURVILLE Les Fées (Perthuis)
J.R.R. TOLKIEN Faërie (Bourgois)
J. BERGIER Les maîtres du temps (J'ai Lu)
G. LACONCHE Légendes et diableries creusoises (Verso)
I. ASIMOV Cailloux dans le ciel (Gallimard)

REVUES UFOLOGIQUES

ACTUALITE de l'Histoire mystérieuse.
SENTINEL UFO NEWS (Groupe Sentinelle (Reims) In Memoriam.
UFOVNI édités par le G.E. R.U. (65 rue de Turenne 59420 Mouvaux)
UFOMANIA
ATLANTIS (30 rue de la Marseillaise, 94300 Vincennes)
Raymond. Terrasse
- n° 431 : Cotignac et l'Opération Louis XIV
- n° 433 : Sainte Vierge, orthogéométrie et apparitions mariales
  Mathématiques secrètes de la croix Templière.
- n° 436 : Cinquième état ou quatrième règne.
  Géométrie et mystères des chapelles Mariales.

Après le n° 436, rubrique permanente 'l'essentiel n'est-il pas de rêver?"

Montage photographique : " La Madone aux OVNI "
Thierry Van de Leur (1999)

17916154R10165

Printed in Great Britain
by Amazon